教育部人文社会科学研究项目资助

（项目批准号：20YJA752016）

外国文学研究丛书

田纳西·威廉斯
后期剧作研究

晏微微　著

ZHEJIANG UNIVERSITY PRESS
浙江大学出版社
·杭州·

图书在版编目（CIP）数据

田纳西·威廉斯后期剧作研究 / 晏微微著. —杭州：
浙江大学出版社，2022.9
ISBN 978-7-308-23027-8

Ⅰ.①田… Ⅱ.①晏… Ⅲ.①威廉斯（Williams，
Tennessee 1914－1983)－戏剧文学－文学研究 Ⅳ.
①I712.073

中国版本图书馆 CIP 数据核字（2022）第 170263 号

田纳西·威廉斯后期剧作研究

晏微微　著

责任编辑	包灵灵
文字编辑	曾　庆
责任校对	仝　林
封面设计	周　灵
出版发行	浙江大学出版社
	（杭州市天目山路 148 号　邮政编码 310007）
	（网址：http://www.zjupress.com）
排　　版	浙江时代出版服务有限公司
印　　刷	杭州高腾印务有限公司
开　　本	710mm×1000mm　1/16
印　　张	19.25
字　　数	300 千
版 印 次	2022 年 9 月第 1 版　2022 年 9 月第 1 次印刷
书　　号	ISBN 978-7-308-23027-8
定　　价	78.00 元

前 言

田纳西·威廉斯(Tennessee Williams,1911—1983)①是战后美国戏剧界之翘楚,在美国现代戏剧史上有着举足轻重的地位,因此美国评论界对他的关注并不亚于被誉为美国现代戏剧之父的尤金·奥尼尔(Eugene O'Neill)。21世纪以来,中国学界掀起了一股威廉斯研究热潮,但是多聚焦其前期剧作,对其后期剧作的研究才刚刚起步,威廉斯戏剧在中国的译介和传播以及威廉斯研究热度也远不及奥尼尔戏剧。国外对于威廉斯后期剧作零散研究多,整体观照少,对其艺术特色及其对当代美国戏剧发展的影响和意义缺乏全面把握。正如菲利浦·C.科林(Philip C. Kolin)主编的论文集《待开发之地:田纳西·威廉斯后期剧作》所言,威廉斯的后期剧作是一块"待开发之地"。本书以威廉斯的后期剧作为主要研究对象,具有一定的开拓性。

为了寻找威廉斯后期剧作在美国戏剧史和世界戏剧史上的历史坐标,还原威廉斯作为戏剧艺术大师的完整形象,本书将威廉斯的后期剧作与其前期剧作联系起来,并将其放在美国戏剧史和西方戏剧史的动态历程之中,放在美国戏剧思潮和美国社会文化思潮,乃至西方社会文化思潮的大背景之下加以观照,分析威廉斯后期戏剧主题和艺术风格嬗变的原因,力图准确地估量威廉斯后期戏剧的艺术价值。这不仅转移了研究对象,而且扩大了研究视野,因而开辟了威廉斯后期剧作研究的新生面,拓展了威廉斯剧作研究的空间。

---

① 田纳西·威廉斯的出生年份有 1911 年和 1914 年两说。本书采用的是美国学者菲利浦·科林所编著的《威廉斯百科全书》[Kolin,P. C.(ed.). *The Tennessee Williams Encyclopedia*. New York:Pearson Education,2004:xxv.]和史密斯-霍华德(Smith-Howard)等编写的《田纳西·威廉斯批评指南》(Smith-Howard,A. & Heintzelman,G. *Critical Companion to Tennessee Williams*:*A Literary Reference to His Life and Work*. New York:Facts on File,Inc.,2005:3.)的介绍,威廉斯出生于 1911 年 3 月 26 日。

威廉斯勤奋高产,但有许多剧作晦涩难懂;他有多部剧作获得观众和评论界的高度赞誉,但有更多的剧作,特别是后期剧作引起过广泛争议,其中不乏彻底否定的贬斥。本书在把握威廉斯戏剧创作整体的前提下,侧重研究威廉斯1962—1983年的主要剧作,公允理性地分析评判相关争议,肯定其中仍有不俗的杰作,纠正学界的误读,同时也实事求是地指出其存在的问题,并探究这些问题产生的原因,使威廉斯戏剧研究回归理性,走向深入。

威廉斯后期剧作在我国翻译出版的甚少,笔者充分发挥长期从事英语教学与研究的优势,搜求新资料力图做到国内外无所遗漏、"一网打尽",在搜集、翻译威廉斯后期剧作及相关研究资料上用力甚勤,不仅搜集、翻译威廉斯后期剧作,还广为搜求国外——特别是美国的相关研究资料,以便深入了解本课题的研究历史与现状。《附录5:威廉斯剧作剧情简介与演出情况》是作者在整理撰写《田纳西·威廉斯戏剧创作年表》的基础上,全面搜集、阅读和翻译威廉斯剧本及相关文献的基础上撰写而成。充分的资料准备不仅使本书的相关判断建立在可靠的基础之上,亦能惠及学界的进一步研究及演艺界的搬演。

本书提出了许多新观点,例如,笔者认为,大多数学者所持的威廉斯后期已"江郎才尽",其后期剧作是"酒精麻醉"和"精神失常"状态下的产物,毫无艺术价值等论断并不准确。威廉斯后期剧作既有对前期剧作主题的延续,更有超越和突破,尽管这些剧作存在自传性书写过多、戏剧风格特征模糊等缺陷,对美国戏剧的影响也许不如其前期剧作,但其中仍有不输其前期剧作的杰作。威廉斯后期戏剧创作具有很强的探索性,这些不与人同的可贵探索比较超前,当时能理解和接受的人不是太多,但实践证明,它对美国当代戏剧的发展意义重大。

目　　录

绪　论

一、威廉斯在美国戏剧史和世界戏剧史上的重要地位

　　田纳西·威廉斯是战后美国剧坛的重要作家,他的悲剧创作在现代悲剧史上有着重要地位。威廉斯被美国戏剧、文学界推许为尤金·奥尼尔之后的"美国剧坛第一人"。哈罗德·布鲁姆(Harold Bloom)甚至说,"田纳西·威廉斯的剧作置于案头和搬演场上都同样生动精彩,在我看来,他甚至超越了尤金·奥尼尔,是真正的文学戏剧家"①。

　　威廉斯原名托马斯·拉尼尔·威廉斯(Thomas Lanier Williams),田纳西·威廉斯为其笔名。在逾半个世纪的艺术生涯中,他创作了至少 107 部戏剧作品②,这些剧作不仅在美国大量上演和出版发行,与阿瑟·米勒(Arthur Miller)的剧作一起创造了百老汇戏剧的黄金时代,而且在英、德、法、意等近 20 个国家出版和上演,很多演员由于塑造了威廉斯剧中的主要人物而成名。威廉斯曾凭借《欲望号街车》(*A Streetcar Named Desire*,1947)和《热铁皮屋顶上的猫》(*Cat on a Hot Tin Roof*,1955)两度斩获"普利策戏剧奖",他还曾四次荣膺"纽约戏剧评论家协会奖"。1948 年,他同时将"普利策戏剧奖""纽约戏剧评论家协会奖"和"唐纳森奖"收入囊中。此外,他还曾获布兰德大学戏剧艺术奖章和美国国立文学艺术研究院金质戏剧奖章。除了戏剧作品之外,威廉斯还出版了诗集、书信集、杂文集和小说。他也是著名的电影编剧,有些评论家说威廉斯在好莱坞要比在百老汇更受欢迎。

---

① Bloom,H. Editor's Note. In Bloom,H. (ed.). *Bloom's Modern Critical Views*: *Tennessee Williams*. Updated ed. New York: Infobase Publishing,2007: vii.

② 据笔者统计。

威廉斯曾以《玻璃动物园》(The Glass Menagerie，1944)一剧"揭开了战后西方戏剧史的新篇章"[1]，其《欲望号街车》征服了美国乃至欧洲的戏剧舞台，然而其 1961 年以降的戏剧实验则为批评界所漠视，他的后期剧作甚至一度被排除于常规复排的剧目名单之外。[2] 复杂的人生经历，不主一端、风格多样的艺术创作，大起大落的艺术声誉，使威廉斯成为世界戏剧史上一位言说不尽的人物。他的后期戏剧创作独树一帜，但却屡遭贬评，然而他敢于坚持自己认定的艺术道路和追求，不为所动，孜孜以求，为美国乃至世界文化留下了宝贵的财富。

二、威廉斯戏剧思想意蕴的丰富性和戏剧风格的多样性

威廉斯继以奥尼尔为代表的现实主义流派之余绪，有评论家认为他"从未突破过现实主义的框架"，但也有研究者给他贴上批判现实主义、心理现实主义、诗化自然主义、浪漫主义、象征主义和表现主义等多个不同的标签。浪漫主义美学思想是威廉斯戏剧创作的内驱力，S. 施德利西特(S. Sternlicht)称赞威廉斯为"美国戏剧史上最伟大的浪漫主义者"，清丽优雅、沉郁幽深的风格、诗化的语言、散发着浪漫主义气质的人物都表明，威廉斯是有着浪漫主义情怀的悲剧诗人。

威廉斯的后期戏剧以塑造非人化形象的黑色幽默(black humor)喜剧代替了前期感伤浪漫主义的悲剧，与前期创作判然有别，但仍然具有不主一端、风格多样的特点。有少数后期剧作延续了传统现实主义风格，如以威廉斯本人的早年经历为原型的《老城区》(Vieux Carré，1976)和由威廉斯前期独幕剧《满满的 27 车棉花》(27 Wagons Full of Cotton，1945)改编而来的《老虎尾巴》(Tiger Tail，1977) 等；但《摧毁闹市》(The Demolition Downtown，1971)、《呐喊》(Out Cry，1973)、《红色魔鬼炮台信号》(The Red Devil Battery Sign，1975)、《教堂、厨房和孩子》(Kirche，Kuche，Kinder，1979)和《世界小姐的非凡旅社》(The Remarkable Rooming－House of Mme. Le

---

① 凯瑟琳·休斯. 当代美国剧作家. 谢榕津，译. 北京：中国戏剧出版社，1982：25.

② 参阅：Londré，F. H. Review：Annette J. Saddik，The Politics of Reputation：The Critical Reception of Tennessee Williams' Later Plays. Comparative Drama，2000，34(2)：265.

Monde,1982)等多数作品,则体现出后现代主义戏剧的某些特征。

三、威廉斯后期剧作评价之歧见以及重新评价的必要性

威廉斯的戏剧创作可以以 1961 年为界,分为前后两期。对于其后期剧作,无论是在其生前还是身后,评论界多持贬抑和否定的态度,"失败"几乎是剧评家对其后期剧作的共识。威廉斯辞世时,琳达·瓦恩纳(Linda Winer)就感叹道:"现代剧作家中再也找不出一位像威廉斯这样复杂而又生动地影响美国意识的剧作家了。尽管他的酗酒和后期剧作的失败是众所周知的,但他的那些获奖作品却依然存在,这正是匕首与诗歌同存的有着缺陷的人性的体现。"①这一评价基本上可视为当时欧美学界对于威廉斯戏剧创作的"盖棺"之论。评论界普遍认为,威廉斯在最后一部获奖剧作《蜥蜴之夜》(*The Night of the Iguana*,1961)发表之后就开始走下坡路,他似乎已经"写干了",无法再续昔日的辉煌。国外学界以威廉斯前期戏剧的成就为尺度,对其后期剧作的批评十分尖锐,有学者总结道:"传统的批评一直认为,田纳西·威廉斯最后 20 年的写作生涯构成了一种悲伤、尴尬,但或许最终不可避免地滑向艺术化的自我讽刺、自怜和药物导致的自我毁灭。有人认为,他痴迷地写作和重写曾经用过的戏剧素材,始终走不出他本人曾创造的伟大的戏剧世界,像狗去吃自己的呕吐物一样,回到青春期神话中,回到同样的精神创伤中,回到同样的内疚和悔恨中。所有这些他在很久以前就写过了,而且写得更好。"②

我国学界对威廉斯的后期剧作也多持否定意见。周培桐曾批评威廉斯后期剧作的唯心主义世界观以及对现实主义的偏离,认为:"威廉斯成名后,创作力衰退,其兴趣也进一步转向精神分析和内心探索,更多地使用,有时甚至是滥用象征手法,使后期一些作品充满感伤、悲观气氛,不再提供什么鲜明完整的故事,对现实生活也不能作出什么新鲜的、生动有力的解释,从而遭到冷落。威廉斯不能克服他的唯心主义世界观的局限,只把眼光专注在生活的阴暗面,甚至欣赏、迷恋于病态、畸形的'美',无力去正视和表现生活中光明

---

① 转引自:张新颖. 田纳西·威廉斯剧作中同性恋维度的美国研究综述. 河北联合大学学报(社会科学版),2012(3):150.

② Schlatter,J. Red Devil Battery Sign:An Approach to a Mytho-Political Theatre. *The Tennessee Williams Annual Review*,1998(1):93.

的、积极的、真正美好的东西,不能不使他这些剧作的思想意义受到损伤。"①
李杨也认为:"威廉斯的代表作多数完成于 40 年代中期到 60 年代初这段时
间,这之后,他的创作走了下坡路,虽然还有新作品问世,但已经没有多少艺
术价值了。"②

　　然而 21 世纪以来,肯定威廉斯后期剧作的国内外学者逐渐增多,国外学
者安妮特·J. 萨迪克(Annette J. Saddik)在其专著《名誉政治:田纳西·威
廉斯后期剧作的批判性接受》中充分肯定了威廉斯后期剧作对当代美国戏剧
发展所作出的重要贡献,指出"威廉斯在美国实验戏剧领域占有重要地位"③;
我国学者认为威廉斯的后期戏剧坚持了对人类主体欲望的关注和阐释,正是
这种"威廉斯戏剧精神"使其戏剧在沉寂多年之后再一次醒来,获得了 21 世
纪人们的理解和尊重④;刘白云认为,威廉斯后期戏剧不仅"引入了新的艺术
表现形式,而且在题材的广度和深度上也有所开拓"⑤。这些截然不同的评价
启人深思:威廉斯的后期剧作到底有没有价值? 如果有,它有怎样的价值?
学界对威廉斯后期剧作的评判为何分歧如此之大?

　　文学艺术研究对象的选择应该注意其是否经过时间的沉淀。评判未经
时间沉淀的作品,经常会因个人的偏好或某些非学术因素干扰,或因运用过
时的标准评判超前的创作等而产生误判,一时哄抬得很高的作品有可能经受
不住时间的残酷淘洗走向速朽,而遭到贬斥的作品经过岁月的沉淀之后,有
可能重新焕发出耀眼的光芒。因此,学界对于威廉斯创作于 20 世纪 60—80
年代初的戏剧,不能因其曾饱受贬斥而掉头不顾,而是有必要进行重新审视。
威廉斯的后期剧作与前期剧作相比风格的确有很大不同:结构松散、情节不
集中、人物性格不鲜明、情感不强烈、象征手法过多,以及语言选择与其前期
的诗性追求大相径庭。然而,正所谓文从断处生,"通"与"变"历来都是引领
学术研究不断深化的关键。因此,威廉斯后期剧作的风格为何会发生如此之

---

① 周培桐. 独具一格的美国剧作家——介绍田纳西·威廉斯. 戏剧报,1987(8):35-36.
② 李杨. 田纳西·威廉斯之后的美国南方戏剧. 戏剧,2000(3):31-32.
③ 转引自:Londré,F. H. Review:Annette J. Saddik, The Politics of Reputation:The
Critical Reception of Tennessee Williams' Later Plays. *Comparative Drama*,2000,34
(2):265.
④ 李英. 田纳西·威廉斯戏剧中欲望的心理透视. 济南:山东大学,2006:xiv.
⑤ 刘白云. 田纳西·威廉斯后期剧作初探. 上海:上海外国语大学,2008:iii.

大的转变？后期剧作不如前期剧作受欢迎的原因何在？这些都是本书将要深入探讨并试图回答的问题。

四、威廉斯后期剧作研究现状述评

正如美国威廉斯研究专家菲利浦·科林所主编的论文集《待开发之地：田纳西·威廉斯后期剧作》所说的那样，威廉斯的后期剧作对于学界而言是一片"待开发之地"（undiscovered country）。

（一）国外研究述评

国外第一部威廉斯研究专著出现于 20 世纪 60 年代。80 年代以来，国外建立了威廉斯研究网站，举办了威廉斯戏剧节，出版了大量关于威廉斯的传记、专著和论文集，美、英、法、意、韩、日等各国学者在学术刊物和网络上发表的研究论文也相当多。多数批评家将 1961 年作为威廉斯前后期创作的分水岭。国外的威廉斯研究视角可大致归纳为五个方面。

第一，新批评理论。从 20 世纪 70—80 年代至 90 年代，美国剧评界多数人深受新批评派的"威廉斯式戏剧"概念的影响而全盘否定威廉斯的后期成就。鲁比·科恩（Ruby Cohn）率先呼吁重新评价威廉斯后期剧作，此后学界肯定性的评价逐渐增多，21 世纪以降，肯定性评价才形成主流。

第二，历史学、意识形态批评是 20 世纪 90 年代后期学界进行威廉斯研究采用得较多的方法。

第三，传记研究是 20 世纪末期以降威廉斯研究的重要范式。布鲁斯·史密斯（Bruce Smith）、威廉·普罗萨（William Prosser）、约翰·S. 巴克（John S. Bak）和约翰·拉尔（John Lahr）等[1]通过梳理威廉斯的社会交往和文学创作活动来观照其后期创作。

第四，人类学和文化学视角是威廉斯研究的重要方向。杰奎琳·奥康纳

---

① Smith，B. *Costly Performances Tennessee Williams：The Last Stage*. Lincoln：Authors Choice Press，2000；Prosser，W. *The Late Plays of Tennessee Williams*. Lanham，MD：The Scarecrow Press Inc.，2009；Bak，J. S. *Tennessee Williams：A Literary Life*. New York：Palgrave Macmillan，2013；Lahr，J. *Tennessee Williams：Mad Pilgrimage of the Flesh*. New York & London：W. W. Norton，2014.

(Jacqueline O'Connor)①等学者将历史与威廉斯作品的文本联系起来,构建起了对作家毕生塑造个人身份和寻求理解的"政治"的描述,但研究涉及的后期剧作数量有限。

第五,从文本研究转向剧场艺术探索是在当代文化"视觉转向"的影响之下,近年来国外威廉斯研究呈现的主要态势。在科林和布伦达·墨菲(Brenda Murphy)等主编的论文集和专著中,批评家们肯定了后期作品的"创新"和"艺术变革"。1997年,琳达·多尔夫(Linda Dorff)在《变形的舞台:1958—1983年的威廉斯后期戏剧》中指出威廉斯后期戏剧与同时代画家古斯特和杜库宁的后期表现主义作品的相似之处。萨迪克曾致力于威廉斯戏剧的文本分析,1999年在专著《名誉政治:田纳西·威廉斯后期剧作的批判性接受》中通过学术史的研究肯定了威廉斯后期剧作在美国实验戏剧领域的重要地位。近年来她将研究视角转向了舞台,其专著《田纳西·威廉斯与"放任戏剧":奇特、疯狂和古怪》(2015)审视了近年来威廉斯后期戏剧的演出情况,指出这些抓住了剧作家后期创作美学要义的舞台呈现是威廉斯后期剧作在近年来赢得赞誉的重要原因。

近年来,国外的威廉斯研究有"向后转"的趋势,原来被忽视和否定的威廉斯后期剧作引起学界关注,虽然有威廉斯经典剧作之外的作品和威廉斯后期剧作的研究成果问世,但这些研究尚处于起步阶段,相关成果主要以单部作品或少数几部作品为研究对象,系统全面的深入研究匮乏。涉及威廉斯后期剧作研究的主要成果有:

纽约城市大学罗杰·博克西尔(Roger Boxill)的专著《田纳西·威廉斯》将威廉斯的早期独幕剧、中期经典名剧、1957—1959年的流浪者戏剧、后期戏剧均纳入研究视野。博克西尔对威廉斯后期剧作的艺术成就持否定态度,认为其后期戏剧在主题上只是对前期戏剧的延续;在创作方法上与其惯用的方法完全相同,威廉斯只是在改写、扩写和重复自己的作品;在艺术手法上,威廉斯仍在坚持使用"不必要的音乐、'造型'灯光、内景和外景的模糊界限"等电影技巧;博克西尔还指出,威廉斯"仍旧用现代短篇小说作为结构模型",

---

① O'Connor, Jacqueline. *Law and Sexuality in Tennessee Williams's America*. Madison: Fairleigh Dickinson University Press, 2016.

通过淡化剧情来强调情绪和性格的手法变得越发明显。[①]

　　萨迪克的《名誉政治：田纳西·威廉斯后期剧作的批判性接受》从学术史方位探究威廉斯后期剧作遭贬评的原因，指出当时的评论界不能接受其反现实主义的风格导致其遇冷。萨迪克援引 1971—1995 年的相关评论，结合部分威廉斯后期剧作的文本分析，状写了威廉斯对前期戏剧风格的突破和改变，肯定了威廉斯后期剧作对于美国实验戏剧探索的重要意义。书中指出，美国文化中有一条"定律"，认为艺术家成就的高低取决于其最新的作品，任何短暂的从高雅格调的下滑或对已获评论界肯定的方法的背离，都被认为是已不能创作有价值的作品的证明。[②] 这条"定律"在威廉斯艺术声誉的大起大落中得到了最好的阐释。20 世纪 40 年代和 50 年代，威廉斯在美国戏剧舞台上光彩夺目，而 20 世纪 60 年代和 70 年代的戏剧实验则广受批评界贬斥，甚至被排除于常规复排的剧目名单之外。[③] 萨迪克反思学界成说——认为威廉斯后期作品是其"酒精麻醉"的产物，指出威廉斯后期剧作遭受贬评的主要原因在于学界以过时的现实主义标准来衡量威廉斯的新剧作，据此否定威廉斯创造新的戏剧形式的努力。萨迪克通过"重新解读威廉斯的整个戏剧生涯"而得出"威廉斯在美国实验戏剧领域占有重要地位"的论断。

　　由科林主编的论文集《待开发之地：田纳西·威廉斯后期剧作》中收录了 15 位威廉斯研究者撰写的论文，这些学者研究了包括《牛奶车不再在此停留》(*The Milk Train Doesn't Stop Here Anymore*, 1962)、《淑女》(*The Gnadiges Fraulein*, 1965)、《大地王国（又名：默特尔的七个后代）》(*Kingdom of Earth or The Seven Descents of Myrtle*, 1967)《在东京旅馆的酒吧里》(*In the Bar of a Tokyo Hotel*, 1969)、《两个人的戏剧》(*The Two-Character Play*, 1967)、《小手艺的警告》(*Small Craft Warnings*, 1970)和《夏日旅馆的衣裳》(*Clothes for a Summer Hotel*, 1980)等在内的多部威廉斯后期剧作，考

---

① Boxill，R. *Tennessee Williams*. London & Basingstoke：Higher and Further Education Division Macmillan Publishers Ltd.，1987.

② Saddik，A. J. *The Politics of Reputation*：*The Critical Reception of Tennessee Williams' Later Plays*. Madison：Fairleigh Dickinson University Press，1999.

③ 详见：Londré，F. H. Review：Annette J. Saddik, The Politics of Reputation：The Critical Reception of Tennessee Williams' Later Plays. *Comparative Drama*，2000，34 (2)：265.

察了威廉斯后期戏剧的"艺术变革"。其中,萨迪克指出了威廉斯与安托南·阿尔托(Antonin Artaud)戏剧观的相似之处;菲利浦斯研究了《大地王国(又名:默特尔的七个后代)》的电影改编;科林分析了《小手艺的警告》中的宗教观;格洛斯分析了《红色魔鬼炮台信号》中的诺斯底政治;吉恩克斯指出了《夏日旅馆的衣裳》中浪漫主义的回归。多数研究者都肯定了威廉斯在其后期创作中所进行的全新戏剧风格的尝试。①

美国德鲁大学乔治·梅特西斯(George Mitsis)的博士论文《自我与空间:田纳西·威廉斯后期剧作的互文性和主题发现》②是较早出现的涉及威廉斯后期剧作研究的成果。该文以欲望、诱惑与控制为论述主线,将威廉斯的戏剧创作分为早期(1945—1961)、中期(1962—1972)和后期(1971—1981),探析了这三个阶段的威廉斯剧作主题延续与主题更替的原因。梅特西斯认为,威廉斯在《老城区》、《有些模糊,有些清楚》(Something Cloudy, Something Clear,1981)和《夏日旅馆的衣裳》等后期剧作中通过将前期剧作中的青年人物置身于新的时间框架来延续前期主题;剧作家还在后期创作中继续探索兄弟姐妹情感问题,如《两个人的戏剧》、《这就是和谐家园,或福星高照》(This Is the Peaceable Kingdom or Good Luck God,1980)和《科雷夫·科尔的美好星期天》(A Lovely Sunday for Creve Coeur,1978),继续关注母子关系问题,如《脚步要轻柔》(Steps Must Be Gentle,1980)。威廉斯试图通过这些创作来给其早期就密切关注的一些问题找到新的答案。

格里塔·海因策尔曼(Greta Heintzelman)和阿利西亚·史密斯-霍华德(Alycia Smith-Howard)编写的《田纳西·威廉斯批评指南》③介绍了包括21世纪初才整理出版的部分威廉斯剧作,如2002年出版的独幕剧《讲述皇后之死的悲伤故事》(And Tell Sad Stories of the Death of Queens,1970)等。书中有威廉斯剧作的剧情梗概、人物介绍、评论史、演出史和出版史,是威廉斯研究的重要参考书,但是其中一些剧情梗概或内容简介言不及义,未能准确

① Kolin, P. C. The Undiscovered Country: The Later Plays of Tennessee Williams. New York: Peter Lang Publishing, Inc., 2002.

② Mitsis, G. Self and Its Space: An Intratextual and Thematic Recovery of Tennessee Williams' Late Plays. Madison: Drew University, 2002.

③ Smith-Howard, A. & Heintzelman, G. Critical Companion to Tennessee Williams: A Literary Reference to His Life and Work. New York: Facts on File, Inc., 2005.

传达原作信息。

曾执导过威廉斯戏剧的舞台剧导演威廉·浦罗萨(William Prosser)的专著《田纳西·威廉斯的后期戏剧》①提供了多部尚未出版的后期戏剧作品和珍贵的演出资料,侧重从演剧史的角度,结合威廉斯对创作过程的自述和剧评家的演出评论,分析了《牛奶车不再在此停留》《淑女》《红色魔鬼炮台信号》《老城区》和《有些模糊,有些清楚》等后期剧作不受观众和剧评界欢迎的原因。

威廉斯的编年史作者及密友、作家、记者布鲁斯·史密斯所写《代价高昂的演出:田纳西·威廉斯之最后的舞台》(Costly Performances: Tennessee Williams: The Last Stage)是威廉斯本人撰写的《回忆录》(Memoirs,1975)的续篇,书中回顾了威廉斯1980—1983年的生活和工作情况,讲述了威廉斯后期剧作《夏日旅馆的衣裳》《摇摇欲坠的房子》(A House Not Meant to Stand,1982)等演出台前幕后的故事,对于促进人们对威廉斯后期剧作的舞台艺术的了解以及推进威廉斯戏剧演剧史的研究具有一定的意义。

从以上对国外研究史的梳理来看,欧美学界对威廉斯戏剧的文本研究和演剧研究成果都比较丰厚,因为有得天独厚的优势,欧美学者有观看威廉斯戏剧演出和搜集整理威廉斯手稿等第一手资料的便捷条件。但笔者认为国外研究存在一些问题,例如研究视野比较狭窄,对单个作品的零散评论居多,缺少在宏观视角之下对威廉斯后期戏剧的全面考察以及对其后期戏剧风格发生巨大转变原因的深入分析。

(二)国内研究述评

美国评论界对田纳西·威廉斯的关注并不亚于被誉为"现代美国戏剧之父"的尤金·奥尼尔。相比之下,中国的威廉斯研究显得比较薄弱,威廉斯戏剧在中国的译介以及威廉斯研究热度远不及奥尼尔戏剧,威廉斯戏剧在中国的传播和知名度也不及阿瑟·米勒戏剧。

20世纪80年代初以来,国内出现了奥尼尔热,出版了多部奥尼尔传记、奥尼尔剧作汉译本、奥尼尔研究论文集,并于1985年成立了中国"奥尼尔研究中心",定期举办奥尼尔学术研讨会和奥尼尔戏剧节。21世纪以来国内出

---

① Prosser, W. *The Late Plays of Tennessee Williams*. Lanham, MD: The Scarecrow Press Inc., 2009.

版了多种奥尼尔的剧作和研究论著,研究论文多达数千篇。中国学界对于美国当代戏剧巨子阿瑟·米勒也投入了很大的热情,有关米勒的研究和评论自他 1978 年首次来华以来从未间断,其主要作品在国内均有译介。1981 年,《萨勒姆的女巫》(*The Crucible*,1953)在华上演并大获成功。1983 年,米勒再度来华,亲自执导了他的代表作《推销员之死》(*Death of a Salesman*,1949),次年他又出版了《"推销员"在北京》('*Salesman' in Beijing*,1984)一书,大大增进了中国观众对米勒戏剧的了解。

虽然早在 1963 年就有中国译者译介威廉斯戏剧,但迄今为止仅有 9 部威廉斯剧作被译成汉语,其中汉译本《夏日烟云》(*Summer and Smoke*,1981)①在香港出版。收录了《玻璃动物园》《欲望号街车》《热铁皮屋顶上的猫》和《蜥蜴之夜》等 4 部威廉斯剧作的《外国当代剧作选 3》,是目前已出版的唯一一部威廉斯剧作选集。在舞台演出方面,不仅普通的中国观众认为威廉斯的剧作难以理解和接受,即使是"圈内"的专业人士也觉得很难真正走近它。1987 年 2 月,威廉斯具有社会批判色彩的剧作《热铁皮屋顶上的猫》在上海公演,著名导演、戏剧艺术家黄佐临到场观看之后说:"我不喜欢田纳西·威廉斯的戏剧,美国人的戏与中国距离太远。"②相比于米勒的社会问题剧,威廉斯的精神和心理悲剧不太容易被中国观众和读者接受。中国大批观众对米勒那种"易卜生式"的批判现实主义作品青睐有加,而对于更接近"契诃夫式"戏剧和斯特林堡戏剧、热衷于描写颓废内容、长于刻画心理变态人物的威廉斯戏剧,中国观众和读者则感到悬隔难通。即使到了 21 世纪,中国戏剧界在搬演威廉斯戏剧时,为了减少其与中国观众跨文化对话的"异质反应",不得不采用汉化手段来进行文化过滤。③

中国的威廉斯研究始终处于相对冷清的状态,国内至今没有举行过威廉斯专题研讨会,也没有出版过威廉斯研究专辑。20 世纪 80 年代末,汪义群和郭继德等率先撰文介绍和评价威廉斯。近年来威廉斯戏剧研究吸引了一批中青年学者,涌现了一些新的研究成果,其中韩曦、李尚宏、梁超群和张敏等

---

① 《夏日烟云》为中国香港译本的剧名,本书将采用内地较普遍的译名《夏与烟》。

② 孔令君. 死亡·情欲·金钱——导演张应湘谈田纳西·威廉斯的戏剧. 文学报,1987-02-05(2).

③ 详见:吾文泉. 跨文化诗学研究与舞台表述:田纳西·威廉斯在中国. 戏剧(中央戏剧学院学报),2004(4):67-74.

在生平研究、主题研究和诗学研究等视角取得了可观的成果,但是研究对象主要集中于威廉斯 1944—1961 年的代表作,例如《玻璃动物园》《欲望号街车》和《热铁皮屋顶上的猫》等经典之作是研究热点,涉及的威廉斯后期作品数量有限。国内的威廉斯研究学术史呈现的总体趋势是涉及后期戏剧研究的成果逐渐增多,理论视野有所拓宽,对威廉斯后期成就的评价逐步由否定转向肯定:周培桐曾批评后期威廉斯的唯心主义世界观以及对现实主义的偏离;李杨认为威廉斯的后期剧作没有多少艺术价值;李英指出威廉斯后期黑色喜剧(black comedy)是"狂欢文学的当代范例";刘白云肯定了后期作品在形式和内容上取得的极大突破;张敏通过参与纽约大学戏剧系开展的搬演威廉斯 5 部前后期戏剧的"物种剧场"(species theatre)实验,指出威廉斯剧作传达了"世界在不断变化或进化"这一哲学观点;武颖从地域文化和人文环境对作家创作的影响这一视角,分析了威廉斯的后期剧作所折射的新奥尔良文化情愫;笔者总结了威廉斯后期剧作所尝试的多样化风格及其倡导的后现代家庭模式的先锋精神。[①] 下文将对这些观点进行简要的总结。

周培桐从意识形态批评角度对威廉斯后期剧作的批评在 20 世纪 80 年代中国学界较具代表性,他指出唯心主义世界观的局限性损害了威廉斯后期剧作的思想价值:"威廉斯成名后,创作力衰退,其兴趣也进一步转向精神分析和内心探索,更多地使用,有时甚至是滥用象征手法,使后期一些作品充满感伤、悲观气氛,不再提供什么鲜明完整的故事,对现实生活也不能作出什么新鲜的、生动有力的解释,从而遭到冷落。威廉斯不能克服他的唯心主义世界观的局限,只把眼光专注在生活的阴暗面,甚至欣赏、迷恋于病态、畸形的'美',无力去正视和表现生活中光明的、积极的、真正美好的东西,不能不使他这些剧作的思想意义受到损伤。"[②] 2006 年李英用精神分析法对威廉斯后

① 参阅:周培桐. 独具一格的美国剧作家——介绍田纳西·威廉斯. 戏剧报,1987(8):35-36;李杨. 田纳西·威廉斯之后的美国南方戏剧. 戏剧,2000(3):31-32;李英. 田纳西·威廉斯戏剧中欲望的心理透视. 济南:山东大学博士学位论文,2006;刘白云. 田纳西·威廉斯后期剧作初探. 上海:上海外国语大学硕士学位论文,2008;张敏. "物种剧场"与田纳西·威廉斯作品的开放性. 戏剧艺术,2011(5):19-27;武颖. 威廉斯戏剧文学的新奥尔良文化情愫. 南通大学学报(社会科学版),2014(3):49-55. 晏微微. 田纳西·威廉斯后期剧作的思想转向——以家庭剧为例. 西安外国语大学学报,2018,26(4):114-118.
② 周培桐. 独具一格的美国剧作家——介绍田纳西·威廉斯. 戏剧报,1987(8):35-36.

期剧作作出新的评判。李英的博士论文《田纳西·威廉斯戏剧中欲望的心理透视》将威廉斯的后期剧作和经典名作一起揽入视野,其中最后一章专论威廉斯的后期戏剧。李英紧扣威廉斯戏剧"欲望"这一重要题旨,解读了威廉斯戏剧中的疯癫、死亡、欲望等边缘性主题以及后期黑色喜剧。李英分析了这些剧作在同时代遭受排斥却又在 21 世纪得以复兴的原因,他认为,威廉斯一改其前期业已形成的风格,转而创造一种自称为黑色喜剧的新形态。在这种喜剧中,人物对白支离破碎,戏剧结构松散无序,语言充满自嘲式的黑色幽默,这使得他的观众接受面越来越窄。说明这种创新不符合当时观众的欣赏口味,也不合成功商业戏剧的标准。[①] 然而,正是这一主题使威廉斯的戏剧在沉寂多年之后又引起 21 世纪人们的重新关注,获得了当代人的理解和尊重。李英的研究成果为学界进一步研究威廉斯后期戏剧打下了基础,为我们了解剧作家创作的总体面貌和心路历程提供了条件。然而由于论文重心不同,该文仅在最后一章对威廉斯后期剧作的特色以及后期戏剧不如前期戏剧受关注的原因进行了分析,但并未充分展开。此外,李英还在期刊上发表了论文《幽冥之中的孜孜求索——田纳西·威廉斯后期黑色喜剧的人性化探索》,指出"反英雄主人公""自白式戏剧创作"和"日趋削弱的性暴力色彩"是威廉斯后期黑色喜剧的三个主要特点。李英认为,威廉斯前后期戏剧以不同的表现形式来表达"性、暴力和南方色彩"这一永恒不变的主题。李英的研究成果可谓国内威廉斯后期剧作研究领域的主要收获。

除了李英的研究之外,刘白云的学位论文《田纳西·威廉斯后期剧作初探》也在威廉斯后期剧作研究方面做了有益的尝试。作者以细读和分析威廉斯创作于 1965 年的《淑女》为切入点,充分肯定了威廉斯后期剧作的艺术价值。该文通过对剧本的细致剖析和与前期作品的比较,就后期作品的显著特点及其形成原因作了探讨,认为后期作品在形式和内容上极大地突破了为威廉斯赢得声誉的前期作品,不仅在风格、语言、戏剧结构、人物塑造等方面引入了新的艺术元素,而且在题材的广度和深度上也有所开拓。武颖的论文《威廉斯戏剧文学的新奥尔良文化情愫》以地域文化和人文环境对作家创作的影响为切入点,研究了包括《伤残者》(*The Mutilated*,1965)和《老城区》等威廉斯后期剧作在内的 8 部以新奥尔良为叙事背景的剧作,作者认为,作为

---

① 李英.田纳西·威廉斯戏剧中欲望的心理透视.济南:山东大学,2006:xiv.

威廉斯"精神故乡"的新奥尔良地域文化是威廉斯戏剧创作的灵感源泉和素材宝库。笔者在《田纳西·威廉斯后期剧作的思想转向——以家庭剧为例》一文中分析了威廉斯后期剧作的思想转向和艺术新变,通过对《讲述皇后之死的悲伤故事》和《夏日旅馆的衣裳》等威廉斯后期剧作的剖析说明威廉斯后期剧作的内容比形式更为激进,在思想艺术价值方面领先于时代,在美国乃至世界后现代戏剧的发展史上发挥了"道夫先路"①的作用。

　　总体看来,国内外学界较早开始关注威廉斯的戏剧创作,但对其后期剧作的研究还非常薄弱,对威廉斯后期戏剧价值的评价基本上一致由"否定"转向"肯定",但评价的依据均不够充分。本书认为应当从如下三个方面对威廉斯后期剧作展开更为深入和全面的研究:

　　一是由于威廉斯许多后期戏剧的剧本直到近年来才陆续被发现,学界的研究也应随着研究对象的变化而深入,威廉斯的后期剧作对于学界而言是一片"待开发之地"。多数研究者都只对威廉斯后期戏剧作蜻蜓点水式的评介,认为这些剧作成就不高,但此种结论缺乏有说服力的深入论证。我们要对威廉斯后期剧作的思想主题和艺术成就进行全面的总结和评判,就应当致力于译介威廉斯后期剧作,探讨威廉斯后期剧作与美国当代戏剧思潮、戏剧生态和文化思潮之间的互动关系,以及深入考察分析美国评论界对威廉斯后期剧作的否定性评价形成的原因,等等。

　　二是学界大量采用生平研究和传记研究的范式,索引式的考据和对作家经历与其作品关系的过度挖掘未能与威廉斯的艺术成就构成强相关的逻辑关系;近年来学界对爱情婚姻伦理主题高度关注,这也不足以成为揭示威廉斯戏剧艺术特质的关键。要揭示威廉斯的悲剧艺术之于西方现代悲剧诗学的启发意义,就要在拓宽理论视野的基础上加强对其后期剧作研究,整体把握威廉斯创作。威廉斯戏剧与其小说、诗歌和电影创作之间有着较紧密的联系,因此有必要将研究对象的范围拓展到威廉斯小说、诗歌和电影作品。威廉斯是美国戏剧界的泰斗之一,也是小说家和诗人;他既是百老汇的明星,同时也是好莱坞的宠儿。威廉斯是将剧作改编成电影数量最多的美国剧作家之一。威廉斯艺术创作的一个重要特点就是热衷于对作品进行多次修改甚

---

① 屈原. 离骚//北京大学中国文学史教研室. 先秦文学史参考资料. 北京:中华书局,1962:509.

至重写,他往往将某一创作思想首先体现在小说中,然后对其进行提炼,使之成为某一戏剧作品的主题。例如,由威廉斯编剧的影片《贝比·朵儿》(*Baby Doll*,1956)改编自他创作于 1954—1956 年的同名戏剧,该剧则由其 1945 年发表的两个独幕剧改编而来,即《满满的 27 车棉花》和《缩短居留时间(又名:不称心的晚餐)》(*The Long Stay Cut Short or The Unsatisfactory Supper*,1945);而其中的独幕剧《满满的 27 车棉花》又改编自威廉斯写于 1935 年、发表于 1936 年的同名小说。类似情形在威廉斯的创作中十分常见。因此只有联系其相关的小说、诗歌、电影作品,才能全面深入地了解和解读威廉斯剧作的精神意蕴和威廉斯的创作思想,把握其艺术特色。李尚宏的专著《田纳西·威廉斯新论》突破了戏剧作品的研究局限,以主题研究为核心,把视野拓展到了威廉斯的诗歌、小说和自传,但是该文选取的研究对象主要是 1961 年之前的威廉斯前期创作,其中包括《圣徒火刑》(*Auto-Da-Fe*,1938)、《玻璃动物园》、《夏与烟》(*Summer and Smoke*,1948)、《玫瑰文身》(*The Rose Tattoo*,1950)、《蜥蜴之夜》等戏剧作品和《欲望与黑人按摩师》(*Desire and the Black Masseur*,1942—1946)、《诗人》(*The Poet*,1948)和《斯通夫人的罗马春日》(*Roman Spring of Mrs. Stone*,1950)等小说作品。在这些前期作品中,主题的传达隐晦而曲折,而直接表现爱情伦理主题的《白色粉尘》(*The Chalky White Substance*,1980)、《旅伴》(*The Traveling Companion*,1981)和《世界小姐的非凡旅社》等后期剧作却未被纳入考察剧目之列。

三是对威廉斯后期剧作的思想价值和美学特征的分析总结尚不够深入,对威廉斯后期创作成败问题的讨论亟待纳入 20 世纪 60 年代以降后现代文化兴起、西方戏剧从传统戏剧向后戏剧剧场转向的历史语境中加以深入展开。威廉斯后期剧作的转型既是出于剧作家创新的自觉,也与西方戏剧思潮的变迁密切相关。德国戏剧理论家汉斯-蒂斯·雷曼(Hans-Thies Lehmann)提出的"后戏剧剧场"(Postdramatisches Theater)概念,对 20 世纪 60—70 年代以来西方新剧场的形式特征及美学价值进行了一种理论构建,指出了戏剧艺术在 60 年代之后的重大转向。在比较研究威廉斯前后期剧作的基础上,将其后期剧作置于西方后现代文化兴起、西方进入"后戏剧剧场"时期的大背景下进行审视,将有助于把握威廉斯后期剧作的美学特征,衡定威廉斯后期剧作对戏剧诗学的开拓,总结威廉斯后期戏剧创作所取得的成就,深入探究后期剧作在美国舞台上失利及其长期遭到评论界否定的原因。

第一章　威廉斯戏剧创作的历程

　　威廉斯是一位勤奋高产的作家,他的 107 部戏剧作品中有 40 部为多幕剧或长剧,67 部为独幕剧或短剧。尽管作品如此丰富,真正受到美国剧坛肯定与赞誉的却几乎都是在 1944 年至 1961 年创作的少数作品。自 1945 年起,威廉斯凭借《玻璃动物园》上演的大获成功而成为战后美国剧坛的领军人物。其中,《玻璃动物园》《欲望号街车》和《热铁皮屋顶上的猫》三部剧作成为威廉斯广为人知的代表作,也是公认的美国当代戏剧的经典之作。威廉斯成名前的剧作多被看作其练笔的习作,没有引起评论家们太大的兴趣;而威廉斯经典名作之外的多数剧作所获评价可谓“毁誉参半”,有些作品尤其是后期作品甚至被批得体无完肤。威廉斯剧作的声誉大起大落,这让他在写作生涯中尝尽辛酸、倍感不忿。1944 年在芝加哥首演、1945 年登上百老汇舞台并引起轰动的《玻璃动物园》获得巨大成功,但似乎没有带给他太多的满足感。当时他已埋头创作十几年,对于突如其来的成功和未知的将来,他充满忧虑:“我感到无比的沮丧,也许我从来不相信能够继续下去的事情,也能够持久不衰。我从来没认为自己的迈进能稳住地盘。我始终认为前进之后,接踵而来的必定是扑倒。”[①]

　　这种预感在其后期的戏剧实践中不幸变成了现实。有学者这样描述道:

　　　　六十年代美国的社会文化正在巨变,观众的价值观及口味也在改变,威廉斯笔下伤残寂寞的人物,出自灵魂深处的呐喊,六十年代的观众大感吃不消。一夕间,威廉斯受尽白眼,饱尝世态炎凉。但是威廉斯并

---

① 转引自:杨月荪.陌生人的慈悲——《田纳西·威廉斯忏悔录》译后感//威廉斯.田纳西·威廉斯忏悔录.杨月荪,译.台北:圆神出版社,1986:467.

不认输……剧评人骂他,他便骂回去,这当然又得罪了不少人。①

纵观威廉斯一生的艺术经历,我们可将其戏剧创作历程大致划分为四个阶段:第一阶段是 1930—1943 年,这是威廉斯作为职业剧作家之前的成长期;第二阶段是 1944—1961 年,这是剧作家职业生涯的辉煌期,这一时期以 1944 年威廉斯生平第一部重要剧作《玻璃动物园》的问世为开端,以 1961 年威廉斯生平最后一部获奖剧作《蜥蜴之夜》的问世为结束;第三阶段(1962—1969)和第四阶段(1970—1983),威廉斯虽仍不断有新作问世,但所获褒评甚少,评论界普遍认为威廉斯走了下坡路。第一与第二两个阶段虽有区别,但与后期相比,共性大于差异性,连续性显得比较强——在这两个阶段中,威廉斯的戏剧创作一直处于上升期,影响越来越大,变化主要在于越来越成熟,不存在断裂式的新变。而且,本书主要的研究对象是其后期戏剧,虽然研究后期不能割断其与前期的联系,但对前期的论说又不能喧宾夺主,故将前两个阶段并称为前期(1930—1961),后两个阶段分别是遭受双重打击的 60 年代和倾慕"残酷"的 70 年代,相对于前两个阶段而言,具有颠覆和转向的特点,威廉斯剧作的声誉也从巅峰滑落,故称之为后期(1962—1983),后期戏剧是论说的重点。

要深入研究和解读威廉斯的后期剧作,就有必要了解威廉斯的整个戏剧创作历程,如此才能从整体上把握威廉斯的戏剧思想,寻找其后期剧作的准确定位。本章将主要从主题表达、题材选取和形式演变等方面,对威廉斯前期和后期戏剧创作情况进行梳理和分析。

第一节　威廉斯的前期戏剧创作(1930—1961)

威廉斯的前期戏剧创作可析为两个阶段,第一阶段为成长期,第二阶段为辉煌期。

---

① 白先勇.人生如戏——田纳西·威廉斯忏悔录//威廉斯.田纳西·威廉斯忏悔录.杨月荪,译.台北:圆神出版社,1986:3.

一、成长期的戏剧创作（1930—1943）

国内外学界少有对威廉斯早期剧作的全面研究，有些论文虽以"威廉斯的早期作品"为题，论述的仍是创作于 20 世纪 40 年代后期的《玻璃动物园》和《欲望号街车》等经典剧作。[①] 事实上，从威廉斯的处女作《这个词就是美》（*Beauty Is the Word*，1930）问世到他凭《玻璃动物园》扬名全美之前的作品才是真正意义上的威廉斯的早期剧作。其中，创作于 1944 年的《玻璃动物园》于次年在百老汇演出的大获成功标志着威廉斯进入创作高峰期，因而本书将该剧归入了威廉斯第二阶段剧作之列。威廉斯第一阶段的剧作见表1-1。

表 1-1　威廉斯第一阶段的剧作（1930—1943）

序号	英文剧名	汉译剧名	创作年份	幕次类别
1	Beauty Is the Word	这个词就是美	1930	独幕剧
2	Why Do You Smoke So Much，Lily?	莉莉你为何吸烟？	1935	独幕剧
3	Cairo! Shanghai! Bombay!	开罗！上海！孟买！	1935	独幕剧
4	Curtains for the Gentleman	绅士的末日	1936	独幕剧
5	The Magic Tower	魔塔	1936	独幕剧
6	Candles to the Sun	日下残烛	1936	十场剧
7	Moony's Kid Don't Cry	慕尼的孩子别哭	1936	独幕剧
8	The Big Game	重要比赛	1937	独幕剧
9	Me，Vashya!	我，瓦希亚！	1937	独幕剧
10	Fugitive Kind	逃亡者	1937	独幕剧
11	Spring Storm	春天的风暴	1937	三幕剧
12	Summer at the Lake	湖边的夏日	1937	独幕剧
13	Honor the Living	向生者致敬	1937	独幕剧
14	The Palooka	蹩脚的运动员	1937 年之后，具体时间不确定	独幕剧

---

① 　参阅：左宜. 田纳西·威廉斯. 当代外国文学，1981(4)：143-147.

续表

序号	英文剧名	汉译剧名	创作年份	幕次类别
15	In Our Profession	我们的行当	1938	独幕剧
16	Every Twenty Minutes	每二十分钟	1938	独幕剧
17	Mister Paradise	帕拉代斯先生	1938	独幕剧
18	The Fat Man's Wife	胖男人的妻子	1938	独幕剧
19	Auto-Da-Fe	圣徒火刑	1938	独幕剧
20	Adam and Eve on a Ferry	渡轮上的亚当与夏娃	1939	独幕剧
21	Not About Nightingales	与夜莺无关	1938	独幕剧
22	The Dark Room	黑暗的房间	1939	独幕剧
23	Battle of Angels	天使之战	1939	三幕剧
24	Once in a Lifetime	一生一次	1939	独幕剧
25	The Strange Play	奇怪的戏剧	1939	独幕剧
26	Escape	逃亡	20 世纪 30 年代末—40 年代初	独幕剧
27	At Liberty	自由	1940	独幕剧
28	The Long Goodbye	长长的离别	1940	独幕剧
29	The Purification	净化	1940	独幕剧
30	The Case of the Crushed Petunias	牵牛花破坏案	1941	独幕剧
31	I Rise in Flame, Cried the Phoenix—A Play in One Act about D. H. Lawrence	凤凰说,我浴火重生——一部关于劳伦斯的独幕剧	1941	独幕剧
32	Stairs to the Roof	通向屋顶的楼梯	1941	十九场剧
33	Hello from Bertha	来自伯莎的问候	1941	独幕剧
34	This Property Is Condemned	被查封的房产	1941	独幕剧
35	Thank You, Kind Spirit	谢谢你,灵魂	1941	独幕剧
36	The Lady of Larkspur Lotion	使用飞燕草药液的女人	1942	独幕剧
37	The Strangest Kind of Romance	离奇的浪漫	1942	四场剧
38	You Touched Me!	你抚摸了我	1942	三幕剧
39	The Pink Bedroom	粉红色的房间	1943	独幕剧

这 39 部剧作可谓题材多样、思想意蕴丰富。在戏剧风格、艺术形式、创作方法的探索方面，象征主义、表现主义等西方现代主义戏剧思潮对威廉斯早期戏剧的浸润清晰可辨，而威廉斯戏剧立足于美国社会、关注现实、力图揭示生活本质的特征则表明，由奥尼尔所开创的美国现实主义戏剧传统对其影响很大。

（一）多种题材的摄取

20 世纪 30 年代，许多西方剧作家在国际共产主义运动的影响下，积极投入到火热的现实斗争中去，有的加入了无产阶级作家的行列，从而形成了 20 世纪西方戏剧史上独特的"红色的 30 年代"。30 年代的美国又正处于经济大萧条时期，"百老汇演出季中一半以上的严肃戏剧是反映大萧条时代美国人民生活的故事"[①]，以底层工人阶级生活为题材的左翼戏剧盛行一时。以克利福德·奥德茨(Clifford Odets)为代表的美国左翼戏剧家们通过戏剧创作来反映广大美国劳动人民在大萧条时代的生活困境，对资本主义的社会制度进行批判。

在这一时期，初出茅庐的威廉斯受到了左翼戏剧的影响，这主要表现在他创作了大量以社会底层人民的家庭生活和罢工斗争为主要题材的家庭现实主义戏剧。然而威廉斯的戏剧与奥德茨的戏剧有着不同的精神取向：奥德茨戏剧从某种程度上来说是马克思主义革命思想的传声筒，他的《等待老左》(Waiting for Lefty, 1935)等剧实际上就是政治鼓动剧；而威廉斯戏剧与意识形态的结合相对并不那么紧密，尚无证据表明他受到过马克思主义思想的影响。威廉斯戏剧多是表现"美国梦"幻灭的悲剧，例如他的首部多幕剧《日下残烛》(Candles to the Sun, 1936)描写的就是社会底层人民的生活和罢工斗争，但他并没有如同奥德茨那样指明革命的方向。该剧讲述了煤矿工人皮尔切一家的悲惨遭遇。布兰姆·皮尔切日复一日地拼命劳作，对剥削和不公一再忍让，但所挣的钱却不足以养活妻小：妻子海斯特死于营养不良引发的糙皮症，大儿子约翰和小儿子乔都死于矿难，女儿斯达在两任矿工男友相继死于矿难和罢工镇压之后，万念俱灰，远走他乡沦为妓女。孙子卢克身上寄托着家族的希望，却将其母亲多年积攒下来供他上大学的钱全部用于支持煤矿工人罢工。虽然罢工斗争结束后矿主向工人们妥协并接受了他们的复工条件，但矿工家庭的命运没有得到根本性的改变。剧终时布兰姆双目失明并

---

① 　陈世雄,周宁. 20 世纪西方戏剧思潮. 北京:中国戏剧出版社,2000:368.

患上阿尔茨海默病,孙子卢克也穿上矿工服步入矿井,走上了祖辈和父辈的老路。本剧作为大萧条时期工人家庭的生存困境的缩影,揭示了劳动人民靠辛勤劳动就能收获美好生活的"美国梦"破灭的严酷现实。

除了工人斗争题材之外,威廉斯的早期家庭现实主义戏剧更多采用的是对底层人民波澜不惊的日常生活的描绘。这些剧作在取材上与桑顿·怀尔德(Thornton Wilder)的戏剧不无相似之处,但在叙事上则明显有着契诃夫戏剧的痕迹。怀尔德将观察社会的目光集中在平凡百姓的日常生活上,以"为我们日常生活中的琐事寻求一种至高无上的价值"①为宗旨,创作了一部部田园牧歌式的家庭生活戏剧,其代表作《我们的小镇》(Our Town,1938)将新罕布什尔州格洛佛角小镇上居民们的生老病死和生命的所有流转——"农舍,婴儿车,驾着福特在礼拜日下午出行,第一次风湿,祖孙,第二次风湿,临终时刻,宣读遗嘱"——都写进了戏里,②引导戏剧读者和观众体会日常生活的美妙,指出生活中的每一时刻都是富有意义的。③

威廉斯早期戏剧也多以斗室微澜的家庭生活为题材,如独幕剧《慕尼的孩子别哭》(Moony's Kid Don't Cry,1936)、《魔塔》(The Magic Tower,1936)、《黑暗的房间》(The Dark Room,1939)等。《慕尼的孩子别哭》由威廉斯1930年在密苏里大学所写的一部8页篇幅的情节剧《凌晨三点的热牛奶》改编而成,描写生活窘迫的年轻夫妇慕尼和简之间因一杯打翻的牛奶而引发的一场争吵。《魔塔》描写蜗居在租来的小阁楼上,穷得揭不开锅的年轻艺术家夫妇。他们戏称所租住的破旧阁楼为"魔塔",然而他们的爱情没能经受住艰难的现实生活的考验,妻子在其朋友的劝说下离开了画家,回归其婚前的戏剧演员生活。这部充满浪漫诗意的短剧以喜剧的形式表现了对生活的悲剧性体验。《黑暗的房间》描写租住在一套狭小、脏乱的公寓里的一个贫穷的意大利移民的家庭生活。波西提太太的女儿蒂娜·波西提已怀有身孕,她长期将自己锁在黑暗的卧室里,等待着每晚与情人幽会。这些描写社会底层小人物的平凡生活的戏剧表现了日复一日过着穷困单调生活的人们对自由的向往、对梦想与现实之间巨大

---

① 廖可兑. 美国戏剧论辑. 北京:中国戏剧出版社,1985:44.

② 马奎里斯.《我们的小镇》前言//怀尔德. 我们的小镇. 但汉松,译. 南京:译林出版社,2013:12.

③ 廖可兑. 美国戏剧论辑. 北京:中国戏剧出版社,1985:42.

反差所表现出的无奈，以及对全新生活的渴求。① 这种对自由和变化的追求是威廉斯戏剧的重要母题。

总体而言，威廉斯的家庭生活题材戏剧重在展现与家庭生活密切相关而又超越了生活本身的深广的社会、文化内容。威廉斯将家庭作为社会的缩影，以家庭成员的悲剧命运和家庭内部的矛盾冲突来揭示美国主流文化的弊病和资本主义社会制度的缺陷，这堪称威廉斯戏剧的一大特点。

（二）不同形式的探索

20 世纪 30 年代，西方剧作家们的创作大多遵循现实主义路径，但由于他们大多受到兴起于 19 世纪末的现代主义思潮的熏陶，因而 30—40 年代的西方戏剧还呈现出现实主义与现代主义杂糅的趋向。威廉斯在这一时期创作的大多是表现南方社会和边缘人群生活状态的现实主义剧作，其中有讲述密西西比小镇上的爱情的悲剧《春天的风暴》(*Spring Storm*, 1937)，有象征色彩浓厚的描写流浪诗人瓦伦丁·泽维尔在蛮荒的南方小镇上被私刑处死的《天使之战》(*Battle of Angels*, 1939)，还有描写美国西南方的一个小镇法庭对一对乱伦兄妹和一桩谋杀案的审判的《净化》(*The Purification*, 1940)，等等。而值得重视的是一部与这些现实主义戏剧风格迥异的剧作——《通向屋顶的楼梯》(*Stairs to the Roof*, 1941)，它昭示了威廉斯早期戏剧的探索精神。

年轻的威廉斯非常善于在学习前辈艺术手法的基础上进行新的创造，《通向屋顶的楼梯》就是一部表现主义色彩浓厚的探索性剧作。

威廉斯的大部分戏剧是悲剧，而这部《通向屋顶的楼梯》却是一部风格独特的以喜剧收尾的浪漫爱情剧。此剧比较充分地体现了威廉斯不拘一格、勇于探索的精神。

本书绪论曾提及威廉斯创作方法的一个独特之处，就是他往往将生活体验首先体现在小说中，然后对小说进行提炼、修改，使之成为戏剧作品。《通向屋顶的楼梯》就是由威廉斯的同名小说改编而来的。这部小说写于 1936年 10 月，当时在父亲的安排下进入鞋业公司工作的威廉斯刚从神经性抑郁症中逐渐康复，从此摆脱了鞋厂仓库的乏味工作。小说中的小职员爱德华是

---

① Smith-Howard, A. & Heintzelman, G. *Critical Companion to Tennessee Williams: A Literary Reference to His Life and Work*. New York: Facts on File, Inc., 2005:55.

一个年轻的诗人,故事一开始,一具尸体坠落在人行道上。紧接着一系列闪回(flashback)的画面呈现出爱德华的一生。因为爱德华在上班时写诗,老板当着办公室所有人的面解雇了他。爱德华承受不了打击而精神崩溃,从顶楼跳下,坠楼身亡。

威廉斯将这部现实主义小说改编成了同名戏剧《通向屋顶的楼梯》(下文简称《楼梯》),剧中融进了多个故事。主人公本·墨菲在一家衬衫厂工作,他不堪忍受单调乏味的工作,妻子也离开了他。工作不顺心时,本经常躲进卫生间里写诗,偶然间他发现了一道闲置的楼梯,沿着楼梯可以通往工厂的屋顶,在那儿他有了开阔的视野和自由的空间。本遇到了律师沃伦先生的秘书"女孩",两人相爱了。本跟"女孩"一起追逐着一道金光到树林和湖边进行了一次浪漫的冒险。当工厂老板格姆先生和股东发现神秘的楼梯后,本面临着被解雇的危险,他在暴动中带领所有办公室员工来到屋顶。戏剧最后一场极具反现实主义的科幻色彩:在前几场戏中没有在舞台上出现,只是一直在后台发出笑声的 E 先生踩着雷电在空中现身了,他的长袍在风中飞舞,不时还有一阵阵魔法火花从长袍里迸出,白日立刻变成傍晚。E 先生邀请本到新星球去居住,那里是 E 先生准备创造的第二个世界,本答应了,但前提条件是要"女孩"跟他一起去。E 先生用一阵火花把他们送走,然后向观众致意,此时E 先生的笑声逐渐转化为不停啜泣。他对观众说自己准备毁灭这个世界,但在看到本的那一刻,他改变了主意。他决定让本去法拉韦星创造一个新世界。P、D、Q、T 和格姆来到屋顶时,E 先生带着火花嗖的一声消失了。经员工提醒,几个董事摆出欢送的架势,员工们则为本而欢呼。在遥远的天际,本呼喊着:"再见!"员工们在屋顶上低语着,一起迎接 2000 年的到来。

像很多伟大作家一样,威廉斯从前辈的作品中获得了灵感,但又以多种新的手法使自己的作品变得独一无二。《楼梯》一剧与描写因劳资冲突酿成人生悲剧的《加算机》(The Adding Machine,1923)在主题和表现手法上有相似之处,但前者不是对埃尔默·赖斯(Elmer Rice)的表现主义杰作《加算机》的简单模仿,而是创造性地运用了新的戏剧手法。《楼梯》运用了表现主义手法,如场景的虚实结合——剧中的衬衫厂办公室、主人公和其朋友吉姆的家、酒吧的场景都是实景,而第十场"每个女孩都是爱丽丝"中本和"女孩"在湖边的冒险却是幻想中的场景。此剧还运用对童话故事《爱丽丝漫游仙境》的戏仿,以表现主义手法将本想要逃离生活牢笼的心理外化。《楼梯》的第五场,本坐在大学校园的长凳上回忆自己学生时代的场景,则运用了银幕投影和鬼魂形象,展现了与《玻璃动物园》类似的"回忆"场面,大胆而富有想象力的结尾更是令评论家们赞不绝口,称其为一部"为了明天而作的戏剧"[①],它的科幻小说式的结局甚至领先于 2001 年的《太空漫游》《星际迷航》等探索银河的科幻作品。

二、辉煌期的戏剧创作(1944—1961)

自 1944 年《玻璃动物园》一剧问世,威廉斯进入了戏剧创作生涯的辉煌期。这一时期的多部剧作在美国戏剧界大放异彩,两度为他赢得美国具有权威性的新闻与艺术奖——普利策奖,其中有多部剧作被搬上银幕,更巩固了他在美国影剧界的地位,也有力地促进了这些戏剧作品的传播与接受。一时间,各种奖项纷至沓来,剧评家们也对其竞相追捧,威廉斯在百老汇和好莱坞都可谓名利双收。

威廉斯这一阶段的巨大成就主要体现在两个方面:一是戏剧作品思想的丰富性和深刻性;二是艺术形式的独特性和开创性。在戏剧思想意蕴上,威廉斯通过中产阶级家庭现实主义情节剧的创作,展现了美国南方社会文化转型所带来的社会问题和人们的精神困境,确立了自己作为"南方戏剧先驱"的剧坛地位;在戏剧艺术形式上,威廉斯确立了"诗化现实主义"的风格。

威廉斯创作于 1944—1961 年的戏剧作品有 24 部,如表 1-2 所示。

表 1-2　威廉斯第二阶段的剧作(1944—1961)

序号	英文剧名	汉译名	创作年份	幕次类别
1	The Glass Menagerie	玻璃动物园	1944	七场剧
2	Portrait of a Madonna	淑女肖像	1944	独幕剧
3	The Pretty Trap	美丽陷阱	1944	独幕剧
4	The Long Stay Cut Short or The Unsatisfactory Supper	缩短居留时间（又名:不称心的晚餐）	1945	独幕剧
5	27 Wagons Full of Cotton	满满的 27 车棉花	1945	独幕剧

---

① 　参阅:Hale, A. Introduction to *Stairs to the Roof*. In Williams, T. *Stairs to the Roof*. New York: New Directions Publishing Corporation, 2000.

续表

序号	英文剧名	汉译名	创作年份	幕次类别
6	Lord Byron's Love Letter	拜伦的情书	1946	独幕剧
7	Ten Blocks on the Camino Real	大路上的十个街区	1946	十场剧
8	The Last of My Solid Gold Watches	我最后的一块纯金手表	1946	独幕剧
9	Interior：Panic	惶恐	1946	独幕剧
10	A Streetcar Named Desire	欲望号街车	1947	十一场剧
11	Summer and Smoke	夏与烟	1948	两幕剧
12	These Are the Stairs You Got to Watch	你要守护这些楼梯	1948	独幕剧
13	Talk to Me Like the Rain and Let Me Listen	让我倾听那雨一般的说话声	1950	独幕剧
14	The Rose Tattoo	玫瑰文身	1950	三幕剧
15	Camino Real	大路	1953	十六场剧
16	Something Unspoken	没有讲出来的话	1953	独幕剧
17	Cat on a Hot Tin Roof	热铁皮屋顶上的猫	1955	三幕剧
18	Suddenly Last Summer	去夏骤至	1956	独幕剧
19	Orpheus Descending	琴神降临	1957	三幕剧
20	Period of Adjustment	调整时期	1958	三幕剧
21	A Perfect Analysis Given by a Parrot	鹦鹉的完美分析	1958	独幕剧
22	Sweet Bird of Youth	甜蜜的青春之鸟	1959	三幕剧
23	The Day on Which a Man Dies（an Occidental Noh Play）	一个男人死去的日子（一部西方能剧）	1960	两场剧
24	The Night of the Iguana	蜥蜴之夜	1961	三幕剧

（一）"南方戏剧的先驱"

在威廉斯的百余部戏剧作品中,最受欢迎的、为他赢得巨大声名的剧作几乎全部出自 1944—1961 年这一时期。在这一时期的作品中,《玻璃动物园》和《欲望号街车》两剧可谓威廉斯的代表作。它们既是文学经典又是舞台经典,每年都在美国各大剧院的主打演出剧目之列。这两个剧本更是大学教材中的经典名篇,众多从未进过剧院的人也是它们的忠实读者。除这两部戏剧之外,《热铁皮屋顶上的猫》《甜蜜的青春之鸟》（*Sweet Bird of Youth*,

1959)和《蜥蜴之夜》等也是威廉斯的重要作品,《夏与烟》《玫瑰文身》《大路》(*Camino Real*,1953)和《琴神降临》(*Orpheus Descending*,1957)等剧同样卓尔不群。

　　从威廉斯的这些名剧中我们可以发现,它们几乎都是摄取南方题材的"南方戏剧"。美国南方戏剧滥觞于 16 世纪的弗吉尼亚,当时那里还是英国殖民地。然而由于南方经济落后等原因,南方戏剧发展缓慢,没有取得太大的艺术成就。威廉斯作为第一个重要的南方剧作家,将南方戏剧推向了历史的巅峰。出生于美国南方的威廉斯以"南方剧作家"自居,终其一生都专注于南方题材。鲜明的南方特色是令威廉斯戏剧享誉美国剧坛的重要原因之一。黝黑、宽广、辽阔的美国南方,是《热铁皮屋顶上的猫》中大阿爹所说的"不会受旁人思想感染"的地方,也是威廉斯戏剧的浓烈色彩和标志。威廉斯以诗意的写实主义戏剧展现了蛮荒野性的南方、优雅温柔的南方,也写出了堕落悲怨的南方。

(二)诗化现实主义风格的确立

　　经过了习作阶段对多种题材的尝试和对不同戏剧风格的探索之后,威廉斯在第二阶段的戏剧创作中达到了自己职业生涯的巅峰,他与阿瑟·米勒一起,将美国现实主义戏剧推向了高峰,也把百老汇戏剧推向了黄金时代。诗化现实主义主导风格的确立标志着威廉斯戏剧的成熟,也是其最重要的艺术成就。

　　作为一名勇于创新的戏剧家,威廉斯在其早期戏剧创作中就积极地进行了多种艺术探索。19 世纪德国作曲家瓦格纳所提出的综合"所有艺术——音乐、言语、行动、造型艺术、绘画"[①]的象征主义戏剧理论启发了威廉斯,他构建了融合象征主义和现实主义手法的"造型戏剧"(plastic theatre)理念,并在《玻璃动物园》的创作中成功地实践了这一理念。

　　1945 年威廉斯的成名作《玻璃动物园》登上百老汇舞台之时,美国戏剧已从 30 年代的繁荣局面衰退下来,呈现出一派萧条的景象。30 年代的美国剧坛既有以奥德茨为代表的左翼戏剧的大张声势,又有以奥尼尔为代表的实验戏剧的全面探索,百老汇舞台上热闹非凡。40 年代初,剧作家们渐渐失去

25

---

① 　周宁. 西方戏剧理论史. 厦门:厦门大学出版社,2008:766.

30 年代那种积极介入社会的激情,而奥尼尔在进行各种现代主义戏剧手法的探索之后也经历了长时间的沉寂。虽然多年后人们获悉他在 1939 年和 1941 年分别创作了《送冰的人来了》(*The Iceman Cometh*)、《进入黑夜的漫长旅程》(*Long Day's Journey into Night*)这两部现实主义杰作,但他并未在当时将其公之于世。如此一来,40 年代的美国剧坛显得分外冷清,既没有政治斗争的骚动,也缺乏激动人心的新作。二战结束后,登上百老汇舞台的《玻璃动物园》成功刻画了阿曼达、罗拉等南方女性人物形象,其清新且富有诗意的语言、新颖的"回忆剧"形式、浓烈的怀旧情结,深深地打动了无数观众。1945 年,此剧在百老汇舞台上连演 561 场,盛况空前,成为预示美国戏剧新时代来临的"战后美国戏剧的开端"。

紧随《玻璃动物园》之后,1947 年的《欲望号街车》(下文简称《街车》)创造了威廉斯戏剧的第二座高峰。这部现实主义杰作被誉为当代美国戏剧的扛鼎之作,其成就高于奥尼尔的《进入黑夜的漫长旅程》和米勒的《推销员之死》,有"美国最好的戏剧"之誉。在哀怨的黑人蓝调音乐烘托下,《街车》生动呈现了喧闹繁忙、多族裔人群聚居的密西西比河岸边新奥尔良的人情风貌,威廉斯还以诗人的视角深入剖析了南方淑女布兰奇的悲剧心理。此剧于 1947 年 12 月 3 日在百老汇首演,大获成功,成为美国戏剧史上第一部同时获得普利策奖、纽约剧评界奖和道诺森奖的剧作,从此奠定了威廉斯在美国戏剧界的泰斗地位。

进入 50 年代,威廉斯又写出了《热铁皮屋顶上的猫》(下文简称《猫》),这是威廉斯本人"最喜欢的剧本",他解释说自己欣赏此剧的原因在于这部戏的艺术形式符合亚里士多德式戏剧的原则,人物形象塑造也极其成功——

> (这部剧)最接近被称为艺术与技巧的结晶作品……《猫》剧组织严谨,糅合得很好,而且所有剧中人物都很有趣,可信也感人。这个戏也坚守了亚里士多德极具价值的教诲,那就是悲剧必须在时与地两个要素上达成一致,而主题具有威力……《猫》剧没有换景,剧长与剧情发展时间完全相同,也就是说,在时间上,一幕戏的情节发展,紧连着下一幕,这在美国现代舞台剧历史上,是前所未有的事……我超越了自己,在第二幕借"老爸"这个角色,发挥了一种粗鄙的善辩表演,这是我在人物塑造上

所尽的最大努力。①

从威廉斯的话中不难看出,他对塑造了典型人物形象、戏剧情节安排大体合乎"三一律"的《猫》是相当满意的。

除了《玻璃动物园》《欲望号街车》和《热铁皮屋顶上的猫》这三部经典代表作,第一阶段的《来自伯莎的问候》(*Hello from Bertha*,1941)、《使用飞燕草药液的女人》(*The Lady of Larkspur Lotion*,1942)和第二阶段的《我最后的一块纯金手表》(*The Last of My Solid Gold Watches*,1946)等剧作中都体现出剧作家擅长以细腻的笔触和富有诗意的语言进行人物刻画的特点,重视揭示人物的内心世界。这一时期还有很多剧目,但这一时期的威廉斯剧作并非本书讨论的重点,故不一一细论;而创作于 1960 年的《一个男人死去的日子(一部西方能剧)》[*The Day on Which a Man Dies(an Occidental Noh Play)*,1960]是威廉斯后期戏剧创作风格转向的发端,故将其放到论述威廉斯后期戏剧的相关章节再加以探讨。

第二节　威廉斯的后期戏剧创作(1962—1983)

威廉斯的后期戏剧可细分为前后两个阶段:遭受双重打击的 20 世纪 60 年代和倾慕"残酷"的 70 年代。

从 1944 年到 1961 年,百老汇一共制作演出了 11 部威廉斯戏剧,这些叫好又叫座的作品使威廉斯赢得了多项荣誉——四个戏剧评论界奖、一个托尼奖、两个普利策奖,以及许多其他称号和奖项提名。威廉斯戏剧在百老汇的演出场次之多也令绝大多数剧作家无法望其项背。例如,《欲望号街车》从 1947 年 12 月 3 日一直演到两年以后的 1949 年 12 月,共演出 855 场。而在"电影天堂"好莱坞,一大批获得巨大商业收益的电影几乎都由这一时期的威廉斯戏剧改编拍摄而成,这些影片的主演都是炙手可热的大牌明星——伊丽莎白·泰勒(Elizabeth Taylor)、马龙·白兰度(Marlon Brando)、费雯丽(Vivien Leigh)、凯瑟琳·赫本(Katharine Hepburn)、蒙哥马利·克利夫特(Montgomery Clift)、保

---

① 参阅:杨月荪.陌生人的慈悲——《田纳西·威廉斯忏悔录》译后感//威廉斯.田纳西·威廉斯忏悔录.杨月荪,译.台北:圆神出版社,1986:468-469.

罗·纽曼(Paul Newman)、杰拉尔丁·佩奇(Geraldine Page)等。所以有人说，威廉斯在好莱坞甚至比在百老汇更受欢迎。

然而，在1961年的《蜥蜴之夜》之后，威廉斯作品的影响力一落千丈，他不得不退出百老汇的舞台而转战外百老汇剧场。可他的新作在外百老汇的演出票房成绩惨不忍睹，演出场次也与前期戏剧形成天壤之别——1968年3月27日在纽约剧院(New York Theater)登台的《大地王国（又名：默特尔的七个后代）》仅演出29场；1969年5月11日在外百老汇曼哈顿的东边剧院(Eastside Playhouse)首演的《在东京旅馆的酒吧里》仅演出25场。尽管在这一时期威廉斯新作的影响力大不如前，但他每天仍勤勉地坚持写作，不管身在何方，总是早晨5点就起床，一如既往地监督新剧的制作和排演，直到1983年去世。

1962—1983年，威廉斯创作了至少40部戏剧，其中25部为独幕剧，15部为多幕剧。这些作品中有两部被改编成了电影，即改编成影片《最后一个行动自如的投篮手》(*The Last of the Mobile Hot-Shots*)［1969年由琳恩·蕾格烈芙(Lynn Redgrave)和詹姆斯·柯本(James Coburn)主演］的《大地王国（又名：默特尔的七个后代）》和改编成影片《平地一声雷！》(*Boom!*)［1968年由伊丽莎白·泰勒(Elizabeth Taylor)和理查德·伯顿(Richard Burton)主演］的《牛奶车不再在此停留》。这两部影片尽管均未获得很好的票房成绩，但却得到了部分评论家的肯定，比如约翰·沃特斯就曾称赞《平地一声雷！》是一部"最出色的艺术电影"。

这一时期的威廉斯戏剧主要在外百老汇演出，在1975年的一次访谈中，威廉斯表示他目前只有在外百老汇和外外百老汇才能找到"在剧院的最大快乐"[①]。只要对美国的"百老汇戏剧""外百老汇戏剧"(Off-Broadway Theatre)和"外外百老汇戏剧"(Off-Off-Broadway Theatre)有所了解，便可发现威廉斯后期戏剧是明显有别于其前期"百老汇戏剧"的"后百老汇戏剧"。

兴起于19世纪中叶的百老汇是美国的戏剧中心。在20世纪20年代后期至20世纪中叶以前，"百老汇戏剧"是美国戏剧活动的同义词，只有在百老

---

① Saddik, A. J. Introduction: Transmuting Madness into Meaning. In Williams, T. *The Traveling Companion & Other Plays*. Saddik, A. J. (ed.). New York: New Directions Publishing Corporation, 2008: xiii.

汇之外的舞台上试演大获成功的作品才能进入百老汇的演出档期,因此剧作家们都以能够在百老汇上演自己的作品为荣,可以说,剧作家的作品能否登上百老汇舞台是作者是否已获得戏剧界承认的重要标志。然而到了 20 世纪40—50 年代,百老汇的商业性倾向日渐明显,使得那些不一味迁就观众口味的严肃戏剧和实验性较强的戏剧难以获得在百老汇上演的机会。在这种情况下,"外百老汇戏剧"应运而生。外百老汇戏剧在引进欧洲先锋派戏剧方面作出了很大贡献,法国的荒诞派剧作家塞缪尔·贝克特(Samuel Beckett)、让·热内(Jean Genet)和美国后现代戏剧家山姆·谢泼德(Sam Shepard)等人的作品几乎都是在外百老汇上演的。威廉斯的后期剧作在百老汇演出失败,转而登上了外百老汇的舞台。成立于 1951 年的著名外百老汇剧团方中圆剧团(Circle in the Square Theatre)于 1952 年上演了威廉斯的《夏与烟》并大获成功,令《夏与烟》成为外百老汇第一个获得成功的作品,而这次演出也因此成为美国戏剧史上具有重要历史意义的事件。到了 50 年代末,戏剧制作成本日益增加,越来越注重追逐商业利润的外百老汇已面目全非,与百老汇没什么两样了。于是,以1960 年在格林尼治村的"三号镜头"咖啡馆上演的《乌布王》(Rbu Roi)为标志,更加大胆的实验戏剧"外外百老汇戏剧"诞生了。外外百老汇戏剧不以迎合观众趣味为目的,在外外百老汇上演了具有明显后现代倾向的先锋实验剧目,其中既包括背离美国戏剧文学传统、串联表演多种不同事件的"机遇剧"(happening),还包括理查·谢克纳(Richard Schechner)所倡导的以演出为本、将剧本降至可有可无地位的"环境戏剧"(environmental theatre)。

　　以上对百老汇戏剧和外百老汇戏剧(或曰后百老汇戏剧)的简单介绍可以从侧面说明,威廉斯转战外百老汇的一个重要原因,就是其具有实验性和先锋性的后期剧作与迎合大众审美趣味的百老汇戏剧相背。

一、遭受双重打击的 60 年代(1962—1969)

　　20 世纪 50 年代末至 60 年代末这 10 年之间,威廉斯的个人生活发生了一系列重大变故,事业也面临空前的危机,真可谓内外交困。在这段时间内,威廉斯生命中最重要的两个亲人相继离世,他本人也因为精神崩溃而被强行送进精神病院接受 3 个月的治疗,而他的新剧演出的受欢迎程度与他 40—50年代的戏剧相比也一落千丈。从下文对这一阶段威廉斯戏剧的演出与社会反响的介绍便可了解这一时期威廉斯事业危机的严重性。1961 年 12 月 28 日,《蜥蜴之夜》首演于百老汇的皇家剧院（Royale Theatre）,此后共演出 316 场。在此前的几部剧作都不太受欢迎的情况下,威廉斯对于《蜥蜴之夜》广受评论界赞誉未免有些惊讶。该剧的成功或许算是 60 年代以降威廉斯剧作生涯的顶点。此后 10 年之内评论家们认为只有《牛奶车不再在此停留》能算得上威廉斯的重要剧作:该剧 1963 年在纽约的摩洛斯科剧院（Morosco Theatre）演出,反响欠佳,仅演出 69 场;1964 年复排后在布鲁克斯·斯特金森剧场（Brooks Stkinson Theatre）登台,仅演出了 5 场。到了 60 年代中期,参与制作和演出威廉斯新剧的明星大腕明显减少了。

1960 年威廉斯新剧《一个男人死去的日子（一部西方能剧）》呈现出与前期戏剧风格的明显差异,1961 年排演《蜥蜴之夜》之时,威廉斯直言其要"改变戏剧风格"。1962—1969 年,威廉斯在其创作的 13 部戏剧中进行了一系列追新逐异的大胆探索。

表 1-3　威廉斯第三阶段的剧作（1962—1969）

序号	英文剧名	汉译名	创作年份	幕次类别
1	The Parade, or Approaching the End of a Summer	游行,或临近夏末	1962	独幕剧
2	The Milk Train Doesn't Stop Here Anymore	牛奶车不再在此停留	1962	两幕剧
3	The Eccentricities of a Nightingale	夜莺的怪癖	1964	三幕剧
4	The Mutilated	伤残者	1965	七场剧
5	The Gnadiges Fraulein	淑女	1965	两场剧
6	I Can't Imagine Tomorrow	我无法想象明天	1966	独幕剧
7	The Municipal Abattoir	市政屠宰场	1966	独幕剧
8	Confessional	忏悔室	1967	独幕剧
9	Kingdom of Earth or The Seven Descents of Myrtle	大地王国（又名:默特尔的七个后代）	1967	两幕剧
10	The Two-Character Play	两个人的戏剧	1967	两幕剧
11	Will Mr. Merriwether Return from Memphis?	梅里韦瑟先生会从孟菲斯回来吗?	1969	两幕剧
12	In the Bar of a Tokyo Hotel	在东京旅馆的酒吧里	1969	两幕剧
13	Now the Cats with Jewelled Claws	爪子戴上珠宝的猫	1969	两场剧

这 13 部剧作的演出大多不受欢迎，而评论界的负面评价和对威廉斯的攻击更是来势汹汹，只有个别评论家对威廉斯的某些新剧给予了一些正面评价，但即使是肯定性的评价，也只是以后期众多"失败"作品为参照的有限度的肯定。《在东京旅馆的酒吧里》于 1969 年 5 月 11 日首演于外百老汇曼哈顿的东边剧院，虽然仅演出了 25 场，却得到了《纽约时报》评论员克莱夫·巴恩斯(Clive Barnes)的肯定："与威廉斯其他的后期剧作相比，这部剧更多地闪耀着天才的光芒……它令我对威廉斯的下一部剧充满期待。"他预言说："如同《大路》一样，《在东京旅馆的酒吧里》是一部先锋剧，它会在未来的剧场大放异彩的。"①其他评论家则多对该剧给予了尖刻的批评。1968 年 3 月 27 日《大地王国(又名：默特尔的七个后代)》在纽约剧院上演，由于剧评界的猛烈抨击，仅演出 29 场。《粗俗滑稽悲剧》(*Slapstick Tragedy*)(由《淑女》和《伤残者》两剧组成)于 1966 年推出，新闻界再度以十分无情的态度集中火力向威廉斯猛轰。② 玛格丽特·雷顿(Margaret Leighton)认为《淑女》的表现无懈可击，男主角祖·卡德威尔也同样出色。但是这个独幕剧却被华德·柯尔(Walter Kerr)以一句结语"威廉斯先生是不该写黑色喜剧的"给"枪毙"了。他对另一部同场演出的《伤残者》也以施恩的口吻评论道："这个戏相当有潜力，却始终没有发挥出来。戏过分冗长、夸张，在查尔斯·鲍登(Charles Bowden)与莱斯特·帕斯基(Lester Persky)的倾力支持之下，也只演了 4 场。"③

在整个 20 世纪 60 年代，威廉斯在美国戏剧界的影响力呈直线下降趋势。1969 年威廉斯的《在东京旅馆的酒吧里》上演之后，《生活》杂志有一篇文章干脆宣布了威廉斯戏剧生涯的死亡。④ 同年 9 月，由于严重依赖毒品和表现出明显的偏执狂症状，威廉斯住进了圣路易斯的巴恩斯医院的精神病病房。

① Smith，B. *Costly Performances Tennessee Williams：The Last Stage*. Lincoln：Authors Choice Press，2000：22.
② 威廉斯. 田纳西·威廉斯忏悔录. 杨月荪，译. 台北：圆神出版社，1986：388.
③ 威廉斯. 田纳西·威廉斯忏悔录. 杨月荪，译. 台北：圆神出版社，1986：388.
④ 白先勇. 人生如戏——田纳西·威廉斯忏悔录//威廉斯. 田纳西·威廉斯忏悔录. 杨月荪，译. 台北：圆神出版社，1986：3.

二、倾慕"残酷"的 70 年代(1970—1983)

经过在精神病病房里的痛苦煎熬之后,威廉斯从 60 年代的人生低谷中走出,于 70 年代初推出了历时 10 年创作修改、饱蘸心血的《呐喊》,还创作了反映政治局势和社会混乱状况的《摧毁闹市》等剧作。从 1970 年至 1983 年去世前夕,威廉斯仍保持了高效多产的创作状态,这一时期的戏剧作品有表 1-4 中所列的 31 部。

表 1-4　威廉斯第三阶段的剧作(1970—1983)

序号	英文剧名	汉译名	创作年份	幕次类别
1	And Tell Sad Stories of the Deaths of Queens...	讲述皇后之死的悲伤故事	1970	两场剧
2	The Frosted Glass Coffin	结冰的玻璃棺材	1970	独幕剧
3	Life Boat Drill	救生艇演习	1970	独幕剧
4	Green Eyes, or No Sight Would Be Worth Seeing	欲火,或无风景值得一看	1970	独幕剧
5	Small Craft Warnings	小手艺的警告	1970	两幕剧
6	The Demolition Downtown	摧毁闹市	1971	独幕剧
7	Out Cry	呐喊	1973	独幕剧
8	I Never Get Dressed Till After Dark on Sundays	星期天我从不在天黑前穿衣	1973	独幕剧
9	The Pronoun 'I' (A Short Work for the Lyric Theatre)	代词"我"(一部短篇诗剧)	1975	独幕剧
10	The Red Devil Battery Sign	红色魔鬼炮台信号	1975	三幕剧
11	Aimez-vous Ionesco?	你喜欢尤奈斯库吗?	1975	独幕剧
12	Vieux Carre	老城区	1976	两幕剧
13	This Is (An Entertainment)	这是(一场游戏)	1976	独幕剧
14	A Cavalier for Milady	陪伴贵妇的绅士	1976	两场剧
15	Tiger Tail	老虎尾巴	1977	两幕剧
16	A Lovely Sunday for Creve Coeur	科雷夫·科尔的美好星期天	1978	两场剧
17	Kirche, Kuche, Kinder	教堂、厨房和孩子	1979	两幕剧

续表

	英文剧名	汉译名	创作年份	幕次类别
18	Clothes for a Summer Hotel	夏日旅馆的衣裳	1980	两幕剧
19	Some Problems for the Moose Lodge	驼鹿小屋的一些问题	1980	独幕剧
20	The Chalky White Substance	白色粉尘	1980	独幕剧
21	Steps Must Be Gentle	脚步要轻柔	1980	独幕剧
22	This Is the Peaceable Kingdom or Good Luck God	这就是和谐家园，或福星高照	1980	独幕剧
23	Sunburst	云隙阳光	1980	两场剧
24	Something Cloudy, Something Clear	有些模糊,有些清楚	1981	两幕剧
25	The Traveling Companion	旅伴	1981	独幕剧
26	The Notebook of Trigorin	特里果林的笔记本	1981	四幕剧
27	A House Not Meant to Stand	摇摇欲坠的房子	1982	两幕剧
28	A Recluse and His Guest	隐士和他的客人	1982	独幕剧
29	The Remarkable Rooming-House of Mme. Le Monde	世界小姐的非凡旅社	1982	独幕剧
30	Ivan's Widow	伊万的遗孀	1982	独幕剧
31	The One Exception	一个例外	1983	独幕剧

在这 31 部作品中,有少数延续了前期的现实主义风格,如以威廉斯早年租住在他的"灵魂故乡"南方城市新奥尔良的经历为原型的《老城区》和反映工业化冲击南方传统棉花加工业的《老虎尾巴》等;但《摧毁闹市》《呐喊》《红色魔鬼炮台信号》《教堂、厨房和孩子》和《世界小姐的非凡旅社》等多数作品,与前期戏剧的优雅、平和不同,而是以一种玩世不恭的态度表现人间的悲喜剧,也很少再用前期戏剧中惯用的象征、暗喻,这是因为新的社会环境允许威廉斯在处理个人与政治的交集时转向粗暴、残酷和极端。在几部后期戏剧如《教堂、厨房和孩子》和《世界小姐的非凡旅社》中,有悖伦理道德的题旨与丧失人性的残酷感让人联想到 20 世纪 30 年代至 60 年代法国的安托南·阿尔托和让·热内的作品。在这里,有必要对阿尔托和热内的戏剧稍作介绍。

苏珊·桑塔格(Susan Sontag)曾将 20 世纪的西方现代戏剧分为两个阶段,即"阿尔托之前"与"阿尔托之后"。阿尔托的戏剧实践或许并不算成功,但他的"残酷戏剧"(Theatre of Cruelty)理论在现代西方戏剧史上影响深远。1932年,阿尔托首次提出了"残酷戏剧"的概念,他认为精神与肉体意识是不能分割的,而现代西方戏剧恰恰用逻辑、理性的语言分割了它。阿尔托的"残酷戏剧"并不是要在剧场制造一种残酷、恐怖的直观景象,而是要让观众意识到世界的残酷以及潜藏在每个人内心世界的残酷;剧场不是要让观众陶醉,而是要刺激他们,让他们感到震惊,让他们体悟到现实的欺骗性与麻痹作用。[①] 阿尔托认为,戏剧应当创造一种现代的精神仪式。

阿尔托的戏剧理论在让·热内的戏剧实践中得到了最充分的体现。尽管热内没有读太多阿尔托的作品,但是他赞同阿尔托"仪式戏剧"的目标。[②] 两位作家都力图颠倒关于善恶的传统道德准则,因此,在他们的戏剧中,传统社会认为是"好"的东西(文化、压抑、自控、服从法律等)普遍变得邪恶,同时被认为是"邪恶"的东西(天性、性欲、暴力、权力等)则被认为是好的事物。像尼采一样,阿尔托和热内都认为对戏剧人物的评价应该超越善与恶的标准。阿尔托的"残酷戏剧"迫使观众面对残酷世界的严酷事实以及他或她自己的孤立。这些作家揭露资产阶级社会的矛盾和伪善,并支持处于社会边缘的原始冲动。

尽管威廉斯20世纪40年代在纽约市新社会研究学院做研究时可能接触过阿尔托的理论,但他可能没有直接接触到阿尔托的作品。但是威廉斯对热内的作品肯定是了解的。1960年,威廉斯在《纽约杂志》上发表的一篇文章中提到阿尔贝·加缪(Albert Camus)、热内、贝尔托·布莱希特(Bertolt Brecht)、贝克特、让·阿努依(Jean Anouilh)、尤金·尤奈斯库(Eugene Ionesco)、弗里德里希·迪伦马特(Friedrich Durrenmatt)和爱德华·阿尔比(Edward Albee)等人的名字,称他们是自己忠实描写生活的"同伴"。[③] 而在1960年以降的威廉斯剧作中,的确可以看到与阿尔托和热内的作品非常相

---

① 周宁. 西方戏剧理论史. 厦门:厦门大学出版社,2008:948.

② 参阅:Saddik, A. J. Introduction: Transmuting Madness into Meaning. In Williams, T. *The Traveling Companion & Other Plays*. Saddik, A. J. (ed.). New York: New Directions Publishing Corporation, 2008: xiv.

③ Saddik, A. J. Introduction: Transmuting Madness into Meaning. In Williams, T. *The Traveling Companion & Other Plays*. Saddik, A. J. (ed.). New York: New Directions Publishing Corporation, 2008: xv.

似的东西。例如,在阿尔托的《颂西伯爵》(*The Cenci*,1935)中,颂西伯爵展开对女儿的热烈追求,并试图强暴她。而在威廉斯的《世界小姐的非凡旅社》中有相似的强暴和乱伦的场景,"长着一张娃娃脸的柔弱的小男人"闵特"双腿神秘地瘫痪了",他被女房东"世界小姐"的儿子"男孩"反复强暴。而这个"像一匹拉车的马一样"的"肌肉发达的""男孩"与"世界小姐"有着不正当关系。威廉斯的《这是(一场游戏)》[*This Is*(*An Entertainment*),1976]以伯爵和伯爵夫人的角色扮演开场,这与热内的《女仆》(*The Maids*,1947)有着惊人的相似之处。

热内的戏剧运用了阿尔托在《戏剧及其重影》中所提出的"残酷戏剧"的概念,但向来以长篇诗意的语言示人的威廉斯剧作,似乎没有应和阿尔托"颠覆语言在戏剧中的霸主地位"的倡导。其实,威廉斯早在《玻璃动物园》的创作手记中就提出了以"一种新的造型戏剧,来取代业已枯竭的现实主义戏剧"①的构想,恰与阿尔托的戏剧观相呼应,着力反映语言在呈现人类经验过程中的局限性。阿尔托认为,"字词语言并未被绝对证明是最好的语言","因为字词消失在手势后面,因为戏剧的造型及美学部分不再是装饰性插曲,而是真正意义上直接交流的语言"。②

威廉斯在 1945 年所写的一篇随笔《某些野性的事物》("Something Wild",1945)中曾阐述了自己的戏剧观:

> 在我看来,艺术是一种无序的混乱状态,戏剧是艺术的一个领域……它与有序社会所赖以为根基的秩序井然背道而驰。它是一种温和的混乱:它必须如此,而且如果它是真正的艺术的话,它就会如此。在建构某些已消失的事物这一意义上,它是温和的,而它所建构的或许只是对事物存在的批评。③

在威廉斯的后期剧作中,他开始深化自己前期所提出的旨在改造传统现实主义戏剧的"造型戏剧",致力于创造"阿尔托式的造型戏剧",表达超越语

---

① Williams,T. *Tennessee Williams:Plays* 1937-1955. New York:The Library of America,2000:395.

② 安托南·阿尔托. 残酷戏剧:戏剧及其重影. 桂裕芳,译. 北京:中国戏剧出版社,1993:106.

③ 笔者译. 原文参阅:Williams,T. *27 Wagons Full of Cotton:And Other One-Act Plays*. New York:New Directions,1966:vii.

言的"形而上的恐惧"(metaphysical fear),探索语言所无法企及的境界。威廉斯戏剧中的暴力所表现的是语言无从表达的恐惧和沮丧,于是身体成为表现暴力和混乱的最好媒介。阿尔托对暴力本身并无兴趣,他所要探求的是暴力行为背后的推动力,是原始本能和欲望在受到文化的压抑而变形和升华之前的那种本真状态。以仪式性的场景来捕捉和表现这种推动力,乃是"残酷戏剧"的核心要义。显然,《两个人的戏剧》《伤残者》《结冰的玻璃棺材》(*The Frosted Glass Coffin*,1970)以及《救生艇演习》(*Life Boat Drill*,1970)等威廉斯后期剧作中大多渗透着这些元素。

三、后期剧作与前期剧作的复杂关系

在西方现代戏剧思潮和后现代文化思潮的影响下,威廉斯在其后期戏剧创作中试图摆脱前期戏剧形式及其巨大成就对自己的束缚,锐意创新,突破自我。虽然威廉斯曾在早年采纳了多次与之合作的导演伊利亚·卡赞(Elia Kazan)的建议,对《热铁皮屋顶上的猫》的情节作出过重大调整等事例或可说明威廉斯是一个极其在意观众和评论家意见的剧作家,但他更敢于坚持自己认定的艺术道路和追求。

20 世纪 60 年代以降,威廉斯进行了大胆的艺术创新,力图摆脱传统现实主义的束缚,实现对自己前期"心理现实主义"戏剧的超越。虽然他未能创造出像欧洲荒诞派戏剧那样具有形而上深度的后现代主义戏剧,况且在他刻意摆脱前期独特的"威廉斯风格"的同时,他的后期戏剧未能形成鲜明的个人风格,为数不少的后期剧作的思想意义和艺术价值也未必达到了可与前期戏剧比肩的高度,但是这一时期的威廉斯作品中确有一些在思想艺术价值和戏剧形式探索方面均领先于时代。

威廉斯在其《回忆录》中曾多次提及他在创作生涯的后期为开创新的戏剧形式所做的种种努力,也坦承了观众不接受他的艺术创新所带给他的困扰。他渴望自己的艺术创新得到观众的认可,却又似乎对此毫无把握:

坦白说,我真的不知道自己在这个国度从事的戏剧工作是否还能获得具有说服性的好评……但我发觉自己身陷此一困境之后,心中既无怨怒,亦不感到狼狈……如今我对观众有一种双重态度。我当然想得到他们的赞赏、了解与他们的神往,但是我觉得近来他们对我这种戏剧领域有一种很执拗的排斥。他们似乎已经被一种与我所从事的十分不同的戏剧所支配了。

事实上，我自己的舞台剧也正处于改革的状态中，我可以说已经放弃了早期使我立足于享有盛名的剧本写作。我目前采取的不同方向纯然是属于我个人的，一点不曾受到国内、外其他剧作家或戏剧学派的影响。我的作品永远不外表现我的世界与我的经历，只要适合题材内容，不拘任何一种形式。

自从《蜥蜴之夜》之后，我个人的生活状况迫使我逐渐改写一些较不具传统形式的剧本：我所指的是如《亲爱的小姐》（*The Gnadiges Fraulein*），《东京饭店的酒吧内》（*In the Bar of a Tokyo Hotel*）以及最近演出的《呐喊》。①

威廉斯在这里着重强调了三点：一是明确指出自己后期戏剧风格的转型，他有意写一些与过去"十分不同的""较不具传统形式的剧本"；二是"不拘任何一种形式"来描绘自己所熟悉的生活——"我的世界与我的经历"；三是自己的新风格"一点不曾受到国内、外其他剧作家或戏剧学派的影响"，属于自己的独创。

作家的创作风格是否受到某种文学传统或文学流派的影响，并不在于是否得到本人的承认，我们只能到其作品中去寻找答案。正如 D. H. 劳伦斯所说，我们应该相信的是作品，而不是作者。② 从上文对威廉斯后期剧作的分析来看，他不可能完全拒绝任何风格或流派的影响，他所宣称的"不拘任何一种形式"，表现自己认定的永恒主题，是比较符合其后期剧作的实际的。威廉斯的后期剧作的确采用了多种新形式来传达剧作的题旨意蕴，其后期剧作与前期剧作形成了比较复杂的关系：在主题思想上，后期剧作确有嬗变；在戏剧形式上，后期剧作则表现出在承袭现实主义传统的同时又吸纳现代主义与后现代主义的新面貌。后期戏剧有对前期戏剧的颠覆，而且这种颠覆是有意为之，是一种创新的自觉；但后期戏剧也有前期戏剧的延伸，例如，威廉斯的后期创作继续控诉和批判了压迫"不想循规蹈矩"的边缘人的社会，现实主义创

---

① 威廉斯. 田纳西·威廉斯忏悔录. 杨月荪，译. 台北：圆神出版社，1986：7.

② 转引自：肖明翰. 再谈《献给爱米丽的玫瑰》——答刘新民先生. 四川师范大学学报（社会科学版），2000（1）：43.

作方法的灵光仍然在威廉斯的某些后期剧作中闪耀,即使是那些倾慕"残酷"的剧作也不尽与人同。

小　结

　　本章将威廉斯戏剧创作的历程划分为四个阶段:第一阶段为1930—1943年,这是威廉斯成为职业剧作家之前的成长期。他创作了《魔塔》《日下残烛》等39部剧作,大多描写底层民众的日常生活,特别是波澜不惊的家庭生活,将家庭作为社会的象征,以家庭成员的悲剧命运和家庭内部的矛盾冲突来揭示美国主流文化的弊病和资本主义社会制度的缺陷,在表现形式上进行了多种积极的探索。第二阶段是1944—1961年,这是剧作家职业生涯的辉煌期,他创作了《玻璃动物园》《欲望号街车》和《热铁皮屋顶上的猫》等经典名剧,有多部剧作被改编成电影,其巨大成就主要体现在戏剧作品思想意蕴的丰富性与深刻性、艺术形式的独特性和开创性上。在这一阶段,他确立了"诗化现实主义"戏剧的主导风格。第一与第二阶段的共性多,连续性比较强,故将其并称为前期(1930—1961)。第三阶段(1962—1969)和第四阶段(1970—1983)相对于前两个阶段而言具有颠覆和转向的特点,阶段性特征更明显,故合称为后期(1962—1983)。在这一时期,威廉斯创作了至少40部剧作,在这些剧作中,他表达超越有声语言的"形而上的恐惧",探索语言所无法企及的境界,力图摆脱传统现实主义创作方法的束缚,探索实现自我突破的新形式。虽然也有不俗之作,但从总体上看,他未能实现对前期戏剧成就的超越,故少有好评,评论界普遍认为他走了下坡路。

第二章　威廉斯后期剧作的思想转向

　　威廉斯的后期剧作长期饱受贬评,有相当一部分当时未能搬上舞台。可是,进入 21 世纪以来,这些后期剧作相继上演,[①]有的成为世界舞台的热点,重新吸引了国内外研究者的目光。

　　有学者认为,威廉斯是一个悲观主义者,其本人也曾说过,"我的作品只有一个主题,那就是社会如何迫使那些心智敏感而又不想循规蹈矩的人走向毁灭"[②]。然而刘琛通过回顾和分析威廉斯的《欲望号街车》《热铁皮屋顶上的猫》《去夏骤至》(*Suddenly Last Summer*,1956)和《琴神降临》等剧作后指出,威廉斯对世界"满怀信心"——"坎坷动荡的 20 世纪并没有毁灭作家心中孕育的希望","威廉斯表达的是,现实与未来的严峻挑战不会使人类的精神奄奄一息,对美好世界的期待不应该被怀疑"[③]。这一判断亦可从威廉斯对自己创作意图和态度的表述中得到印证。1945 年,琼·埃文斯(Jean Evans)在对

---

① 　21 世纪以来上演的威廉斯后期剧作包括:2003 年 10 月 2 日在美国康涅狄格州的首府哈特福德首演的《一个例外》(*The One Exception*,1983);2004 年 4 月 22 日在美国华盛顿特区的肯尼迪中心由莎士比亚剧团(The Shakespeare Theatre Company)首演的《市政屠宰场》和《讲述皇后之死的悲伤故事》;2006 年 10 月 1 日在美国马萨诸塞州普罗温斯敦举办的第一届"普罗温斯敦田纳西·威廉斯戏剧节"(the Provincetown Tennessee Williams Theater Festival)上首演的《游行,或临近夏末》;2007 年 9 月 29 日首演于"普罗温斯敦田纳西·威廉斯戏剧节"的《云隙阳光》(*Sunburst*,1980);2010 年 1 月在哈德逊宾馆(Hudson Hotel)演出的《欲火,或无风景值得一看》(*Green Eyes*, *or No Sight Would Be Worth Seeing*,1970);2010 年在英国芬伯罗剧院(Finborough Theatre)演出;2013 年在纽约跳蚤剧场(The Flea Theater)上演的《特里果林的笔记本》(*The Notebook of Trigorin*,1981);等等。

② 　Leavitt,R. F. & Hollitch,K. *The World of Tennessee Williams*. New York: Penguin Group Inc.,1978:167.

③ 　刘琛. 绝望还是信心? ——重析田纳西·威廉斯戏剧的主题. 学习与探索,2005(4):118-120.

威廉斯的采访中问及他是否偏爱塑造像《玻璃动物园》中的温菲尔德一家那样"不幸的、被困的、绝望的人物",威廉斯激动地否定了这种误读:"我不认为这些人物是绝望的,那不是我要表现的主题。打动我的正是这些人物的勇气。我大部分作品的重要主题之一就是人性中最高尚的品质,即勇气——还有忍耐。《玻璃动物园》中母亲的勇气是全剧的核心。阿曼达是迷茫的、可怜的,甚至愚蠢的,但是一切都会好起来。她在努力使生活向着她所能想到的唯一方向前进。"[①]

威廉斯的戏剧意蕴丰富,主题表达隐晦而曲折,这导致了埃文斯的误读和学界歧见的产生。然而,刘琛的论断和威廉斯本人的声明,都是以威廉斯前期剧作为依据的。如果说前期剧作表现出威廉斯对人类社会的肯定和信心,那么1961年以降的后期剧作则透露着某种否定与绝望。不过,威廉斯后期戏剧的主题并非完全与前期对立,而是既有超越,也有承袭,这主要体现在两个方面:

其一,后期戏剧沿袭了前期戏剧中的一些主题,但是以不同于前期现实主义的风格来表现这些主题。

前期戏剧《去夏骤至》中人类自私和掠夺天性的主题在《淑女》《大地王国(又名:默特尔的七个后代)》《白色粉尘》《世界小姐的非凡旅社》和《旅伴》等后期戏剧中都得以延续。《去夏骤至》是一则关于现代社会贪婪、剥削和私欲的寓言,主人公塞巴斯蒂安曾与母亲维那布尔夫人相邀去拉帕戈斯岛游历,他经常在海滩上观看群鸟捕食海龟的场面。通过描写刚刚从沙土里爬出的小海龟在竞相奔向大海的过程中被空中盘旋的猛禽捕食的场景,威廉斯再现了生物圈弱肉强食的凶残可怕的场面,其用意在于喻示人世间的野蛮和凶残——诗人塞巴斯蒂安本人被一群少年追逐、肢解并生吞的所在地荒原,是一个令人毛骨悚然的人间地狱。在《世界小姐的非凡旅社》里,丛林法则处于支配地位,人类回归兽性的起点。曾经是学校里的活跃分子的主人公闵特如今残废了,只能通过攀附着挂在房间天花板上的一个个钩子来移动身体,"就

---

① 转引自:柯斯兹纳,芒代尔. 文学:阅读、反应、写作(戏剧和文学批评写作卷)(第5版). 北京:北京大学出版社,2006:1973.

像历史上那个在丛林里从一根树枝荡到另一根树枝的类人猿"①。闵特在这部戏里自始至终都被当作暴力和性满足的工具,他所感受到的只有被强暴、被忽视、被嘲弄和饥饿。房东"世界小姐"只给闵特提供极少量的食物,霍尔贪婪地吞食掉了闵特仅有的茶和饼干,他对闵特的不幸遭遇视而不见,甚至当闵特乞求他"可怜一下这个受伤和绝望的灵魂吧,我只能靠少得可怜的救济金来维持生存"②时,依旧充耳不闻,把本属于闵特的最后一点食物全部吞食了。在这里没有一丝怜悯,没有半点同情,有的只是极端的自私和残忍的掠夺,人与人的关系与动物世界中兽与兽的关系并无二致。

博克西尔认为威廉斯后期剧作"继续了威廉斯的前期戏剧主题:时光的流逝(loss in time),尽管他没能再获得令人振奋的结论。对年龄增长的恐惧感在后期剧作中尤为突出"③。时光的流逝和对往日时光的追忆一直是威廉斯戏剧的重要主题,其前期短剧《长长的离别》(*The Long Goodbye*,1940)讲述的是男主人公乔曾经与父母和姐姐一起住在一所公寓中,随着父亲离家、母亲去世、姐姐失足堕落,如今人去楼空,剩下的只有回忆。乔带朋友希尔瓦来清理他住过的公寓。搬运工抬走家具,乔回忆起与母亲、姐姐在一起度过的快乐日子,回忆画面与现实场景不断切换,表现了乔对物是人非的感叹和对逝去的美好岁月的怀念。《玻璃动物园》是威廉斯最为成功的一部"回忆剧",在南方淑女阿曼达对少女时期在密西西比州度过的美好时光的回忆中,威廉斯构建起了他"南方戏剧"的"南方意象"。然而,随着剧作家年龄的增长和生存体验的加深,威廉斯在《摇摇欲坠的房子》《一个例外》等后期戏剧中虽然仍有对时光流逝的表现,但重心已不再是追忆昔日的美好,而是对恐惧与绝望的生存体验的表达。

从审美形态来看,前期剧作对悲剧美的青睐在后期戏剧中亦有延伸,《夏日旅馆的衣裳》等剧就是例证。

其二,后期戏剧的题材选择、表现向度、主题意蕴、艺术手法均有新变,这

---

① Saddik,A. J. Introduction:Transmuting Madness into Meaning. In Williams,T. *The Traveling Companion & Other Plays*. Saddik,A. J. (ed.). New York:New Directions Publishing Corporation,2008:xx.

② Williams,T. *The Traveling Companion & Other Play*. Saddik,A. J. (ed.). New York:New Directions Publishing Corporation,2008:98.

③ Boxill,R. *Tennessee Williams*. London:Macmillan Publishers Ltd,1987:145.

通过对比威廉斯前后期戏剧的婚姻家庭书写、社会政治书写和南方意识表达等三个层面体现得更为清楚。

前期戏剧对婚姻家庭的书写表达了威廉斯对传统婚姻家庭模式和家庭伦理的反思,揭示追求自由自适的子女与企图对他们进行严格管束的家长的冲突,围绕家庭财产所产生的纠葛等。后期剧作虽然也写婚姻家庭,但所表达的理念已有改变,他对后现代社会出现的单亲家庭、非婚同居家庭、丁克家庭和领养家庭等非传统家庭持同情理解态度。在社会政治书写上,前期剧作侧重揭露黑暗,赞扬反叛,后期剧作则怀着绝望的情绪,刻画麻木不仁、逆来顺受的小人物。威廉斯的戏剧始终瞩目于美国南方,但前期剧作状写的是田园牧歌式的理想化的南方,后期剧作描绘的则是荒诞而混乱的现实中的南方,剧作的题旨意蕴的变化与威廉斯个人生活经历和生命体验的变化及后现代社会文化思潮在美国的滋长等内外因素有关。正是因为这些变化,否定与绝望成了威廉斯后期剧作的重要主题。

威廉斯的前期剧作主要使用批判现实主义的方法,后期剧作则受到后现代主义戏剧思潮的影响,荒诞派、象征主义、残酷戏剧的理念渗入,颠覆了前期已经确立的含蓄隐晦的诗化现实主义风格,呈现出或直露,或怪诞,或幽默,或冷峻,或残酷的不主一端的多样化风格。

第一节　从揭示传统家庭中的纠葛
到认同后现代家庭模式

美国戏剧界素来有描写家庭生活的偏好,从尤金·奥尼尔的《进入黑夜的漫长旅程》到玛莎·诺曼(Marsha Norman)的《晚安啦,妈妈!》('night, Mother,1983),从阿瑟·米勒的《推销员之死》到特雷西·莱茨(Tracy Letts)的《八月:奥色治县》(August: Osage County,2007),家庭剧创作领域的名家名作如林。威廉斯则以《玻璃动物园》《欲望号街车》和《热铁皮屋顶上的猫》等剧,将战后美国家庭生活现实主义戏剧创作推向了高峰。威廉斯的后期剧作虽然仍关注婚姻家庭,但由于其艺术价值长时间遭受质疑,也就没有得到足够的重视。通过对这些剧作的重新审视和与前期剧作的比较,可以发现威廉斯家庭剧主题的嬗变,以及由此折射出的社会文化的变迁和剧作家思想发展的轨迹,亦可见出其多方面的价值。

一、揭示传统家庭中的纠葛

威廉斯的前期剧作主要描写美国数代同堂的"扩展家庭"(extended family)和由双亲及未成年子女组成的"核心家庭"(nuclear family)。这两种家庭模式有传统与现代之别,但与美国后现代社会比较常见的单亲家庭、非婚同居家庭、丁克家庭、领养家庭和新出现的其他家庭相比,都可谓传统家庭。威廉斯的前期剧作对这两种传统的家庭结构模式的描写并未涉及其存在的合理性,主要笔墨在于揭示这两种家庭结构中的种种纠葛,其中,追求自由自适的子女与不能理解他们的父母之间的冲突与对抗成为重要主题。

1935—1961 年,随着工业化和城市化的发展,美国的社会形态从传统向现代转型。乡村人口向城市大规模迁移,使前工业社会中包容几代家庭成员的扩展家庭数量减少,城市中由双亲和未成年子女组成的核心家庭数量急剧增加。作为"南方文化的杰出歌者",威廉斯在其前期家庭戏剧中所关注的对象既有传统的南方扩展家庭,也有工业城市中的核心家庭,家庭中的代际关系和夫妻关系是这些家庭剧的重要表现对象。

在《莉莉你为何吸烟?》(*Why Do You Smoke So Much*, *Lily*?,1935)、《圣徒火刑》和《玻璃动物园》等剧中,子女与严格管束他们的母亲之间的冲突是剧情的主线。例如,《莉莉你为何吸烟?》描写了圣路易斯西边一套装修时髦的公寓里的一对母女的生活。肥胖俗气的约克夫人在起居室里的椭圆形镜子前梳妆打扮,她与坐在一旁呆望着鱼缸的女儿莉莉讨论自己的卷发,莉莉只顾着一根接一根地抽烟,对母亲的话题毫无兴趣。约克夫人声称自己多年来全心为女儿付出,从未有过任何差错,她送莉莉上了最好的学校,让她遇到了所有"合格的"年轻人。而莉莉则反驳说那些都是油头粉面的花花公子,她只想踩着他们的脚趾头听他们尖叫。母亲愤怒地责备女儿胡说八道,她认为莉莉应该跟其他女孩们聚在一起学学织毛衣,因为男人需要的不是"行走的读书报告",而是血肉之躯。莉莉挖苦说母亲希望自己结婚其实就是从事"高级的"卖淫,母亲所要求的只是一纸合法的婚书和大量的现金。约克夫人扔掉莉莉手中的杂志,埋怨说阅读太多的下流小说害了莉莉,只有波希米亚人、布尔什维克、从东欧来的低层无技术工人和"长头发的俄罗斯人"才读这些东西。正当母亲唠叨着责怪莉莉抽烟太多以致家里到处都是烟头之际,发型师打来电话让约克夫人赴约,再次精心打扮了一番的约克夫人对女儿拒不称赞她的"美丽"表示不满。看着母亲出门去的背影,莉莉神经质地微微颤抖着哑然失笑。母亲出门时还在唠叨着要莉莉戒烟,因为吸烟"毁了她的皮肤"。莉莉在公寓的五个房间里漫无目的地来回踱着步,她所到之处都留下了烟灰。她把自己锁进卧室,对着镜子傻笑,镜子中的她浓眉大眼,身体颀长瘦削,像个漂亮的小伙子。她不由自主地大声自言自语,说出来的都是带她一起参加社交聚会时母亲所说的话,她似乎被自己的举动吓到了,用双手捂住自己的嘴巴和耳朵。舞台上响起母亲在社交场合说话的声音,使我们得知莉莉已逝的父亲史蒂文是一个热爱读书、写诗的人,婚后他放弃了写作,当妻子焚烧了他所保存的自己作品的手稿时他哭得像个孩子,但是在妻子的管束之下他转变了,不再那么"不切实际"。莉莉像父亲一样,"是个极不寻常的孩子",但约克夫人认为女儿的叛逆只是一个必经阶段,只要她不再抽烟,听从管束,那么她不再需要看精神病医生,将来的她必定会成为一个"好妻子"。神情恍惚的莉莉手中掉落的烟头烧坏了梳妆台,门外响起了回到家的母亲的尖叫声,她又在抱怨家里到处是烟雾和烟灰。在这些威廉斯的早期戏剧中,剧作家通过描写子女与父母之间的冲突与对抗,反思家庭环境对子女成长的影响。

创作于威廉斯艺术生涯巅峰时期的《热铁皮屋顶上的猫》(下文简称《猫》)和《调整时期》(*Period of Adjustment*,1958)等剧,则突显了人们为回归传统家庭模式和满足婚姻中的性别角色期待而进行的自我调整,同时也揭示了家庭中围绕财产问题所发生的纠葛与冲突。例如,《猫》剧就是如此。此剧讲述的是密西西比三角洲富有的种植园主大阿爹患病,将不久于人世,长子古柏和大儿媳梅、二儿媳玛吉将大阿爹 65 岁的生日聚会演变为争夺遗产继承权的战场,而次子布里克对遗产继承和世俗名利毫无兴趣的态度令玛吉苦恼不已。布里克自从刻意疏远好友斯基普,继而得知斯基普客死他乡之后便意志消沉,性情大变。他在运动场上摔伤了腿,只得拄着拐杖养伤,他终日独自借酒浇愁,甚至对妻子和父母都避而远之。为了增加在继承权争夺中获胜的筹码,玛吉谎称已经怀孕,并逼迫布里克助其将谎言变成现实。剧作家在《猫》剧中并未明确表现对不择手段争夺财产的谴责,也从未对突破世俗婚姻家庭束缚的勇气给予激赏,而是让所有人物为维持家庭关系而作出让步和妥协——大阿爹是如此,布里克也只能如此。面对俗不可耐的妻子和虚情假意的儿子儿媳,大阿爹选择忍受谎言和欺骗。当布里克表现出对冷漠丑陋的世界的憎恶之时,大阿爹及时劝导儿子直面真相、积极应对。《猫》中的布里克与斯基普的暧昧关系引发了对婚姻伦理问题的持久争论,剧终还留下"遗产最终如何分配"的悬念。对于剧中存在的悬念和疑团,威廉斯解释道:"有些疑团在揭示戏中人物特性时应当留有余地,正如生活中揭示人物特性时大量疑团总是没有解决一样,即使在自我揭示本人特性时也是如此。"①由于斯基普向布里克坦白了对他的同性之爱而导致布里克与他绝交,不堪打击的斯基普沉溺于酒精并死于过度注射镇静剂。布里克一度由于自责而自暴自弃,还因妻子玛吉曾以与斯基普上床为手段来阻止他与斯基普之间可能存在的非传统恋爱的发展,布里克对玛吉耿耿于怀甚至与之分居,他意欲步斯基普的后尘,以酒精来进行慢性自杀。然而在大阿爹的宽容理解和妻子玛吉的努力争取之下,布里克重回家庭的怀抱,任凭玛吉收起了他的酒,准备与她假戏真做,让玛吉如愿生下孩子来继承大阿爹的财产。

　　家庭的核心是夫妻关系,而夫妻关系的基础则是感情。威廉斯的前期剧作对夫妻间的感情冲突与纠葛亦有关注。例如,《调整时期》一剧就是如此。该剧是威廉斯为数不多的喜剧作品之一,通过描写两对年轻夫妻以不同的方式解决了感情危机,说明夫妻双方必须正确处理彼此的关系,才能顺利度过婚姻生活中的"调整时期"。主人公拉尔夫和乔治都曾是战场上建立功勋的飞行员,但他们在退伍后的婚姻家庭生活和社会生活中尚处在适应角色转换和寻找身份定位的"调整时期"。敏感的夫妻关系是该剧的关注重点,但退役士兵所面临的社会认同和角色转换问题同样发人深省。虽然上述剧作均蕴含着威廉斯对传统婚姻家庭伦理的批判与反思,但对传统家庭模式的认同以及自由意志向道德责任的妥协构成了其精神内核。

二、认同后现代家庭模式

　　20世纪60年代以降,随着后工业时代的来临,西方社会经历了从现代到后现代的变迁,强调否定性、反正统性,崇尚多元性、不确定性等特征的后现

①　威廉斯. 外国当代剧作选 3. 东秀,等译. 北京:中国戏剧出版社,1992:316.

代主义思潮盛行,作为人类最基本的整合方式的家庭也相应发生了巨大的变迁。① 在民权运动、女权主义运动和性别权利运动蓬勃开展的时代背景下,在社会语境和家庭变迁的过程中,体现白人中产阶级价值的核心家庭模式已失去其主导地位,美国家庭模式呈现出多元化和多样性的发展态势。单亲家庭、非婚同居家庭、丁克家庭、领养家庭和酷儿家庭等所谓"后现代家庭"(postmodern family)大量涌现。

威廉斯的后期剧作折射出现代婚姻家庭制度在后现代文化语境中所经受的严峻挑战,表达了剧作家对传统婚姻关系和家庭模式合理性的反思,同时也反映了女性的身份诉求。

美国是一个高离婚率的国家,1981 年的离婚率高达 18.9%。② 威廉斯的《讲述皇后之死的悲伤故事》(1957 年开始写作,约完成于 1970 年)③、《夏日旅馆的衣裳》和《摇摇欲坠的房子》等后期剧作深刻反映了美国传统婚姻家庭模式所面临的危机。在威廉斯看来,后现代社会家庭中的性别角色发生了重大转变,建构新的婚姻家庭模式成为时代的要求,其中,《夏日旅馆的衣裳》(下文简称《夏日》)一剧比较集中地表达了这种思考。

《夏日》通过描写美国著名作家菲茨杰拉德(Fitzgerald)与其妻子泽尔达(Zelda)的爱情婚姻悲剧,表现了女性在寻求独立身份认同的艰难道路上所付出的沉痛代价。1920 年菲茨杰拉德与泽尔达成婚之时,美国社会正处在从农业社会进入工业化现代社会的历史交叉口,威廉斯借用"爵士时代"代言人的家庭悲剧故事,探讨了人生意义和婚姻真谛等永恒命题,思考了现代社会向后现代转型语境下女性在婚姻家庭中的角色定位。威廉斯剧作对饱受折磨的艺术家的刻画向来都很出色,泽尔达形象的成功塑造也是本剧的突出成就。《夏日》在半天的剧情时间跨度之内,通过追溯菲茨杰拉德夫妇 20 年的婚姻生活故事,呈现了泽尔达因强烈的创作欲望受挫而疯癫的心路历程,

---

① 陈璇. 走向后现代的美国家庭:理论分歧与经验研究. 社会,2008(4):175.

② 陈璇. 走向后现代的美国家庭:理论分歧与经验研究. 社会,2008(4):177.

③ 本剧标题来自莎士比亚《理查二世》(*Richard II*)中的台词——"祈祷吧,让我们坐在地上,讲述国王之死的悲伤故事。"("Pray, let us sit upon the ground and tell sad stories of the death of kings.")参阅:Smith-Howard, A. & Heintzelman, G. *Critical Companion to Tennessee Williams: A Literary Reference to His Life and Work*. New York: Facts on File, Inc., 2005: 25.

探寻了菲茨杰拉德夫妇的婚姻悲剧产生的根源。作为《夏日》的主人公,泽尔达是一个生活在其丈夫巨大声名阴影之下的作家,她在芭蕾舞和绘画方面也颇有造诣。泽尔达不满"菲茨杰拉德太太"的身份标签对自身才华和魅力的遮蔽,她渴望在文学界获得与男性平等的发展机会,但却受到夫权的压抑和限制。对于泽尔达在其小说《为我留下那曲华尔兹》(*Save Me the Waltz*,1932)中采用与他的《夜色温柔》(*Tender Is the Night*,1934)相类似的素材,菲茨杰拉德十分生气,并坦言自己不希望泽尔达当作家。菲茨杰拉德不认可泽尔达的写作和舞蹈水平,他认为泽尔达的社会身份定位只能是"著名作家的妻子"。当泽尔达与丈夫探讨自己的职业追求时,菲茨杰拉德明确回应说:"你的工作是所有年轻的南方淑女们都梦寐以求的,那就是体面地与忠实的丈夫和漂亮的孩子生活在一起。"[①]泽尔达的身份诉求与菲茨杰拉德的"男权至上"导致了二人之间不可填补的裂痕。泽尔达试图通过投入疯狂的芭蕾舞训练和婚外恋情来寻求解脱,最终精神崩溃而被关进了疯人院。

《夏日》没有直接描写非正常的后现代家庭,并以此表达剧作家对后现代家庭模式的认同,而是通过描写传统家庭观念所遭遇的严峻挑战来达到目的——妻子对丈夫的男权中心主义思想不认同,极力伸张自己在家庭的权利,建构女性在家庭中的独立地位。剧中对传统家庭男主女从模式及观念的否定,正是对后现代家庭女性权利和独立身份的肯定,也是对后现代家庭"无中心"观念及结构模式的认同。以否定"正常"来肯定"非正常",认为"非正常"的东西恰恰是美的,并把美的东西毁灭了给人看,也就更有感染力。

美国性别权利运动的开展,为酷儿家庭的出现以及学界的酷儿家庭模式研究提供了社会基础。在 20 世纪 50 年代麦卡锡主义时期,美国社会处于对性别权利运动群体极端疑惧的零容忍状态;60 年代这一群体仍遭到社会的抨击;1969 年 2400 人参与其中的"石墙运动"成为美国性别权利运动群体公开寻求社会认同的发端。随着 70 年代要求性别权利的社会政治运动的全面铺开,美国性别权利运动群体的社会地位实现了从被斥为"变态"到被认定为"一种生活方式"的根本变化,他们甚至"成为社会变革和人们性习惯变化的

---

① Williams,T. *The Theatre of Tennessee Williams*:Volume 8. New York:New Directions Publishing Corporation,2001:240.

开路先锋"①,代表着"重建美国社会"的时代呼声。然而同性婚姻合法化的进程相当艰难,距离"石墙运动"数十年之后的 2004 年,美国才出现第一个承认同性婚姻合法的州——马萨诸塞州;直到 2015 年,同性婚姻才由美国最高法院裁定在全美合法。

在社会科学研究领域,战后 30 年占据霸主地位的结构功能主义范式将白人中产阶级双亲核心家庭视为"正常家庭",而将其他模式的家庭边缘化。这些所谓"非正常家庭"直到 20 世纪 70 年代才被西方社会纳入"家庭多样性"(family diversity)的研究视野。其时酷儿家庭则仍被人们所忽略,因为长期以来,非传统的爱情和婚姻关系与家庭是相互对立的。这种状况直到 20世纪末期才有所改观,韦斯顿(Weston)提出"血亲家庭"(blood family)之外还存在"选择的家庭"(chosen family),将非传统的爱情关系与家庭相联系,拓展了后现代家庭的内涵;②韦克斯(Weeks)对于在后现代情境中非异性恋者如何建构婚姻模式进行的研究也产生了较大影响。③

在家庭模式呈现出多元化和多样性的发展态势的后现代文化语境中,威廉斯的后期戏剧被时代赋予了新的价值期待,人们认为,擅长创作家庭剧的威廉斯作为当时美国最伟大的剧作家,应该在作品中反映新的家庭形态和性别运动群体的诉求。在中产阶级双亲核心家庭之外的家庭模式尚属罕见的20 世纪 60—70 年代,威廉斯就通过戏剧创作对酷儿家庭模式的建构进行了探索,表现出激进的后现代婚姻家庭观念。威廉斯的《讲述皇后之死的悲伤故事》(下文简称《皇后之死》)一剧与另一部以新奥尔良为叙事背景的晚期剧作《老城区》,描绘的都是社会边缘人群破碎而又多彩的生活画卷。其中《皇后之死》又是独特而意义重大的一部作品,与威廉斯早期剧作形成巨大反差。该剧重塑了传统性别伦理,探讨了性别角色的错置和非传统恋爱,对人们所不熟悉的边缘人物形象进行了逼真的描摹;在主题呈现方式上,威廉斯颠覆了其前期经典剧作所构筑的含蓄曲折的情致,直接抛出极具争议性的"性话题",对主流的以异性恋话语为核心的性别伦理进行改写,提出了建构多元化婚姻家庭的主张。威廉斯在戏剧主题上的求索,体现出其为亚文化和边缘人

---

① 转引自:黄兆群. 同性恋与美国社会风气. 史学月刊,1998(6):70-71.

② 陈璇. 当代西方家庭模式变迁的理论探讨:世纪末美国家庭论战再思考. 湖北社会科学,2008(1):78.

③ 陈璇. 走向后现代的美国家庭:理论分歧与经验研究. 社会,2008(4):179.

群寻求新的话语权和言说方式的努力。

战后美国的戏剧、电影和通俗小说的创作都遵循一项规约,即将不合乎伦理规范的爱情视为一种病症,它必须被"治愈"(cured),否则身陷其中的人物便要受到严厉的惩罚——这种惩罚往往是死亡。[①] 威廉斯剧作多涉及不伦爱情主题,但在前期戏剧中,他运用"加密的"(coded or closeted)处理方式使之深藏不露,踪迹难寻。威廉斯笔下的多个人物敏感而多情,如《圣徒火刑》中宁愿牺牲自己而不揭发私情的邮递员埃洛伊、《欲望号街车》中饮弹身亡的诗人艾伦、《热铁皮屋顶上的猫》中死于酒精中毒的斯基普以及《去夏骤至》中被一群少年生吞活剥的富豪诗人塞巴斯蒂安等。他们或出于保护他人隐私而承受巨大压力,或由于性别伦理问题而心怀负罪感,以至不惜以死赎罪。

《皇后之死》则一改这些"加密的"爱情问题戏剧感伤、赎罪的基调,讲述了一个脆弱的"变装皇后"[②]向无情的流浪者敞开家门、敞开心扉,勇敢坚定地追求真情的故事。剧中的"皇后"(queen)实指"装扮成女性进行表演的男子"坎蒂·迪兰尼、阿尔文·克朗宁和杰瑞·约翰逊,故事发生于 1939—1941 年或 1945—1947 年路易斯安那州新奥尔良市的法国区。坎蒂是一个事业有成的室内装饰师和酒吧老板,他与房客阿尔文和杰瑞十分要好,结下了深厚的友谊。坎蒂不顾阿尔文和杰瑞的忠告,坚决要与结识于酒吧的商船水手卡尔在一起,卡尔却只想向坎蒂伸手要钱,一旦遭到拒绝就对坎蒂拳脚相向。坎蒂又惊又怕,只得将藏钱之处告诉了卡尔。卡尔拿着钱扬长而去,被坎蒂赶走的阿尔文和杰瑞回来照顾并安慰坎蒂。

---

① 参阅:Moschovakis, N. & Roessel, D. Introduction: Those Rare Electrical Things Between People. In Williams, T. *Mister Paradise and Other One-Act Plays by Tennessee Williams*. Moschovakis, N. & Roessel, D. (eds.). New York: New Directions Publishing Corporation, 2005:XXXII.

② 19 世纪初出现了指称易装男性的"drag queen"一词,"drag"是当时拖地的圈环裙,而"queen"是对有女性气质的男性的一种贬损性的称呼。随后 Brigham Morris Young 开始把变装皇后当作一种职业,从此"drag queen"特指那些穿女性服装来扮演女性进行娱乐表演的男性。1883 年,男扮女装开始作为一种表演艺术得到认可,扮演女性角色的男演员甚至比女演员还要受人尊敬。到了 20 世纪,男扮女装愈发流行。20 世纪40 年代,保守主义思想在美国推行,一个变装皇后在表演过程中被警察逮捕,于是变装秀和变装舞会开始转向"地下"。60 年代,变装皇后不再局限于舞台而开始出现在现实生活中,此时的易装文化,在某种程度上从简单的反串表演变成了男性非传统恋爱的一种表达自我的方式。

此剧的思想艺术成就主要体现在两个方面:其一,嘲讽伪善无情的美国社会,批判将跨性别群体视为异端和有"病症"的主流文化价值观,将受鄙视的边缘人物塑造成有情有义的正面形象;其二,追问酷儿家庭与"选择的家庭"成员的公民权问题,探讨后现代情境中理想婚姻家庭模式的建构。剧中的主要人物——坎蒂、阿尔文和杰瑞敢爱敢恨,彼此之间结下深厚的"姐妹情谊"。坎蒂那装修精美的日式花园是一座象征着美丽和高雅的伊甸园,与《摇摇欲坠的房子》中衰朽的老宅形成鲜明对照,是剧作家理想中遗世而独立的新世界。"花园"是极其精致和狭小的空间,并非对审美意识的完整表达,然而,这个并不完整的空间却蕴含着完整的世界和完美生活的全部意义。① 坎蒂曾与一个年长男子维持了长达 17 年的亲密关系,威廉斯明确地将其界定为婚姻关系。如今年满 35 岁的坎蒂因为年轻的"第三者"插足而失去了"丈夫",他在自己公寓里显眼的位置摆放着"前夫"的照片,仍未放弃对理想的爱情婚姻的追寻。卡尔作为从外部闯入伊甸园的他者,冷酷无情地粉碎了坎蒂的梦想。威廉斯将异性恋者卡尔刻画成虚伪卑鄙之人,他毫不掩饰对卡尔的声讨和对三位边缘人的赞赏。这部激进的杰出作品情节简单却意蕴深刻,可见威廉斯思虑深远,其眼界远远超越了他所处的时代。

第二节　从揭露黑暗的社会现实
到编织荒诞的政治寓言

评论家和历史学家普遍认为,威廉斯对政治不感兴趣。尽管威廉斯极少参与政治运动或公开发表政治言论,但是对社会问题的书写和对政治文化的关注贯穿其整个创作生涯。威廉斯说:"如果你问我的政治观是什么,我是一个人道主义者。"②他站在人道主义的立场上,赞扬积极的反抗斗争,揭露黑暗,批判现实。

---

① 福柯. 另类空间. 王喆,译. 世界哲学,2006(6):52-57. 转引自:周志强. 浪漫"韩剧"异托邦的精神之旅. 文艺研究,2014(6):8.
② Williams, T. *New Selected Essays*:*Where I Live*. Bak, J. S. (ed.). New York: New Directions Publishing Corporation, 2009:66.

一、揭露黑暗的社会现实

经济大萧条与世界大战是美国 20 世纪 30 年代与 40 年代重大的时代主题,这一时期美国出现了一批人数不多但力量强大的左翼戏剧家,年轻的威廉斯受其影响也尝试了社会和政治斗争题材戏剧的创作。这些早期作品往往有着克利福德·奥德茨戏剧的影子,或直接描写身处水深火热之中的工人们参与的罢工斗争,或从家庭生活侧面反映大萧条时期的社会现状,揭露黑暗的社会现实,体现出为了美好的未来而投身革命斗争的积极的政治姿态,现实性、批判性、斗争性是其重要特色。

20 世纪初至大萧条的几十年时间里,美国人民生活困苦,矿工们身处危险的工作环境,动辄命丧井下,所得收入却不足以养活妻小,因此煤矿罢工频发。其中遭到残酷镇压的有 1920 年 5 月 19 日在西弗吉尼亚州明戈县爆发的“马特万大屠杀”(the Matewan Massacre),也称“马特万之战”(Battle of Matewan),[①]以及 1931 年在肯塔基州哈兰县因矿主削减工资而引发的罢工事件“血染哈兰”(Bloody Harlan)等。威廉斯的首部多幕剧《日下残烛》以亚拉巴马的“红山”(Red Hills)煤矿工人皮尔切家庭的悲惨遭遇为美国贫苦百姓家庭生活的缩影,揭示了大萧条时期工人家庭的生存困境。随后他又以 1938 年 4 名囚犯因参加绝食抗议而被杀所引发的“洪斯堡监狱罢工”(Holmesburg Prison Strike)为故事原型,创作了监狱生活题材戏剧《与夜莺无关》(Not About Nightingales,1938)。该剧以犀利的笔触揭露监狱管理者的暴力执法,控诉了执法者残忍虐待犯人的暴行,暴露了美国司法制度的缺陷和弊端。1936 年 9 月威廉斯应圣路易斯哑剧团(the Mummers)导演威那德·霍兰(Willard Holland)之邀,为在退伍军人节(Veteran's Day)上演出的欧文·肖(Irwin Shaw)的黑色反战寓言剧《埋葬死者》(Bury the Dead,1936)写一部开场戏。威廉斯模仿当年纽约联邦剧院流行的“活报剧”(Living Newspapers),以“向生者致敬”作为这部反战题材戏剧的标题,通过

---

① 参阅:Raby, J. "Matewan Massacre" a century ago embodied miners struggles. (2020-05-18)［2022-07-15］. https://apnews. com/article/ap-top-news-police-ky-state-wire-wv-state-wire-us-news-34af5e97aaa1241aa3dadf669d43686b/.

描写一名一战战场上幸存的美国军人的战后经历，反映了战争对军人心理的摧残，讽刺了政府"向死者致敬的同时，不要忘了要向生者致敬"的言论，[①]同时表现了剧作家对战争的厌恶和痛恨以及对战争意义的质疑。

二、编织荒诞的政治寓言

发端于1947年的冷战是威廉斯大半个创作生涯的时代背景。在威廉斯看来，美国国内社会问题很多，在国际上与不同政治经济制度国家之间的冲突远未消除。菲莉西娅·兰德(Felicia Londré)指出："在他的职业生涯后期，（威廉斯）开始创作直接反映大规模暴力事件等问题的戏剧。"[②]威廉斯对冷战的书写是讽刺、幽默而怪诞的。20世纪下半叶以降，面对核战争的威胁与人口、环境、能源和生态等方面的严重危机和困境以及高科技所带来的消极后果——人类的主体性丧失、价值崩溃、意义失落和自我异化，威廉斯没有传达其早期戏剧中积极投身革命的昂扬斗志，而是通过对战争意义的拷问和对人类未来的思索，揭示战争的荒诞性，表达对于未来世界人与自然、人与人关系的悲观绝望，其中《市政屠宰场》一剧可谓表达这种绝望情绪的荒诞的政治寓言。

《市政屠宰场》以现代寓言的形式表达对人类战争罪恶的诘问以及对现代社会制度和文明价值的质疑。剧作的故事背景是独裁者控制的一座西班牙语城市，那里到处弥漫着战争与死亡的恐怖气氛。主人公是一名循规蹈矩的政府部门职员，他向来听从指挥、忠于职守，可是突然遭到解雇并被派往市政屠宰场，其原因可能是他曾试图了解"与他不相干"的问题，或者是他因女儿被抓去妓院而写了请愿书。这位职员路过烟草商店时发现铁笼子里关着一只像松鼠的小动物，它置身于一架类似跑步机的新奇装置上，必须不停地奔跑以避免跌倒。这只小松鼠是处于独裁专政压迫下的人民的象征——人们像它一样不情愿地做着莫名其妙的事情，受制于人，身不由己。职员询问店主——这小动物从那装置上下来过吗？难道它必须永远在笼子里这么跑

---

① Williams, T. *The Magic Tower and Other One-Act Plays*. New York: New Directions Publishing Corporation, 2011: 96.

② Smith-Howard, A. & Heintzelman, G. *Critical Companion to Tennessee Williams: A Literary Reference to His Life and Work*. New York: Facts on File, Inc., 2005: 76.

下去？店主听了竟勃然大怒,他抓住职员的衣领,抢走职员的钱包,还记下其姓名、住址和工作单位,扬言要让其丢饭碗。对于店主莫名的过激行为,职员不但不敢表示抗议,反倒认同店主的指责,怪自己管了不该管的事。他在大街上向抗议独裁专政的男大学生问路,男生告诫职员去市政屠宰场意味着会被杀害——"你的身体会被搅拌机搅烂,做成罐头给那些叫汤姆、迪克或哈里的家伙和他们的妻子、孩子跟狗享用"①。职员却执意前往,在政府没有派人来押解,也没有下发逮捕令的情况下,他仅凭电话指令就义无反顾地只身赴死,"我做要求我做的事,我去命令我去的地方,我从不质疑指示"②是其座右铭。接下来的情节极具戏剧性,男生将本该由自己执行的破坏游行的任务交给职员,要其枪杀即将乘车经过他们身边的将军,这样他就能成为"名字登上全球所有报纸头条新闻"的英雄,从而使"毫无意义的生命变得光荣"。可是职员手摇小旗,嘴里喊着"万岁,万岁!"目送将军一行经过之后,他又向观众打听去市政屠宰场的路。

　　威廉斯早期戏剧中标志性的"威廉斯人物",是像《牵牛花破坏案》(*The Case of the Crushed Petunias*,1941)中的多萝西那样想要逃离其所处环境的离经叛道者,"对众人都赞同的新舆论他们却持异议,对现行政权他们要进行颠覆,对这个物质社会的种种条条框框他们一概排斥"③。而在后期剧作中,拒绝随波逐流的浪漫主义精神踪迹全无,取而代之的是《市政屠宰场》中懦弱愚昧、逆来顺受的小市民形象,这一形象透露出作者对现实与未来的绝望。

　　《摧毁闹市》是反映威廉斯的社会问题意识和对国际环境政治敏锐性的一部主要剧作。④ 针对冷战期间美国游击战争频发的社会现状,威廉斯创作了反映武装斗争和社会混乱状况的《摧毁闹市》,这部具有浓重荒诞色彩的新

---

① Williams,T. *Mister Paradise and Other One-Act Plays by Tennessee Williams*. Moschovakis,N. ＆ Roessel,D.(eds.). New York:New Directions Publishing Corporation,2005:162.

② Williams,T. *Mister Paradise and Other One-Act Plays by Tennessee Williams*. Moschovakis,N. ＆ Roessel,D.(eds.). New York:New Directions Publishing Corporation,2005:163.

③ 萨克文·伯科维奇. 剑桥美国文学史(第七卷). 孙宏,主译. 北京:中央编译出版社,2012:18.

④ Smith-Howard,A. ＆ Heintzelman,G. *Critical Companion to Tennessee Williams:A Literary Reference to His Life and Work*. New York:Facts on File,Inc.,2005:76.

现实主义戏剧没有指明剧情发生的确切时间和地点,也没有塑造个性鲜明的人物形象,剧作家以黑色喜剧的形式来表达严肃的悲剧主题,以缺乏合理性的荒诞情节表现战争对人的异化和人类生存的荒诞感。

该剧故事发生在一座首府城市郊区的一个中产阶级家庭的起居室里。全剧演出过程中不时传来时远时近的爆炸声和墙壁倒塌的声音。

年轻英俊的雷恩先生紧张地坐在起居室里等妻子回来,雷恩太太一进屋他便责备妻子没打招呼就开车出门,由于加油站停止营业,他们必须节省汽油。雷恩建议逃离这座战火纷飞的城市,可雷恩太太说公路封锁了,无处可逃,雷恩先生说自己曾在打猎时发现了一条隐秘的路。即使是在自己家中,雷恩太太也始终戴着帽子和手套、穿着外套、拿着手袋。夫妇俩谈起知识分子出身的"最高领导人",他拿过法学学位,却违抗法律,破坏了社会秩序,自他夺取政权之后的一个半星期以来电视、广播停播,报纸也停止了发行。在交谈过程中雷恩太太发现丈夫裤子拉链开了,她提议在沙发上做爱,但雷恩先生心神不宁地拒绝了。

雷恩夫妇的女儿罗丝玛丽和格拉迪所在的修道院学校如今变成了军营,对于突然回到家里的孩子们,雷恩夫妇态度冷淡。他们询问孩子们为何离开学校,孩子们回答说学校已被军队占领,她们只好逃回了家。罗丝玛丽声称遭到过一名黑胡子男人的调戏,雷恩太太却不容其细说就命令孩子们洗澡上床睡觉,她对丈夫说孩子们对她来说就像是"彻头彻尾的陌生人",甚至还调侃孩子们的校长——"长着一副马脸"的女修道院院长和修女们被卡车拖走了。到了播新闻的时间,雷恩先生打开电视,屏幕上没有任何图像,只发出噼里啪啦的响声,他却说:"真是条有趣的新闻。"他认为掌权的新政府或许会是坚定严格的,而不是毫无人情味的政府。

此时神色慌张的邻居凯恩夫妇来访,他们的年龄和外貌与雷恩夫妇相仿。凯恩说来访之前本应打个电话,可是电话线路不通,凯恩太太为没有带瓶酒来作为小礼物而表达了歉意。两对夫妇一致表示自从史丹总统向新政权投降之后,家里的酒的消耗量大多了。

两对夫妇商量一起逃到蓝湖去,即使那里酒店关门了也无妨,因为他们都有野营装备和罐头食品,雷恩先生说他知道有条未铺柏油的马路通向那里。交谈中凯恩先生说他们的老相识休·韦恩接到了"请于下午 5 时之前到达市政屠宰场,否则将会有警车将你带走"的传票,此刻一颗炸弹在窗外爆炸了,凯恩先生当即提议两家人共同乘坐其中一家的汽车逃到山上去。雷恩先生和凯恩先生出门去把两辆汽车其中一辆里的汽油吸到另一辆的油箱里,两位太太在家里商议逃跑路线,她们互相表达着对于车开到山下之后必须踩着积雪步行爬山的艰难的担忧。楼上两个孩子唱起了占领首府的游击队的进行曲《曲调:共和国战争赞歌》——"我们蜷伏在雄鹰盘旋的山头,我们蹲守在高耸入云的山洞……"①凯恩太太说她从自己的女儿们那里学会了这首游击队进行曲。雷恩太太喝止了孩子们,而凯恩太太说她们无法阻止孩子们了解这一切,孩子们甚至认为把一辆车里的汽油吸进另一辆车里不是解决问题的办法,野蛮人般的纯真给了孩子们"永无期限的""适用于任何边境的"签证。

　　凯恩太太声称她有个新的计划,那就是自己设法进入闹市区的指挥部见到将军并献身于他。由于在夺取城市政权之前住在山洞里,年轻的将军必定十分渴望女人的陪伴。凯恩太太说将军有个英俊的兄弟"黑豹",于是雷恩太太决定参与这项"美人计"计划的实施。凯恩太太提议她们关紧大门走后门,大声唱着进行曲向闹市区进发,雷恩太太停留半晌环顾着即将无缘再见的屋子,深吸一口气,坚定地跟在凯恩太太身后走出门去。当两个丈夫顶着爆炸声冲进家里,却听到他们的妻子唱着进行曲走远了,雷恩先生和凯恩先生面面相觑,互相掸掉了对方夹克上的灰尘。

　　战争不但摧毁了闹市,毁掉了人们的正常生活,也使家庭中人与人的关系和生活变得十分荒诞,人的性格被扭曲,行为古怪而不可理喻。母亲感觉自己的孩子像是陌生人,对于武装分子调戏女儿一事毫不关心。受到游击队骚扰的孩子罗丝玛丽和格拉迪竟然唱起了游击队进行曲。雷恩先生和凯恩先生出门去给汽车加油以备逃亡之际,两位在家里商议着逃跑路线的太太却擅自决定去献身于篡夺了政权的武装分子。等这两个男主人顶着爆炸声冲进家里,却发现他们的妻子正在唱着游击队进行曲义无反顾地往新政府的指挥部进发,人物行为的盲目性和情节的荒诞让人瞠目结舌。

　　20世纪80年代初期,美苏冷战升级,核战争的威胁日渐逼近。威廉斯意外离世之后不到一个月,美国总统里根于1983年3月23日宣布了"以各种

---

① Williams, T. *The Theatre of Tennessee Williams*: *Volume 6. 27 Wagons Full of Cotton and Other Short Plays*. New York: New Directions Publishing Corporation, 1992: 354.

手段攻击敌方的外太空的洲际战略导弹和外太空航天器,以防止敌对国家对美国及其盟国发动的核打击"[①]的"星球大战"计划。年届古稀的威廉斯以戏剧创作来表现世界局势的紧张和个人的恐惧与绝望。威廉斯创作于1980年的《白色粉尘》以历经浩劫之后的世界图景为戏剧背景。在那儿没有人类的温情,大地上空飘浮着神秘的白色粉尘,这些粉尘持续地在天空中肆虐,尘封了一切事物和所有的人。戏剧中的两个人物卢克和马克在历经浩劫后的荒原中相依,可是残忍的"适者生存"法则主导着一切,曾经相爱的恋人也无法逃避谎言和背叛。在《世界小姐的非凡旅社》里,世界小姐有着"一头像核爆炸似的拖把状的火红头发,嗓音也像核爆炸似的"。在《摇摇欲坠的房子》中,行将坍塌的房子暗喻着在核武器的威胁之下分崩离析的社会。在《白色粉尘》和《世界小姐的非凡旅社》两剧中,个人在自我保护的战斗中所表现出来的残忍和冷酷隐喻着动荡和资源贫乏的世界。

《摇摇欲坠的房子》和《白色粉尘》两剧直白地传达出剧作家浓重的绝望情绪。《摇摇欲坠的房子》中衰朽的房屋如同一面镜子,映射出20世纪晚期的世界图景:通货膨胀难以遏制,经济危机频发,政府腐败,人口膨胀,到处充斥着冷漠、残酷和侵略。《白色粉尘》则预言,一两个世纪之后,人类将置身于世界末日——核战争不断,大气污染严重,人类健康受损,人口锐减,自然资源匮乏,地球上满目疮痍;人类异化,道德沦丧,人与人之间互相利用而缺乏信任,骇人听闻的恶性事件层出不穷。尽管人口数量大幅减少,地球上的自然资源仍不足以满足人类生存的基本需求。在残酷的"适者生存"的法则下,男人只会"在一段时间里利用女人,当女人不再具备吸引力了,男人往往会将她们杀掉"[②]。由于女人的数量远远少于男人,天黑之时,常有年轻男子遭到流浪汉性侵。国家法律严苛,百姓私挖水井就算犯法。剧中的马克本是年轻的卢克最信赖的人,但是马克为了拿到政府奖金而揭发卢克私挖水井,他告诫卢克不要信任包括自己在内的任何人,因为"曾经有种顾虑叫道德,类似于背叛爱人这样的事曾受人鄙视。但那是曾经,我都记不起是多久以前的事

---

① 转引自:蔡子亮.现代科学技术与社会发展.郑州:郑州大学出版社,2006:58.

② Williams, T. *The Traveling Companion & Other Plays*. Saddik, A. J. (ed.). New York: New Directions Publishing Corporation, 2008: 6.

了"①。剧作家以此剧隐喻 20 世纪下半叶的国际政治局势,借剧中人之口严厉谴责美苏两大阵营之间的霸权争夺之战——"当权者是邪恶的,这是他们的本性。在地球上的人们为了拥有和控制大规模爆炸性武器而分成两个或三个敌对阵营之前,他们就是如此"②。

　　除上文提及的剧作之外,《欲火,或无风景值得一看》(下文简称《欲火》)和《红色魔鬼炮台信号》等威廉斯后期剧作,同样传达了与其前期剧作迥异的题旨。其中《欲火》一剧涵盖了婚姻生活和战争主题,通过描写军人家庭的婚姻出轨所导致的伦理冲突,反映了后现代社会的女性诉求和战争对人伦关系的异化。剧中即将返回越南战场的美国军人与其新婚妻子在蜜月期间双双背叛了婚姻。丈夫在酒吧寻欢而让新婚妻子凌晨两点独自步行返回酒店,妻子在途中邂逅了一名刚刚上岸的水手,她对水手的性侵犯并未进行过多的反抗,甚至将其带回了酒店房间。第二天清晨,妻子在丈夫逼问下坦白了出轨经过,她平静而果敢,表现出没有丝毫歉疚和畏惧的倔强姿态,不仅断定扬言要揍她的丈夫没这个胆量,还讽刺他在越南一定是个逃兵,在丈夫对她的质询过程中她完全掌控了话语权。年轻的军人对战争的痛恨和重返战场的无奈显而易见,他不忍回顾战场上梦魇般的残酷场面:"他们命令我开枪打死那些尖叫着的女人和孩子,我照办了,真的照办了!"③颓废而绝望的他对越南战争感到"受够了""恶心"却无力违抗军令,只能以酗酒纵欲作为逃避、疗伤的途径。剧作家将戏剧情境置于新婚丈夫 5 天后即将返回越南战场的特殊时刻,赋予了作品强大的戏剧张力。面对妻子坦陈其与偶遇的水手偷欢的过程及细节,丈夫按捺不住的愤怒最终被本能的爱欲所压倒。而《欲火》中妻子选择与陌生人发生性关系是出于对情欲的需求和对婚姻的不满,对于自己身体的支配权更是她敢于超越禁忌的重要内驱力。该剧体现了威廉斯对后现代社会女性的独立与自由、更改选择的深入思考,肯定了女性对传统婚姻伦理和性伦理规范的大胆挑战。

---

① Williams, T. *The Traveling Companion & Other Plays*. Saddik, A. J. (ed.). New York: New Directions Publishing Corporation, 2008: 11.

② Williams, T. *The Traveling Companion & Other Plays*. Saddik, A. J. (ed.). New York: New Directions Publishing Corporation, 2008: 10-11.

③ Williams, T. *The Traveling Companion & Other Plays*. Saddik, A. J. (ed.). New York: New Directions Publishing Corporation, 2008: 155.

第三节　从"南方神话"的解构到"真实南方"的建构

　　作为美国的一个亚文化区域,"南方"是一个需要界定的综合概念,"南方"的划分既包括地理和政治因素,更强调历史、文化和经济的渊源。[①] "南方"不仅是一个地域指涉,还是一种文化建构,尽管南方是美利坚民族的"固有组成部分",却又往往"被割裂于整体之外,遭受另眼相待",是美国的"内部他者"(internal other)。[②] 在美国历史研究中,早就有"旧南方"(Old South)和"新南方"(New South)的说法。在地理学意义上,美国的"旧南方"通常是指南北战争时参加南方同盟的 11 个实行蓄奴制的州,即弗吉尼亚、北卡罗来纳、南卡罗来纳、亚拉巴马、密西西比、阿肯色、路易斯安那、得克萨斯、佐治亚、肯塔基和俄克拉何马。而有关新旧南方的时间划分方法不一:一种分法是以内战为界,"旧南方"指内战前的美国南方;多数美国学者认同南方重建(the Reconstruction)[③]结束的 1877 年为"新南方"的开始;还有学者将"旧南方"的下限时间定为二战结束。[④] 本书认同小威廉·J.库伯(William J. Cooper,Jr.)和托马斯·E.特瑞尔(Thomas E. Terrill)的看法,将 20 世纪 20 年代看作真正的"新南方"的开端,[⑤]自此之后,南方社会的经济模式、政治运作乃至种族关系等方面才逐渐与美国主流社会趋同,但是旧南方文化的影响仍长时间存在。

　　威廉斯是美国南方戏剧的先驱,南方意识和南方文化是贯穿其整个戏剧创作生涯的重要主题之一。威廉斯的前期"诗化现实主义"戏剧是一曲曲旧

---

① 虞建华. 历史与小说的异同:现实的南方与福克纳的南方传奇//李维屏. 英美文学研究论丛. 第 5 辑. 上海:上海外语教育出版社,2006:103.

② 于雷. 爱伦·坡与"南方性". 外国文学评论,2014(3):9.

③ 所谓南方重建,是指在南北战争结束后,为了在南方解决战争遗留问题,重新建立被战火摧毁的家园的尝试。在 1870—1890 年,重建未能在法律、政治、经济、社会等各个层面上确保黑人的平等地位,南方重建以失败告终。参阅:迈克尔·舒德森. 好公民——美国公共生活史. 郑一卉,译. 北京:北京大学出版社,2014:121.

④ 参阅:高卫红. 20 世纪上半期美国南方文化研究. 长春:东北师范大学,2011:46.

⑤ 参阅:韩启群. 转型期变革的多维书写——福克纳斯诺普斯三部曲的物质文化批评//李维屏. 英美文学研究论丛. 第 22 辑. 上海:上海外语教育出版社,2015:236.

南方文化的挽歌,但同时,这些剧作解构了"南方神话",而剧作家又在其后期戏剧中以"狂欢化"的后现代话语建构了"真实的南方"。

一、"南方神话"的解构

威廉斯出生于美国密西西比州的哥伦布,在 1940 年之前,威廉斯主要生活在田纳西州、密苏里州、密西西比州等南方地区。1915 年威廉斯的外祖父达金被调往密西西比三角洲的克拉克斯代尔担任教区长,威廉斯随母亲和姐姐一起在克拉克斯代尔生活,这段经历对威廉斯的人生和创作有着决定性的影响。于威廉斯而言,克拉克斯代尔是一片保留着旧南方文化传统的神秘乐土,是优美高雅而又野蛮堕落的"南方神话"的象征,是威廉斯一生都在书写的故乡。

通过对威廉斯前后期的南方题材戏剧的全面考察和分析,我们发现,威廉斯以独特的视角和敏锐的眼光,通过戏剧创作解构了传统意义上的"田园牧歌"式的南方,又建构起了以自己的"灵魂故里"新奥尔良为中心的"真实的南方"。

南方文化的中心想象结构是"南方家庭罗曼司"(the Southern family romance),"南方文学之父"威廉·福克纳(William Faulkner)的世系小说作品堪称"南方家庭罗曼司"的典范。福克纳通过对南方家庭的人物和事件的描写,表现了南方人民的优秀精神品质和道德情操,颂扬了南方精神。

作为"南方传统文化的歌手"和"南方文化的戏剧舞台展示者",①威廉斯所关注的事实是在 20 世纪 30—40 年代的美国南方,城市化、工业化的进程给社会带来了剧烈的变迁和文化震荡,旧南方传统被现代文明逐渐瓦解,田园牧歌般的旧南方一去不复返。在前期剧作中他以细腻的笔触成功刻画了阿曼达、布兰奇等南方淑女角色,唱出了一曲旧南方文明的挽歌。威廉斯向传统的南方文学发起了挑战,通过描写南方女性的悲剧命运和南方家庭的衰败,质疑并颠覆了伊甸园式的"南方神话"。

美国南方独特的地理位置、气候特征、奴隶制度和种植园经济使之形成了一种独特的地方文化,而"南方淑女"是蕴含着这一独特历史和文化内涵的

---

① 韩曦.百老汇的行吟诗人——田纳西·威廉斯.北京:群言出版社,2013:3.

代名词。在福克纳和与威廉斯同时代的美国南方女剧作家丽莲·海尔曼（Lillian Hellman）的作品中，也不乏南方女性人物，然而威廉斯的南方淑女形象是与之迥然有别的。福克纳和海尔曼是从关注社会领域的现实出发，批判南方社会历史和现实中的各种罪恶；而威廉斯则更多的是从精神领域的现实出发，展现心灵孤独和精神救赎的无奈。他笔下的南方淑女是飞蛾般脆弱敏感的美丽意象——这也是剧作家将布兰奇比作蛾子的原因，她们代表着已然消逝的旧南方，无论她们怎样努力，作出何种牺牲，也无法摆脱日趋衰败的悲剧命运。从《玻璃动物园》中的阿曼达身上我们看到了南方文化价值的崩溃和昔日理想的幻灭；罗拉代表着注定孤独地被困在自己的皮囊之中、与现实格格不入的边缘人；《甜蜜的青春之鸟》中的普林塞丝和海文莉诉说着青春与美丽的失落；而《欲望号街车》中的布兰奇则是有着浪漫情怀的艺术家，是到处被驱赶的旅行者和逃亡者。这些敏感、脆弱而优雅的人被时代抛弃，她们的生活窘境和绝望情怀令人唏嘘而震撼。

威廉斯的童年生活背景使他对南北方之间的巨大差异和南方人在北方的生活有着切身的体验。种植园经济的没落、南方社会的转型和工业城市的扩张是美国现代文化变迁的主要标志，也是《玻璃动物园》和《欲望号街车》等剧中故事发生的历史时代背景。

透过威廉斯笔下南方家庭的故事和悲剧的"南方淑女"形象，可以洞察到威廉斯对"南方神话"的解构路径。神话般的南方是一片伊甸园乐土，那里有着温馨的大家庭、舒适的种植园生活和优雅的南方淑女。南方家庭作为南方文化的中心想象结构，应该由具有绅士风度、高尚可敬的父亲作为主宰，母亲则应该是圣洁、坚忍、没有欲望的完美女性，[①]家庭成员各得其所。而在威廉斯的前期南方戏剧中，"南方神话"中的家庭模式被颠覆——《玻璃动物园》中阿曼达的婚姻早已名存实亡，她那"爱上长途旅行"的丈夫在孩子尚且年幼时便离开家，多年来杳无音信；《欲望号街车》中的布兰奇在"美梦庄园"的贵族生活也只是虚有其表，她的婚姻貌似美满却隐藏着危机：年轻的诗人丈夫开枪自杀，揭穿了童话般美好爱情的假象，而家族的衰败使她不得不用当中学教师所得的微薄收入支付长辈们的丧葬费等各项家庭开支，最终还是失去了

---

① 田颖. "南方神话"的解构和"真实南方"的建构——解读《金色眼睛的映像》. 外国文学,2010(4):75.

家园而无处藏身;《热铁皮屋顶上的猫》中表面繁荣的种植园主大家庭,却隐藏着谎言、欺骗和钩心斗角。在夫权至上的南方文化语境中,南方女性被定义为优雅、顺从、贞洁的淑女形象,故而"南方淑女"形象具有深刻的文化内涵。但是威廉斯戏剧中的"南方淑女"形象则具有对传统的反叛性,她们以对欲望的放纵来寻求自我主体性的存在,与南方社会传统背道而驰。《欲望号街车》中的布兰奇在不幸的婚姻遭遇之后到处寻找"陌生人的善心";《夏与烟》中的阿尔玛由顺从、贞洁的典型"南方淑女"转变成了与旅行推销员发生一夜情的"荡妇"。威廉斯从家庭意象和女性形象两个方面解构了"南方神话"。

在威廉斯戏剧中,南方家庭结构不全,南方家族日趋衰落,传统的家庭意象被扭曲变形,"南方神话"中的家庭模式被彻底颠覆。《玻璃动物园》中的阿曼达曾在密西西比州的"蓝岭"度过了她美好的少女时代,但彼时惬意的种植园生活以及她被"17个绅士"同时造访的"神话"早已成为过去,嫁给了电话公司职员的人生际遇使她无法靠"漂亮的面孔,窈窕的身材"以及"伶俐的口齿"来继续谱写南方家庭的神话。《欲望号街车》中的布兰奇在密西西比州的贝尔里夫庄园里"有白色柱子"的大房子里长大,年仅16岁的她嫁给了年轻英俊的诗人。然而婚后不久她就遭受命运的无情捉弄,年轻的丈夫开枪自杀,家人也接二连三地逝世,留下她独自收拾残局。大手大脚的父辈、长兄们早已将贝尔里夫的田产挥霍一空,布兰奇只得以微薄的教师工资收入来支撑风雨飘摇的家族,为此她几乎丢掉了自己的性命。《夏与烟》中的阿尔玛是密西西比州格劳斯山地教区长的女儿,她在家庭和社会活动中里里外外都是一把手,主持教堂和文学社团活动,给包括受众人排斥的纳丽在内的学生们上音乐课,在独立日和婚礼庆典等重要场合献唱,被人们称作"三角洲的夜莺"。这个典范型的"南方淑女"所出身的家庭却并不是"南方神话"中的模范家庭。由于母亲的精神失常,阿尔玛过早地承担起了家庭主妇所应该担负的家庭责任,而清教主义家庭传统的束缚又使她过分地压抑天性,最终造成了她的人生悲剧。《琴神降临》中所描写与揭露的美国南方社会的蛮荒暴力和南方家庭中的罪恶则是令人触目惊心的。

《琴神降临》改编自威廉斯早年的三幕剧《天使之战》,由于其对美国南方社会问题的大胆揭露,《天使之战》于1940年在波士顿上演不久后便遭到禁演。威廉斯在《回忆录》中提及此次禁演事件时指出,这个戏在当时算是相当新潮,除了一些技巧上的瑕疵之外,剧中的中心人物又是个极端狂信且性欲过度亢奋的角色。剧评家与警方检查小组好像把这个戏看成当时他们城里出现的腺鼠疫一般的可怕了。①

1957 年,威廉斯结合古希腊"琴神"的故事与美国南方社会背景,将《天使之战》改写为《琴神降临》。古希腊的"琴神"故事讲述的是琴神俄耳甫斯勇闯地狱拯救他的新婚妻子欧律狄刻,然而由于俄耳甫斯无意违反了冥界之王定下的规矩,救妻不成的琴神被酒神的狂热信徒撕成了碎片。威廉斯将他笔下的"琴神故事"的发生地设定为如同地狱一般的南方小镇,那里的保守和偏见如同冥界的戒律一般,扼杀人性和爱情。蕾蒂的父亲是意大利移民,他勤劳友善,独自在南方小镇上闯出一片天下,只因"放任"恋人们的亲密行为、与黑人交好等"出格"举动而惨遭暗算。蕾蒂嫁给杀父仇人却被蒙在鼓里,饱受痛苦婚姻折磨的她最终死在丈夫杰布的枪下。

构成"南方神话"标志之一的南方淑女应该是"传统的化身"和"义务的象征",而"南方淑女"的标准早已"遍布南方文化的各个层面,形成了一个符号系统"②。上述威廉斯的《欲望号街车》《夏与烟》和《琴神降临》等剧作中南方淑女的纵欲、婚外情与旧南方的社会传统相悖,其形象明显越出了"南方淑女"的符号系统,而其他一些威廉斯剧作中的南方女性形象则离"南方淑女"的标准更远。《来自伯莎的问候》中的伯莎是一名病入膏肓的妓女;《使用飞燕草药液的女人》中的哈德维克·摩尔夫人因生活所迫在破旧的客栈屋内接客,她时常被房主追讨租金,度日如年;《拜伦的情书》(*Lord Byron's Love Letter*,1946)中的没落贵族老姬及其孙女靠向参加狂欢节的游客诵读大诗人拜伦的亲笔"情书"来骗钱;《满满的 27 车棉花》中的弗洛拉则俨然走向了"南方淑女"形象的反面,她年届 20 却还吮吸着大拇指睡着婴儿床,非但远远称不上"口齿伶俐",紧张起来还常犯口吃。该剧故事发生在密西西比州的一个农场上,头脑简单、幼稚的弗洛拉沦为一场美国南方棉花产业争夺斗争中的牺牲品。

威廉斯戏剧从家庭意象和南方女性形象两个方面颠覆了"南方家庭罗曼

① 威廉斯. 田纳西·威廉斯忏悔录. 杨月荪,译. 台北:圆神出版社,1986:119.
② Fox-Genovese, E. *Within the Plantation Household*:*Black and White Women of the Old South*. Chapel Hill:University of North Carolina Press,1988:39.

司",解构了"南方神话"的宏大叙事,威廉斯后期戏剧创作致力于建构神话幻灭之后的"真实南方"。

二、"真实南方"的建构

威廉斯的某些剧作呈现出哥特式的怪诞风格,在其后期戏剧中怪诞风格显得更加明显,而怪诞与狂欢文学有着亲缘关系。美国学者伊哈布·哈桑(Ihab Hassan)把巴赫金创造的"狂欢"(carnivalization)一词看作后现代主义的重构性特征之一。哈桑认为"狂欢"一词"传达了后现代主义喜剧式的甚至荒诞的精神气质"[①]。威廉斯在解构"南方神话"的同时,又以狂欢化的黑色喜剧塑造了怪诞的人物形象,叙述荒诞的故事,以狂欢化的书写建构了一个神话幻灭之后荒诞、混乱的"真实南方"。

作为美国南方戏剧的先驱,威廉斯剧作中体现了家庭观念、浪漫主义、哥特式风格等美国南方文学传统。哥特式艺术表现手法是南方文学的典型传统之一,南方文学作品勠力于处理残酷的激情与超自然的恐怖主题,描写血腥恐怖的暴力行为和神秘事件。威廉斯被称作"以情节怪异著称的戏剧大师"[②],南方文学奇特、怪诞的哥特式风格在其作品中有着生动体现。《玫瑰文身》中的珊拉菲娜在两次受孕的当天都感到胸部刺痛,胸脯上神奇地出现她丈夫身上所刺的玫瑰花纹却又很快消失不见了。不但读者和观众觉得这一情节令人难以置信,连没有目睹这一奇观的珊拉菲娜的丈夫罗萨里奥都认为这是无稽之谈而一笑置之。《甜蜜的青春之鸟》中的阉割、《去夏骤至》中的食人行为等更是骇人听闻的暴力情节。其中《去夏骤至》中已故诗人塞巴斯蒂安生前所营造的"生态园"如同史前的热带丛林一般恐怖而神秘。

威廉斯后期戏剧则大大淡化了情节描写和诗意现实主义的戏剧场景的描绘,以简单而抽象怪诞的场景描写衬托出剧作的非现实主义风格,《伤残者》和《梅里韦瑟先生会从孟菲斯回来吗?》(*Will Mr. Merriwether Return from Memphis?*,1969)等剧作中还运用唱赞美诗的歌队制造了间离效果。威廉斯前期剧作以美丽优雅、个性复杂、命运坎坷的悲剧性的"南方淑女"形

① 夏忠宪. 巴赫金狂欢化诗学研究. 北京:北京师范大学出版社,2000:89.
② 孙白梅. 西洋万花筒——美国戏剧概览. 上海:上海外语教育出版社,2002:71.

象的塑造宣告了"南方神话"的破灭,而在后期剧作中,他又以黑色喜剧创作手法,塑造了个性扁平、丑陋、残疾、畸形而怪诞的有着"非人化"特征的南方女性形象,以这种异化的南方女性形象来隐喻威廉斯对"真实南方"的绝望。

《伤残者》讲述了住在新奥尔良法国区一家破旧旅店里的曾是朋友的两个落魄南方女子尽释前嫌、重归于好的故事。如同本剧剧名一样,两个孤独残疾的中年女人绝非传统意义上的贞洁、没有欲望、一心为家庭奉献自己的"南方淑女",她们都是身心不健全的"伤残者",更是人生失意的"失败者"。这两个南方女人当中的塞莱斯特完全颠覆了有着良好的教育背景、追求精英化品味、与世俗生活趣味背道而驰的"威廉斯式的南方淑女"形象,她酗酒、偷盗、接客,其行为过往劣迹斑斑,还有些精神失常。她因为偷盗而入狱,出狱后回到她曾住过的旅店里,想要回被扣留的行李并住回她原来的房间。塞莱斯特企图以与在旅店值班的接待员伯尼发生性关系为条件,使之答应归还她的财物,但伯尼拒绝了塞莱斯特的要求;另一个曾经的"南方淑女"曲科特则早已身陷绝境,她出身于得克萨斯富有家庭,曾是社交界名媛,可如今已年老色衰,又因乳腺癌切除了一个乳房而痛苦不堪。她曾与塞莱斯特成为朋友,但因为后者的背叛及其对她的侮辱而苦恼,更因为身体的残疾而得不到自己所渴望的爱情。圣诞夜,曲科特在博埃梅咖啡吧里邂逅了两名休假的水手斯利姆和布鲁诺,曲科特对斯利姆倾慕不已,她把斯利姆带回自己的酒店房间里,与之发生了性关系。然而当斯利姆发现曲科特身体的残疾时,竟然要求曲科特付给他钱,曲科特只好答应了。更令曲科特意想不到的是,找不到自己钱包的斯利姆竟然认为钱包是曲科特所偷。经历了一系列波折之后,曲科特让伯尼给塞莱斯特捎个信,说自己打算与她"和解"。塞莱斯特假装对曲科特的话无动于衷,她告诉曲科特说她的友谊不是待售的商品。曲科特将塞莱斯特请进了她的房间,她们一起坐下吃完了点心,塞莱斯特原谅了曲科特,并开始为她们俩安排一起出发的行程。歌队的赞美诗里唱着"孤独的人,没有住所的人,得不到爱、得不到温暖、得不到同情的人"。

该剧开头出场的塞莱斯特刚刚被哥哥亨利从监狱中保释出来,亨利毫不客气地指出塞莱斯特"从来都没有荣辱是非的概念",并且在为她找工作时不愿让她用自己家族的姓氏而让其虚构一个名字,因为哥哥不愿受到臭名昭著的妹妹的牵连。威廉斯是这样描写在哥哥亨利陪同下来到"银色美元"酒店门外的塞莱斯特的:

　　塞莱斯特是个矮小、肥胖的女人,有着令她引以为傲的硕大乳房,她整日穿着一件低胸连衣裙。她有着一头留有刘海的红褐色头发,身上披着的麝鼠皮夹克是某天她特别幸运地在一家旧货店里发现的。她尤其钟爱绸缎,因为绸缎衣服既紧身又反光,而珍珠如果不够大就绝对配不上她。为了便于在商店行窃,塞莱斯特拿着一个大大的手提包。她年约50,性格桀骜不驯。①

　　身形臃肿、打扮俗气的塞莱斯特与《欲望号街车》中布兰奇的外貌形成了巨大反差,而剧作家也没有如同描写布兰奇那样以象征和隐喻的手法去对塞莱斯特作心理和个性描写。《欲望号街车》第一场出现在新奥尔良的布兰奇是这样的:

　　　　她的衣着和这个环境很不协调。她穿着一身讲究的白色衫裙,束着一条柔软的腰带,戴着项链、珍珠耳环、白手套和帽子,看起来就像是来花园区参加夏季茶会或鸡尾酒会似的……她那迟疑的举止和一身白色衫裙,多少使人联想起一只白飞蛾。②

　　随着故事的深入,我们不由得赞叹威廉斯把布兰奇比作白飞蛾的恰如其分。曾经高贵、体面的布兰奇如同一只五彩缤纷的花蝴蝶,在经历了失去亲人、失去家园的一系列打击之后她挥霍青春、挥霍感情,现在的她是一只行将失去保护色的悲壮、美丽的扑火的飞蛾。

　　《淑女》一剧中的主人公"淑女"的形象更是对威廉斯前期戏剧中的美丽脆弱的"南方淑女"形象的异化。淑女曾是一名有着欧洲贵族血统的歌手,如今她流落到佛罗里达,租住在可卡鲁尼海边,靠与一群凶猛的大型食肉鸟争抢鱼贩丢弃的鱼为生。淑女被这些鸟夺去了一只眼睛,她那"空洞的眼窝被绷带缠绕着"。每当听到远处的船上传来的汽笛声,淑女就拿着一个锡制水桶冲出屋子,跑到码头,与前来觅食的可卡鲁尼鸟争抢捡拾小贩们扔掉的鱼。她曾单恋过与之一起在欧洲演出的威尼斯花花公子,有着痛苦的感情经历,至今仍珍藏着一本记载了她昔日演出情景的破旧剪贴簿。如今她处于半疯癫的状态,靠乞求顾客点歌而献唱挣钱。在该剧结尾,在与食肉鸟的斗争中

① 笔者译,原文参阅:Williams, T. *Dragon Country*, *A Book of Plays*. New York: New Directions,1970:82.
② 田纳西·威廉斯. 外国当代剧作选 3. 东秀,等译. 北京:中国戏剧出版社,1992:103.

失去了双眼的淑女伤痕累累却不屈不挠，又一次投入了新的战斗。

从这些面貌丑陋、行为怪诞而陷入生存困境的南方女性身上，我们可以看到威廉斯戏剧中对"南方淑女"形象的丑化和异化，而前期戏剧中的南方家庭虽然呈现出衰落的迹象，却尚存一息"南方神话"中的典型南方家庭的表象。但在后期戏剧中，这样的家庭已完全沦为《摇摇欲坠的房子》中居住在时刻面临坍塌威胁的房子里分崩离析的衰朽家庭。

《摇摇欲坠的房子》（下文简称《房子》）讲述的是一个美国南方家庭的悲剧故事。在一个风雨交加的夜晚，科尼利厄斯·麦克科尔和贝拉·麦克科尔这一对中产阶级老年夫妇，在参加完大儿子的葬礼之后回到他们的家中。老朽的屋子摇摇欲坠，而这个家庭更是处于风雨飘摇之中。夫妇俩都已年老体衰、疾病缠身，大儿子酗酒早逝，而他们的另外两个孩子也从不让夫妇俩省心——女儿乔安妮因精神失常住进了疯人院，再次失业的小儿子查理此刻正在楼上与他那已怀有身孕的女友发生性关系。科尼一心想要拿到贝拉从她的娘家——丹西家族继承下来的一笔财产来支付自己参加政治竞选活动所需的费用，而贝拉则千方百计把钱藏起来准备留给她的孩子们。查理的女友斯黛西临盆，而科尼认为表现出宗教狂热的斯黛西是个"发疯的妓女"，并与查理起了激烈争执。科尼打电话叫来了警察，科尼和查理父子二人被带去了警察局。此时身体已非常虚弱的贝拉希望在前来探望她的朋友塞克斯太太的帮助下，将她藏匿在壁炉上的座钟里的那笔"丹西家族的钱"拿出来，谁知贪婪的塞克斯太太乘虚而入，想将这笔装在旧信封里的巨款据为己有。所幸的是，在克莱恩医生的帮助之下，贝拉拿回了这笔钱。她眼前再一次出现了年幼的三个孩子的幻影，安详地离开了人世。

《房子》与《玻璃动物园》有着较为明显的互文关系，而且前者在威廉斯的后期剧作中是比较少见的一部现实主义剧作。但是威廉斯前期剧作中诗意隐晦的戏剧语言在《房子》中已消失殆尽，剧中的象征意味多被直白的戏剧语言所冲淡了。威廉斯在舞台提示中明确指出了剧中故事发生的时间和地点，还一再强调舞台布景要"以破落的房子来隐喻社会现状"，"这个曾经理性的、尚且过得去的、典型的美国中产阶级家庭的起居室作为舞台布景，仿佛是惊恐混乱并即将崩溃的社会的缩影"①。威廉斯表示他所要制造的舞台效果,是观众直接看透(see through)戏剧场景所隐喻的社会现状之后产生的惊骇和恐惧,为此他在舞台说明中对戏剧场景作了如下描述:

> 这是密西西比州墨西哥湾海岸上的一个天气恶劣的冬日夜晚。如潮水般的大雨在整剧的演出过程中涌上来又退下去,屋外不时传来轰隆隆的雷声,空中时而有闪电出现。屋里不时能听到滴水声。由于发电机出了毛病,电灯的光亮偶尔会闪一下;在第一幕结尾处,由于风暴击毁了发电机,屋内陷入了一团漆黑之中。②

这样"山雨欲来风满楼"的恐怖场景的直白描写呈现了"即将崩溃的社会的缩影",与《玻璃动物园》中充满诗意的戏剧场景区别明显。《玻璃动物园》第一场的布景是这样的:

> 温菲尔德的住所面对一条巷子,进出靠一架救火梯。救火梯这个名字多少有点诗意,因为所有这些高楼大厦里经常缓慢地燃烧着人们在垂死挣扎中难以扑灭的火焰……这场戏是回忆,因而是不真实的……因为回忆主要是在人的内心进行的,因此室内光线要相当昏暗而且富有诗意。③

《房子》中的主要人物几乎都是从《玻璃动物园》中转换而来的,两剧中的家居布景也惊人地相似,由起居室、半透明的纱幕遮掩的餐厅、厨房和楼梯或救火梯构成。这两个空间对生活于其中的家庭成员的感情生活都有着负面影响,而两剧中以纱幕笼罩餐厅则是以电影化的呈现手段,优雅地表现人物性格和情节:比如《玻璃动物园》中的就餐情景,以及《房子》中贝拉与丈夫和孩子们的幽灵待在一起的情景,等等。这种布景功能被威廉斯称为"建筑学隐喻"——前者代表着笼子,后者则象征着社会秩序的腐蚀。

与《玻璃动物园》中父亲缺席的情形所不同的是,《房子》中的父亲科尼利厄斯出场了(威廉斯的父亲名字也叫科尼利厄斯),只是他的出场似乎使父亲

---

①　参阅:Williams,T. *A House Not Meant to Stand*:*A Gothic Comedy*. New York:New Directions Publishing Corporation,2008:3.

②　笔者译,原文参阅:Williams T. *A House Not Meant to Stand*:*A Gothic Comedy*. New York:New Directions Publishing Corporation,2008:3.

③　田纳西·威廉斯. 外国当代剧作选 3. 东秀,等译. 北京:中国戏剧出版社,1992:4.

的形象比《玻璃动物园》中抛妻弃子逃离家庭的父亲更加招人憎恶。《房子》一剧中的故事发生在密西西比州帕斯卡古拉市。第一幕开场时,身宽体胖、行动笨拙,"总是一副愧疚的样子"的贝拉与科尼利厄斯一起拿着行李回到家。身材瘦小,头发稀疏的科尼利厄斯刚一上场就抱怨家里破旧的房子,还对贝拉声明要与之再次谈论被贝拉秘密藏起来的那笔钱。对于已逝的大儿子齐普斯,科尼并未表现出过多的悲痛和父亲的温情,他甚至在与小儿子查理的谈话中毫不掩饰地嘲讽大儿子齐普斯是个缺乏男子气概的"娘娘腔",因为他少年时期曾在"帕斯卡古拉之最"比赛上被票选为"最美女孩"。由于二儿子查理直言不讳地指责父亲,说他们母子从科尼身上"除了嘲弄和辱骂之外得不到任何东西,你就是个老混蛋! 你从没关心过这个屋檐下任何一个人的感受",科尼与查理之间爆发了激烈的争吵。查理的话道出了他对父亲的不满以及造成母亲悲剧命运的重要原因,那就是隐藏在科尼内心的对待妻儿的真实态度是极度冷漠的,以致贝拉在失望和焦虑情绪中暴饮暴食甚至精神失常。科尼热衷于参加政治竞选活动,因此极力想拿到妻子贝拉的钱来增加自己当选的筹码。可是当他对儿子谈起自己在帕斯卡古拉市的市长竞选中只得了 10 票时,科尼的说法未免有些虚伪:"我不感到遗憾。在这样的时刻谁还需要政府官员? 只有坏蛋才用索要贿赂的方法把他们的口袋装得满满的。"

这所摇摇欲坠的房子散发着浓重的死亡气息。科尼和贝拉被各种疾病所扰,均将不久于人世。他们那被白蚁侵蚀的房子在崩裂,他们 31 岁的大儿子齐普斯刚刚死于酒精中毒,女儿被关进精神病院,小儿子查理则没完没了地失业。刚从孟菲斯参加完齐普斯葬礼回到家的贝拉还沉浸在悲伤中不能自拔,眼前出现了幻影——她看到了年幼的三个孩子嬉戏玩闹的身影,这象征着她记忆中那田园诗般充满爱的过去。这些萦绕在她心头的幽灵和神奇的声音与斯特林堡戏剧中的鬼魂大不一样,也不同于威廉斯的《夏日旅馆的衣裳》和《梅里韦瑟先生会从孟菲斯回来吗?》中的鬼魂。他们不属于这部戏中的世界,而只属于贝拉的世界——他们的出现是贝拉借以减轻痛苦的手段。

与《我无法想象明天》(*I Can't Imagine Tomorrow*,1966)和《两个人的戏剧》等威廉斯后期剧作中人物极少行动所不同的是,《摇摇欲坠的房子》剧中人物自始至终都几乎没有停止过行动。贝拉和查理在厨房、餐厅和起居室之间进出往返多次，其他人也总是在或坐或站，或来或走地行动着，但是这些行动鲜有敏捷迅速的特征，让整部戏剧呈现出一种特别缓慢、老朽的节奏。而威廉斯创作此剧的主要意图，就是以残酷、震撼的戏剧场景，呈现 20 世纪80 年代初期，在美苏争霸之战的侵扰与核武器威胁之下美国南方家庭和社会无序、异化和信仰缺失的现状，建构"南方神话"破灭之后的"真实南方"。

威廉斯自十几岁时就开始发表诗歌、小说、散文和剧本，这种体裁的多样化贯穿了他的整个创作生涯。威廉斯本人曾明确指出了他的小说和戏剧作品之间的密切关系，以及他毕生所坚持的反复修改自己作品的创作习惯："我的长剧都是在早先的独幕剧或者短篇小说的基础上写成的，这些短剧或短篇小说有可能是许多年以前写的。我一次又一次地修改它们。"①于是，在波士顿演出遭到惨败的《天使之战》被改写成了《琴神降临》，《夏与烟》变成了《夜莺的怪癖》(*The Eccentricities of a Nightingale*,1964)，《大地王国（又名：默特尔的七个后代）》在几年以后又以《大地王国》的身份重新出现。

威廉斯的这种创作方法曾受到国外学者的诟病，认为他直到晚年还在续写早年的戏剧题材且沿用年轻时代的创作方法是一种缺乏创新能力的表现。但是恰如威廉斯《特里果林的笔记本》中的作家特里果林一样，勤奋的威廉斯视文学创作为生命，他会时时刻刻拿着笔记本收集素材，以备将来创作之用。而在反复修改乃至重写自己作品的过程中，他会致力于调整自己的创作思路，赋予作品新的意义。作为一名戏剧大师，威廉斯往往会在反复修改作品和重新预拟剧名的过程中寻找表达自己创作思维发展的途径。从 1980、1981 和 1982 年间威廉斯对《摇摇欲坠的房子》进行修改的无数手稿和笔记中，可以看出他一直在试图确定一个中心主题。《摇摇欲坠的房子》一剧的原型是独幕剧《驼鹿小屋的一些问题》(*Some Problems for the Moose Lodge*, 1980)②，威廉斯用科尼利厄斯参加政治活动的地点"驼鹿小屋"作剧名，表明

---

① 转引自：埃默里·埃利奥特. 哥伦比亚美国文学史. 朱通伯，等译. 成都：四川辞书出版社. 1994：930.

② 驼鹿协会(The Moose)于 1888 年春季在肯塔基州的路易斯维尔成立，初为男性社交俱乐部，在 20 世纪初逐渐发展成一个包括男性和女性成员的国际组织，陆续在美国各州和加拿大的一些省份成立了分会(lodge)。该协会致力于教育、体育、社区服务等公共事业和慈善事业，致力于照顾青少年和老年人，使社区更紧密地联系在一起。参阅：Dale City Moose Lodge Moose Family Center：About Us. [2022-08-04]. http:// www.dalecitymoose2165.com/about-us/.

科尼的政治活动在其个人生活中的重要性及其对家庭命运的影响；下一个剧名《丹西家族的钱》(The Dancie Money)，威廉斯将焦点放在贝拉所继承的丹西家族祖辈传给她的那笔遗产上，突出了这笔钱对于贝拉的特殊意义；《我们的帕斯卡古拉女士》(Our Lady of Pascagoola)表现了威廉斯眼中贝拉的博爱和她的喜剧潜能；其他的剧名——《一个月光舞者的传奇遗产》(The Legendary Bequest of [a] Moonshine Dancer)、《挂在月亮上的脏衣服》(Laundry Hung on the Moon)，以及《致命连衣裙的碎片》(For Tatters of a Mortal Dress)——也都将贝拉作为剧中的核心人物。在科尼利厄斯占支配地位的剧名中，《同傻瓜说话》(Being Addressed by a Fool)、《一座比主人短命的房子》(A House Not Meant to Last Longer than the Owner)，以及《拉斯韦加斯的希腊人提供了怎样的机会？》(What Odds Are Offered by the Greeks in Vegas?)等，都表明了科尼利厄斯对必死命运的恐惧以及他的经济和政治野心。还有一些预拟的剧名——《遗骨的性情》(The Disposition of the Remains)、《可怕的细节（一部哥特喜剧）》(Terrible Details—A Gothic Comedy)以及《把他们关起来》(Putting Them Away)——关注的则是麦克科尔家孩子们的悲惨境遇。其中《遗骨的性情》聚焦于科尼对齐普斯之死的冷漠态度以及贝拉的极度痛苦；《把他们关起来》和《可怕的细节》指向齐普斯的葬礼和乔安妮被关进疯人院。[①] 威廉斯选择了《摇摇欲坠的房子》作为二度在古德曼剧场(Goodman Theatre)上演版本的剧名并再未作更改，说明剧作家最终确定了他要表现的中心主题就是这个摇摇欲坠的家庭所隐喻的危机四伏的美国南方社会。

《摇摇欲坠的房子》的故事环境中蕴含着当下的政治和文化指涉，在查理和科尼利厄斯谈到美国的通货膨胀等社会问题时，剧作家借科尼的说法来表达自己对于人类未来的悲观看法：

> 查理：有人认为我们进入了萧条时期。你怎么看？
> 科尼利厄斯：我觉得，不，我确信，是这样的。这不是总统的错，而是因为整个体制没有根据人口增长作相应的调整。美国，还有全世界，有

① 参阅：Keith, T. Introduction: A Missippi Funhouse. In Williams, T. A House Not Meant to Stand: A Gothic Comedy. Keith, T. (ed.). New York: New Directions Publishing Corporation, 2008: xix.

太多人在等着吃饭。知道吗，我曾经看过报道，到 2030 年世界人口将会增加两倍，或许你能活到那时候呢。饥饿，瘟疫，一场又一场的战争，这些就是到时候你将会经历的。我很开心我会先走一步。①

威廉斯后期戏剧中还有一部描写南方家庭故事的两幕剧《大地王国》，这也是一部哥特式戏剧，剧中故事所发生的地点是密西西比的一个农场。与《摇摇欲坠的房子》中的戏剧情境相类似，《大地王国》中的河流像狮子一般大声咆哮着，农舍时刻处于被洪水淹没的威胁之中。脆弱俊美的 20 岁少年洛特身染肺结核，深知自己来日无多，他要不惜一切代价捍卫从母亲那里承袭下来的遗产。他请回被剥夺了农场继承权的、有着一半黑人血统的同父异母的兄弟契肯来管理农场。为了避免自己死后土地落入契肯之手，洛特娶了与之相识仅一天时间的默特尔为妻，希望她能像母亲娜蒂一样经营农场，做农场的女主人。然而洛特阴柔的美敌不过契肯野性的魅力，洛特死于肺结核，而其兄弟契肯得到了洛特的土地和他的女人。

《大地王国》被国外评论家们视为一部鄙俗不堪的作品，他们纷纷对威廉斯选择的堕落主题而感到痛心疾首。该剧在舞台上的搬演情况也几乎可用惨不忍睹一词来加以形容，威廉斯回忆说"某些有成见的剧评家对这个戏更是极尽诋毁。他们说他们等不及看到洪水暴发，将戏院冲垮，把里头的每一个人都给淹死"②。

批评家们对《大地王国》的反应如此厌恶而排斥，其原因是多方面的，或许女主角默特尔的形象是其中一个重要原因。默特尔是个毫无主见、缺乏教养和思想的反英雄式人物，她曾自嘲说"我从来都不是个好读者，常常连读女性杂志都是看了放下，放下了又看"。她匆匆与相识仅一天时间的洛特结婚，继而又在丈夫濒死之时与其兄弟契肯发生了性关系，而这种性与威廉斯前期戏剧中的性描写相比似乎确实毫无积极意义。而时刻处于洪水淹没危险之中的戏剧情境，以及洛特惨死的场景描写，给全剧带来了残酷而荒诞的哥特式风格。这部作品在一定程度上涉及了南方的衰落这一主题，剧作家对洛特装扮成已故母亲的换装情节以及对契肯与默特尔的性行为的描写赋予了这

---

① 笔者译。原文参阅：Williams，T. *A House Not Meant to Stand*：*A Gothic Comedy*. Keith，T.（ed.）. New York：New Directions Publishing Corporation，2008：23.

② 威廉斯. 田纳西·威廉斯忏悔录. 杨月荪，译. 台北：圆神出版社，1986：387.

部戏剧丰富的寓意和怪诞的气氛。与描写南方种植园主家族故事的前期戏剧《热铁皮屋顶上的猫》相比,后者剧中两万八千英亩广袤的种植园变成了《大地王国》中被洪水包围着的一幢小农舍,南方的衰败景象是触目惊心的。而家庭中人伦关系的变化更能证明社会结构的更替,《热铁皮屋顶上的猫》中由大阿爹撑起的南方大家庭虽然存在着诸多隐忧和潜在危机,但却依然维持着人丁兴旺的繁荣表象;《大地王国》中的农场主人——洛特的母亲死去了,而她的继承人洛特也已病入膏肓,在洛特去世之前,他想要拯救母亲的农场的努力也成了一场空。洛特与母亲在保卫家园的战争中彻底落败了,洛特同父异母的兄弟契肯和背叛了他的新婚妻子成为农场主人,完全改写了这个南方家庭的命运。

威廉斯戏剧从南方女性形象和家庭意象两个方面颠覆了"南方家庭罗曼司",解构了"南方神话"的宏大叙事,剧作家在其后期戏剧创作中建构起了"神话"幻灭之后荒诞、混乱的"真实南方"。在解构与建构之间,威廉斯以戏剧作品见证了美国南方社会的嬗变。

以1961年为威廉斯前后期剧作的分界线,本章通过对前期和后期剧作的对比考察,论述了威廉斯后期剧作主题的嬗变。威廉斯前期剧作更接近于对理想主义的表述和对现实的积极反抗,后期剧作则染上了浓重的悲观色彩,对传统婚姻家庭模式的合理性表示怀疑甚至否定,更以对战争异化的尖锐批判和对南方文化衰落的痛心疾首表达了对现实的彻底绝望。在主题意蕴呈现方式和人物形象塑造等方面,后期剧作极大地突破了为威廉斯赢得声誉的前期创作,颠覆了含蓄隐晦的威廉斯风格。

小　结

本章通过对威廉斯两个不同阶段的剧作的对比分析,侧重探讨其题材选择、表现向度、题旨意蕴、艺术手法上所发生的变化,探寻威廉斯后期剧作的思想转向。

威廉斯的后期剧作有对前期戏剧题材、主题的沿袭,但后期戏剧以不同于前期现实主义的创作方法来表现这些主题,作品的风格也与前期迥然不同。例如前期戏剧《去夏骤至》中人类自私和掠夺天性的主题在《淑女》《大地王国》《白色粉尘》《旅伴》和《世界小姐的非凡旅社》等后期戏剧中都得以延续,不过,这些沿袭了前期戏剧主题的剧作,有的染上了后现代戏剧的色彩,有的比较直露。前期戏剧中所表现的时光流逝和对往日时光的追忆,在《摇摇欲坠的房子》《一个例外》等后期戏剧中也有延伸,但后期剧作的表现向度已不再是追忆昔日的美好,而是对恐惧与绝望的生存体验的表达,主观色彩比较浓厚。前期戏剧对悲剧美的青睐在后期的《夏日旅馆的衣裳》等剧目中亦有延伸,但这类剧作已不是后期剧作的主流。

威廉斯后期剧作的题材、表现向度、题旨意蕴、艺术手法均有新变,这从威廉斯前后期戏剧的婚姻家庭书写、社会政治书写和南方意识表达等三个层面的对比中体现得最为清楚。

前期戏剧的婚姻家庭书写侧重突显传统家庭中的代际冲突,也涉及家庭财产问题所引发的家庭矛盾。后期剧作也写婚姻家庭,但是剧作家以新的视角关注家庭问题,表达了新的理念,剧作家对后现代社会出现的单亲家庭、非婚同居家庭、丁克家庭和领养家庭等"非正常家庭"持同情理解态度,抨击对这些新型家庭的社会偏见。在社会政治书写上,前期剧作侧重揭露黑暗,赞扬反叛,刻画敢于抗争的人物;后期剧作则揭示战争对人的异化,弥漫着绝望的情绪,刻画麻木不仁、逆来顺受的小人物,编织荒诞的政治寓言,对极权统治提出抗议。威廉斯的戏剧大多聚焦美国南方,但前期剧作状写的是理想化的田园牧歌式的南方,后期剧作描绘的则是混乱而荒诞的南方。威廉斯的前期剧作接近于理想主义,后期剧作则染上了浓重的悲观色彩,否定与绝望成了后期剧作的重要主题。在主题呈现和人物形象塑造的方法等方面,后期剧作突破了为威廉斯赢得声誉的批判现实主义方法和诗化的艺术形式,接纳了后现代艺术的某些方法和形式,颠覆了含蓄隐晦的诗化现实主义的"威廉斯风格",呈现出或直露、或怪诞、或幽默、或冷峻、或残酷的不主一端的多样化风格。

第三章　威廉斯后期剧作的艺术新变

风格是文艺作品思想内容和艺术形式的总体特征,是作家、艺术家艺术创作个性的体现,也是作家、艺术家艺术创作走向成熟的标志。一个作家、艺术家的艺术风格并非只有一种,主导风格与多样风格并存的现象并不少见。

对于威廉斯戏剧的艺术风格,曾有国外学者做过这样的概括:

> 他是一位艺术家而不是一个匠人……在苍白、浮浅和拘谨气氛笼罩下的美国剧坛,威廉斯带来了南方的野蛮、性邪恶、性暴力。他所梦想的一种危险特质给作品注入活力。腐败与纯真的感情杂糅一起,给我们极大的触动,远胜过所有被冠之理性的美国戏剧。①

国内有学者指出,威廉斯戏剧的独特风格建立在戏剧形式和内容两方面的独创性之上,其一是威廉斯"把戏剧动作电影化的观念带给了美国剧坛",其二是他"成功地开创了'诗化自然主义'的创作方法,使对话、人物、背景、音乐、声响、灯光,交融和谐,浑然一体。尤其是被威廉斯改造后的剧诗语言,表现出明显的韵律化和联想特征"。②

不过,以上对于威廉斯戏剧风格的分析和概括主要是基于威廉斯前期作品之上的。威廉斯的《天使之战》《琴神降临》《甜蜜的青春之鸟》和《去夏骤至》等前期剧作确实涉及了南方社会的私刑、阉割,甚至吃人等暴力情节,确实让人看到了"南方的野蛮、性邪恶、性暴力"。需要指出的是,威廉斯前期戏剧的主要成就在于他所开创的"诗化现实主义"③戏剧手法,威廉斯热衷于塑

---

① Gilman, R. *Theatre: Tennessee Williams. NATION*, 1983-03-19: 347-348. 转引自:周维培,韩曦. 当代美国戏剧 60 年:1950—2010. 北京:人民文学出版社,2014:96.

② 周维培,韩曦. 当代美国戏剧 60 年:1950—2010. 北京:人民文学出版社,2014:96-97.

③ 国内学者用"诗化自然主义"或"诗化现实主义"来概括威廉斯戏剧风格,本书论述中采用后者。

造"决不能讲任何粗鄙、通俗或下流的话"的阿曼达,或者熟知霍桑、惠特曼和爱伦·坡的诗句的布兰奇,以及宣称自己是为了美好事物才活在这个世界上的阿尔玛之类的南方淑女。《玻璃动物园》《欲望号街车》和《夏与烟》等剧就是这种审美取向的体现,剧中安静而忧伤的南方淑女,诗情画意的舞台设计,尤其是人物的诗化语言,成就了具有浓郁诗情和哀婉情致的"诗化现实主义"风格。

20 世纪 60 年代,西方社会进入后工业时代,后现代主义社会文化思潮滋长,威廉斯的戏剧创作也发生了巨大变化。威廉斯的前期戏剧以隐晦曲折的诗化现实主义手法,表达关怀社会弱势群体的人文情怀和伦理精神,表现对人类未来的肯定和信心;而威廉斯的后期戏剧则以荒诞、夸张的黑色幽默手法,表现狂欢精神和绝望情绪。

艺术家的风格不可能突然之间发生巨大转变,一般都要经过较长时间才能完成,威廉斯戏剧风格的转变也是如此。威廉斯 20 世纪中叶以降的戏剧作品中就已显露风格变化的端倪,只是到了 60—70 年代这种变化更加明显而已。如前所述,1952 年威廉斯的《夏与烟》由著名的外百老汇剧团方中圆剧团演出并大获成功,令《夏与烟》成为外百老汇第一个获得成功的作品。从某种意义上来说,这部威廉斯首次脱离百老汇舞台而进军外百老汇的剧作,是威廉斯进行先锋戏剧实验的先声。在紧接下来的 1953 年,威廉斯将自己于 1946 年创作的 10 场幻想剧《大路上的十个街区》(*Ten Blocks on the Camino Real*,1946)扩充、改写成一部 16 场的表现主义戏剧《大路》,改编后的《大路》大致情节如下:

与沙漠接壤的小镇,四周有围墙,镇中心有个干涸的泉眼,这象征着人性源泉早已干涸。镇上居民多为历史和文学史上的传奇人物。他们生活在残酷而愚昧的环境中:在这里,"兄弟"一词被禁用,放肆代替了仁爱,死人被扫街人当作垃圾运走。这个人间地狱般的小镇被一个隐形人物"大元帅"及其亲信古特曼先生所控制。逃出去的途径只有两条:一条是搭乘偶尔在该镇着陆的"逃避"号飞机;另一条是通过围墙上的一扇拱门逃往沙漠。一些比较颓丧的镇民,如卡米尔和卡萨诺瓦,消极地等待着不知何时才会着陆的飞机。只有那些不害怕陌生世界的人才愿意冒险进入围墙外那片不为人们所了解的地方。

诗人拜伦选择了逃往沙漠。跟随他的还有一个戴着黄金手套的美国拳击手基尔洛伊,但后者缺乏勇气,复又返回镇上。后来,基尔洛伊变卖了自己的黄金手套。当他正愤怒地抗击等着他死去以便运走其尸体的扫街人时,他倒下了。基尔洛伊看着自己的尸体在广场的中央被解剖。当他看到一颗"婴儿头那么大"的纯金心脏从他的尸体中被掏出来时,基尔洛伊抢了这颗心脏便跑。他在恢复喷水的泉眼旁碰到旅行者堂吉诃德,与他一起穿过拱门,进入沙漠。

对于这部象征意味强烈的表现主义戏剧,威廉斯本人认为其对于"促使现代美国戏剧大力挣脱写实主义束缚"有着积极的意义,而剧中对于观演关系的改变也很前卫。演员与观众的观演关系的变化是主导西方现代剧场艺术发展的一个重要因素,而威廉斯在本剧中首开演员走入观众席的先河,说明威廉斯有着对现代剧场艺术进行积极探索的创新精神。然而剧评界则全然不接受威廉斯的这种创新和戏剧风格的改变,威廉斯在《回忆录》中曾谈及本剧在百老汇演出的情况:

> 《皇家大道》①是百老汇上演的舞台剧中,第一部有演员自舞台上走入观众群中的戏。这种技巧是合理运用的……多数的剧评家对此剧也严加苛评,但也有几位认识到其中的创意而给予了一些肯定……《皇家大道》一九五三年在纽约正式推出上演……纽约的剧评也开始传了出来,他们对这部促使现代美国戏剧大力挣脱写实主义束缚的戏作了无情的抨击。②

剧评界以现实主义戏剧的标准和尺度,从情节结构和人物刻画等方面对《大路》提出了极其尖锐的批评意见,认为此剧"结构松散""情节不集中""情感不强烈",指责它"矫揉造作、笨拙沉重","象征主义的比喻手法太显眼了,显得荒谬可笑"。沃尔特·克尔(Walter Kerr)认为此剧的一大缺陷是它"有'传奇式'的人物,有强加于人的过于渲染的象征;然而却没有活生生的、有血有肉的人物"③。

《大路》遭冷遇之后,威廉斯在接下来的几年时间里,连续创作了好几部现实主义戏剧,其中除严格遵守"三一律"的《热铁皮屋顶上的猫》之外,还有

---

① 《皇家大道》是台北圆神出版社的《田纳西·威廉斯忏悔录》一书中对 *Camino Real* 的翻译,笔者将其译作《大路》。——笔者注。

② 威廉斯. 田纳西·威廉斯忏悔录. 杨月荪,译. 台北:圆神出版社,1986:3303-04.

③ 凯瑟琳·休斯. 当代美国剧作家. 北京:中国戏剧出版社,1982:35.

《去夏骤至》《琴神降临》《甜蜜的青春之鸟》和《调整时期》等。然而随着 20 世纪下半叶后现代主义思潮在西方世界的滋长,威廉斯戏剧风格转型的脚步也迈得越来越大,1960 年的剧作《一个男人死去的日子(一部西方能剧)》标志着威廉斯开始跨入实验戏剧的创作期。

20 世纪 60 年代以降,威廉斯认为混乱而疯狂的人类生活状态应该以一种更合适的艺术形式加以表现。这种艺术形式从他早期——20 世纪 40—50 年代的《玻璃动物园》《欲望号街车》《夏与烟》《热铁皮屋顶上的猫》《去夏骤至》和《甜蜜的青春之鸟》等剧发展而来,他认为更自由的戏剧形式更适合于表现 60 年代西方社会的现状,这种艺术形式主导着他在 20 世纪 60—80 年代的作品。1960 年威廉斯在《一个男人死去的日子(一部西方能剧)》的作者手记中写道:"很多目前遭到反对的东西在未来会被接受。"[1]威廉斯抗议社会的形式一直都是和平的,他主张使用艺术来抵抗非正义,挑战现状,促进了解。威廉斯的毕生努力一直是以艺术创作的方式来"把愚蠢的行为变得有意义"[2]。

萨迪克曾指出,威廉斯后期剧作采用高度戏剧化、程式化的形式,运用夸张手法使现实扭曲变形,以幽默、讽刺来进行社会批判,"甚至比荒诞戏剧走得更远"。尽管威廉斯曾声称他"从不拿人类生存来开玩笑",但很多后期剧作却直面人生的悲剧因素并加以嘲笑。这些剧作以讽刺与幽默来突显社会人生的荒诞滑稽,戏谑中透出阴冷与绝望,浪漫色彩丧失殆尽,高雅与低俗混杂,恣意运用夸张手法。[3] 虽然威廉斯的后期剧作有后现代主义戏剧的某些特征,但又并不能归类于荒诞派或后现代主义戏剧。

---

[1] Saddik, A. J. Introduction. In Williams, T. *The Traveling Companion & Other Plays*. Saddik, A. J. (ed.). New York: New Directions Publishing Corporation, 2008: xi.

[2] Saddik, A. J. Introduction. In Williams, T. *The Traveling Companion & Other Plays*. Saddik, A. J. (ed.). New York: New Directions Publishing Corporation, 2008: xi.

[3] Saddik, A. J. Introduction. In Williams, T. *The Traveling Companion & Other Plays*. Saddik, A. J. (ed.). New York: New Directions Publishing Corporation, 2008: xxix.

第一节　威廉斯后期剧作的人物形象

　　众所周知,威廉斯热衷于摄取南方题材且长于塑造南方女性形象,关注饱受痛苦煎熬的人类心灵。威廉斯的前期戏剧注重反映社会生活的复杂性与多样性,揭示人的内心世界,塑造个性复杂而独特的人物形象,典型人物形象的成功塑造是威廉斯前期戏剧的重要成就。而威廉斯后期剧作遭受贬评的一个重要原因,恰恰在于其后期剧作中缺乏这种典型人物形象,常见的是抽象的类型化的人物形象,这与后现代主义戏剧的特征比较接近。

一、前期戏剧中的"威廉斯人物"

　　国内外评论界曾有多位学者称赞威廉斯塑造人物形象的高超功力,出版了多部研究威廉斯戏剧人物形象的文章和专著。例如,赛格尼·福尔克(Signi Falk)1966 年在其专著中把威廉斯剧作中的人物划分为贵妇人、南方荡妇、绝望英雄和堕落艺术家等类别,这是美国学界最早对威廉斯剧中人物进行分类研究的成果之一。国内学界关于威廉斯戏剧人物形象研究的成果也颇为丰厚。李莉结合女性主义理论的三个历史发展阶段,对威廉斯 6 部主要剧作中的女性人物进行了分类研究。作者认为这些女性形象的变化趋势是从"被动的女人"和"觉醒的女人",发展为"进攻型的女人"和"成熟的女人",进而指出威廉斯所持的"积极的妇女观使他在美国戏剧界独树一帜"[①]。蒋贤萍以《玻璃动物园》中的阿曼达、《甜蜜的青春之鸟》中的普林塞丝、《欲望号街车》中的布兰奇和《夏与烟》中的阿尔玛为主要研究对象,分别从怀旧、异化、表演性、生存美学等文化视角,揭示她们在现代社会所遭遇的生存困境与身份危机,阐释她们想象过去、重塑主体身份的心路历程。[②] 韩曦分析了威廉

---

①　李莉. 女人的成长历程:田纳西·威廉斯作品的女性主义解读. 天津:天津人民出版社,2004:1.

②　蒋贤萍. 重新想象过去:田纳西·威廉斯剧作中的南方淑女. 北京:光明日报出版社,2013.

斯戏剧中自我放逐的男性形象;①李尚宏解读了威廉斯作品中的老年女性、反面人物、"逃亡一族"和艺术家等人物形象;②徐怀静的专著《铁背心:田纳西·威廉斯剧作中困惑的男人们》分析了威廉斯11部剧作中陷入性别身份危机的男性人物形象。③

　　威廉斯后期剧作中抽象、怪诞的人物形象一直遭受贬评,这也是直接导致其后期戏剧遭到冷遇的一个重要原因。2007年7月25日在克雷斯庇(Crespy)对阿尔比进行的访谈中,阿尔比就曾坦言他不喜欢威廉斯后期剧作,因为他崇拜威廉斯的重要原因就在于其前期剧作中所塑造的真实的人物。④ 由此可见,威廉斯前期剧作中典型人物形象的塑造深得人心。

　　威廉斯戏剧中的典型人物有《玻璃动物园》中坚守旧南方传统价值观的"南方淑女"阿曼达,《欲望号街车》中美丽而脆弱、敏感以至陷入病态的布兰奇,《热铁皮屋顶上的猫》中游离于家族财产争夺战争之外的布里克等"心智敏感而又不想循规蹈矩的人",饱受主流社会所奉行的伦理和道德信条摧残的"背德者",等等。虽然还有更多看似只是没有工作、生活陷入窘境的小人物,如《来自伯莎的问候》中的妓女伯莎、《拜伦的情书》中沦落新奥尔良街头靠朗诵大诗人拜伦的"亲笔情书"来行骗的祖母和孙女,但他们与失去土地、流离失所的农民,或找不到工作、为一日三餐发愁的工人那样的小人物迥然有别。与奥尼尔笔下向往"天边外"的村民、米勒戏剧中渴望实现"美国梦"的推销员以及怀尔德戏剧中新罕布什尔州格洛佛角小镇上过着平静生活的居民们相比,威廉斯笔下的小人物形象又具有其特殊性。威廉斯就曾这样谈过自己戏剧中的小人物:

　　　　我常写"小人物"。然而他们真是"小人物"吗?……凡是活生生的,强烈的感觉,就不是渺小的,深入观察的话,我觉得多半"小人物"的生命中都有这种强烈的感情,正是我写作时可以借用的。白兰芝(即布兰

① 参阅:韩曦. 一群自我放逐的另类与逃亡者——田纳西·威廉斯戏剧中的男性群像. 南京师大学报(社会科学版),2006(3):148-153.

② 参阅:李尚宏. 田纳西·威廉斯新论. 上海:上海外语教育出版社,2010.第九、十、十二、十三章.

③ 徐怀静. 铁背心:田纳西·威廉姆斯剧作中困惑的男人们. 北京:同心出版社,2007.

④ 参阅:Kolin, P. C. *The Influence of Tennessee Williams: Essays on Fifteen American Playwrights*. Jefferson: McFarland & Company, Inc., 2008:42-53.

奇——作者注)是个"小人物"吗？当然不是。她是个魔鬼似的人物，她的感情力量过巨，不借疯狂舒泄是无法抑制的。《夏日云烟》中的爱尔玛又是个"小人物"吗？当然也不是。她的情欲给予那个戏的分量，绝不亚于李·霍艾毕①歌剧中的激情。②

"心智敏感而又不想循规蹈矩的人"是威廉斯戏剧的主人公，而这些与社会格格不入的"不想循规蹈矩的人"往往被看作病态、古怪、反常、扭曲的边缘人物。在我看来，威廉斯前期戏剧人物的塑造之所以如此成功、如此难以超越，最重要的原因就在于他以细腻的笔触和抒情诗人的视角，塑造了与清教主义对抗的典型人物，表达了反抗残酷现实的"美国主题"。而这些典型的"威廉斯人物"，也被赋予了超越美国传统现实主义戏剧人物的悲剧性特质。

二、后期戏剧中的抽象人物

威廉斯后期剧作同样有着与美国主流文化对抗的主题，但是威廉斯用以表现这一主题的戏剧手法与前期戏剧大异其趣。就人物形象的塑造来说，前期戏剧人物是像《欲望号街车》中的布兰奇那样有着良好的教育和出身背景、美丽优雅的南方淑女，像《玻璃动物园》中的汤姆和《去夏骤至》中的塞巴斯蒂安那样坚持文学梦想、有着诗性情怀的诗人，以及《牵牛花破坏案》中的多萝茜和《琴神降临》中的蕾迪那样勇敢追求自由的英雄主人公；而后期戏剧以年老色衰的艺术家、惧怕死亡的老人、身心残疾的南方女性、身体畸形的没落贵族等边缘人和亚文化人群，隐喻了南方的衰败和美国文化精神的衰落。

在后期戏剧刻画人物的手法上，威廉斯违背了现实主义有关人物塑造的创作原则，没有着力创造"典型环境中的典型人物"。这些剧作的叙事背景通常是模糊的，没有明确的时间和地点。威廉斯在这些剧作中没有深入刻画人物心理，所呈现的是形象扁平、缺乏个性的抽象人物形象。

威廉斯前期剧作中的主人公大多是优雅的、有高尚情趣的，有的属于社会精英。阿曼达对传统的坚守和信念、布兰奇对粗鄙的大众文化的唾弃、《玻璃动物园》中的汤姆和《牵牛花破坏案》中的多萝茜对自由的向往和大胆追

---

① Lee Hoiby(1926—2011)，美国作曲家、钢琴家。——笔者注。

② 威廉斯. 田纳西·威廉斯忏悔录. 杨月荪，译. 台北：圆神出版社，1986：429.

求,以及《热铁皮屋顶上的猫》中的布里克对迫害异己、充满谎言和欺骗的社会环境的疏离,都是这种精英情怀的表现。后期剧作中只有少数人物,如《夏日旅馆的衣裳》中的女主人公泽尔达·菲茨杰拉德,是与前期剧作中的阿曼达、布兰奇等南方淑女相类似的典型的"威廉斯人物",欲望的力量、对自由的渴望和对信念的坚守,让泽尔达这样"温柔、敏感、优雅"的人物鹤立于凡尘。而威廉斯晚期戏剧《摇摇欲坠的房子》中的女主人公贝拉·麦克科尔则是一个主要以现实主义手法刻画的"精英人物"。

　　《摇摇欲坠的房子》由威廉斯的独幕剧《驼鹿小屋的一些问题》改写而成,在历时 3 年的改写过程中,威廉斯给多部手稿分别草拟了多个不同的剧名,其中一个是《我们的帕斯卡古拉女士》。在这部剧的手稿中,威廉斯是这样描述贝拉的:

> 　　贝拉应该被表现为一个古怪而悲伤的圣母玛利亚。她在剧中的形象应该是人类爱和怜悯——以及悲剧的抽象化身……
>
> 　　她进入和离开舞台,尤其是在查理的陪同下之时,应该显得正式。查理护送她走上和离开舞台:产生一种仪式化的效果。
>
> 　　每当她出现时,戏剧节奏暂缓,所有人注视着她,仿佛她是一个超自然的幽灵。尽管她身上堆积着赘肉,却难掩她优雅可爱的气质。[①]

　　贝拉与威廉斯戏剧中第一个南方淑女和母亲形象——《玻璃动物园》中的阿曼达·温菲尔德有着某些相似之处:她们都生活在过去的回忆中,无法不依赖回忆而活在当下。两部剧作的创作时间间隔 35 年,贝拉没有了阿曼达的生存本领——自信果敢而善于卖弄风情。贝拉十分珍爱自己的孩子;当然,阿曼达也爱孩子,但她将自己没能实现的梦想和希望全都寄托在了孩子身上,结果反而将孩子从自己身边推开了。阿曼达对自己年轻时的美貌颇感自豪,如今年老色衰,她却还喧宾夺主地在女儿的绅士访客面前大展"南方淑女"的风采。而贝拉则丝毫不再关心自己的外貌,她暴饮暴食,对体重超标和哮喘病给自己的健康和生命带来的威胁视而不见。阿曼达行为古怪高调、专横霸道,但她更富有生气、魅力十足;贝拉也有一些古怪行为,比如说她对已

[①]　笔者译。原文参阅:Keith,T. Introduction:A Missippi Funhouse. In Williams,T. *A House Not Meant to Stand:A Gothic Comedy*. New York:New Directions Publishing Corporation,2008:xxi.

长大成人的儿子的过分宠爱和与儿子之间的亲密行为,她不时的自言自语,等等,但是她的言行低调而压抑,她对过往经历的揭示总是让人紧张不安。贝拉能迅速从坏情绪中振作起来并进行冷静的观察,但是很快她又退回她那迷惘的状态之中。有时候清醒是毁灭性的:她不能忍受明亮的灯光;她无法一直面对丈夫和邻居,以至家里来客人时她就会躲进厨房里不停地烹饪食物;明明清楚地知道她刚参加完大儿子齐普斯的葬礼,她却拒绝承认齐普斯已经死了。在面对逆境时,阿曼达与世界抗争,她要给予孩子们一种他们应该拥有的生活。她精明地盘算着、计划着女儿的未来,她把儿子汤姆所挣的钱适时地用于打扮女儿罗拉和布置家居,以便制造"美丽陷阱",提升女儿对"绅士访客"的吸引力。当她的安排归于失败,儿子弃家而去时,她像烈焰中的凤凰,准备涅槃重生,从头再来。贝拉则越来越内向,她小心翼翼地将她从家族祖辈那里继承来的一笔巨款分文未动地藏匿在丈夫科尼无法找到的地方——壁炉上破旧的座钟里,在她垂死之时才拿出来准备交给她的孩子们。贝拉身上所表现出来的真挚的母爱和温情,使她的形象区别于典型的威廉斯人物,而更接近于传统的慈母形象。然而大多数后期剧作人物,都是既无崇高的理想、出众的才华、高尚的品德,也没有做出令人折服的轰轰烈烈的英雄事迹的流于凡俗的普通人,如《市政屠宰场》中懦弱愚昧的政府职员;有些甚至是卑微猥琐的"反英雄"人物,比如后期剧作《世界小姐的非凡旅社》中畸形残疾的闵特和猥琐不堪的"男孩",其形象与前期剧作中的橄榄球运动员布里克、年轻英俊的诗人艾伦、富豪诗人塞巴斯蒂安等人物形象相比,形成了巨大反差。《市政屠宰场》中的政府职员是个庸庸碌碌的无能之辈,是随波逐流、缺乏反抗精神的芸芸众生之一。而《世界小姐的非凡旅社》中的四个人物全部都是"反英雄"式的卑微猥琐之徒,这样的人物形象塑造在威廉斯前期剧作中是从未有过的。

威廉斯晚期剧作《世界小姐的非凡旅社》(下文简称《世界小姐》)的故事发生在英国伦敦。房东太太"世界小姐"经营着一家供膳寄宿旅社,她与儿子"男孩"之间有着乱伦的倾向。"男孩"时常性侵租住在阁楼上的残疾房客闵特,而"世界小姐"经常克扣应给闵特的食物。受到闵特邀请而来访的老友霍尔对他嘲讽奚落,面对闵特的求助霍尔无动于衷,反而一边独自吃完了闵特几天以来仅有的食物,一边向闵特大谈特谈自己与妓女欧图尔小姐的艳遇。在霍尔下楼去怂恿"世界小姐"投资自己公司的股票之际,"男孩"又一次来到阁楼强暴了闵特。与霍尔一起返回阁楼的"世界小姐"杀掉了"男孩"、闵特和霍尔，然后向观众说明此举是为了防止"'傻子'数量过剩"。该剧人物的行动荒诞得近乎不可理喻，而人物形象之丑陋更是与前期戏剧形成天壤之别，但是从主要人物和故事背景来看，《世界小姐》与威廉斯早期独幕剧《圣徒火刑》不无相似之处。在两剧中的家庭里父亲都是缺席的，性格强势的母亲经营着给租户提供食宿的旅社，与儿子相依为命。两部短剧描写的都是一天之内发生在剧中家庭里的故事，而故事的结局都是儿子死去。然而从有类似情节的两部威廉斯前后期戏剧的比照中就能很清楚地发现后期戏剧人物形象所具备的不同特点。

独幕剧《圣徒火刑》是一部较典型的威廉斯早期家庭现实主义悲剧。剧本开头的人物介绍和舞台说明就显露出威廉斯戏剧的诗意风格以及人物的诗人气质。故事发生于新奥尔良法国区的一幢老式楼房的门廊处。门廊台阶边有棕榈树，栏杆旁边有天竺葵。"布景中充斥着一种不祥的气氛，花也散发着腐败的气息。"[1]不远处的波旁街上传来隐隐约约的笑声和叫喊声。67岁的杜瓦纳夫人看起来弱不禁风，在8月黄昏夕阳的"微弱而悲伤的"光晕里坐在摇椅中轻轻摆荡。她的儿子埃洛伊从屋里走出来，他三四十岁的样子，看上去憔悴而脆弱，黑色的眼睛闪烁着狂热的光芒。

这样的布景与《欲望号街车》中的第一幕布兰奇初到新奥尔良时的场景描写何其相似！在新奥尔良5月初的傍晚，布兰奇来到依利恩街角时，我们"仿佛可以嗅到那从黄褐色的河面飘来的热气"，以及河岸远处仓库里散发出来的"香蕉和咖啡的清香"。而眼睛闪烁着狂热光芒的埃洛伊和"飞蛾"一样的布兰奇又多么神似！

《圣徒火刑》全剧中推动情节发展的手段主要是母子二人的对话，剧作家强调"母子二人都有着狂热的气质，他们说话的方式也有着诗意的或者宗教咒语般的特质"[2]。从对话中我们得知，如同《热铁皮屋顶上的猫》中的布里克不愿融入充满欺骗的社会一样，埃洛伊无法忍受居住在"连空气都不干净的"法国区。身为邮递员的埃洛伊偶然在一封未封口的信里发现一张"下流"的

---

① Williams，T. *27 Wagons Full of Cotton：And Other One-Act Plays*. New York：New Directions，1966：107.

② Williams，T. *27 Wagons Full of Cotton：And Other One-Act Plays*. New York：New Directions，1966：107.

照片而意外得知了一个秘密。埃洛伊并未声张这个骇人的秘密，而是暗中查访寄信的 19 岁大学生，试图向他求证其与收信人——一位富有的古董商人的关系。岂料大学生认定埃洛伊心怀恶意，他的指责和唾骂使埃洛伊落荒而逃。母亲建议埃洛伊烧掉照片，可他对这起意外事件无法释怀，他没有烧照片，而是用火柴点燃了自己的屋子。

《圣徒火刑》中的母子或可看作《玻璃动物园》中的母亲阿曼达和儿子汤姆形象的原型。作为"虔诚的基督教徒"，阿曼达与杜瓦那夫人都严格地要求儿子要时常"忏悔"，要追求"纯洁""神圣"；她们都无法理解儿子为何满心充溢着怒火，却不愿脚踏实地、讲求"实际"。埃洛伊无法摆脱法国区的"肮脏"环境，他恨不能"将整座城夷为平地"，最终选择离开现实世界以实现自我"救赎"和"净化"；汤姆则选择从家中逃离，哪怕背负上抛弃亲人的道德枷锁。如此看来，《圣徒火刑》中的典型威廉斯人物形象在前期戏剧中是常见的。

《世界小姐的非凡旅社》中的母子形象则是与经典的威廉斯戏剧人物形象截然相反的"反英雄人物"。本剧幕启时出场的儿子被称为"男孩"而没有名字，他出现在这样的戏剧场景之中：

长着一张娃娃脸的瘦弱男子闵特待在"装有吊钩的矩形屋子"的门边，这屋子是世界小姐位于伦敦的居所中的阁楼……世界小姐的儿子，一个体魄强壮、头发蓬乱的街头男孩淫笑着出现在没有门板的入口处。

闵特：噢，不不，现在可不行。我在等一个访客。

男孩【向前走靠近闵特】：我们有的是时间，你那个访客正在楼下跟我妈上床呢。

闵特：可他会惊扰我们的！

男孩【把闵特从钩子上拉下来】：不用担心，我妈要很久才能达到高潮的。

闵特：噢，可是我们能不能——

男孩：闭嘴！

【男孩把闵特抱到壁龛里，半透明的帘子后面出现了怪异的性行为。一种性受虐狂的痛苦而快乐的呻吟声从闵特口中传出。性交很快结束

了,男孩拉着裤子拉链从壁龛里走出来。】①

这个与母亲"世界小姐"有着乱伦行为的"男孩"粗鄙而残暴,他在剧中第二次出场时再次对双腿瘫痪的闵特实施了性侵犯,而这次强暴比幕布开启时的场景更加残酷。"男孩"咧嘴笑着拧开一罐止血剂,不顾惊恐而痛苦地叫唤着的闵特的反抗强暴了他。此时出现在舞台上的"圆球状的大个子""世界小姐""有一头象征着核爆炸的拖把一样的火红色头发,她的声音也是一样"②。"世界小姐"与《圣徒火刑》中弱不禁风的清教信徒杜瓦那夫人形象截然相反,她性欲旺盛,"生育能力跟蜂后一样强",能"不断地"生出像"男孩"一样高大健壮的"雄蜂"来。由于不容许儿子与"阴阳人怪物'瘸子'"闵特有亲密关系,她一怒之下摔死了瘦弱的闵特,又使出"致命的空手道"把"男孩"打死了。正当向她推销股票的霍尔殷勤地祝贺她"铲除了多余的累赘"之时,她又不可思议地用棍子打死了期待着与她进行"经济合作"的霍尔。对于这种残酷荒诞的行为,"世界小姐"向观众作出了荒唐的解释:"世上常有意外发生,试图纠正错误是徒劳的。毕竟失去一个'傻子'又会给另一个腾出空间来。如果可能的话现在要避免任凭他们数量过剩。"③

《世界小姐》的故事情节主要是围绕着租住在旅社顶层阁楼的房客闵特的遭遇展开的,闵特与应邀来访的霍尔两人的行动构成了全剧主要的戏剧场景。幕启时舞台上所呈现的畸形丑陋的闵特和他所居住的怪异的装有吊钩的矩形阁楼,全无《圣徒火刑》开场时暮色之中的诗意场景:

> 闵特上半身穿着当年上公立学校时的制服,下半身穿着短裤,而制服上衣垂到了他的脚面上。整个阁楼里都安装上了金属弯钩以方便他挪动身体,因为他的腿不明缘由地瘫痪了,只得手抓着弯钩从一个钩子荡向另一个钩子。舞台左边有一个装有半透明帘子的壁龛,可以在必要

① 笔者译。原文参阅:Williams,T. *The Traveling Companion & Other Plays*. Saddik,A. J.(ed.). New York:New Directions Publishing Corporation,2008:91.

② Williams,T. *The Traveling Companion & Other Plays*. Saddik,A. J.(ed.). New York:New Directions Publishing Corporation,2008:103.

③ Williams,T. *The Traveling Companion & Other Plays*. Saddik,A. J.(ed.). New York:New Directions Publishing Corporation,2008:105.

的时刻提供私密的庇护。①

从闵特的老同学霍尔与他的交谈中我们得知,学生时代的闵特还很健康,而毕业之后他就陷入了苦海——他的双腿莫名其妙地瘫痪了,而自从他的母亲被关进疯人院之后,他没有了经济支柱,只得租住在"世界小姐"的旅社里,靠"少得可怜的"救济金勉强度日。由于没有人照顾他,他只得靠用手攀扯屋顶上安装的一个个钩子来挪动身体。对于高大健壮的"男孩"频繁实施的性侵犯,他无权更无力表达自己是否同意。由于他再也拿不出钱来而遭到房东太太克扣食物,还面临着被驱逐到"赤贫的残疾人之家"去的危险,他祈望着学生时代的老友霍尔能救自己于水火,可是穷酸的霍尔反倒想找闵特借钱。霍尔来见闵特之前就匆匆与初次会面的"世界小姐"发生了性关系,见到闵特之后他不仅不对昔日老友的悲惨处境表示同情,反而对其极尽嘲讽奚落之能事。两人见面之初霍尔便在残疾的闵特面前吹嘘自己从未生过病,声称其唯一算是生病的经历是在 11 岁时"在海德公园被蜜蜂蜇了,但没过敏,也没什么不良反应",他认为疾病和意外"都是得病的人自找的"。他极力嘲讽闵特在学生时代的不堪过往,把有着"宿舍熄灯之后就去摸室友下半身"这种"毛病"的闵特称为"血淋淋的鸡奸者"。② 闵特特意节省下仅有的一点口粮来招待霍尔,可霍尔却故意将闵特放到离茶桌最远的门口处,任其慢慢艰难地挪向茶桌,而自己则以极快的速度把茶和饼干吞食得一干二净。眼看体力不支的闵特昏死了过去,霍尔不管不顾,反而津津有味地讲述自己前一天与一个妓女的艳遇,甚至悠闲地读着小报上登载的荒唐故事。穿着一件旧夹克、裤子上打着醒目补丁的霍尔还向闵特吹嘘着自己的时尚品位:

> 来说说我的衣服吧。我对罗马式剪裁有特别的偏好,就在波旁街最好的那家裁缝店里,他们的衬衫配饰做得真是没的说,嗯,你能看得出来。要不是你在我扶你上钩子时摸了我一把,我还会给你看看我穿的印有名字的丝质内衣呢。可我不想再冒一次险了。③

① 笔者译。原文参阅:Williams,T. *The Traveling Companion & Other Plays*. Saddik,A. J.(ed.). New York:New Directions Publishing Corporation,2008:91.

② Williams,T. *The Traveling Companion & Other Plays*. Saddik,A. J. (ed.). New York:New Directions Publishing Corporation,2008:94.

③ 笔者译。原文参阅:Williams,T. *The Traveling Companion & Other Plays*. Saddik,A. J. (ed.). New York:New Directions Publishing Corporation,2008:103.

霍尔对自己的"准主顾""世界小姐"极力奉承,他刚刚来到旅社便与之发生性关系,随后又丢下饿得昏死过去的闵特而去与"世界小姐""谈生意",为了怂恿其购买自己公司的股票,连连称赞像她这样的"商业女强人""连女王都没法比"。在目睹"世界小姐"打死了"男孩"和闵特之后,霍尔表示自己如果上法庭做证人的话会说这个事故"纯属意外",甚至还祝贺"世界小姐"以"明智决策和果断行动"铲除了"多余的人"。也许霍尔的言行让"世界小姐"感觉到他也是个"多余的人",她最终也"铲除"了霍尔。

威廉斯前期戏剧中从未有过像闵特这般卑微猥琐、像"男孩"这样残暴粗鄙的非传统人物,更没有像"世界小姐"这样扭曲异化的母亲形象,而自私自利、冷酷虚伪的霍尔恐怕是剧作家最为反感的人物类型。在《我无法想象明天》《结冰的玻璃棺材》和《红色魔鬼炮台信号》等威廉斯后期戏剧中,剧作家抛弃了塑造"典型人物"的现实主义方法,扬弃了心理刻画,通过人物粗鄙的语言和怪异而极端的行动塑造了大量扭曲异化的人物形象。

第二节　威廉斯后期剧作的情节结构

威廉斯前期戏剧采用的大多是合乎时间顺序的线性结构,后期戏剧则大多采用打乱时间顺序的非线性结构。前期戏剧大体运用现实主义手法建构剧情,剧情发展大体合乎必然律与可然律,闪耀着理性的光芒;后期戏剧采用闪回、拼贴、不同时空并置或互摄互渗等后现代戏剧的方法建构剧情,剧情拖沓松散,有的从启幕到落幕一直停滞,根本谈不上有什么发展,具有非理性色彩。

一、前期戏剧的线性结构

威廉斯的多数前期戏剧是典型的亚里士多德式戏剧,情节结构安排合理而紧凑,大多符合可然律和必然律。从早期讲述人生和家庭故事的《魔塔》《慕尼的孩子别哭》《春天的风暴》和《长长的离别》等,到政治斗争题材戏剧《日下残烛》和《与夜莺无关》,无论是威廉斯的经典名作《玻璃动物园》《欲望号街车》和严格遵循"三一律"的家庭剧《热铁皮屋顶上的猫》,还是知名度不高的早期独幕剧《我，瓦希亚!》(*Me,Vashya!*,1937)、《胖男人的妻子》(*The Fat Man's Wife*,1938)和《我们的行当》(*In Our Profession*,1938)等，威廉斯前期戏剧大多是现实主义的情节剧。

以威廉斯在1936年密苏里州圣路易斯举行的独幕剧竞赛中获一等奖的剧作《魔塔》为例，这部早期戏剧中的人物形象刻画栩栩如生，戏剧情节呈线性发展，剧情发生在单一的空间里。该剧故事发生在寒冬时节一个下着雨的星期天傍晚，地点是由阁楼改造而成的公寓里。这个单间公寓既是潦倒的年轻画家吉姆与其妻子琳达的家庭住宅，又用作画家的工作室。戏剧开始时，这个充满艺术气息的小家庭里洋溢着轻松的气氛，夫妻俩将这个破旧的阁楼想象成童话故事中梅丽桑德的魔塔。曾是舞蹈演员的琳达感叹说以前随团到处旅行演出的她"就像是一直拴在脱缰的野马尾巴上一样"，只有现在与画家厮守在一起的生活才真正让她感到幸福。然而他们已欠了5个星期的房租，晚饭也没有着落，这是夫妻俩不得不面对的残酷现实。吉姆满怀希望地带上自己的画作冒着大雨去见一位"欧洲最有名的艺术商"，希望能得到这位"现代艺术的哥伦布"的赏识。在吉姆外出期间，琳达昔日的同事巴布和米奇来访，当看到琳达住在如同"垃圾场"一般拥挤杂乱的小阁楼里，屋里还到处漏着雨的时候，他们劝说琳达离开那个"戴红色贝雷帽的穷小子"，因为她是吉姆艺术道路上的绊脚石，她把年轻的画家困在了这个家里。面对巴布和米奇要她随团去沿海城市旅行演出的邀请，琳达还抱有一丝希望地等着吉姆带回的好消息。可是遭到艺术商一口拒绝的吉姆全身被雨淋透，狼狈地回到家中，琳达无奈地作出了离开他的决定，她心酸而不舍地拿起行李悄悄走出了阁楼。

此剧的剧情空间集中——只有一个地点，即公寓阁楼改造成的房间里，情节结构完整，剧情线索清晰流畅，剧情的发展符合可然律和必然律，是典型的线性结构：吉姆与其妻子琳达交谈→为挣钱养家，吉姆出门去见艺术商，想把自己的画作卖出去→琳达昔日的同事巴布和米奇来访，劝琳达离开吉姆→被艺术商拒绝的吉姆回到公寓房间→绝望的琳达拿起行李离开公寓阁楼。这正是亚里士多德式戏剧所要求的。

二、后期戏剧的非线性结构

威廉斯的后期戏剧大多采用非线性结构，运用闪回、拼贴等后现代戏剧的艺术手法建构剧情,使过去与现在、真实与虚幻、物理时空与心理时空交融互渗,呈现出非理性的风格特征。

威廉斯的后期戏剧呈现出多种风格交融的特征,其中《讲述皇后之死的悲伤故事》和《老城区》等剧作具有现实主义风格,其他多数剧作如《我无法想象明天》《两个人的戏剧》和《爪子戴上珠宝的猫》(*Now the Cats with Jewelled Claws*,1969)等,则与前期戏剧迥异——松散的结构、荒诞的剧情、能指与所指不一致的语言、符号化的人物,都让人联想起荒诞派戏剧的代表作品。这些结构松散、情节荒诞的后期剧作是反现实主义传统的"狂想曲",剧情拖沓、节奏缓慢、情节较为复杂和结构相对完整的《夏日旅馆的衣裳》等剧,也呈现出时空跳跃、剧情拼贴等现代主义、后现代主义特色。下文拟选取其中较有代表性的两部剧作《两个人的戏剧》和《夏日旅馆的衣裳》,来说明威廉斯后期戏剧在情节结构上的主要特色。

《两个人的戏剧》的主要情节包含一部"戏中戏"(a play within a play),这是戏剧结构特殊、实验性较强的一部戏,剧中人物语言晦涩,有很多重复语句和停顿。本剧是威廉斯写作耗时最长的剧作之一,他前后花了 10 年时间反复斟酌改写,1973 年他又完成了本剧的改写本《呐喊》。

《两个人的戏剧》里只有两个人物——菲利斯和克莱尔兄妹,他们是随剧团旅行演出的演员。某天两人突然发现他们被剧团抛弃,其他剧团成员都已卷了铺盖偷偷溜走,而观众在等着看由兄妹二人演出的"两人剧"。"两人剧"中的角色菲利斯和克莱尔曾目睹母亲和父亲的意外死亡,成为孤儿的兄妹俩惧怕人们的敌意,他们几乎从不出门,还将电话和电线割断,人们都认为他们俩是"疯子"。当演员菲利斯和克莱尔在他们所扮演的"两人剧"中跳进跳出时,观众发觉难以分辨演员和角色、现实和幻觉。在演出中因再现自己的痛苦经历而几近精神崩溃的克莱尔几次提出希望中止表演,观众也提前退场了,但是菲利斯还是坚持要克莱尔一起完成演出。

许多文学艺术作品中都有"嵌套"现象,即在一个故事里套着一个或几个故事的创作手法。"戏中戏"则是戏剧结构中的一种特殊类型,指的是在主要戏剧框架里嵌套另一个或几个戏剧故事的现象。在现实空间里,演员通过扮演角色来为台下观众演戏;在舞台空间里,角色又通过扮演,为剧中观众演戏,如此一来,就形成了戏中有戏的嵌套结构。而演员扮演的角色就具备了双重身份,成为角色中的角色。

在一部包含"戏中戏"的剧作中,正戏与戏中戏形成了两个人物活动空间和两个意义空间,从而在一出戏中形成了两个文本,它们互相影响,互相渗透,构成了一种特殊的"互文"现象。法国学者朱丽娅·克里斯特娃(Julia Kristeva)于1969年对"互文"概念下了一个定义,她指出所谓"互文",即"一个文本与其他文本的相互关系",她认为"任何作品的文本都是像许多行文的镶嵌品那样构成的,任何文本都是其他文本的吸收和转化"。[①] 如此说来,要理解和认识两个文本中的任何一个文本,都需要借助另一个文本才能进行,因为它们相互解释、彼此依赖。互文既是一种哲学认识论的模式,也是一种文学艺术的创作方法。作为一种文学艺术的创作方法时,艺术与生活可以构成一种互文现象,对艺术文本的理解需要借助一定的生活经验,这个生活经验就是一个巨大的潜文本。

在威廉斯的后期剧作中,有两部采用了"戏中戏"的结构,即《两个人的戏剧》(因为《呐喊》与《两个人的戏剧》情节结构几乎相同,在本书中只分析后者)和《星期天我从不在天黑前穿衣》(*I Never Get Dressed Till After Dark on Sundays*,1973)。就正戏与戏中戏的"互文"关系来说,人们归纳了四种已知的模式。下文拟结合这四种"戏与戏中戏的模式"来对威廉斯的这两部剧作的情节结构特点作分析,首先有必要对四种模式作个简要介绍。

(一)借用:戏与戏中戏的情节大体一致,它们在情节和意义上相互补充、相互影响,实际上是戏剧故事整体不可或缺的两个部分。这种关系在结构形式上一般都会出现情节借用的特征,借此达到交代前史、补充情节等目的。

(二)拼贴:拼贴原是美术中的一种技法,是将异质事物并置在一起。"借用"是把作为一个整体的戏剧故事一分为二,"拼贴"则是合二为一。"借用"可以理解为线性拼贴,就是将不同的故事按照拼贴者的情绪要求重新进行组接,仍然以线性叙述为主,以表现单一的情节发展,仍然像传统戏剧那样,具有开端、发展、高潮、结局的整一性情节,能够构成一个相对完整的故事情节,两个文本间构成递进关系。

(三)置换:在某些戏中戏剧作里,角色就是平常的普通人,他们因为某种特殊的原因而在生活中扮演了一个异于自身的角色,将身份置换为戏中戏里的角色,他们不是为了演戏,而是进行日常生活中的自我表演。"脱装"后是

① 转引自:朱立元. 现代西方美学史. 上海:上海文艺出版社,1996:947.

戏,"换装"后就是戏中戏,同一人物具有不同身份。布莱希特的寓言剧《四川好人》就含有角色置换的"戏中戏",剧中沈德通过"好人"和"恶人"身份的置换,达到了帮助世人的目的。

（四）后设:戏和戏中戏形成的后设关系,是指剧作家在展示一个故事的同时,还把对自己创作此剧的一些想法和初衷、对戏剧艺术自身的思考和认识等等同时写进戏剧文本中,故意暴露一出戏从文本写作到舞台扮演的幕后过程。这种不仅讲述了故事,还阐述了理论问题的戏剧就是"后设戏剧"。所谓"后设",也翻译成"元",希腊文的原意就是"发生在……之后""超越"或"比……逻辑层次更高",这里的"超越""更高"就是指这类文本在戏剧文本之上还兼一个更高层次的戏剧理论文本。这个文本同时发挥了两种功能:一是形象塑造,二是抽象说理。"后设戏剧"也翻译成"元戏剧"或"超戏剧",皮兰德娄(Pirandello)的《六个寻找剧作家的角色》就是一部具有代表性的"后设戏剧"。①

威廉斯的《两个人的戏剧》是一部典型的含"借用"型"戏中戏"的剧作。菲利斯和克莱尔兄妹两人以他们的家庭经历为蓝本,在舞台上为观众演出了一部"戏中戏"。由此我们可能会联想到在莎士比亚名剧《哈姆雷特》第三幕第二场中,也有一段十分精彩的戏中戏。哈姆雷特让戏子们演出的这场戏的内容,也是发生在自己身上的过往经历。哈姆雷特授意戏子们在丹麦新国王(其叔)和王后(其母)面前,演了一出以哈姆雷特的叔父谋杀兄长、篡夺王位,进而迎娶王嫂的故事为蓝本的"戏中戏"。这出"戏中戏"假借维也纳的一件谋杀案,表演毒杀老国王的情景,以达到试探哈姆雷特叔父是否果真有罪的目的。果然,当戏子演到把毒药注入熟睡的公爵的耳中时,新国王神态有异并立刻起身离去了。哈姆莱雷特通过戏子敷演其事证实了叔父所犯的罪行。

然而《哈姆雷特》中的"戏中戏"与《两个人的戏剧》中的"戏中戏"有着功能上的巨大差异。前者虽有效推动了正戏剧情的发展,却只是能影射现实、与哈姆雷特父亲所经历的事实形成互文关系的戏剧故事;而后者则是正戏中的人物在舞台上凭借扮演来实现对自己人生真实经历的再现。《哈姆雷特》中的"戏中戏"并不是构成正戏的不可分割的部分,而《两个人的戏剧》中的

---

① 此处对正戏与"戏中戏"的互文关系的介绍,参阅:严程莹,李启斌. 西方戏剧文学的话语策略:从现代派戏剧到后现代派戏剧. 昆明:云南大学出版社,2009:106-113.

"戏中戏"则是正剧故事中不可或缺的一部分,具有情节借用的重要功能,如果删除则无法达到补充正剧情节的目的,换言之,如果删除"戏中戏",则正剧情节就残缺不全了。

《星期天我从不在天黑前穿衣》则是一部具有"后设戏剧"特征的威廉斯晚期剧作。这部剧所讲述的简和泰这两个主人公的故事,构成了日后的《老城区》的一部分。被情欲所困的北方女孩简与男友泰一起租住在新奥尔良法国区(即老城区)的一幢出租公寓里,邻居租客们是一群无家可归者,一如奥尼尔《送冰的人来了》中的那些终日酗酒、艰难度日的失败者一样。简对泰做波旁街的脱衣舞演员十分失望和反感,而经济拮据的她劝说泰不再继续做这种工作无果,于是简希望做好自己的时装设计工作,她要求泰搬离她的住处,可是一直与简纠缠的泰始终不肯离开。本剧的正剧主要有简、泰、剧作家以及导演四个人物,在简和泰进行角色扮演时,剧作家和导演时常打断他们的排演,发表自己对"戏中戏"的看法,提出剧本该如何修改以及演员该如何敷演等意见。正剧中的"剧作家"就是威廉斯本人的化身,这是一部在正剧文本中有意暴露剧作家创作意图和创作过程的戏剧,也是威廉斯借以阐释自己的戏剧创作理念的一部戏剧。《星期天我从不在天黑前穿衣》开场时的情景就体现出了明显的"后设戏剧"特征,当时在"戏中戏"里简叫醒了酣睡中的泰,紧接着扮演"戏中戏"的演员跳出他所扮演的角色,与正剧中的导演和剧作家讨论起了剧本中的台词:

　　泰:——有些男人为了一点小事就会打女人,你知道吗?——【他用拉长调子的南方口音说】

　　简:好吧,你从床上起来打我吧。

　　泰:你知道的,对吗,宝贝?【演员出戏了,温文尔雅地说】我能说句话吗?

　　导演:是要说戏里的台词吗?

　　泰:是我一直想对这部戏的台词提出的一点意见。我不会对她那个阶层我喜欢的女孩说那些话的,那是轻浮、下流而毫无价值的。

　　剧作家【自言自语道】:难道我的戏里不该有南方绅士?

　　导演【大声喊道】:关掉音乐,关掉灯光!——泰斯达勒先生,我大致赞同你的意见。我第一次读剧本时就已经做了标记,你的下一句台词得删掉。因为实在是——太过——淫秽了。

　　剧作家："太过淫秽"就是说——不管这些台词淫秽与否,你认为它们都是多余的喽。

　　导演【仿佛在开研讨会一般】:我可以为你解释一下泰斯达勒先生的意思,他的意思是说在一部戏里可以有合乎情理的粗俗语。这些粗俗语是有特色的,在冒犯一些人的同时也可以保护一些人。然而在这部戏里,有些粗俗语是淫秽的——淫秽得有些过分,这样的台词是否适合你的剧本,这恰巧是需要我们明确提出异议的。

　　泰:正是台词的风格使你遭到一些评论家的批评。【打个响指】就是这么回事。

　　导演:是的,准确说来,我认为这5个字的台词比整个剧本都重要。

　　剧作家:想想事情的本质吧。如果我们失去了对台词的关注,那就好比我们失去了棒球运动,失去了棒球场,失去了主队。①

　　《星期天我从不在天黑前穿衣》全剧贯穿着类似场景,演员时而跳出"戏中戏"参与到与正剧中的导演和剧作家的论辩之中。除了上文所介绍的明显有别于现实主义戏剧结构的"戏中戏"情节设置以外,威廉斯的后期创作中还有《夏日旅馆的衣裳》《有些模糊,有些清楚》等情节结构松散、打破线性叙事、时空跳跃的非亚里士多德式戏剧的出现。

　　美国作家菲茨杰拉德颓废、浪漫、短暂的一生,是美国战后"迷惘的一代"悲惨命运的缩影。菲茨杰拉德的小说以"美国梦"的幻灭为核心主题,其中长篇自传体小说《夜色温柔》作为菲茨杰拉德本人家庭生活和精神生活的写照,以其独特的叙事方法和叙事视角,体现出鲜明的现代主义艺术风格。而威廉斯的《夏日旅馆的衣裳》一剧则以菲茨杰拉德及其妻子泽尔达为主人公,不仅在剧情上以菲茨杰拉德夫妇的婚姻经历为底本,在戏剧创作上也成功借鉴了菲茨杰拉德名作《夜色温柔》的创作技巧,具有与之相似的艺术特色。

　　《夏日旅馆的衣裳》(下文简称《夏日》)是威廉斯生前最后一部在百老汇首演的戏剧。在华盛顿肯尼迪中心进行了不太成功的试演之后,《夏日》于1980年3月26日在百老汇科特剧院(Cort Theatre)上演,其时纽约正经历暴风雪和交通运输系统罢工,加之剧评界的贬评,此剧仅演出14场,剧作的大

---

① 笔者译。原文参阅:Williams, T. *The Magic Tower and Other One-Act Plays*. New York: New Directions Publishing Corporation, 2011: 211-212.

致情节如下：

第一幕第一场，1941 年初秋的一天下午，美国作家菲茨杰拉德来到位于北卡罗来纳州阿什维尔的一所精神病院"高地医院"，看望在此接受精神病治疗的妻子泽尔达。菲茨杰拉德从西海岸千里迢迢地赶来，就是因为他在与医生的通话中得知妻子的病情"大为好转"，于是他喜出望外地匆匆在机场买了件衬衫穿上就搭上了当天第一班飞机。两名护士把守着高高的医院大门，菲茨杰拉德穿着像是准备入住夏日旅馆的单薄衣服，在山顶凛冽的寒风中坐在门外的凳子上苦等了好几个小时，泽尔达仍没有结束芭蕾舞练习。终于，她穿着破旧的芭蕾舞演出服走出门来，菲茨杰拉德亲热地与她交谈却发现妻子对他怨恨颇深。更糟糕的是，泽尔达经常产生幻觉，她自称俄罗斯著名舞蹈家力邀其参加演出，于是忘我地投入紧张的芭蕾训练当中，备战一周之后的试镜。眼看自己在西海岸拼命写电影脚本挣钱来支付高额治疗费用却得到妻子病情加重的结果，菲茨杰拉德大发雷霆，他喊来医生并与之理论，却发现这里的医生都不会讲英语，夹杂着德语和英语对他讲话的泽勒医生让一名实习医生把菲茨杰拉德带进了疯人院，声称需要给他注射镇静剂来缓解他的狂躁情绪。

第一幕第二场，舞台前部表演区被布置成一间作家工作室，菲茨杰拉德坐在书桌前写作，泽尔达站进来看丈夫并夸他长得比自己漂亮。菲茨杰拉德希望妻子不要妨碍他工作，但泽尔达质问他，她的事业该怎么办。菲茨杰拉德认为她应该为自己是"一位杰出作家的妻子"而感到自豪，泽尔达却不能忍受只以这种身份存在，她认为自己可以顺从丈夫的要求，不从事写作，前提是她想学芭蕾并找一个情人。舞台上出现一对舞者表演着双人芭蕾舞，时间闪回到 1926 年，当时他们住在法国。泽尔达穿着沙滩装上台，身后跟着他的情人——法国飞行员爱德华，两人商量好要去一家名为"蓝色梦幻"的小旅馆幽会。

第二幕第一场，舞台前部被布置成一个小旅馆房间。泽尔达与爱德华赤身裸体躺在双人床上。由于两人各自收到了墨菲夫妇在其别墅举行的舞会的邀请，他们起身穿好衣服离开旅馆。舞台后部是举行庆典晚会的草坪，客人们在随着欢快的音乐跳舞。泽尔达和爱德华分别从舞台两边进入，互相打招呼之后进入舞池相拥起舞。泽尔达疯狂地要求爱德华娶她，可爱德华却极力劝说泽尔达保持现状，维护眼前各方的"利益"。菲茨杰拉德步入草坪，他沉浸在自己所钟爱的英国作家约瑟夫·康拉德的死讯所带来的悲伤之中。当他看到泽尔达和爱德华在跳着探戈，他生气地喊来医生。泽勒医生却对菲茨杰拉德极力称赞着泽尔达的写作天赋，声称她会成为比菲茨杰拉德更伟大的作家。欧内斯特·海明威和哈德莉·海明威夫妇应邀前来参加舞会，菲茨杰拉德与海明威谈起他们都认同的"双重性别"，探讨着作家创作中的困境，他们回忆起两人当年共同去里昂旅行的经历，又谈到了海明威作品中的同性恋内容。菲茨杰拉德诉说着婚姻失败的痛苦，他认为海明威拒不承认自己在其事业起步时对他的帮助。海明威坦承："我甚至会背叛最亲密的老朋友，而且是在我事业起步时帮助过我的朋友。这可能是我不久以后自杀的原因之一吧。起初我试图走近飞机的螺旋桨——但我失败了，接着我用猎枪打烂了我那才思枯竭的脑子。是的，我给自己宣判了这个残酷的死刑来赎罪。"①不愿继续与菲茨杰拉德对话的海明威起身去寻找妻子哈德莉，丢下菲茨杰拉德一个人呼唤着泽尔达的名字。

　　第二幕第二场，场景和时间同第一幕第一场，夕阳西下，黄昏降临。菲茨杰拉德在精神病院门外等待着泽尔达，泽尔达穿着芭蕾舞短裙出现了，她说自己不再是菲小说中的人物了，也拒不接受菲茨杰拉德为她新买的戒指。他们都认为这段在外人眼中似童话般的婚姻是个"最大的错误"，两人决定分开以结束彼此之间的恩怨。

　　《夏日旅馆的衣裳》在半天的剧情时间之内追溯了菲茨杰拉德与泽尔达多年以来的婚姻悲剧，可以说是一部"回忆剧"。威廉斯的回忆剧《玻璃动物园》在开篇就确立了一个现实主义的时间和空间构架，该剧剧情时间处于1937年，空间是位于圣路易斯市中下阶层住宅区中温菲尔德家的公寓。而《夏日》这部探索婚姻真谛和人生意义的悲剧，则将菲茨杰拉德夫妇的爱情婚姻问题设置于菲茨杰拉德去世之后以及远离家庭居所的空间之中，舞台上出现的菲茨杰拉德和海明威等都是鬼魂形象。

　　威廉斯的成名作《玻璃动物园》是一部采用了线性叙述模式的"回忆剧"。该剧开场便交代了故事背景，剧中人物汤姆作为故事的叙述者按照剧情发生的顺序向观众和读者进行叙述。而威廉斯在后期实验戏剧探索中则进行了

---

① Williams，T. *The Theatre of Tennessee Williams*：*Volume 8*．New York：New Directions Publishing Corporation，2001：271.

突破现实主义戏剧表现手法的大胆尝试,两幕剧《夏日》打破了传统现实主义戏剧的线性时空设置,以男主人公菲茨杰拉德死后的鬼魂开场,客观的物理时间和主观的心理时间相互交错。剧情发生在 1941 年一个秋日下午至黄昏的半天时间之内,整剧故事则首先描述了菲茨杰拉德从主治医生打给他的电话中得知妻子泽尔达的病情有所好转,于是他立即赶到了精神病院。接下来剧作家以倒叙、插叙的手法,通过不同时空戏剧场景的呈现,向读者和观众展现了菲茨杰拉德夫妇长达 20 年的爱情婚姻生活。最后一幕是泽尔达与菲茨杰拉德在精神病疗养院门前分手的场景,与本剧开头的空间形成照应。

20 世纪 60 年代前后在西方发达国家产生了后现代主义文化思潮。后现代主义文学艺术主张"用零散化的艺术形式证明世界的荒诞和无序,以消解'中心'为代价宣告世界的无意义和不确定性,从新的精神维度拷问生命的意义和价值"[①]。后现代主义戏剧的主要发源地是美国纽约。威廉斯的后期剧作就体现出了后现代主义戏剧的艺术特点,具体表现为从追求戏剧结构的统一到结构碎片化的转变,拼贴手法的运用等。

威廉斯采用了类似于米勒的《推销员之死》的艺术手法,建构起了包含物理空间、心理空间和物理空间与心理空间互渗的多种不同形态的戏剧空间。

《推销员之死》的剧情时间跨度为一个白天再加两个晚上,以威利的思维和行动为主轴展开情节。当威利由于某种特定事物、场景或对话的诱导而陷入往事回忆时,灯光与音响立即切割舞台,出现的幻觉场面只有威利本人能感觉到。[②]《推销员之死》以威利的幻觉来实现对往事的追述。现实与回忆、真实与幻觉情景交替出现,展现了威利一生的悲剧发展和毕夫兄弟的成长史,生动描绘出一幅 20 世纪 30—40 年代美国百姓生活的画卷。威廉斯的《夏日》则通过菲茨杰拉德到阿什维尔寻找妻子泽尔达的情节来追溯给两人带来痛苦和折磨的婚姻历程。在追述过往的过程中,往事的片段不以时间先后而是以空间顺序排列,使过去与现在发生关联。作为最"电影化的剧作家",威廉斯在其"造型戏剧"中,以镜头式的语言来完成时间、空间的组接。《夏日》剧使用了电影叙述的闪回,即通过画面的淡入(fade-in)/淡出(fade-

① 陈爱敏. 西方戏剧十五讲. 北京:对外经济贸易大学出版社,2013:210.

② 周维培,韩曦. 当代美国戏剧 60 年:1950—2010. 北京:人民文学出版社,2014:91.

out)或叠化(dissolve),影像从现在切换到过去。① 闪回的运用使"时间被切片和分层,它既是过去又是现在,而过去在现在的我们眼前被呈现为可见的。我们正在观看闪回,所以时间假定为过去。但是我们'明白'放映的影片本身处于现在。观影者被置于一个时间点上的双重位置"②。然而不论是《推销员之死》剧中威利的幻觉场景,还是闪回所营造的"回忆主体的眼光"的效果,"要想传达现在时间里的主体对过去时间里主体的经历做怎样的思考,怀抱怎样的情感等心理过程的信息"③,"主体"都是不可或缺的要素。泽尔达的行动是推进情节发展的主线,然而由于《夏日》剧缺少"回忆主体",缺少对人物内心的揭示,不同舞台表演区域之间场景的切换不够自然,以致叙事线索颇显凌乱,戏剧结构也不够紧凑,也许这些都是导致评论界和观众都不太看好《夏日》一剧的主要原因。

　　然而,《夏日》是威廉斯后期剧作中的一部力作,其情节结构体现了威廉斯寻求自我突破的艺术追求。《夏日》和另一部威廉斯晚期回忆剧《有些模糊,有些清楚》均与《玻璃动物园》有着巨大差异。《玻璃动物园》是通过汤姆的回忆来叙述故事的现实主义戏剧,汤姆的叙述串联起他的记忆,呈现了母亲为了其身患残疾的姐姐寻找"绅士访客"的过程。而《夏日》的叙述是多维的、跳跃的,既可看作已故的菲茨杰拉德在陈述,也可以说他的记忆引发了某种潜在的言说。威廉斯通过时空跳跃和拼贴,把过去与现在、真实与虚幻杂糅在一起,建构了以记忆片段和瞬间为想象基础的精神世界。④《夏日》的剧情时间是1941年初秋的一天下午,而菲茨杰拉德已于1940年12月离世;两幕戏剧的发生地时而是泽尔达所入住的精神病院,时而是菲茨杰拉德的工作室,时而又转换成泽尔达与情人幽会的小旅馆。不同时空的交错与矛盾造就了《夏日》一剧的艺术张力。

---

① 李荣睿. 空间化的时间:托马斯·品钦《葡萄园》的大众媒体记忆政治. 当代外国文学 2015,36(3):14.

② 苏珊·海沃德. 电影研究关键词. 邹赞,孙柏,李玥阳,译. 北京:北京大学出版社, 2013:194-204.

③ 李荣睿. 空间化的时间:托马斯·品钦《葡萄园》的大众媒体记忆政治. 当代外国文学 2015,36(3):14.

④ 转引自:杨金才.《幸福过了头》:叙述中的错位与记忆. 国外文学,2015(1):111.

第三节　威廉斯后期剧作的语言选择

这里所说的语言,是不包括"形体语言"的有声语言。除哑剧、舞剧等少数剧种之外,语言在戏剧中占有重要地位,特别是在以对话为主要表现手段的话剧中,语言是主要的表现手段。黑格尔(Hegel)曾指出,"在艺术所用的感性材料中,语言是唯一适宜展开精神的媒介"①。如果不作绝对化的理解,可以说,戏剧的魅力主要是语言的魅力。② 但是随着时代的发展,出现了质疑语言功能的先锋戏剧,"反语言"成为这类戏剧响亮的口号。曾有多位艺术家表达对人类话语功能局限性的认识。法国小说家福楼拜(Flaubert)在其代表作《包法利夫人》中,借助艾玛的情人鲁道夫的心理描写阐述道:

> 任何人都无法找到一种很准确的方式来表达他的需要、他的观念以及他的痛苦,人类的话语就像一只裂了缝的蹩脚乐器,我们鼓捣出些旋律想感动天上的星星,却落得只能逗狗熊跳跳舞。③

我国西晋时期的文学批评家陆机在其《文赋》中论及为文之难时说:"恒患意不称物,文不逮意。"④这里实际上已触及语言表现功能的缺陷问题。我国南朝齐梁间的文论大家刘勰在《文心雕龙·神思》中也论及这一问题:"方其搦翰,气倍辞前,暨乎成篇,心折半始。何则? 意翻空而易奇,言徵实而难巧也。"⑤中国戏曲很早就充分意识到语言表现功能的局限,因此,特别重视"做"——舞蹈化形体动作(身段)以及翻腾扑跌的"打"的重要作用。西方现代戏剧发现了文学戏剧主要靠有声语言表情达意的局限,但它不是像中国戏曲那样在发挥有声语言的作用的同时,也注意发挥演员形体语言的作用,而是"反文学""反语言"——降低有声语言在剧作中的地位,强化演员形体以及声响、灯光等舞台语言的作用。威廉斯的后期剧作受到这一创作思潮的影

① 黑格尔. 美学　第三卷　下册. 朱光潜,译. 北京:商务印书馆,2011:240-241.
② 康保成. 契合与背离的双重变奏——关于中西戏剧交流的个案考察与理论阐释. 文艺研究,2012(1):95.
③ 福楼拜. 包法利夫人. 周克希,译. 上海:上海译文出版社,2002:131.
④ 陆机. 文赋//张少康. 文赋集释. 上海:上海古籍出版社,1984:1.
⑤ 刘勰. 文心雕龙//周振甫. 文心雕龙选译. 北京:中华书局,1980:132.

响,抛弃前期追求的含蓄、雅致的诗化语言,选择直白与非理性的语言,但又并未走上彻底否定有声语言,亦即"反语言"的道路。

威廉斯前后期戏剧语言特点的变迁反映出了剧作家戏剧观的变化。威廉斯前期戏剧的诗化语言是直接促成威廉斯成名的一大要素;而威廉斯后期戏剧的语言选择说明剧作家意识到了有声语言的局限性,并力图在剧作中表现这一认识。不过,威廉斯后期剧作中支离破碎、"悬而未决"的语言与荒诞戏剧中的"反语言"有别,它标志着威廉斯在语言选择上的创新。

一、通俗流畅、含蓄优雅的前期戏剧语言

威廉斯曾被冠以"百老汇的桂冠诗人"的美名,《纽约时报》曾评论称威廉斯是"一位富于诗意象征色彩、感性而神秘的作家"[①]。而威廉斯戏剧的诗意在很大程度上就来自于有声戏剧语言。威廉斯超凡的语言掌控能力体现了他解读人生的智慧,展现了他富有浪漫气质的独特魅力。威廉斯所创造的诗歌般的却又比较生活化的舞台语言,是其对当代美国戏剧最重要的贡献之一,而"南方淑女"等戏剧人物的诗化语言突出地体现了这一点。《玻璃动物园》中的阿曼达只愿谈论"世界大事","任何平庸、粗俗的事情从来都不谈",[②]《欲望号街车》中的布兰奇钟情于霍桑、惠特曼和爱伦·坡的诗句,《夏与烟》中的阿尔玛宣称自己是为了美好事物才活在这个世界上。

从《欲望号街车》中的布兰奇和《夏与烟》中的阿尔玛等"南方淑女"的语言中我们能够感受到,威廉斯在创作中尽可能地让戏剧人物的语言适应其剧作诗化、浪漫的风格。

《欲望号街车》中的布兰奇是威廉斯剧作"南方淑女"形象的代表性人物。与斯坦利等人的粗言粗语、语病连篇形成强烈对照,布兰奇说话不仅语法上无可挑剔,而且措辞讲究、充满韵律。热爱诗歌、熟知戏剧的布兰奇的话语中有许多典故,这体现出她良好的修养和浪漫的情怀。作为加尔文教徒后裔的布兰奇自称是个给"一群十多岁的小姑娘和那伙爱逛小卖铺的罗密欧灌输一

①　Williams, T. *Suddenly Last Summer and Other Plays*. London: Penguin Books, 2009: Back cover.

②　田纳西·威廉斯. 外国当代剧作选 3. 东秀,等译. 北京:中国戏剧出版社,1992:10.

点对霍桑、惠特曼和坡的尊敬"的"教书的老姑娘"。^① 在了解布兰奇的"放荡"经历之后,密奇缺席了布兰奇的生日聚会,并来告知自己不会娶她,因为她不够"干净"。赶走密奇的布兰奇显然已处于歇斯底里的边缘,她对斯坦利说的一番话可被看作威廉斯的"南方淑女"的宣言:

> 一个有文化的女人,聪明而有教养的女人,可以使一个男人生活丰富——这点真是不可估量! 这些优点我全可以奉献,而且不会消失。形体的美是会逐渐消失的,那是昙花一现的东西。可是心灵的美,精神的丰富,内心的温存——这些优点我都具备——不但别人夺不去,反而会滋长! 它们会与年俱增! 多奇怪,居然把我叫作一贫如洗的女人! 可我心里却珍藏着所有这一切财富……我觉得自己是个非常、非常富有的女人!^②

在被斯坦利羞辱强奸之后,布兰奇的精神彻底崩溃了,第十一场她被送入疯人院之前的戏具有催人泪下的悲剧力量。当楚楚动人却已精神崩溃的布兰奇从洗澡间里出来时,她穿上别着紫罗兰和银灰海马别针的黄色丝绸衬衫和"戴拉·罗比亚蓝色"的外套,看到尤尼斯"从法国市场上"买来的葡萄,她用诗意的语言描述了想象中自己死亡的情景:

> 我能闻到海的气息。我将在大海上度过余生。当我死的时候,我会在大海上……我要死了——船上一位英俊的医生握着我的手,一位非常年轻的医生,留着金色的胡须,戴着一块大银表。"可怜的小姐",他们会说,"奎宁已对她不起作用。那颗没洗过的葡萄把她的灵魂送入了天堂"……我将葬身大海,被缝在干净的白色麻袋中,从船上投下去——在正午时分——在夏日阳光里——投进蔚蓝的大海,那海蓝得就像……我初恋情人的眼睛!^③

最后一场中布兰奇挽着医生的手臂被带往疯人院时,她所说的那句"不管您是谁——我总是依赖陌生人的善心"早已成为戏剧史上的名言。与《欲

---

① 田纳西·威廉斯. 外国当代剧作选 3. 东秀,等译. 北京:中国戏剧出版社,1992:142.
② 田纳西·威廉斯. 外国当代剧作选 3. 东秀,等译. 北京:中国戏剧出版社,1992:209.
③ Williams, T. *A Streetcar Named Desire*. New York: New Directions Publishing Corporation, 1947:158-159.

望号街车》相比，《玻璃动物园》落幕场景悲剧色彩的渲染更是仰仗叙述人汤姆的那段诗意独白。当沉浸在"绅士访客"吉姆所带来的希望和憧憬之中的罗拉和母亲阿曼达被吉姆已订婚的噩耗击垮之际，汤姆绝望地离家而去了。在罗拉缓缓地俯身吹灭蜡烛之前，汤姆在如水的月色中道出了以下这段收场白：

> 我不到月亮上去，我要走得更远——因为时间是两地之间最远的距离——
>
> 不久以后，我因为在鞋盒上写了一首诗而被解雇了。
>
> 我离开了圣路易斯，我最后一次走下了救火梯。从那时起，我追随父亲的老路，试图从行动中寻求在空间失去的东西——
>
> 我到处漫游，城市像枯干的树叶在我身边掠过，那些树叶原是颜色鲜艳的，只不过后来从树枝上脱落下来罢了。
>
> 我想停留下来，但总有什么东西在追逐着我。
>
> 它总是突如其来，出其不意。它也许是一段熟悉的乐曲。它也许是一块透明的玻璃——
>
> 或许我在一个陌生的城市里……我从一家香水商店灯光通明的橱窗前经过，橱窗里摆满了各种彩色玻璃玩意儿，有颜色雅致的透明玻璃小瓶子，闪烁着零散的虹彩。
>
> 突然间，我姐姐碰碰我的肩头。我转过身去，望着她的眼睛……
>
> 哦，罗拉，罗拉，我想把你丢下，但我比原来更忠于你。[①]

二、支离破碎、粗俗直白的后期戏剧语言

威廉斯早期剧作人物诗意的语言风格是典型威廉斯戏剧的标杆，将普通人物对话上升到诗意语言的高度是威廉斯前期戏剧的一大成就。在 20 世纪 60 年代以降席卷西方戏剧界的荒诞派与后现代主义浪潮的影响之下，威廉斯在其后期戏剧创作中努力摆脱浪漫诗意的语言风格。在 1960 年排演《蜥蜴之夜》时威廉斯就曾表达了他对自己的戏剧创作方法的不满以及他对戏剧

---

① 田纳西·威廉斯. 外国当代剧作选 3. 东秀，等译. 北京:中国戏剧出版社,1992:97-98.

语言认识的巨大转变：

> 我太过依赖语言了——我指的是词语……这股新的席卷戏剧创作界的浪潮是不去布道……不再说教或者引经据典……人际关系是模糊不清的……我认为我的那种文学性或伪文学性的戏剧创作已经过时了……要明白，诗不一定就是词语。在戏剧里，诗可以是戏剧情境，也可以是沉默……①

威廉斯后期剧作表现了语言的局限性以及人与人之间沟通的困难，在这些作品中，人物对话的一大特点就是其支离破碎的语言，这与其早期作品中充满诗意、满缀典故的人物语言迥然异趣。明显区别于早期戏剧人物如乐章般流畅的语言风格，后期大部分剧作中的人物语言支离破碎而粗俗直白，节奏紊乱，远离诗意的语言风格和浪漫的戏剧情境。萨迪克认为，威廉斯后期剧作语言风格的巨大转变源自其创作观念的变化，在威廉斯后期创作理念中，语言不是用以直接表述事实的工具，而是建构和定义事实的媒介。这些戏剧的典型特征就是往往包含着这样的戏剧人物：他们极力摆脱无法准确和令人满意地表达他们思想和欲念的语言。然而语言尽管有着这样的缺陷，却是唯一能建构事实和他们自身的途径，于是他们便陷入无休无止地说话的无奈境地。②

威廉斯后期剧作中人物的语言显现出表意不连贯、不完整的特点，更有因剧中人"失语"而导致人物语言表达出现交流障碍的情形出现。这些特点使得威廉斯后期剧作呈现出背离现实主义戏剧传统的后现代主义风格。下文以两部均以爱情故事为题材的早期戏剧《魔塔》和后期戏剧《我无法想象明天》之比较为例，说明后期剧作的语言与前期的诗化语言风格之间的巨大反差。

威廉斯的早期戏剧《魔塔》是一部非常出色的浪漫悲喜剧，剧中的对白描写非常生动感人，让观众和读者切实感受到了年轻的艺术家夫妇之间甜蜜坚

---

① 参阅：The interview by Lewis Funke and John E. *Theatre Arts*，January，1962：17-18.

② Saddik，A. J. Critical Expectations and Assumptions：Williams' Later Reputation and the American Reception of the Avant-Garde. In Bloom，H. （ed.）. *Bloom's Modern Critical Views：Tennessee Williams*. Updated ed. New York：Infobase Publishing，2007：125.

贞的爱情。该剧一开始,妻子琳达熨烫衬衫时因分神而烫坏了丈夫的白衬衫,年轻画家吉姆见状气恼地说要离开屋子,以免影响妻子做家务,而琳达极力阻止吉姆离开,两人展开了这样一段对话:

琳达:求你不要离开房间。我不想让你走。

吉姆:为什么?

琳达:我喜欢你在这里陪着我。

吉姆【变得开心起来】:真的吗?

琳达【突然抱住他】:当然啦,我的大老爷! 当你在这里陪着我的时候,你不知道我感觉多么温暖舒适和有安全感!【她走到桌子旁,将衬衣叠好放进抽屉里。】感觉就像是我被锁在了这个楼梯又长又深的阁楼里,除了你,没有人愿意靠近我。

吉姆:这个想法多富有诗情画意啊! 我觉得我必须为你画一幅画,琳达,就在你的这座魔塔里面。

琳达【很开心地笑起来】:是在我们的魔塔里!

吉姆:是的,还有你的长头发,在窗户外面飘扬,就像梅丽桑德……

琳达:喔,不。不是在窗户外面。如果可以的话我从不往窗户外面看。外面的一切都是这么毫无生机,那些讨厌的广告牌、汽车加油站和熟食店。我只想我们的——魔塔——被充满生机的绿色森林围绕着……

吉姆:是的,就是这样。绿色的森林! 布满松树的森林!

琳达:对,还有可爱清澈的蓝湖!

吉姆【想象力爆发,笑出声来】:还有鳄鱼,吃光那些烦人的讨债人!

琳达:喔,对极了。每次奥法伦太太来收租的时候,总会有条龙向她喷火。喔,这里再也不会有收租婆、讨债人和奥法伦太太了,对吧? 这样住在魔塔里就棒极了,你说呢,吉姆? 这里只有两个人。骑士和骑士夫人。

吉姆:那对令人心醉的王子和公主。

琳达:他们并不是总在一起。她是不会让他离开的。

吉姆:他甚至不能出去打猎寻找晚餐吗?

琳达:对,他一刻也不能离开她,因为他一走魔塔就要开始崩塌。如果他离开太久,魔塔就会瓦解成碎片,最后变成一片废墟……所以即使是由于公主对王子太入迷导致她将王子唯一的白衬衫熨坏了,王子也应该原谅她,并且要带着满满的幸福感留在魔塔里陪着她![1]

这段充满浪漫情趣的对话生动地刻画了琳达纯真浪漫的性格,体现了她对丈夫深深的爱意。《魔塔》的戏剧语言富有诗意,强调沉默和语言间隔的作用,戏剧情节和人物个性发展合乎逻辑。威廉斯的《我无法想象明天》和《摧毁闹市》等多部后期戏剧则具有人物语言简短重复、剧中人语言表达困难和人与人之间陷入无法有效沟通的困境的特点。这些剧作没有交代剧情发生的具体时间或时代背景,人物形象扁平,有些人物没有姓名,剧作家只以"一""二""女服务员""经理""第一个年轻人"和"第二个年轻人"等称谓给剧中人命名。作品中缺少具有某种鲜明性格特征的人物类型,有些语言不符合逻辑,戏剧结构有失整饬,某些故事情节荒诞不经。舞台布景简单,演员的动作表演呈现出仪式性的特征。

独幕剧《我无法想象明天》剧情简单,没有戏剧冲突,剧情自始至终没有推进,人物性格也无任何发展和变化。该剧故事发生在中年女子"一"的家里,时间是一天傍晚。舞台布景简洁,没有墙,只有一座沙发、两把椅子、一张灯桌和一张小牌桌。舞台左侧远处有一个门框。中年女子"一"和中年男子"二"是彼此唯一的朋友,戏剧开场时他们重复用动作模拟表现出门和窗子,表现他们重复每天的生活。当"一"向窗外看去时,"二"来到她门前,站在门外抬起手臂敲门。"一"打开门说:"噢,是你啊。""二"回答:"对,是我。"这成为他们演出中的一个仪式。"二"每天晚上来到"一"的家里陪她打牌、看电视。"二"是个中学教师,但他很久以来都受着语言表达障碍的困扰。"一"试图找到他们之间交流的更有效的新方式,于是他们尝试着不进行口头交谈而是通过在纸上书写来向对方传递信息,可这种沟通方法失败了。"二"向"一"表白爱意,"一"却以沮丧和轻蔑的话语来回答他:"我已没有勇气把你从消沉中拯救出来!为什么你看上去永远是个中年的迷茫的小男孩呢?""一"请"二"离开,"二"却请求留在"一"家里的沙发上,他们继续打着扑克。本剧中的人物很少行动,全剧主要由两人的对白组成。在"二"与"一"的对话中,两人的语言表达形成巨大的反差:"二"说的话都是碎片化的、简短的一个或几

---

[1] 笔者译。原文参阅:Williams, T. *The Magic Tower and Other One-Act Plays*. New York: New Directions Publishing Corporation, 2011: 14-15.

个单词;与之相反的是,"一"说了很多长篇大论,而她似乎在跟"二"玩一场语言游戏,似乎在不断地阻断"二"的语言表达。以下是戏剧开场时"二"敲了很久的门才被"一"请进屋里,随后两人展开了这样一段对话:

二【进屋】:谢谢。【另一阵奇怪的停顿。】我走上台阶时看到你站在窗子旁边的。可你拉上了窗帘。

一:那有什么不对吗?

二:我只好不停地敲门敲门直到——你打开门。

一:是啊,你差点把门给敲垮了。

二:我在想是不是——

一:是什么?

二:你不想——不想——

一:不想什么?

二:——不想让我今——今晚来。

一:我每天晚上都见你。要是没有你、扑克牌跟电视新闻,就不算是个晚上了。

二:可是——

一:情况一点都没好转,是吗?

二:什么?

一:我是说一点都没变化,你说话还是有困难。

二:会好起来的。只是——暂时的。

一:你确定会好吗? 已经"暂时"好久了。你在中学里怎么对你的学生们讲话呢,还是你什么都不讲,只是在黑板上写字?

二:不,我——

一:怎么?

二:我是想告诉你。我已经有五天没见到我的学生们了。

……

二:今天,今天我真的去了。

一:去野餐了?

二:对,去了。

一:你跟他们说什么了? 他们又跟你说什么了?

二:我只跟那个女孩说话了,那个——

一：接待员？

二：是的，她给我一张纸，一张——

一：申请表，还是一张——

二：调查表让我——

一：填上？

二：我——我只得告诉他们说如果我——

一：怎么样？

二：曾经得过——

一：精神病？

二：治疗，或者——住过医院。

一：于是你？

二：对所有问题都回答"否"。

一：是吗？

二：不。

一【不耐烦地】：是的，我知道你写了"否"。①

　　除了本剧中被阻断的、碎片化的人物语言之外，还有被评论家称为"故意装出来的、几乎是品特式的含糊不清、悬在半空没有说完的台词"②。《摧毁闹市》中的人物对白就充满了半截式的台词，例如本剧幕启时在起居室里焦急地等待着妻子回来的莱恩先生与刚回到家的莱恩太太之间的这段对话：

莱恩先生：我们俩时时刻刻都得知道另一个人在哪儿。

莱恩太太：杰夫，我想我们就该像什么都没发生过一样地生活。

莱恩先生：我们彼此不能装模作样。

莱恩太太：没错，我们是很紧张，但我们不必像是被抓起来等候处决的罪犯一样。

莱恩先生：我们俩都不能离开家而不。

莱恩太太：我已经跟你说过我为什么出门去了。

莱恩先生：我告诉过你我们得时刻知道在哪儿。

① 笔者译。原文参阅：Williams，T. *The Magic Tower and Other One-Act Plays*. New York：New Directions Publishing Corporation，2011：134-135.

② 凯瑟琳·休斯. 当代美国剧作家. 谢榕津，译. 北京：中国戏剧出版社，1982：42.

莱恩太太:我没跟你说过我为什么出门吗?

莱恩先生:当我发现时你已经。

莱恩太太:出去了十分钟去看是不是。

莱恩先生:你从家里消失了,我也不知道哪儿,不管怎么说我们不能用汽车,加油站关门了。你听到我的话了吗?加油站关门了,我们得节省车里的汽油,可能得逃到什么地方去呢。

莱恩太太:我们不明白彼此的什么。

莱恩先生:我们本该去,我们早该决定。我们应该在我有时间的时候到附近一个什么地方去的。

莱恩太太:你是指逃走,可是逃去哪儿呢?你没想过吗?①

威廉斯在谈到自己的戏剧创作时曾说:"严肃戏剧/感伤的戏剧必须非常简洁生硬……台词必须写得尖锐而整饬——悲剧是严肃的。"②此说是对他晚期剧作中反映现代人类生存状态的悲剧《我无法想象明天》的最好评价:尖锐、简洁有力而严肃。国外有学者指出,《我无法想象明天》是威廉斯"描写人类陷入无法沟通的困境"以"向荒诞主义致敬"的具体实践,③但是我们应该看到,威廉斯后期戏剧中的碎片化、半截式的台词与"前言不搭后语、毫无逻辑可言"的荒诞派戏剧语言是有着本质区别的。荒诞派戏剧采用非理性的结构和非逻辑性的语言来表现世界的荒诞性,嘲讽的是整个社会和人类的生存状况;而威廉斯的《我无法想象明天》《爪子戴上珠宝的猫》《结冰的玻璃棺材》和《摧毁闹市》等后期剧作虽然体现出了某些类似于荒诞派戏剧的艺术特征——比如抽去个性的人物、以带有喜剧性或闹剧性的场面来表现世界的荒

---

① 笔者译。原文参阅:Williams,T. *The Theatre of Tennessee Williams*:*Volume 6. 27 Wagons Full of Cotton and Other Short Plays*. New York:New Directions Publishing Corporation,1992:332.

② Williams,E. D. & Freeman,L. *Remember Me to Tom*. New York:G. P. Putnam's Sons,1964:134. 转引自:Smith-Howard,A. & Heintzelman,G. *Critical Companion to Tennessee Williams*:*A Literary Reference to His Life and Work*. New York:Facts on File,Inc.,2005:103.

③ Grecco,S. World Literature in Review:English. *World Literature Today*,1995,69 (3):586-591. 转引自:Smith-Howard,A. & Heintzelman,G. *Critical Companion to Tennessee Williams*:*A Literary Reference to His Life and Work*. New York:Facts on File,Inc.,2005:103.

诞和人生的痛苦等等,但是威廉斯的戏剧结构是合乎逻辑的,戏剧主题也与荒诞派戏剧"世界是荒诞的"主题有别,表达的是对战争的反思和对人类未来的忧虑。

诞生于 20 世纪 50 年代的荒诞派戏剧,其艺术特征之一就是语言的贬值——在这些剧作中,人物再也不能像文艺复兴时期或启蒙运动时期那样,说出充满激情、充满哲理的滔滔宏论。语言失去了光彩,变得委琐、重复,甚至前言不搭后语,毫无逻辑可言。[①] 荒诞派戏剧中语言的贬值,是和当时的时代特征相吻合的,也契合了荒诞派戏剧非理性的结构和荒诞的戏剧主题。

与贝克特的作品相似,威廉斯在《我无法想象明天》《在东京旅馆的酒吧里》和《两个人的戏剧》等后期作品中质疑了语言的真实性,提出了真实的本质以及语言在戏剧表现中的功能等重要问题。现实主义戏剧中话语的目的是揭示真相或传达理性的意义,威廉斯后期剧作的创作理念则是语言是一种媒介,通过语言,真实被建构与定义而不是直接表达出来。这些剧作所呈现出的典型情景中,人物在逃避语言,语言不能准确或令人满意地表达他们的思想和欲望。但同时这些人物又意识到,语言尽管有缺陷,却又是陈述事实和建构自身的重要手段。对语言的失望与依赖造成了贝克特和威廉斯戏剧中的"紧张局势",表现了语言功能的悖论。

在贝克特戏剧中,交流往往通过非语言的方式进行,例如《莫雷》(*Molloy*,1951)中对语言之不可靠性的表现达到了极致,莫雷通过敲击母亲的头骨来与之交流。在《等待戈多》(*En attendant Godot*,1953)中,人物对话的目的不是交流信息,语言只是被用作填充戈戈和狄狄等待时间的工具,他们通过喋喋不休的无谓交谈和脱穿靴子、摆弄帽子等无实质性意义的行动来转移对沉默的注意,因为沉默意味着死亡。在《最后阶段》(*Endgame*,1957)中,纳格和内尔通过敲击垃圾桶和易拉罐来进行交流。

同样的,威廉斯的《两个人的戏剧》中的对白把主人公从渴望和恐惧的沉默中拯救出来。克莱尔和菲利斯明白,尽管语言不准确、不可靠,语言与事实和意义之间的关系具有任意性,他们却只能用语言来定义和证实他们的存在。在剧终,克莱尔和菲利斯意识到自己被困在剧院中并且似乎"无计可施",菲利斯建议他们"回到剧中去",即回到"戏中戏"里去。像贝克特戏剧人

---

① 汪义群. 西方现代戏剧流派作品选(五). 北京:中国戏剧出版社,2005:前言 14-15.

物一样,这是他们得以生存下去的唯一途径。在《最后阶段》中,克洛夫表示对现有语言结构不满,他告诉哈姆:"我用的是你教我的词,如果这些词没什么意义了,你就教我些别的词。否则就让我当'哑巴'吧。"现有语言对于陈述真相已经不管用了,而沉默则更糟。尽管已"无话可说",哈姆还在恳求克洛夫离开之前"说点什么"。①

威廉斯的后期戏剧创作基本上舍弃了前期戏剧的"诗化语言",表达了人类对语言局限性的认识和对语言的依赖,也表现了语言功能上的悖论。

第四节　威廉斯后期剧作的审美形态

20 世纪 60 年代以前,威廉斯一直被评论界视为悲剧作家,但此后他却主要写喜剧,他的喜剧不但不同于以笑来嘲讽、揶揄丑陋的西方传统喜剧,而且与同时代的后现代喜剧也不完全相同。

> 阿里斯托芬、莎士比亚、莫里哀、谢立丹、王尔德、萧、考夫曼,以及哈特、卡宁、考沃德写喜剧。西蒙、费弗、麦克纳利、杜让、鲁德尼克和艾克伯恩写悲剧。田纳西·威廉斯写悲剧吗?威廉斯写的"喜剧"到底会是什么样的?它会像尤奈斯库、阿尔比、奥顿、高尔、谢泼德、亨利或者拉德兰的戏剧那样,是荒诞、讽刺、残酷、黑色的或者滑稽的喜剧吗?不太像。②

这是托马斯·基思(Thomas Keith)于 2008 年 1 月为美国新方向出版社出版的剧本《摇摇欲坠的房子》(*A House Not Meant to Stand*)所写的导言中的论断,揭示了威廉斯后期戏剧以喜剧为主,但独树一帜、不与人同的特点。

威廉斯是公认的悲剧艺术大师,在他长达半个世纪的艺术创作生涯当中,其得到广泛认可的主要成就在于悲剧创作,他的名字常常与《玻璃动物

---

① 参阅:Bloom, H. (*ed.*). *Modern Critical Views*:*Tennessee Williams*. Updated ed. New York:Infobase Publishing, 2007:125-126.
② 笔者译。原文参阅:Keith, T. Introduction:A Mississippi Funhouse. In Williams,T. *A House Not Meant to Stand*:*A Gothic Comedy*. New York:New Directions Publishing Corporation,2008:xiii.

园》《欲望号街车》和《热铁皮屋顶上的猫》这三大家庭悲剧联系在一起。事实上,威廉斯创作的喜剧作品至少有 15 部,只是他的喜剧创作往往被其悲剧的声名所遮蔽,学界极少研究其早期浪漫喜剧,威廉斯本人引以为傲的后期黑色喜剧的成就也没有获得太多的认同。本节将通过全面梳理威廉斯的喜剧创作,考察威廉斯喜剧主题和艺术表现形式的流变,进而分析威廉斯后期喜剧的艺术特色以及威廉斯后期剧作审美形态嬗变的缘由。

一、威廉斯后期戏剧与后现代主义戏剧

威廉斯后期戏剧的语言、人物形象和对人类行为方式的描写通常都是反现实主义的,这些剧作与日本能剧和欧洲先锋派戏剧有相似之处,不是只依赖有声语言,而是更多地通过间歇、沉默和没有说出来的潜台词来传达题旨。威廉斯后期戏剧中有很多被删节和不完整的句子,而不是前期戏剧中那种长长的、充满诗意的便于阅读的段落。例如,在《两个人物的戏剧》中,兄妹两人支离破碎的对话的主要功能是为了分散注意力,如同塞缪尔·贝克特的戏剧一样,对话是为了减轻人物的恐慌感。威廉斯的后期戏剧不再以现实主义手法来塑造人物,人物大多是抽象的符号,有的连姓名都没有,如《我无法想象明天》中的"一"和"二",《欲火》中的"男孩"和"女孩",以及《一个男人死去的日子(一部西方能剧)》中的"男人"和"女人",等等。在戏剧情节方面,这些剧作没有亚里士多德式戏剧那种包含"开始—高潮—结尾"的完整的情节发展,碎片化的剧情几乎没有发展。例如,《我无法想象明天》中的"一"和"二"两个人物的出身背景、个性都是一片朦胧,剧情自始至终毫无进展。"二"想要与"一"发展恋爱关系,但他一直无法表达自己的感情,作为一名中学教师,他竟然有语言表达障碍,他所说出的全都是一个个不完整的句子。此剧一开头"一"就让"二"离开她的家,因为她要上楼去睡觉了,但是直到剧终"二"还是没有离开,两个人还是像以前的每天晚上一样,边看电视边打扑克。他们希望改变生活却没有任何实际行动,行动的延宕让人联想到贝克特的《等待戈多》。《欲火》和《两个人的戏剧》中的情形也如出一辙。《欲火》中的新婚夫妇"男孩"和"女孩"在新奥尔良度蜜月,戏剧一开始他们就准备在酒店吃完早餐后出门观光,但直到剧终落幕,他们还是没有走出酒店房间。

威廉斯花费 10 年时间写成的《两个人的戏剧》中只有两个人物——哥哥

菲利斯和妹妹克莱尔,他们行动的延宕及其与世隔绝的生存状态充满了存在主义的荒诞感。这部两幕剧以喜剧的手法状写悲剧性的生存体验:

第一幕,在一处不确定地点、不知名的剧院里,舞台上为即将进行的演出所制作的布景完成了一半。布景是夏天一所旧维多利亚式南方房屋的内景,透过窗户可以看到屋外一片高高的向日葵。舞台中央是一座样貌凶恶的巨人雕塑,旁边乱七八糟地堆放着上一场演出留下的道具。年轻演员、剧作家菲利斯走上舞台坐在钢琴凳上,修改自己所写的剧本。幕后传来妹妹兼演出搭档克莱尔呼唤他的声音,但他没有回答。病恹恹的克莱尔走上舞台,她边走向哥哥边把一副掉了几颗钻的皇冠戴在自己乱蓬蓬的头发上。菲利斯打开录音机,和妹妹就着音乐练习台词。克莱尔对哥哥没有安排她参加与新闻记者的见面会大为光火,她认为自己能熟练地应付媒体,哥哥却批评她喝醉酒并在媒体面前对法西斯主义者发脾气,克莱尔反呛说哥哥总是大谈"纯粹戏剧",让人厌烦。菲利斯突犯头痛病,克莱尔问旅行是否该结束了,她感到很沮丧。菲利斯责备妹妹过分依赖药物,提醒说医生警告过她会在舞台上犯心脏病,两人争执起来并极力侮辱对方。克莱尔表示想回家,菲利斯说剧院就是他们的家。他们想起当晚就要演出的"两人剧"的布景还未完成,菲利斯告诉克莱尔他们的演出中将有大量的即兴表演。克莱尔又反复要求结束旅行,菲利斯只好告诉她所面临的财务危机,原来剧团其他成员丢下兄妹俩离开了。克莱尔也想走,但菲利斯坚持将演出进行下去,因为他们无处可逃。"观众"已聚集在剧院里了,菲利斯扯掉克莱尔的外套让她投入演出,引发二人的争吵,菲利斯边打克莱尔边用脏话骂她,然后把她一个人留在台上。此时"大幕"拉开,菲利斯和克莱尔表演回忆他们父母的戏。克莱尔在演出中多次精神崩溃而遭菲利斯责备,当菲利斯说出"禁闭"一词时,克莱尔彻底崩溃了。幕间休息10分钟。

第二幕,幕间休息时两人继续争斗,然后又鼻青脸肿地回到台上继续"表演"。当克莱尔为菲利斯擦脸上的伤痕时,菲利斯说他忘记台词了,于是他们开始即兴演出。克莱尔讲起父母之间的矛盾,由于父亲的人寿保险金被没收了,他们变得一文不名。演出又中断了,两个演员谈起了父母去世后他们兄妹俩的生活,又争论父亲的手枪放在哪里了,克莱尔还回想起菲利斯在精神病院的日子。在"两人剧"中他们想要离开家去冒险,又一直推诿犹豫,最后菲利斯把克莱尔推出家门,但克莱尔由于害怕马上返回了。菲利斯走出家门,向观众坦承了他的胆怯并又返回家里。两人羞愧得不敢相对而视。克莱尔中止演出并要求菲利斯"从剧中走出来",菲利斯说观众已经离开剧院了,他责备妹妹没有专心演出而致观众退场。克莱尔要哥哥向经理福克斯要钱,却找不到福克斯。两人想在附近找家旅馆住进去,菲利斯却发现剧院的门被人从外面锁住了,剧院没有窗子,后台电话像道具电话一样无法拨打,舞台上的灯光突然熄灭。克莱尔意识到剧院已变成一座困住他们的监狱,菲利斯建议回到戏剧的世界中去,于是他们又开始演出,飞快地念着台词以便使自己迷失在剧情中。克莱尔抓起父亲的手枪瞄准哥哥,菲利斯鼓励她扣动扳机,但她犹豫了,手枪从手中滑落。菲利斯想要打死克莱尔却也做不到。他们彼此向对方伸出双手,灯光渐暗至熄灭。

剧中人的言语、行动都是不合逻辑的、怪诞的,但都不属于"丑不安其位",又都是可笑的、充满滑稽感的——本来是关心对方的健康,但却恶语相向直至大打出手,打得鼻青脸肿又双双回到舞台上"表演",妹妹为哥哥擦拭脸上的伤痕,可一会儿,妹妹又举起手枪瞄准哥哥,哥哥让她扣动扳机,妹妹犹豫,手上的手枪滑落,哥哥又想打死妹妹,但他又做不到,刚才欲置对方于死地的兄妹俩,突然又向对方伸出双手……目的与手段相矛盾,行动与语言不协调,愿望与结果大反转。不协调、反转等都属于喜剧手法,但我们看到的不是丑陋、蠢行,而是悲苦、压抑、绝望与荒诞的社会与人生,因此,欢笑中有苦涩,幽默中有酸楚,讽刺中有同情,揶揄中有思索。

威廉斯后期剧作与荒诞派戏剧的相似风格引起了国外戏剧评论家们的注意。詹姆斯·科克利(James Coakley)认为威廉斯早在《大路》一剧的创作中就已表现出贝克特式的世界观,即"生命只不过是被变化侵蚀的'黯淡的安慰';价值是虚无缥缈的、不断转化的。简短来说,即人应该怎样活着?"[①]乔治·尼森(George Niesen)也认为威廉斯在《两个人的戏剧》中追步贝克特风格的戏剧,有意挑战了形式与意义的正统观念。C. W. E. 比格斯庇(C. W. E. Bigsby)以威廉斯的《呐喊》(《两个人的戏剧》)为例,探讨了威廉斯作品与贝克特、品特和阿尔比作品的相似性——

> 行动被减少到最小量——身体的静止状态象征着受困的形象,代表

---

① Bloom, H. (ed.). *Bloom's Modern Critical Views: Tennessee Williams*. Updated ed. New York: Infobase Publishing, 2007: 124.

着对明确因果关系的否定以及对真正的戏剧发生在思想中的主张（这种戏剧重构过去，将经验转化成意义并将其自身的系统强加于经验之上；这种戏剧拒绝死亡并呈现出永生的神秘）……在这种无序状态的戏剧中，人物、情节和语言逐渐瓦解。①

　　虽然威廉斯戏剧与荒诞派戏剧有如此之多的相似点，但是将威廉斯的《两个人的戏剧》和《我无法想象明天》等剧与贝克特的荒诞派戏剧《等待戈多》相比较，就可以发现，虽然这些剧作都贯穿了"等待"的主题，表现了身陷绝境的人们毫无希望的等待，但艺术手法、表现形式并不完全相同。《两个人的戏剧》和《我无法想象明天》的情节和戏剧语言都是合乎逻辑的，戏剧情境的设置、人物关系、情节的发展、语言的运用，大体上是明晰的。而贝克特则以整体象征的手法去表现自己对生活的哲理体认，在《等待戈多》中运用了"直喻"的思维方式，用荒诞的戏剧形式来表达荒诞的内容，故事荒诞不经，人物关系不明，戏剧情境混沌，语言支离破碎，前言不搭后语。威廉斯的多数后期剧作虽含有荒诞成分，但这些剧作并不是荒诞派戏剧，威廉斯并不是荒诞派剧作家。而威廉斯的《讲述皇后之死的悲伤故事》《白色粉尘》和《世界小姐的非凡旅社》等后期剧作以对"话语、权力和伦理"等问题的探索以及悲凉的幽默，展现了后现代主义戏剧的风格。这些剧作通过异性与同性之间的纠葛与强迫，以政治化的"性虐待"和"性暴力"来隐喻人类精神的幻灭。

　　早在古希腊和古罗马时期，性就已是权力的象征。在当时，性活动的伴侣不是分为男性和女性，而是分为统治方与服从方。作为统治方的有权男性以妇女、儿童、外国人和奴隶等无权的人为性对象，在近代社会也多有类似现象存在，比如欧洲贵族对女仆所享有的"初夜权"和美国种植园主对女性黑奴身体的长期占有。威廉斯的这些剧作以性和暴力的呈现来揭示人们在后现代社会中的迷惘，以及人类在面临战争威胁时的绝望情绪。《讲述皇后之死的悲伤故事》讲述了酒吧老板坎蒂·迪兰尼结识了商船水手卡尔，并通过换装来"变换性别"以取悦卡尔，但仍得不到后者的真心相待。最终，卡尔拿走坎蒂的全部积蓄之后弃他而去。在《白色粉尘》中，遭受核武器攻击之后的地球满目疮痍，男人在占有了女人的身体之后就将她们杀掉，而当他们发现再

---

①　Bloom，H.（ed.）. *Bloom's Modern Critical Views：Tennessee Williams*. Updated ed. New York：Infobase Publishing，2007：125.

找不到女人来满足他们的性需求时,他们就转而寻找年轻的男性作为性侵犯的目标。《世界小姐的非凡旅社》中的"男孩"作为母亲众多的孩子之一,与母亲保持着乱伦关系,而他又对残疾房客闵特长期实施性虐待。这些令人惊骇的内容多是通过舞台上演员的台词表现出来的,《世界小姐的非凡旅社》中"男孩"对闵特的强暴也没有赤裸裸地直接呈现,而是以壁龛上悬挂着的幕帘进行了遮挡,这些戏剧的形式也是自然主义的。极力推崇后现代艺术的萨拉·凯恩(Sarah Kane)认为,"最好的艺术是形式和内容都具有颠覆性"①。以这样的后现代主义戏剧观来衡量,威廉斯的戏剧其实并不像凯恩创作于20世纪90年代末期的"直面戏剧"(in-yer-face theatre)那样对戏剧的内容与形式进行"质疑、颠覆、解构与反叛"。然而不可否认的是,威廉斯的后期戏剧确实受到了后现代戏剧思潮的影响,这种影响表现在将批判现实主义与后现代戏剧思潮相融合实现自己戏剧创作的转型,但又不以加入后现代艺术的某一派别为目标,而是既改变自己前期的既定风格,又力图确立只属于自己的新风格。

二、浪漫喜剧:浪漫与荒诞杂糅

1961年之前的威廉斯戏剧作品中大约有8部喜剧,分别是浪漫悲喜剧《魔塔》,讲述女演员安娜贝拉的婚恋故事的讽刺喜剧《我们的行当》,讲述年轻姑娘多萝茜离开墨守成规的家乡"古板城"、大胆挣脱世俗束缚的寓言式喜剧《牵牛花破坏案》,改编自劳伦斯同名短篇小说的三幕浪漫喜剧《你抚摸了我》(*You Touched Me!*,1942),"密西西比三角洲的喜剧"《满满的27车棉花》(威廉斯晚期喜剧《老虎尾巴》据此剧改编,剧情和戏剧风格没有大的改变,因此本书不将《老虎尾巴》纳入讨论范围),礼赞爱情的《玫瑰文身》,探讨婚姻问题的"严肃喜剧"《调整时期》以及讽刺喜剧《鹦鹉的完美分析》(*A Perfect Analysis Given by a Parrot*,1958)。

威廉斯的后期作品大部分是喜剧,这些喜剧或是带有哥特风格或荒诞的闹剧色彩,或是以黑色幽默手法表现悲剧主题,与前期喜剧有着较大的差异。

---

① 李伟民."惊骇小子"残酷而又野蛮的游戏——萨拉·凯恩的《摧毁》与后现代主义. 当代外国文学,2014(4):77.

在表现对自由和爱情的追求主题的浪漫喜剧中,后期作品《梅里韦瑟先生会从孟菲斯回来吗?》和《科雷夫·科尔的美好星期天》等剧与前期的《魔塔》《牵牛花破坏案》和《你抚摸了我》等浪漫喜剧明显有别,出现了鬼魂和幻觉场面以及荒诞喧闹的戏剧元素,呈现出"浪漫与荒诞杂糅"的特点。

　　《梅里韦瑟先生会从孟菲斯回来吗?》与前期喜剧《玫瑰文身》的主题和风格有些接近。《玫瑰文身》剧中故事发生在地处新奥尔良和莫比尔之间的海湾村。意大利裔美国女子萨拉芬娜在其深爱的丈夫死后,变成了女儿眼中的"怪物",她将自己禁闭在家中,拒绝一切社交活动,甚至要求女儿也这样做。但在无意间得知丈夫生前背叛她找了情妇之后,痛苦的萨拉芬娜摔碎丈夫的骨灰盒,接受了卡车司机阿尔瓦罗的追求,并成全了女儿罗萨与年轻的海员杰克的爱情。在《梅里韦瑟先生会从孟菲斯回来吗?》中,女人在等待情人归来,寡妇想念着她们那永远不会回来的丈夫,年轻姑娘初尝爱情的甜蜜——这样轻松浪漫的情节在威廉斯戏剧中并不多见。剧中人物有和着雷格泰姆音乐[①]节拍舞动的舞者,有在降神会[②]上出现的鬼魂,有掌握人物命运的女巫"欧墨尼得斯",还有一个"浪漫英俊的年轻人",一名法国的教练以及出现在每一场戏中的五弦琴演奏者。最终是剧中人或找到真爱,或得到爱的谅解的大团圆结局。这是威廉斯后期戏剧中少有的一部充满诗意和欢乐的喜剧。但是这部喜剧与前期浪漫爱情喜剧《玫瑰文身》还是迥然有别的。《玫瑰文身》中的喜剧性来自对真实场景的描绘和对人物的生动刻画,比如两位中年主人公塞拉菲娜和阿尔瓦罗初识的时候,他们俩"笨拙的交谈,相互间好奇的亲昵举动和可爱的样子,就像是两个孤独孩子的初次约会"[③],他们表现出与自己的实际年龄不符的"幼稚"举动。而《梅里韦瑟先生会从孟菲斯回来吗?》则通过对凡·高等鬼魂人物和幻觉场面的描写,以诗意的语言使全剧呈现出一种反现实主义的风格。《时代》(Time)杂志对此评论道:"如果说《大路》是一首小号吹奏出来的乐曲,《梅里韦瑟先生会从孟菲斯回来吗?》就是沉静而柔和的小提琴曲,它将现实与虚幻交织在一起,糅合了浪漫精神和旧日文化

---

① 　20世纪初流行于美国的一种爵士乐。——笔者注。

② 　设法与亡灵对话的集会。——笔者注。

③ 　韩曦. 论田纳西·威廉斯戏剧的艺术风格. 安徽大学学报(哲学社会科学版),2013
　　(2):72.

英雄凡·高和兰波的形象。"①

　　《科雷夫·科尔的美好星期天》(下文简称《科雷夫》)是一部爱情喜剧,剧中故事发生在一天之内,情节结构和戏剧语言都具备现实主义戏剧的特征,但此剧风格明显有别于威廉斯前期浪漫喜剧。威廉斯前期浪漫喜剧充溢着诗意和浓郁的抒情色彩,如具有浓厚象征主义色彩、寓意深远的《牵牛花破坏案》和洋溢着意大利浪漫风情的《玫瑰文身》等。《科雷夫》虽以多萝西娅的爱情故事为情节推演的主线,但绝不是一部表现诗意和浪漫情怀的爱情喜剧。多萝西娅的情人埃利斯和她的"仰慕者"巴蒂都只是存在于"第四维空间"中的"隐形人",舞台上的演出场景主要是女人们的争辩吵闹和"神经躁狂症"患者苏菲的哀号。多萝西娅并不是舞台上出现频率最高的人物,心地善良、不修边幅的波蒂占据着舞台中心。作为多萝西娅的好友,波蒂是多萝西娅的倾诉对象,她为多萝西娅与情人埃利斯的关系而担忧,又时时惦记着撮合自己的同胞兄弟与多萝西娅的爱情。当多萝西娅待在卧室里做健身操的时候,舞台上的波蒂一边烹饪食物,一边接打电话,还要手忙脚乱地应付访客们——多萝西娅的同事海伦娜和楼上的邻居苏菲。当傲慢的海伦娜急切地想劝说多萝西娅与之合租一套正在竞价出租的公寓时,波蒂和苏菲都认为海伦娜想骗走多萝西娅的钱,于是她们极力阻挠海伦娜的行动。苏菲抽泣着"转动着像修女一般悲哀的眼睛,拖着缓慢的步伐走向多萝西娅"②,嘴里还不停地用多萝西娅完全听不懂的德语重复着海伦娜的话。混乱中,多萝西娅晕倒在地板上。在波蒂和海伦娜慌乱地喂其吃药之际,苏菲不时发出阵阵哀号声,她还一边吃着炸面圈一边哭诉着她的母亲刚刚过世,突然她要拉肚子,于是她穿过多萝西娅的卧室跑进洗手间。由于苏菲同时扭开了两个水龙头,不一会儿洗手间里的水漫出来了,波蒂拿着拖把冲进洗手间。舞台上各种令人啼笑皆非的场面使这部讲述多萝西娅被抛弃和欺骗的爱情悲剧故事的戏剧充满荒诞喧闹的喜剧感。

　　除了《梅里韦瑟先生会从孟菲斯回来吗?》和《科雷夫·科尔的美好星期天》这两部浪漫喜剧,威廉斯的《大地王国》和《救生艇演习》等多数后期剧作

---

① Williams, T. *The Traveling Companion & Other Plays*. Saddik, A. J. (ed.). New York: New Directions Publishing Corporation, 2008.

② Williams, T. *The Theatre of Tennessee Williams*: *Volume 8*. New York: New Directions Publishing Corporation, 2001: 154.

都具有反现实主义的荒诞喜剧色彩。

三、黑色喜剧：以滑稽言说绝望

威廉斯是成就斐然的"悲剧诗人"，然而随着时代的变迁和威廉斯年龄的增长，新的戏剧形式成为反映新的时代背景和剧作家生命体验的载体。威廉斯在后期创作中刻意颠覆了其前期感伤浪漫主义色彩浓厚的心理现实主义悲剧，用绝望的悲剧主题和滑稽的喜剧形式互为表里的喜剧——"黑色喜剧"来反映自己对灾难、死亡、恐惧、虚无等黑暗景象的强烈感受，他曾如是说道：

> 我与那些令我声名远播的早期戏剧彻底告别了。我现在做的是完全不同的，完全是我自己的，并没有受到国内外任何剧作家或者其他戏剧流派的影响，我的作品一直是用任何一种恰当的形式表达我的生存体验。①

威廉斯将其创作于 1965 年的两部独幕剧《伤残者》和《淑女》合称为《粗俗滑稽悲剧》(*Slapstick Tragedy*)，并于 1966 年 2 月 22 日在纽约的朗埃克剧院(Longacre Theatre)进行了首演。"slapstick"原指"闹剧，滑稽戏"，在这种戏剧中，演员以夸张的表情和肢体动作来推进剧情，表演粗俗滑稽的不造成伤害的暴力行为。"slapstick"后被用来指称 20 世纪上半叶流行于美国的喜剧电影形态——打闹剧，其代表作品有卓别林、基顿的无声电影以及以《劳瑞与哈代》(*Laurel and Hardy*)命名的系列电影，这些影片反映笨拙的小人物走进陌生的环境，由于各种失误而使身体遭受暴力对待的事实，其笑点集中于肢体动作而非滑稽的语言。打闹剧的命名与意大利的即兴喜剧有关。即兴喜剧中有一种打人的道具击板(slapstick)，由绑在一起的两根木片组成。击板一打人，木片便会发出巨响，落在身上却不疼。在后世的打闹剧中，人物的身体如钢筋铁打，即使受到某些致命伤害，身体也似乎毫发无损……打闹剧中最常用的喜剧手法是摔倒(fall)和挨揍(blow)，这也可以理解为隐喻，如"摔倒"可以理解为"对恒定的环境的不自觉"，而"挨揍"则是"对变化的

---

① 笔者译。原文参阅：Devlin, A. J. (ed.). *Conversations with Tennessee Williams*. Jackson and London: University Press of Mississippi, 1986: 284-285.

环境的不自觉"。换言之,打闹剧中的差错一般源自主人公对环境缺乏自觉。①

从《粗俗滑稽悲剧》的剧名来看,威廉斯将滑稽喜剧(slapstick comedy)改称为滑稽悲剧(slapstick tragedy),意在以滑稽荒诞的喜剧形式来表现对变化的社会环境缺乏自觉的现代人身体残缺、精神幻灭的悲剧主题。

在本书第二章第三节中谈到威廉斯后期剧作的"南方主题"时,已涉及对《伤残者》一剧的介绍,威廉斯在本剧中运用黑色幽默手法,以荒诞的戏剧情节和喜剧场面的描写来表现身心伤残的主人公的悲剧命运。混迹于下层社会的塞莱斯特刚从监狱里出来,她的哥哥亨利帮她在"彩虹面包房"找了份工作。亨利拿出自己10岁那年得到的圣诞节礼物——一个笔记本和一支笔,写下面包房地址和联系人,交给塞莱斯特。亨利要求妹妹改名字,因为他不希望妹妹与自己和孩子们共用家族姓氏,于是塞莱斯特马上给自己取了个假名字艾格尼丝·琼斯。亨利拒绝了妹妹与他第二天一起聚餐庆祝圣诞节的提议并离开后,塞莱斯特在银色美元酒店门外遇到了她的老熟人马克西和戴着头巾遮盖住面容的"鸟女孩",马克西吆喝着怂恿路人支付4美分观看"天然怪人""鸟女孩"卸下面纱之后的真面目,但是围观者中无人付钱,马克西马上将要价降为2美分。塞莱斯特也曾扮演过"鸟女孩",因此她很清楚所谓的"鸟女孩"其实就是由一个女孩身上粘上了鸟羽毛装扮而成的,况且她一眼认出那个"哦克——哦克——"怪叫着的"鸟女孩"其实就是住在兰帕特街上的罗丝。塞莱斯特向马克西勒索5美元,否则她就会当众揭穿马克西的骗术,恼怒的马克西与塞莱斯特争吵起来,被一个警察出面制止了。当警察看到塞莱斯特时,他声称在法庭上见过她,并厌恶地叮嘱她别再待在街上。从这段"鸟女孩"风波在美国舞台上的演出剧照来看,戴着巨大的鸟头套、"长"着一对大翅膀的"鸟女孩"站在肥胖的男子马克西身边,演出效果是荒诞而喜剧感十足的。

《粗俗滑稽悲剧》中的另一部戏剧《淑女》的故事发生在佛罗里达可卡鲁尼海边风景区的一家廉价旅馆里。主人公"淑女"曾是一名有着欧洲贵族血统的歌手,她曾单恋过与之一起在欧洲演出的威尼斯花花公子,有着痛苦的感情经历。如今她处于半疯癫的状态,只得靠抓住一切时机给她所租住旅馆

---

① 冯伟.《等待戈多》与西方喜剧传统. 外国文学评论,2015(4):176.

的顾客献唱挣钱,还时常去海边与凶猛的可卡鲁尼鸟抢夺渔民丢弃的鱼。在本剧结尾,在与食肉鸟争抢食物的斗争中失去了双眼的"淑女"再一次奔向海边,投入了新一轮的"抢鱼大战"。

《淑女》一剧中有许多情节是荒诞而滑稽的,而在整剧演出过程中,海滨出租屋里的房客们不断遭到在空中盘旋的凶猛大鸟的侵扰,营造了荒诞而夸张的喜剧气氛。在第一场戏中,"淑女"待在自己房间里没有出场,房东莫莉解释说因为"淑女"交不起房租,所以她失去了在走廊和厨房里活动的权利。随后出场的"淑女"只有一只眼睛,另一只空洞的眼窝被绷带缠绕着。房东为了多挣钱,不仅在大房间内尽可能多地设置床位,竟然还在周末向过往的旅客出租站着睡觉的席位。旅客在站着睡觉的过程中倘若摔倒,就会爬起来接着睡,他们当中居然还有一个"绝佳睡客",能在这"平静又安全的大房间"里沉睡。莫莉之所以能想到这种增加旅店收入的绝妙方法,是因为她认为"只要长了腿就能站着睡觉,如果他不得不站着的话"。邻居波利挖苦说:"火烈鸟甚至能用一条腿站着睡觉呢。"①

对于美国观众不懂也无意接受他成名之后努力创新的艺术实践,威廉斯感到心灰意冷。他感慨地说,居然没有人知道"美国黑色喜剧"正是他首创的一种舞台剧形式。② 威廉斯所谓黑色喜剧概念并没有像他前期的"造型戏剧"那样获得广泛的认同,这种创作于 20 世纪 60 年代的黑色喜剧与当时盛行于美国文学中的黑色幽默有着某种必然的联系与区别。我们不妨通过了解美国文学中的黑色幽默来解读威廉斯的黑色喜剧。

"黑色幽默"是一种用喜剧形式表现悲剧内容的文学方法,其名称来源于 20 世纪 20 年代法国超现实主义作家安德烈·布勒东(André Breton)所编著的《黑色幽默文集》。"黑色"代表死亡等可怕的现实,"幽默"是有意志的个体对这种现实的嘲讽态度。20 世纪中叶,美国动荡不安的社会环境给黑色幽默文学流派的创生和发展带来了契机。当时的美国卷入了朝鲜战争,美国国内一方面劳资矛盾激化,另一方面在麦卡锡主义的推行之下形成了压抑的社会氛围;20 世纪 60 年代初期,美国在越南战争中的失利和美军惨痛的伤亡,

---

① Williams, T. *Dragon Country*: *A Book of Plays*. New York: New Directions, 1970:227.

② 杨月苏. 陌生人的慈悲——《田纳西·威廉斯忏悔录》译后感//威廉斯. 田纳西·威廉斯忏悔录. 杨月苏,译. 台北:圆神出版社,1986:468.

更导致全国掀起了反战高潮,美国的民主思想遭到人民的质疑。在这种社会历史背景之下,60年代许多美国作家在创作中以喜剧的形式呈现悲剧内容,侧重单向度的人物性格描写,有意割裂人物的行动与感情,描写滑稽、怪诞的故事情节,以散乱的叙述结构表现对"现实不可靠"的认识和不分善恶的价值取向。1965年,美国作家布鲁斯·杰伊·弗里德曼(Bruce Jay Friedman)将60年代以来在美国报刊上所发表的具有黑色幽默风格的12名作家的作品编成一本小书出版,取名为《黑色幽默》(Black Humor)。同年,美国评论家尼克伯克发表《致命一蜇的幽默》一文,将这类作家称为黑色幽默派,于是以黑色幽默命名的现代主义文学流派在美国诞生了。

作为西方现代派文学中的一个重要流派,黑色幽默派对现代世界文学有着广泛而深刻的影响。海勒的《第二十二条军规》、品钦的《万有引力之虹》、小伏尼格的《第一流的早餐》等是最有代表性的黑色幽默作家的作品。黑色幽默小说家突出描写人物周围世界的荒谬和社会对个人的压迫,以一种无可奈何的嘲讽态度表现环境和个人之间的互不协调,并把这种互不协调的现象加以放大、扭曲和变形,使它们显得更加荒诞不经、滑稽可笑,同时又令人感到沉重和苦闷。黑色幽默作家往往塑造一些乖僻的"反英雄"人物形象,借他们的可笑言行影射社会现实,表达作家对社会问题的观点。从艺术手法上看,黑色幽默作家往往打破传统,把对现实生活的叙述与幻想和回忆混合起来,他们认为,现实主义已无法表现现代社会的复杂性,所以要大量采用超现实主义的不连贯的形象化描绘,以揭示人物的潜意识思维状态乃至整个社会的神经质状态。

黑色幽默并非60年代首创,但是这种与其说滑稽可笑,不如说充满尖刻讽刺的写作方式在当时复活,表达了人民大众对美国政治和文化的不满、愤慨或嘲笑,而这正是对抗文化的主题。[①] 莫里斯·迪克斯坦(Morris Dickstein)认为,所有的黑色幽默作品都包含违礼、禁忌、异邦或怪诞的内容,他还将黑色幽默作家区分为语言的黑色幽默作家和"结构的"黑色幽默作家——语言的黑色幽默作家把结构完整的小说拆散,而仅仅代之以荒唐的玩笑、松散拖沓的长篇议论和黑暗中的呐喊;"结构的"黑色幽默作家则倾向于

① 迪克斯坦.伊甸园之门——六十年代美国文化.方晓光,译.上海:上海外语教育出版社,1985:译本序言ix.

过于明白直言的形式和复杂到了疯狂程度的情节。①

黑色幽默文学在 20 世纪 60 年代的复兴,与后现代社会文化思潮的滋长有着不可分割的联系,而威廉斯 60 年代所提出的黑色喜剧也与黑色幽默小说有着非常近似的艺术特点。李英曾介绍了威廉斯的黑色喜剧并尝试给其作出了如下定义:

> 从 20 世纪 60 年代起威廉斯开始投身于怪诞的黑色戏剧,包括《滑稽悲剧》(*Slapstick Tragedy*)(1965),《在东京旅馆的酒吧里》(*In the Bar of a Tokyo Hotel*)(1969),《两人剧》(*the Two-Character Play*)(1969),后来改编为《呐喊》(*Out Cry*)(1973),《红色恶符》(*the Red Devil Battery Sign*)(1976),《老屋》(*Vieux Carre*)(1977)和《夏日旅馆的衣裳》(*Clothes for a Summer Hotel*)(1980)等一系列剧作。剧情简单粗糙、基调玩世不恭、对白滑稽戏谑三者构成这些戏剧的共同点,因此被称为黑色喜剧。黑色喜剧的主题多涉及死亡、疾病或者战争,其叙事风格也通常因为强烈的攻击色彩而使观众愕然,从而产生含泪的微笑式艺术效果。②

李英对威廉斯后期戏剧"剧情简单粗糙""基调玩世不恭"等特点的总结或不尽准确,但是这些黑色喜剧确以"滑稽"言说"绝望",即以黑色幽默手法来描写死亡、疾病和战争,表现后现代社会中人与自然、人与社会以及人与人关系的异化。

对于《世界小姐的非凡旅社》这部威廉斯晚期剧作,前文中已有所论及。剧作家通过对"反英雄"人物形象的塑造和滑稽怪诞的戏剧场面描写,揭示了后现代社会的无序状态和对人类道德沦丧、精神失落的绝望。剧中的残疾人闵特独自租住在天花板上装满吊钩的矩形阁楼里,他长期遭受房东"世界小姐"的儿子"男孩"的性侵犯。闵特的老朋友霍尔应邀前来拜访闵特,他不但对闵特的悲惨遭遇视而不见,还毫不客气地吃光了闵特仅有的点心,任凭身边的老友饿得昏死过去,霍尔竟然饶有兴致地读起在自己口袋里翻找到的卡

121

---

① 迪克斯坦. 伊甸园之门——六十年代美国文化. 方晓光,译. 上海:上海外语教育出版社,1985:99.

② 李英. 幽冥之中的孜孜求索——田纳西·威廉斯后期黑色喜剧的人性化探索. 外语学刊,2006(2):103.

片上的八卦新闻来：

霍尔：……【他翻看着口袋里那些破烂的卡片。】这是什么？啊，是从一家小报社里挑出来的一张卡片。【他读着卡片上的字。】"在他挚爱的父母被无缘无故地杀害之前，汉普斯特德的'杀人犯'斯里姆在几十只鸡身上做了恐怖的实验，鸡在屋子里穿梭惨叫的声音惊醒了附近熟睡的邻居。"是的，很真实可信。"他所用的手段包括毁灭性的器具和用钢锯、磨刀器对人进行折磨。"唔，他可不是个拿弹弓闹着玩的孩子啊。你怎么了闵特？

【闵特一动不动地倒在地上昏死过去。】

霍尔：那你就待在那儿吧，我待会儿再把你放回钩子上去。我接着来说斯里姆的事。这真是个好主意，好久没见过什么猎物和家禽了。"于是他把活鸡的脑子取出后移植到鸡蛋里去。"真聪明，哈？真是太聪明了。"他放弃了这个相对比较愉快的实验，转而将注意力投向他所挚爱的妈妈和爸爸。"唔，"当一家人坐在一起读这份小报时，"我猜这是说先前那件事，"斯里姆用钢锯肢解了他的爸爸。"【抬头看了看。】是谁说这个男性家长没事的来着？接着又说，"这是妈妈的错。"我怀疑这报纸可能早就过期了……啊，我找到罗齐的地址了。【拿出另一张卡片。】"肖获奇马车房稻草街15号。"这个"马车房"是什么，闵特？【他喷喷地啜着茶的残渣。】①

将上述这一情景与《热铁皮屋顶上的猫》中布里克与斯基普的故事相比较，可以发现滑稽荒诞的《世界小姐的非凡旅社》言说着深切的绝望。《猫》剧反映了一段美国社会普遍质疑同性友情而引发的悲剧故事。布里克与斯基普曾是亲密无间的好友，布里克的妻子玛吉受了冷落，于是她采用"美人计"的手段，试图验证两个男人之间的感情。得知妻子的意图之后，布里克切断了与斯基普的所有联系，被孤立的斯基普走上了酗酒并最终酒精中毒身亡的不归路。布里克痛恨美国社会对亚文化群体的戕害和压迫，但他更无法原谅自己的懦弱和冷酷。与之相比，《世界小姐》中的霍尔等人完全丧失了良知，整个社会陷入了无药可医的病态之中。

---

① 笔者译。原文参阅：Williams，T. *The Traveling Companion & Other Plays*. Saddik，A. J. （ed.）. New York：New Directions Publishing Corporation，2008：100.

威廉斯的晚期戏剧中还有不少带有浓重荒诞色彩的黑色喜剧。"哥特式喜剧"《摇摇欲坠的房子》包含了死亡、鬼魂和财产争夺等黑暗元素,剧作家以"使观众感到震惊和难以置信的舞台布景"呈现出了一部残忍、炽烈的"南方哥特鬼魂奏鸣曲"(Southern Gothic spook sonata)。①

在一个受到经济危机和核战争威胁的世界里,威廉斯对人类动机以及善意和信仰的缺失的怀疑似乎是自然而然的事情,但是作为一位年近古稀的老人,他在以不同的视角审视生活。在对于"时光流逝"这一主题的呈现方式上,前期戏剧着眼于对往昔美好时光的追忆和对青春的缅怀,后期则以黑色喜剧手法状写不同身份的老年人的生存状态,表达了剧作家对死亡的恐惧。

独幕喜剧《救生艇演习》的主题和基调与《结冰的玻璃棺材》相似,表现的是与老年相伴而至的恐慌、孤寂、迷茫和被抛弃感,剧中人物在努力追寻生存的意义和让生命保鲜的方式。人在生活中时常感到迷茫,就像是《救生艇演习》中漂流在海上的九旬夫妇朗和埃拉,拼命想要抓住什么才会感觉到安全。

两场剧《云隙阳光》和独幕剧《一个例外》的主人公则都是退隐的艺术家。《云隙阳光》将一桩骇人的抢劫案写成了滑稽的喜剧,剧中的西尔维娅·塞尔斯小姐多年前在其舞台表演事业如日中天之时因"不愿声名衰败"而选择了退隐。一天凌晨3点,英俊而残暴的夜班侍者杰赛普闯进塞尔斯小姐所入住的酒店房间,目的是抢夺她那枚价值连城的"云隙阳光"钻石戒指,可是由于塞尔斯小姐手指关节肿胀,戒指无法从她手指上脱离。被劫为人质的塞尔斯小姐机智地与杰赛普及其男友路易吉周旋对峙,她教两个歹徒朗诵莎士比亚戏剧的台词,还陪他们喝酒,天亮时救援者终于赶到,塞尔斯小姐战胜了劫匪。

四、低俗闹剧:癫狂与宣泄

除了融合浪漫与荒诞元素的浪漫喜剧和以黑色幽默手法来表现悲剧主题的黑色喜剧,威廉斯还创作了一些具有强烈后现代主义风格的"低俗闹剧"(bawdy farce)。《鹦鹉的完美分析》一剧作为威廉斯向后期戏剧转型期的作

---

① Williams, T. *A House Not Meant to Stand*: *A Gothic Comedy*. New York: New Directions Publishing Corporation, 2008: 3.

品,具有某些"低俗闹剧"的特点,而《爪子戴上珠宝的猫》《这是(一场游戏)》《教堂、厨房和孩子》等后期剧作则是体现癫狂与宣泄的后现代特质的"低俗闹剧"。

《鹦鹉的完美分析》一剧包含了很多讽刺性的滑稽元素——两个年近 40 的女子弗洛拉和贝茜来到圣路易斯一家破旧的小旅店投宿。她们身穿黑色连衣裙,手上戴着长长的黑色手套,头戴紫红色和黄绿色的大大的宽檐帽,由于帽檐挡住视线,每当两人要看对方时,就不得不拼命地把头往后仰。两人身上都挂着沉重的黄铜手镯和项箍等首饰,以至一举一动都叮当作响。她们看起来古怪而艳俗。这两名女子历经坎坷,如今年华老去却仍旧漂泊无依,居无定所。她们身上的钱所剩无几,便对旅店侍者声称她们来自"火星之子"杰克逊·海格蒂邮政公司的附属女性机构,此行是来参加一年一度的"全国代表大会"的,可是她们跟同伴查理和拉尔夫走散了,她们抱怨说与她们同行的所有男孩都"被地球吞噬了"。本剧中鹦鹉的意义不同于《玫瑰文身》中的山羊和《玻璃动物园》中罗拉的玻璃独角兽,鹦鹉在本剧中是愚昧的象征。那只跳出鸟笼的鹦鹉从养鸟人的盒子里叼出一张纸,纸上写着:"你生性敏感,常常被你的亲密同伴所误解!"[①]鹦鹉的这一"完美分析"让弗洛拉深信不疑,这构成了本剧核心的喜剧性反讽:弗洛拉的敏感使她无法得到男人,而她的"亲密伙伴"贝茜正是因为不敏感才吸引男人;贝茜了解弗洛拉的困境,但她没有试图帮助弗洛拉反而嘲笑她。虽然剧作家借贝茜之口表达了其作品中一贯坚持的主题思想,即"努力创造幸福,哪怕幸福稍纵即逝"和"给人带来幸福时光和美好回忆不是一种罪恶,即使那个人只是陌生人"[②]等,但演员在舞台上的动作滑稽可笑,对话内容琐细荒唐,剧作家以这种"低俗闹剧"表现出讽刺揶揄中的同情以及对人与人之间亲密友谊的思考与质疑。

两场剧《爪子戴上珠宝的猫》以鲜明的"闹剧"形式表现"友谊""非传统恋爱""疯狂"和"死亡"主题。剧中的故事发生在纽约一家餐厅里,经理是个染了头发的年长者,眼眶青肿的侍者是个挺着大肚子但行动敏捷的孕妇,前来

---

① Williams,T. *The Theatre of Tennessee Williams. Vol. 7:In the Bar of a Tokyo Hotel,and Other Plays.* New York:New Directions Publishing Corporation,1994:273.

② Williams,T. *The Theatre of Tennessee Williams. Vol. 7:In the Bar of a Tokyo Hotel,and Other Plays.* New York:New Directions Publishing Corporation,1994:271.

就餐的顾客玛吉和比依貌似是无所不谈的亲密好友，却极力贬损对方的容貌，更不愿为她们共同的午餐买单。另一对顾客是亲密的"第一个年轻人"和"第二个年轻人"，经理对这两个英俊的小伙子抛着媚眼，于是"第二个年轻人"给经理传了一张纸条约他在卫生间里幽会。"第二个年轻人"从卫生间出来之后迫切想跟"第一个年轻人"离开餐厅回家，却在走出餐厅之后不久便死于车祸。剧中出现了代表"地狱之门"的旋转门和象征着"地狱之神"的隐形人，舞台表演癫狂而喧闹——当比依撩起裙子露出大腿，经理斥责她这种行为不得体时，比依却嘲笑经理是个"浓妆艳抹的肮脏老头"，经理立刻跳起大胆狂野的舞蹈来表示他的愤怒，比依和玛吉则跳了一段迷幻的摇滚乐舞蹈来回应他。在第二场戏中，比依向玛吉抱怨自己的丈夫菲利浦阳痿，玛吉认为菲利浦有出轨的可能，于是她建议比依雇佣侦探跟踪丈夫。她们的这种私密话题的交谈是以格里高利咏叹调①的歌唱形式来完成的。此时街上传来车祸引起的嘈杂声，在目睹了车祸现场的情形之后，经理在台前唱起了主题曲《爪子戴上珠宝的猫》，比依、玛吉和女侍者则站在街头伴唱。剧作家用喧哗热闹的场景设计来塑造抽象的人物形象以及人物怪异的行为方式。

《这是(一场游戏)》被《旧金山审查者报》(*San Francisco Examiner*)的斯坦利·艾歇尔鲍姆(Stanley Eichelbaum)称作"歌舞杂耍表演式的闹剧"和类似于法国剧作家让·阿努伊的滑稽幻想剧。剧中"庸俗乏味的幽默、愚蠢至极的笑话"和"单一扁平的人物形象"遭到了评论家的批判。② 该剧的主要人物是一位富有的军火商的妻子。这个崇尚享乐主义的伯爵夫人来到一个不知名的饱受战火侵扰的中欧国家，入住一家高档度假酒店，寻求性爱冒险。在她英俊的私人司机和酷似该司机的一位革命领导人的帮助之下，她达到了目的。本剧与热内的《壮丽》(*Splendid's*，1948)有着惊人的相似之处。尽管在威廉斯有生之年，热内的这部剧从未出版或上演，但威廉斯是这位法国作家的粉丝，并与热内的美国译者伯纳德·富莱切曼(Bernard Frechtman)

---

① 即格里高利圣咏(Gregorian chant)，是以教皇格里高利一世命名的天主教礼仪音乐。——笔者注。

② Kolin，P. C. (ed.). *The Tennessee Williams Encyclopedia*. New York：Pearson Education，2004：74.

熟识。①

　　威廉斯的晚期两幕剧《教堂、厨房和孩子》是一部实验性元戏剧（metadramatic experimental play），该剧情节离奇、风格怪诞，以荒诞戏谑的风格、粗俗的人物对白和夸张大胆的人物动作来表现对宗教、婚姻和伦理道德的讽刺，揭露人性的虚伪和后现代社会人类的异化。威廉斯在本剧中借用阿尔托的"残酷戏剧"和贝克特的戏剧元素，进行了对易卜生的《娜拉》、彼得·汉德克（Peter Handke）的《骂观众》（*Offending the Audience*，1966）等剧的戏仿。剧名中的"教堂"实指主人公位于纽约曼哈顿的寓所，剧作家"男子"是个英俊健壮的金发爱尔兰人，身着年轻皮条客的服装，多年来坐在轮椅上假装瘫痪，至于他这么做的原因，其本人解释是为了"表达对社会的抗议"。"男子"在与妻子的对话中表达了他对戏剧奖项的嘲讽：

　　　　男子：从小学二年级起我就开始写剧本，至今已写了很多部史诗剧了，并非所有这些戏都是在波士顿落幕的。我想说的是我已在文学世界施展了才华。我还写了一些歌颂春天的十四行诗，但最重要的，女士，是我 15 岁时赢得霍特利克奖的只有三段话的短篇小说。

　　　　妻子：该死的霍特利克，什么是霍特利克奖？

　　　　男子：霍特利克奖可不是那种一年一度颁发的奖，而是只偶尔颁发给值得获奖的作品，即便是不朽的作家一生也只能得一次这个奖。

　　　　妻子：这个奖是由谁颁发的呢？

　　　　男子：是由捐赠者名字来命名的。

　　　　妻子：谁的名字？

　　　　男子：霍特利克啊，女士，是艾默雷塔斯·霍特利克教授。

　　　　……

　　　　妻子：那么这个霍特利克教授的奖项，是金钱上的奖励还是名誉上的？

　　　　男子：这是不言而喻的，女士，就像教皇是天主教的和熊在树林里拉屎一样，反之亦然，就是说一个奖项如果不是金钱上的那就称不上是名

---

①　Kolin，P. C.（ed.）. *The Tennessee Williams Encyclopedia*. New York：Pearson Education，2004：274.

誉上的啊。①

　　剧中对宗教的讽刺十分大胆而露骨。"男子"的岳父是斯塔滕岛上的第一位路德教牧师,平日里手捧《圣经》、道貌岸然的他竟然在教堂里的风琴背后强暴了教会唱诗班的领队——99 岁的未婚"淑女"豪斯米特小姐并使之怀孕,于是牧师的妻子——那个重达 290 磅的女人,"像只跳蚤一样"越过了斯塔滕岛轮渡上的围栏跳进了大海,"腿像木头、眼睛像玻璃"的豪斯米特小姐则连夜搬进了教区长的家。牧师的女儿无可奈何地说:"想想我爸爸,这该死的斯塔滕岛上该死的路德教牧师,居然还有性欲!"②

　　"男子"对孩子的教育方式更是奇特而荒唐,体现了后现代社会中价值取向的错位。剧中由两名穿着幼儿园学生服装的成年演员扮演"男子"的儿子和女儿。他们在幼儿园待了 15 年,终于即将毕业,但是去拿成绩报告单这一天,他们拿回的却是被除名的通知单。"男子"见状竟然怂恿两个孩子在"头一次被驱赶出教堂、厨房和幼儿园"之后到上城区的私人宅邸和大酒店去出卖肉体,想办法让富有的绅士们"慷慨地把钱包里的所有东西"都花在他们身上。这位父亲甚至还教唆孩子去偷盗,要他们设法"把存在大厅安全库保险箱里的钱取出来"③。

　　通过本章对威廉斯后期剧作的艺术质素的总结和分析,笔者认为,这些作品体现出了现实主义与现代主义、后现代主义交融的多元化艺术特征。尽管威廉斯后期戏剧与欧洲的后现代主义戏剧有所区别,但它们之间有着相同的精神特质。关于这一相同点,威廉斯曾在论及法国和美国戏剧流派各自的特点时予以说明:

　　　　其实法国戏剧和美国戏剧之间有一个共同点,但是长期以来法国戏剧的推动力是理性和哲学而美国戏剧则更倾向于情感和浪漫的天性。那么它们的相同之处何在呢? 在我看来,可以简单地把这一相同之处归

---

① 笔者译。原文参阅:Williams,T. *The Traveling Companion & Other Plays*. Saddik, A. J. (ed.). New York:New Directions Publishing Corporation,2008:137-138.

② Williams,T. *The Traveling Companion & Other Plays*. Saddik, A. J. (ed.). New York:New Directions Publishing Corporation,2008:122.

③ Williams,T. *The Traveling Companion & Other Plays*. New York:New Directions Publishing Corporation,2008:129.

结为对现代体验的深层恐惧的一种意识、一种直觉。[①]

第五节　威廉斯后期剧作的成就

如何评价威廉斯后期剧作的成就一直是个问题。总的来说,国内外学界对威廉斯的后期创作贬评居多,评论家们认为威廉斯的杰出成就主要是建立在其前期剧作的成功基础之上的。20 世纪 60 年代以降的威廉斯戏剧中,《蜥蜴之夜》几乎是唯一一部为评论界和观众所普遍认可的作品,人们认为威廉斯在自己生命中的最后 20 年时间里已文才枯竭,他在以不同形式重复摹写颓废的个人生活和濒临崩溃的精神世界。

随着时代的发展和新的批评范式的出现,近年来,国外学界有不少学者为威廉斯"翻案",肯定了其后期剧作的成就。其中萨迪克指出威廉斯后期剧作对美国实验戏剧发展作出了重要贡献。国内学界在 20 世纪多从意识形态角度出发,批判了威廉斯的"唯心主义价值观"和他对病态人物及其古怪心理的偏爱,21 世纪以来则有一些学者肯定了其后期作品对西方文化传统的批判和对人性的探索。本书认为,尽管多数威廉斯的后期剧作或不能代表剧作家的最高成就,但威廉斯对后现代主义戏剧的探索为美国现代戏剧的发展作出了积极贡献,威廉斯的后期戏剧实验也深刻地影响了当代美国剧作家的创作。

一、黑色喜剧的创生

以古希腊戏剧为发端的西方戏剧有着重悲剧轻喜剧的悠久历史和传统,在法国,自 17 世纪古典主义兴盛以来,悲剧在人们心目中的地位便一直高于喜剧,高乃依、拉辛等人也比莫里哀得到更多的尊崇。[②] 在美国,三大戏剧家奥尼尔、威廉斯和米勒均以悲剧创作见长,尼尔·西蒙(Neil Simon)戏剧票房

---

① Williams, T. Introduction to Carson McCullers's Reflections in a Golden Eye. In Bloom, H. (ed.). *Bloom's Modern Critical Views: Tennessee Williams*. New York: Infobase Publishing, 2007: 123.

② 宫宝荣. 中法戏剧交流中的误读现象之浅析——以《赵氏孤儿》、"残酷戏剧""荒诞戏剧"为例. 戏剧(中央戏剧学院学报),2015(2):27.

成绩再好,其本人也难被列入伟大剧作家之列。无论是在剧院还是在影院,喜剧是广受观众欢迎的,但是无论是大众还是评论家都没有给喜剧以本该有的尊重。人们觉得喜剧好看,但又认为喜剧是粗俗的,没有深度和内涵,只不过是插科打诨而已。

　　威廉斯以悲剧诗人的身份闻名于世,他在前期创作鼎盛时期的戏剧多以性和暴力等边缘主题和心灵病态扭曲的人物为描写对象,曾有一名好莱坞专栏作家就此指出威廉斯的戏总是"一头扎进阴沟里"。威廉斯创作了三幕喜剧《调整时期》作为对这位作家所提问题的回应,并在《纽约时报》上发表了这样一则声明:

> 戏剧艺术最伟大的进步性就在于,它为人类的行为和经历打开了壁橱,照亮了阁楼,敞开了地下室。对于我们这个绝望时代的作家来说,只要有着真诚的目的和真实的感受,就没有哪种有意义的人类经验是不可接近的。①

《调整时期》一剧以温和而轻松的笔调讲述了发生在圣诞前夜的两对夫妇之间的故事。一对新婚夫妇和另一对已结婚五年的夫妇都陷入夫妻之间关系的困境,两位男主人公都是朝鲜战场的退伍老兵,其中较年轻的丈夫患上了战争精神病后遗症,而年长的那位丈夫面对身为自己老板女儿的妻子,总感觉信心不足。然而,通过对对方夫妇的了解,两对夫妇都意识到自己所拥有的幸福,从而夫妻关系得以和解。

　　评论家们认为《调整时期》在主题思想深度、人物形象刻画等方面无法与威廉斯的经典家庭悲剧比肩,而在艺术形式上也缺乏吸引人的亮点,是一部失败的喜剧。这部"严肃喜剧"有别于剧作家后期所创作的黑色喜剧。在威廉斯的后期戏剧实验中,他以迥异于前期写实戏剧的手法创作了一种他自称为黑色喜剧的戏剧样式。剧作家运用荒诞和夸张的手法来表现后现代社会混乱而疯狂的人类生活,以悲凉而荒诞的黑色幽默来表现理想的破灭和精神的失落,表达对后现代社会权力和伦理的思考。美国的黑色幽默文学对现代世界文学有着重要而深远的影响,而威廉斯的黑色喜剧则对当代美国剧作家的创作产生了不可估量的影响。这种融合了批判现实主义和后现代主义风

---

① 笔者译。原文参阅:Kolin, P. C. (ed.). *The Tennessee Williams Encyclopedia*. New York: Pearson Education, 2004: 189.

格的戏剧冷峻而不失残酷,戏谑中透出阴冷与绝望,其独特的艺术个性对当代美国剧作家影响深远。21世纪美国重要剧作家、著名演员特雷西·莱茨的剧作描写那些"被贫穷、愤怒、背叛、毒品、酒精等扭曲的家庭",刻画了与道德问题、精神问题作斗争的人们。其代表作《八月:奥色治郡》不仅是一部出色的家庭剧,更是一部典型的黑色喜剧。莱茨声称从田纳西·威廉姆斯的戏剧中得到了写作灵感。① 苏珊-洛里·帕克斯(Suzan-Lori Parks)是第三位获得普利策奖的黑人剧作家。在1996年的一次访谈中,还未获奖的帕克斯被问及她受到过哪些作家的影响时,她回答说自己是先锋戏剧的狂热爱好者,尽管威廉斯不是先锋戏剧的标杆,但自己的确受到了威廉斯的影响。帕克斯所称的威廉斯的影响显然是包括威廉斯后期戏剧的。从帕克斯作品的形式和内容上都可以发现威廉斯戏剧的痕迹,两位作家都突破了现实主义的束缚,对到底是什么构成现实提出了质疑。帕克斯的戏剧风格同威廉斯的一样五花八门,很难归类。②

二、对传统现实主义戏剧的改造

被并称为"战后美国剧坛双璧"的威廉斯和米勒是美国中产阶级家庭生活现实主义情节剧最杰出的代表,然而相比于米勒,威廉斯的艺术之路走得更为坎坷。

威廉斯后期戏剧是其在为"拯救业已枯竭的现实主义戏剧"的实践探索中所进行的重要一步。与欧洲戏剧相比,美国戏剧传统比较拒斥求新求变的探索精神,这从实验戏剧的艺术实践在美国从未占据主流或取得长足进展的事实中可见一斑,而美国实用主义传统的深远影响也是百老汇的商业戏剧之所以兴盛和外百老汇实验戏剧之所以难以长期维系的重要原因。威廉斯的创新精神和大胆的艺术实践在极力排斥实验先锋戏剧的美国剧坛是卓然特出、难能可贵的。虽然威廉斯未能像米勒那样沿着成名之路稳步迈向终点,然而其实验戏剧作品同他锲而不舍的探索精神一样,其价值是不可估量的,

---

① 陈爱敏,陈一雷. 美国戏剧30年回眸. 南京:译林出版社,2012(6):206.

② Kolin, P. C. (ed.). *The Influence of Tennessee Williams: Essays on Fifteen American Playwrights*. Jefferson: McFarland & Company, Inc., 2008:200.

威廉斯后期剧作对美国戏剧的贡献也是不容抹杀的。

威廉斯对美国传统现实主义戏剧的改造主要体现在艺术表现形式和戏剧的主题思想两个大的方面。在艺术表现形式方面,威廉斯早年提出"造型戏剧"理念,在其后期戏剧创作中又不断深化这种戏剧观念,力图创作出音乐、绘画、舞蹈、雕塑等元素与语言文字平起平坐的"形而上"的戏剧;在戏剧主题方面,威廉斯戏剧"把疾病作为认识手段"来进行"心理"探索,"心理现实主义"使威廉斯戏剧具有独特的美学品格,心理宣泄和治疗是威廉斯戏剧创作的艺术旨趣。

在 1945 年《玻璃动物园》剧本的演出说明中,威廉斯明确提出了他所追求的"造型戏剧"概念,这种戏剧观是指威廉斯"糅合舞台上的各种资源,采用非写实的表现手法在舞台上生成一种张力和动感",而"追求语言的诗意、营造抒情的氛围及采用写意的舞台表现手法"三个方面是威廉斯"造型戏剧"概念的重要组成部分。[①] 在威廉斯的后期剧作中,戏剧表现手段有了变化,许多剧作不再追求诗意语言和抒情氛围,但是威廉斯依然在"糅合舞台上的各种资源",并采用了"非写实的""写意的"表现方法。可以说,在后期戏剧创作中威廉斯在力图实现"造型戏剧"的深化,以及对传统现实主义戏剧形式的改造。威廉斯的这种努力表现在他对歌队、日本古典戏剧的表现形式以及音乐、灯光等戏剧元素的创造性运用上。

在《一个男人死去的日子(一部西方能剧)》和《牛奶车不再在此停留》等后期戏剧中,威廉斯尝试运用歌队来营造间离效果,烘托戏剧氛围,还将日本能剧和歌舞伎的音乐和表现手法与现代西方戏剧相融合。在《教堂、厨房、孩子》中威廉斯运用三块巨大的可转动屏幕实现了从教堂到厨房的场景切换;在《夏日旅馆的衣裳》中舞台表演区域的设计极好地配合了剧作中闪回手法的运用;在《摇摇欲坠的房子》中以纱幕笼罩餐厅则是类似于《玻璃动物园》中电影化的呈现手段;而在《世界小姐的非凡旅社》中,威廉斯靠音响来表现"世界小姐"顺着楼梯滑下去一根棍子,接着传来霍尔的惨叫声,这样就完成了对霍尔滑下楼梯摔死这一情节的表演。

---

① 　张敏.论田纳西·威廉斯的柔性戏剧观.外国文学评论,2007(3):91.国内学者将"plastic theatre"译为"造型戏剧"或"塑性戏剧",张敏将其译作"柔性戏剧"。本书采用"造型戏剧"这一译法。

在 20 世纪 60 年代,威廉斯从主导其早期戏剧创作生涯的现实主义戏剧形式转向一个反现实主义的、支离破碎的、幽默的戏剧类型,有着当时新剧院运动的戏剧特色。然而,评论家们没能客观地评价这些作品,甚至于完全忽略了它们。他们这样做可能是因为并没有预料到威廉斯会采用这种先锋派戏剧形式,因此没有完全理解这些戏剧,而且也不愿以新的视角来看待它们。威廉斯明白,他对早期戏剧风格的改变使大多数评论家感到混乱,他还强调评论家们对《玻璃动物园》等作品的怀恋使他们不能接受后期戏剧在语言和戏剧形式上的全新尝试。威廉斯在 1961 年以降的 22 年之中所创作的后期戏剧多达 40 部,他是如此的多产以至无法保证其中的每一部作品都取得了完全意义上的成功。但是萨迪克认为,这些剧作中的大多数都代表了他与早期作品有意识的、成功的分离,而且这些剧作也应该在美国的实验剧历史上占据重要地位。①

威廉斯在后期戏剧创作中以大大区别于前期戏剧的创作理念,进行了戏剧形式和内容上的多项创新和尝试。威廉斯以具有荒诞色彩的黑色喜剧表现悲剧主题,他广泛采用淡化情节和人物形象塑造、大量运用独白的手段,消解戏剧的故事性,运用歌队增加抒情气氛和制造间离效果,为改造传统的感伤现实主义的中产阶级家庭生活情节剧作出了不懈的努力。

美国是"家庭剧的大本营"②,美国剧作家们长于以普通家庭的日常生活为场景,以中产阶级家庭普通民众的人生悲剧来映照社会动荡和文化变迁。有的戏剧理论家把奥尼尔以来的这种美国戏剧称为"中产阶级家庭生活的现实主义"。因为他们的一系列作品大都以中产阶级家庭的故事来表现"美国梦"的毁灭。③ 20 世纪 20 年代美国戏剧开始走向成熟,30 年代中产阶级家庭生活现实主义已成为一种明确的美国风格的方向,成为美国戏剧的一种主导性的创作原则,40—50 年代的家庭生活现实主义创作的高峰使美国戏剧站到了世界的前列。在 60—70 年代反体制——反越战和争取民权——的先锋戏剧高潮以及 80 年代至今的 40 余年当中,美国戏剧主题丰富多元,风格和艺术手法新颖多样,然而绝大多数的作品依旧是以中产阶级的家庭生活为场

---

① Williams, T. *The Traveling Companion & Other Plays*. Saddik, A. J. (ed.). New York: New Directions Publishing Corporation, 2008: xii.

② 孙惠柱. 现代戏剧的三大体系与面具/脸谱. 戏剧艺术, 2000(4): 49.

③ 陈惇. 二十世纪外国戏剧经典. 北京: 北京师范大学出版社, 2004: 22.

景,以普通人的个人经验为基础的。① 历经百年发展,家庭主题一直都是美国剧作家们所关注的焦点。

作为一种具有普遍意义的戏剧方法,家庭生活现实主义既被用以表现大萧条等重大社会事件,也可用于表现个人精神和心理问题,它为美国戏剧找到了一种特色。然而,家庭生活现实主义的局限性是不容忽视的,美国戏剧"在主题视野上,复杂的经济、社会、道德、心理的冲突很容易被简单化为个人与环境的冲突……家庭生活的现实主义加上情节剧的结构,既不可能产生戏剧的诗意,也不可能创造出一种悲剧的崇高与神秘感"②。美国戏剧界对家庭情节剧的迷恋遭到欧洲批评家们的诟病,美国学者霍尔姆伯格指出:"欧洲批评家常常说……(美国)剧作家之所以不能跻身于伟大之列,就在于我们过于迷恋小气的家庭情节剧,从来不会透过我们起居室的窗户,去看更大的世界,去看外面的问题。"③

威廉斯意识到了家庭生活现实主义的局限,在《夏日旅馆的衣裳》等后期剧作中,他将自己所擅长的人物心理刻画、诗意语言的运用等创作技巧融合到具有跳跃、拼贴等后现代叙事风格的戏剧形式中去,实现了对传统现实主义戏剧的改造。威廉斯戏剧具有浪漫主义风格和"心理剧"特色,"心理现实主义"方法的探究对于把握威廉斯戏剧的美学品格以及认识威廉斯后期戏剧特色的转变具有重要的意义。所谓"现实主义",是指威廉斯作品以反映和表现现实问题为主要内容,而"心理现实主义"则强调威廉斯戏剧具有不同于传统批判现实主义戏剧的美学品格,那就是威廉斯以对心理问题的探求和揭示为戏剧创作的终极目标。本书认为,威廉斯在文学创作中坚持"把疾病作为认识手段"来进行人物的心理探索,心理宣泄和治疗是威廉斯戏剧创作重要的艺术旨趣。在威廉斯戏剧中,本能欲望——尤其是性欲受到压抑,使人陷入精神错乱或精神崩溃,清醒认识到自身的本能欲望的人为了从精神困境中得以解脱而采取极端手段,却未必会酿成真正意义上的悲剧。

德国作家托马斯·曼(Thomas Mann)认为,艺术家的一个极为重要的特征,是在精神上对病患的偏爱。作家多半不是为疾病而描写疾病,而是善于

---

① 陈惇. 二十世纪外国戏剧经典. 北京:北京师范大学出版社,2004:23.
② 陈世雄,周宁. 20 世纪西方戏剧思潮. 北京:中国戏剧出版社,2000:369.
③ 梁超群. 极致纯真——从《长日入夜行》到《八月:奥塞奇郡》. 当代外国文学,2014
    (3):51.

把疾病作为认识手段,让人看清事物背后的真相。① 曼氏在"维也纳弗洛伊德八十华诞庆贺会上的讲话"(1936)中指出,"病,即神经病被证明是人类学头等的认识手段"②。威廉斯便是一位"把疾病作为认识手段"来进行人物心理探索的艺术家。疾病是威廉斯戏剧创作的主要题材之一,其中"神经官能症"或曰"精神病"可谓威廉斯戏剧的核心题材。可以说,病态人物形象的塑造是威廉斯"实现精神、诗意和象征意图而进入文学境域"③的重要手段。

　　威廉斯在其创作于各个阶段的多部剧作当中进行了身体和精神疾病书写。《莉莉你为何吸烟?》中的主人公少女莉莉饱受精神问题的困扰,她以不停地吸烟这一青春期叛逆行为来压抑本能欲望;《我,瓦希亚!》中军火制造商瓦希亚的妻子丽莲爱上了一个年轻的爱国诗人,知晓此事之后瓦希亚便设计将诗人派往战场并致使其死于前线,被瓦希亚软禁起来的丽莲出现精神幻想症状;《圣徒火刑》中的埃洛伊患有慢性疲劳症和失眠症,他罹患头痛、哮喘、鼻窦炎,时常感到窒息,打小就与其母亲所期望的"健壮"无缘;《淑女肖像》(*Portrait of a Madonna*,1944)中神经错乱的南方淑女科林斯小姐幻想着情人夜间来访;《热铁皮屋顶上的猫》中布里克在跨栏时摔折了脚踝,大阿爹则因患癌将不久于人世;《甜蜜的青春之鸟》中的海雯丽因意外怀孕而失去了子宫;《蜥蜴之夜》的主人公香农在失去神职之后疲于应付导游工作,终日游走在精神崩溃的边缘;《伤残者》中的两个女主人公饱受孤独残疾之苦,其中塞莱斯特酗酒、偷盗、接客,还有些精神失常,出身名门的曲科特则因乳腺癌而切除了一侧乳房;《淑女》中的"淑女"在与食肉鸟的争斗中双目失明,处于半疯癫的状态;《大地王国》中脆弱俊美的 20 岁少年拉特死于肺结核;《两个人的戏剧》中菲利斯和克莱尔兄妹曾经目睹母亲在谋杀父亲后自杀,兄妹两人自此被禁锢于家中长期与外界隔离,被人们视为"疯子";《在东京旅馆的酒吧里》中才思枯竭的画家马克在精神崩溃的边缘苦苦挣扎;《老城区》中的画家南丁格尔病入膏肓;《科雷夫·科尔的美好星期天》中的苏菲患有躁狂抑郁

---

① 方维规."病是精神"或"精神是病"——托马斯·曼论艺术与疾病和死亡的关系. 北京大学学报(哲学社会科学版),2015(2):57.

② 方维规."病是精神"或"精神是病"——托马斯·曼论艺术与疾病和死亡的关系. 北京大学学报(哲学社会科学版),2015(2):62.

③ 托马斯·曼. 一本图集的序言//托马斯·曼. 德语时刻. 韦郡辰,宁宵宵,译. 南京:江苏文艺出版社,2010:279.

症;《夏日旅馆的衣裳》中美国作家菲茨杰拉德的妻子泽尔达由于艺术理想受挫而住进了精神病院;《世界小姐的非凡旅社》中畸形残疾的闵特是人们嘲讽奚落和虐待的对象;威廉斯遗作《一个例外》中精神崩溃的艺术家凯拉被艺术圈中的朋友视为"异类"。

1900 年弗洛伊德创立了精神分析学说,指出精神病是情感和本能受到压抑的结果,而这种压抑产生于人的本能欲望与社会文明之间的严重冲突。弗洛伊德学说的本质是一种关于人类文明的悲观论,认为对无意识的本能和欲望的压抑是人类必须为文明发展所付出的代价。精神分析学说对美国 20 世纪 20—30 年代的文学艺术产生了极大的影响。劳伦斯不同意弗洛伊德的这种悲观论,他认为可以通过建立男女之间的新关系,通过回归两性之间充分自然的状态,来调和两性关系的紧张对峙和冲突,实质上也就是主张恢复人的自然生存,来抵抗现代化工业文明对人的自然本性的压制,来调和自然与文明的对立。[①] 威廉斯受到了弗洛伊德学说的影响,但他的悲剧诗学观点无疑更接近劳伦斯的看法。1942 年 5 月威廉斯将劳伦斯小说《你抚摸了我》改编成同名三幕浪漫主义喜剧,在该剧的序言中,他肯定了劳伦斯的性描写所体现的"对生命的赞美和对消极/悲观的憎恨"[②]。

威廉斯一生都专注于疾病书写。从某种意义上来说,他把对精神病的研究视为毕生的工作和悲剧艺术创作的重要路向。威廉斯的姐姐罗丝在少女时代接受了治疗精神病的脑部手术,那场美国历史上的首例双侧前额脑白体摘除手术以失败告终,术后罗丝的智力永远处于 6 岁孩童的水平。威廉斯没有做精神科医生,而是把对精神病病因的探索作为艺术创作的内驱力和认识事物本质的手段。在其作品中,精神痛苦变成了无处不在的东西,它有多种多样的表现形式。有时候,它是一个人物幽灵般的、脆弱的美;在更多的情况下,身体疾病是它的表征。正如弗洛伊德的临床试验结果所表明的,这种精神痛苦产生的根源是性欲受到压抑。在威廉斯看来,这种压抑若得不到排解,势必会导致悲剧的产生;清醒认识到自身的本能欲望的人为了从精神困境中解脱而采取极端手段,可能会得以摆脱悲剧宿命。《夏与烟》及其后期改

---

① 　任生名. 西方现代悲剧论稿. 上海:上海外语教育出版社,1998:172.
② 　Moschovakis, N. & Roessel, D. Introduction:Those Rare Electrical Things Between People. In Williams, T. *Mister Paradise and Other One-Act Plays by Tennessee Williams*. New York:New Directions Publishing Corporation,2005:xxix.

编剧《夜莺的怪癖》的对比研究或可还原威廉斯这种悲剧诗学生成的轨迹。

　　威廉斯曾多次修改甚至重写本人已经发表或上演过的作品。除了《夏与烟》之外，他还曾改写了《天使之战》《满满的 27 车棉花》《热铁皮屋顶上的猫》（下文简称《猫》）、《两个人的戏剧》和《忏悔室》等剧。我们有理由相信，作家对本人旧作的改写主要出自以下考量：一是为了提升作品的接受度，作者依照他人（作者同行或作品受众）的建议进行改写。这一考量可以《猫》的两个版本为例。该剧有两个发行本，即威廉斯偏爱的原版和 1955 年的纽约演出版。当年在威廉斯给百老汇知名导演伊利亚·卡赞（Elia Kazan）看了《猫》的剧本之后，卡赞明确提出了给大阿爹增加戏份等三条建议。① 从威廉斯给纽约演出本所写的作者手记来看，威廉斯并不完全认同卡赞的建议，但他还是对其予以采纳，并解释说这是因为他相信能"从具有敏锐的洞察力的导演身上学到对自己作品大有教益的东西"，他表示愿意为了推进与卡赞的顺利合作而修改剧本——"虽然卡赞这些意见并不是以最后定论的形式提出的，可是我还是要卡赞来导演这戏，我生怕如果自己不根据他的观点重新审阅一下剧本，他就会对此不感兴趣"② 。作家改写作品的第二个考量是为了使作品更加充分地传达核心题旨，或者说更加接近作家的创作意图。威廉斯的创作意图往往是复杂的、不确定的。正是这种创作意图的复杂性和不确定性致使威廉斯在反复修改或重写旧作的过程中不断深化创作理念，不断厘清艺术思维的真相。《夏与烟》的改写无疑是出于这一考量。

　　在《夏与烟》之前问世并让威廉斯名声大噪的《玻璃动物园》和《欲望号街车》都是有关女性情爱经历的大悲剧。人们沉醉于威廉斯给战后美国剧坛所带来的"清新之风"，疼惜罗拉如同玻璃小动物一般"经不起从架子上挪开"的脆弱的美，为被时代前进的滚滚车轮所抛弃的南方美女布兰奇的悲惨命运而落泪，人们期待威廉斯为优雅没落的南方再谱一曲挽歌，却发现紧随《欲望号

① 卡赞的三条建议是：其一，他认为第二幕结束之后大阿爹就不再出场这一情节需要做改动，因为他"感到大阿爹这个人物太生动了，太重要了，不能就此在戏中销声匿迹，除非加上他在第二幕结束后在后台大声叫喊这段戏"；其二，布里克在第二幕中跟大阿爹进行了交谈之后，他身上应当经历一些明显的变化；其三，玛格丽特这个人物应当博得观众更明显的同情。参阅：田纳西·威廉斯. 外国当代剧作选 3. 东秀，等译. 北京：中国戏剧出版社，1992：360.

② 田纳西·威廉斯. 外国当代剧作选 3. 东秀，等译. 北京：中国戏剧出版社，1992：361.

街车》之后威廉斯所呈现的这个南方故事有些令人费解——它是个悲剧，但又似乎缺乏《欲望号街车》那样的社会历史悲剧的感染力。

　　这部悲剧的主人公阿尔玛小姐的父亲是密西西比州光荣山的教区长。阿尔玛是父亲的得力助手，她在教堂里布道，在节日活动上献唱，给教区的人们上音乐课，还常年操持家务，照顾精神失常的母亲。清教环境的浸染使阿尔玛格外尊崇精神的圣洁，她多年以来暗恋邻居约翰·布坎南却刻意与之保持着距离。青年医生约翰曾放荡不羁，他与阿尔玛因灵魂与肉欲追求而产生了分歧和争论。约翰带阿尔玛去了他常去的斗鸡场和赌场，还试图与她发生更亲密的关系，但阿尔玛拒绝了约翰，因为他表现得"不是个绅士"①。约翰的情人罗莎的父亲射杀了老布坎南医生之后，约翰戒酒戒赌并全心投入工作。数月里闭门不出的阿尔玛找到约翰向他倾诉，说她最终发现"那个说'不'的女孩……去年夏天在她体内燃烧的某种东西的烟雾中窒息而死了"②，但是约翰拒绝了阿尔玛，因为他意识到"我真正想要的不是身体上的你"③。得知约翰已与曾跟随自己学习音乐的年轻姑娘奈丽订了婚这一消息之后，阿尔玛主动与陌生的旅行推销员发生了一夜情。"她爱的人爱上了别人，于是阿尔玛小姐过上了肆意放荡的生活。"④这样的人生经历的确悲惨，但阿尔玛这个人物不像敏感而脆弱、无法面对这个世界的罗拉，或是在阶级对抗中被野蛮环境所摧毁的布兰奇那样容易博得同情。阿尔玛与约翰两人对性的态度的"互换"则是个难解的伦理谜题——正如1948年《夏与烟》在百老汇上演之际约翰·梅森·布朗所指出的，这个戏"在最必要和最能成功的地方失败了。它表明坏男人可能变成好男人，好女孩可能变成坏女孩，但是他们改变本性这

---

①　Williams，T. *Tennessee Williams*：*Plays 1937—1955*．New York：The Library of America，2000：615.

②　Williams，T. *Tennessee Williams*：*Plays 1937—1955*．New York：The Library of America，2000：635.

③　Williams，T. *Tennessee Williams*：*Plays 1937—1955*．New York：The Library of America，2000：637.

④　Jennings，C. R. Playboy Interview：Tennessee Williams. In Devlin，A. J.（ed.）. *Conversations with Tennessee Williams*．Jackson and London：University Press of Mississippi，1986：228.

一过程的真正复杂性并没有被揭示出来"①。或许这些因素都在一定程度上影响了《夏与烟》在百老汇的接受。

1948 年 10 月 6 日,《夏与烟》登上百老汇音乐盒剧院(Music Box Theatre)的舞台,演出了 102 场,与 1945 年《玻璃动物园》在百老汇连演 561 场和 1947 年《欲望号街车》855 场的演出盛况不可同日而语。1952 年在方中圆剧团成功演出的《夏与烟》成就了外百老汇的崛起,成为美国演剧史上的里程碑,但威廉斯本人并不满意,他对《夏与烟》寄予很高的期望,认为这部戏没有完全传达出他所要表达的内容,因而一直在修改这个剧本。② 16 年之后,威廉斯推出了改写本《夜莺的怪癖》,大幅度删减了人物,简化了情节。剧情分幕简介如下:

第一幕,1916 年 7 月 4 日晚,密西西比州光荣山的广场上在举行独立日庆祝活动,阿尔玛·温米勒献唱结束后到石雕天使喷泉旁与父母会合,一直在旁默默注视她的约翰坐下来与阿尔玛聊起他的医学院假期和阿尔玛心悸的毛病。布坎南夫人走过来带走了儿子。平安夜,阿尔玛在客厅里偷看布坎南家的窗户,温米勒先生严肃地告知女儿镇上有关她的怪癖的传言,责备她组织的文学社是个"怪人的集合"。几分钟后布坎南夫人与约翰来访,在布坎南夫人畅聊儿子的事业成就之际,阿尔玛母亲大谈自己的妹妹与其情人的风流韵事,这让女儿十分尴尬。阿尔玛邀请约翰来参加下一次的文学社聚会。温米勒夫人看到女儿与约翰的手握在一起。

第二幕,约翰与母亲谈论对阿尔玛的看法,约翰认为她很美,而母亲则认为她古怪。次周一晚上,文学社成员在温米勒家里举行每周一次的集会,阿尔玛将迟到的约翰介绍给大家。约翰的母亲赶来粗暴地带走儿子。阿尔玛深夜来找老布坎南医生看病,约翰接待了她,他用听诊器检查后说,阿尔玛心底有个微弱的声音在说"阿尔玛小姐很孤单",两人计划第二天晚上约会。布坎南夫人闯进办公室,阿尔玛愉快地离开了。第二天晚上是新年前夜,罗杰和阿尔玛坐在客厅里一起翻看照片。阿尔玛心神不宁地等着约翰的到来,罗杰认为阿尔玛爱错了人,并说自己愿意永远陪伴她。迟到了 25 分钟的约翰

① O'Connor, J. The Strangest Kind of Romance: Tennessee Williams and His Broadway Critics. In Roudané, M. C. (ed.). *The Cambridge Companion to Tenessee Williams*. Cambridge: Cambridge University Press, 2006: 256.

② Murphy, B. *The Theatre of Tennessee Williams*. London: Methuen Drama, 2014: 72.

终于出现了。

第三幕，当晚在公园里，阿尔玛向约翰表示希望在新年钟声敲响时与他做爱。他们来到一家小旅馆。约翰想点燃壁炉，无奈引火的纸和木头都是潮湿的，他把两人的浪漫期待比作这无法点燃的火苗。此时新年的钟声敲响，壁炉奇迹般地点燃，两人慢慢燃起了激情。

尾声，第二年独立日夜晚，阿尔玛坐在石雕天使喷泉旁的长凳上听一位女高音歌手在小镇乐队伴奏下演唱。阿尔玛与一名年轻的旅行推销员攀谈，向他介绍小镇，并提出一起去镇上的"钟点出租房"。在推销员找寻出租车之际，阿尔玛向石雕天使挥手告别。

《夜莺的怪癖》大体沿袭了《夏与烟》故事的主线——南方小镇教区长的女儿阿尔玛爱上青梅竹马的邻居约翰，但是约翰没有回报她的爱情。《夜莺的怪癖》在人物设置和情节上作了比较大的修改，由原剧描写男女主人公各自生活轨迹的"双线交织"变为集中笔墨进行阿尔玛性心理变化的探索。尽管阿尔玛与《欲望号街车》中的布兰奇都是"软弱和分裂的人"，但从悲剧叙事的角度来看，《夏与烟》与强调两性对抗的《街车》相近，而《夜莺的怪癖》则更接近于斯特林堡的《朱丽小姐》。

《夜莺的怪癖》悉数删去《夏与烟》中约翰与阿尔玛和罗莎的感情纠葛、约翰的父亲被罗莎的父亲枪杀、约翰与奈丽订婚等情节，添加了"专横的约翰母亲"这个新的人物，她几次三番在儿子与阿尔玛可能发生性接触的关键时刻出现，对阿尔玛意识到自己的"病因"起到了促进作用。上文提到的《夏与烟》中阿尔玛与约翰对性的态度的"互换"这个伦理谜题在《夜莺的怪癖》中得到了解答。正如两剧的剧名所示，剧作家描述的焦点已经从"灵与肉激烈对抗的火焰所散发出来的烟雾"转移到了"怪人的困境"上。《夜莺的怪癖》集中笔墨强调阿尔玛的"古怪"不为人们所理解，这曾给她带来巨大的困扰和痛苦，她的父亲甚至因此而责备她——在他看来，女儿在谈话中使用的"奇妙的夸张的短语"，她狂野的姿势，她的气喘吁吁，她的口吃以及她夸张的笑声，这些都"只是矫揉造作，这是你可以控制，可以改正的"[①]。

威廉斯不断修改剧本的根本动因是要"把疾病作为认识手段"来进行性

---

① Williams，T. *Tennessee Williams Plays 1957—1980*. New York：Library of America，2000：445.

心理探索，以寻求人释放自然本性和摆脱悲剧命运的方法。通过对主人公阿尔玛由"性压抑"到"性解放"的痛苦历程的追溯，寄寓人类超越现实、彻底摆脱悲剧命运的理想。而了解"夜莺"（阿尔玛的雅号即"三角洲的夜莺"）的"怪癖"其实就是性压抑所导致的心慌和失眠症等身体疾病，是解开《夏与烟》中的伦理谜题的钥匙——阿尔玛意识到性压抑是导致这些"怪癖"或者疾病的根源，所以她主动寻求性的救赎。新剧中的阿尔玛直截了当地提议与约翰在新年前夜一起去旅馆，尽管她知道他不爱她，他们的关系会无果而终。约翰对她"像个男人一样的直率"表示了他的钦佩。或许她的"堕落"在人们看来是一场悲剧，但是在采取自我救赎的行动之后出现在人们面前的是个健康自信的阿尔玛，她摆脱了悲剧的宿命。在又一年的独立日庆祝活动上，她不再是曾经那位因紧张而呼吸困难的歌手，被动地接受小镇居民的评头论足，而是以她自己的特点作为艺术标准，批评了乐池里那位新的歌手——这些特点曾遭到人们的嘲笑："我认为她唱歌时没有任何感情。一个歌手的脸，她的手，甚至她的心都是她的工具，应该用以增强演唱的表现力。"[①]

威廉斯的悲剧创作在现代戏剧史上有着重要的地位，上文通过分析威廉斯创作后期对《夏与烟》的改编过程对其悲剧艺术探索的路向进行了深入的探究。威廉斯给现代悲剧赋予了新的意义，拓展了悲剧诗学的空间，还借此实现了对传统现实主义戏剧的改造。

1961 年以降，威廉斯致力于"不拘于任何一种形式"的戏剧实验，其前期戏剧"线性的""现实主义的"特色转变为后期戏剧"松散的""幻想剧"的特点。其中《代词"我"（一部短篇诗剧）》《教堂、厨房和孩子》等部分情节荒诞、结构松散、语言荒淫的后期剧作问世之初难以让观众和评论界所接受，但《陪伴贵妇的绅士》（*A Cavalier for Milady*，1976）和《夏日旅馆的衣裳》等表现压抑欲望所致的精神错乱主题的剧作，却因保持了"心理剧"的特点而取得了成功。

前文（第三章第二节）已介绍过《夏日旅馆的衣裳》（下文简称《夏日》）的剧情，此处不赘。威廉斯的大多数后期剧作被评论界认为逊色于前期剧作，重要原因之一或许就在于其对戏剧形式的一味追求和对思想深度开掘的忽

---

① Williams，T. *Tennessee Williams Plays 1957—1980*. New York：Library of America，2000：486.

略。而在《夏日》一剧中,威廉斯将自己所擅长的人物心理刻画、诗意语言的运用等创作技巧融合到具有跳跃、拼贴等后现代叙事风格的戏剧形式中去,实现了对传统现实主义戏剧风格的超越;在思想意蕴上,剧作家以对人生意义和婚姻真谛的思考来进行人类心理和精神的剖析,具有深广的意义。《夏日》所呈现的是一出旨在进行精神分析的心理戏剧,但剧中的人物关系和事件安排不在于刻画一种传统的由内向外的戏剧冲突,相反,作者是用外部发生的故事,去构成角色与角色,甚至更多的是角色与自我的内在冲突。

菲茨杰拉德是美国"迷惘的一代"作家的杰出代表,人们历来对其美貌的妻子泽尔达颇有微词,甚至指责她是导致菲茨杰拉德英年早逝的"元凶"。记者出身的法国作家吉勒·勒鲁瓦(Gilles Leroy)创作的以泽尔达故乡命名的小说《亚拉巴马之歌》(*Alabama Song*,2007)赢得了 2007 年度法国最著名的年度文学奖——龚古尔奖,小说以第一人称的视角深入泽尔达的内心,重现了泽尔达被忽略的声音和她不平凡的一生。

其实远早于勒华的《亚拉巴马之歌》,威廉斯于 20 世纪 80 年代初创作的《夏日》就把作为被遮蔽了自身才华的"牺牲品"的泽尔达的故事写得轰轰烈烈,为长期以来恶劣评价泽尔达以"她的疯狂与自私毁灭了她的丈夫——天才的作家菲茨杰拉德"的人们,提供了重新审视现代婚姻和女性地位的视角。根据弗洛伊德学说,精神病是情感和本能受到压抑的结果,而受到压抑的本能欲望大半是与道德习俗不相容的。威廉斯笔下的泽尔达寻求自我身份认同和自我价值实现的欲望就有悖于男权社会的道德习俗,她的创作欲望受到夫权的无情压制,这直接导致了夫妻之间不可填补的裂痕和她本人的精神崩溃。

威廉斯创作《夏日》的灵感来自海明威的回忆史诗小说《流动的盛宴》(*A Moveable Feast*,1964),该书记录了海明威与其第一任妻子哈德莉·理查森 1921—1926 年在巴黎的一段生活经历。当时有一批如同海明威一样流亡法国的英美作家和艺术家,如埃兹拉·庞德、T. S. 艾略特和詹姆斯·乔伊斯等,通过与他们的交往,海明威给其中一些艺术家描绘了一幅幅生动的画像。书中以三章的篇幅讲述了脆弱的、孩子气的年轻小说家菲茨杰拉德深爱娇妻泽尔达,却又饱受痛苦婚姻的折磨,终至事业尽毁甚至丢掉了性命。海明威小说对崇尚奢靡颓废生活的泽尔达所持的批判态度,代表了大众对菲茨杰拉德普遍关注的视角。在《夏日》一剧中,威廉斯将海明威关于这段生活的"疯狂记忆"以碎片化的"鬼戏"(剧中第一场和最后一场中的菲茨杰拉德等人物就是鬼魂。菲茨杰拉德于 1940 年 12 月 21 日逝世,而这两场戏的发生时间是 1941 年秋季)与"回忆剧"穿插的方式加以呈现,打破了以时间为顺序的情节推演模式,颠覆了海明威小说的男权话语。

威廉斯戏剧意蕴丰富、风格多样,但无论其审美形态如何变幻,表现手法如何不拘一格,那些以疾病作为认识手段,以对心理的探索作为艺术创作的始归点的作品才是剧作家实现对传统现实主义戏剧的改造和超越的"威廉斯式"剧作。在威廉斯的后期创作探索中,有一些成功的实验成果,其中融合了现代主义风格的《夏日旅馆的衣裳》和哥特式喜剧《摇摇欲坠的房子》等剧作就可列入其中。这两部剧作的成功之处,就在于威廉斯没有舍弃自己所擅长的人物刻画、诗意语言等戏剧创作技巧,而是巧妙地将这些技巧运用到新的戏剧形式中去,从而实现了对传统现实主义戏剧的改造。

三、对后现代戏剧艺术的探索

威廉斯戏剧对美国戏剧演剧史有着重要的影响。威廉斯的"造型戏剧"艺术是对美国戏剧舞台艺术的继承和创新,极大地丰富了战后的美国戏剧舞台表现手法。《玻璃动物园》的戏剧人物设置和舞台表演形式受到了怀尔德《我们的小镇》的某些影响。在人物设置上,《我们的小镇》舞台上充满了类型化、大众化的角色,剧中给人印象最深的人物恐怕要算"舞台监督"了,有人甚至认为,如果没有"舞台监督"这个角色,也就没有《我们的小镇》这部戏剧了。"舞台监督"是一个全知全能型的叙述者,同时又充当剧中的角色。在舞台呈现方式上,与西方传统的写实戏剧有所不同的是,《我们的小镇》运用了无实物道具的哑剧表演这种抽象的舞台呈现形式,剧本明确指出演员使用的是一些"想象的"道具,如"无实物的报纸""想象中的包"和"无形的棺材"等等。[1]以无实物的方式来呈现报纸、包这些人们生活中司空见惯的日常用品,其用意在于提醒观众重新发现它们存在的价值,重新发现日常生活的美与意义。《玻璃动物园》也设置了这出"回忆剧"的叙述人汤姆,作为剧中的角色之一,他在演出过程中从角色里跳进跳出,所产生的间离效果强化了"回忆"的色

---

① 宫宝荣.外国戏剧鉴赏辞典 3(现当代卷).上海:上海辞书出版社,2010:673.

彩。在舞台呈现方面，威廉斯创造性地运用了类似于怀尔德戏剧的哑剧手法。在《玻璃动物园》中，在汤姆所叙述的回忆场景中演员们以手势表示使用刀叉等餐具吃饭的动作，餐桌上所摆放的是"想象的"食物和餐具。但是威廉斯运用"哑剧手法"的用意则与怀尔德"提醒观众发现日常生活的美"这一目标截然不同，他所要营造的是"回忆剧"的"诗意"情境。为了达到这一目的，威廉斯还运用了透明幕帘，在舞台表现手段上还增加了电影的技巧，舞台后部的银幕上会配合剧情而出现字幕或影像。这些所谓"造型戏剧"手法的成功运用，给人们带来全新的观剧体验。在后期戏剧创作中，除了吸收歌队、日本歌舞伎和能剧等艺术表现手法之外，威廉斯还运用多种舞台表现手法来丰富和完善"造型戏剧"艺术。"造型艺术"是以"三维的"（three-dimensional）手法来对事物进行呈现（representation）的艺术。① 在《教堂、厨房和孩子》一剧中，威廉斯采用三原色（primary colors）——红、黄、蓝色的三块巨大的可转动屏幕使舞台实现"教堂"与"厨房"的场景转换，还以"巨大的白天的雏菊"和"月光下的葡萄树"来表明时间。这部淫秽台词与抒情歌谣杂呈、把"上帝"（God）与"狗"（dog）相提并论的闹剧或许难以让当时的观众和评论界接受，但除了其独特的舞台呈现设计之于演剧形态探索的意义之外，剧作家对信仰缺失，对性、性别、话语、权威和伦理等问题的大胆叩问，对于 20 世纪 80 年代以降盛行于美国的"多元文化"戏剧以及 90 年代率先登陆英国舞台，随后席卷了纽约百老汇和世界各地的"直面戏剧"等后现代主义戏剧具有先驱性的启示意义。

　　在现代戏剧取得了辉煌成就的前提下，欧洲先锋戏剧发展起来了。美国的先锋戏剧在时间上比欧洲略晚，但产生与发展的逻辑是一致的。以生活剧团、开放剧团为代表，美国先锋戏剧家们自觉地将奥尼尔、威廉斯和米勒当作反叛的对象。农夫剧团的创办人刘易斯·瓦尔迪兹表达得非常极端，他说："谁要是回应田纳西·威廉斯和阿瑟·米勒就是在把自己的肝掰开，因为你不能回应这样的屎。"②显然，刘易斯是把威廉斯戏剧作为僵化守旧的传统戏剧来看待的，这或许是因为威廉斯的后期戏剧探索不像"反剧本"的美国先锋剧团的戏剧实践那样激进，也与"反戏剧"的欧洲荒诞戏剧有别。威廉斯的

---

① 新牛津英汉双解大词典. 上海：上海外语教育出版社，2013：1674.
② 高子文. 书写与差异："先锋戏剧"概念在当代中国的接受. 文艺研究，2016（6）：95.

《两个人的戏剧》等后期剧作通过抽象的情境来揭示人类处境的尴尬,《我无法想象明天》等剧则以"悬而未决的台词"来强调人类沟通的困难,其艺术旨趣与贝克特和尤奈斯库等先锋戏剧艺术家有着某种一致性。《伤残者》《淑女》和《救生艇演习》等后期剧作中缺乏具体明确的时代或地点标志,既无实在的人物行动,也无鲜明的人物性格描写和包含着起承转合的情节结构,表现出荒诞戏剧的某些特征。但是,其戏剧情节结构基本没有脱离现实主义框架,而戏剧语言也不似尤奈斯库的《秃头歌女》等剧那样毫无逻辑。他的戏剧语言与其前期戏剧的诗化语言大异其趣,但又与荒诞戏剧等后现代主义戏剧的人物语言判然有别,极具颠覆性和创新性。此外,被布鲁姆誉为"文学戏剧家"的威廉斯的戏剧,与美国的生活剧团等先锋戏剧团体推崇"轻剧本"甚至"反剧本"的即兴创作和集体创作有着本质区别。

虽然威廉斯后期戏剧一如既往地关注主体欲望,书写边缘人群,似乎与嘲弄"人"的主体地位、颠覆"历史"的必然性逻辑①的后现代主义艺术有隔阂,但威廉斯戏剧不是因循守旧的僵化艺术,威廉斯的先锋艺术探索具有重要而积极的意义。

小　结

本章从人物塑造、情节建构、语言选择、审美形态、艺术风格等方面分析威廉斯后期剧作的艺术新变,概括了威廉斯后期剧作的主要成就。

威廉斯的前期剧作有对南方社会的私刑、阉割,甚至吃人等残忍暴力现象的描写,然而更多的剧作塑造了"决不能讲任何粗鄙、通俗或下流的话"的阿曼达,或者熟知霍桑、惠特曼和爱伦·坡的诗句的布兰奇,以及宣称自己是为了美好事物才活在这个世界上的阿尔玛之类的南方淑女。《玻璃动物园》《欲望号街车》和《夏与烟》等剧就是这种审美取向的集中体现,剧中优雅而忧伤的南方淑女,诗情画意的舞台设计,尤其是人物的诗化语言,成就了具有浓郁诗情和哀婉情致的"诗化现实主义"风格。

20 世纪 60 年代以降,威廉斯认为混乱而疯狂的人类生活应该以一种"更

---

① 陈晓明. 历史转型与后现代主义的兴起. 开封:河南大学出版社,2004:27.

自由"的戏剧形式来表现,从此,他运用夸张手法将混乱而疯狂的现实扭曲变形,突显其荒诞性,以幽默、讽刺等手法进行社会批判,通过冷峻甚至不失残酷的黑色喜剧来表达自己的悲剧性体验,戏谑中透出阴冷与绝望,浪漫色彩丧失殆尽。然而,威廉斯的后期剧作又并不能划归荒诞派或后现代主义戏剧,它有独特的艺术个性,是美国戏剧由批判现实主义走向后现代的过渡期的产物。

威廉斯前期剧作中的人物大多是个性鲜明的,有的还是优雅的、有高尚情趣的社会精英,其后期剧作的人物则大多是抽象的,有的连名字都没有,而且还有"反英雄"倾向——大多是卑微甚至是猥琐的小人物,例如《世界小姐的非凡旅社》中畸形残疾的闵特和猥琐不堪的"男孩",《市政屠宰场》中是非不分、懦弱无能的政府小职员,《两个人的戏剧》中神经质的兄妹俩等。

威廉斯前期戏剧采用的大多是合乎时间顺序的线性结构,后期戏剧则大多采用打乱时间顺序的非线性结构。前期戏剧大体运用现实主义手法建构剧情,剧情发展大体合乎必然律与可然律,闪耀着理性的光芒;后期戏剧采用闪回、拼贴、不同时空并置或互摄互渗等后现代戏剧的方法建构剧情,剧情拖沓松散,有的从启幕到落幕一直处于停滞状态,而且具有非理性色彩。

威廉斯的前期剧作大多选择含蓄优雅的诗化语言,后期剧作受西方现代戏剧降低有声语言在剧作中的地位,强化演员形体以及声响、灯光等舞台语言的作用的影响,抛弃前期含蓄、雅致的诗化语言,选择支离破碎、"悬而未决"、直白粗俗的语言,重视舞台表演中演员的"造型"语言,但又并未走上彻底否定有声语言,亦即"反语言"的道路,与荒诞派戏剧中不知所云的对话有别,标志着威廉斯在语言选择上的创新。

威廉斯的前期戏剧中既有喜剧也有悲剧,但悲剧的成就和影响远大于喜剧,因此他被公认为"悲剧作家",他的名字常与《玻璃动物园》《欲望号街车》和《热铁皮屋顶上的猫》这三大家庭悲剧联系在一起。威廉斯的后期戏剧则以黑色喜剧为主,它既不同于以讽刺、挪揄来鞭挞丑行和蠢行的传统喜剧,又不同于后现代喜剧,在这些剧作中我们看到的不是人物的丑陋、蠢行,而是悲苦、压抑、绝望与荒诞的社会与人生,它具有浪漫与荒诞杂糅,以滑稽言说绝望的特点,因此,欢笑中有苦涩,幽默中有酸楚,讽刺中有同情,挪揄中有思索,非理性中有理性,是一种新的戏剧美学形态,但这种比较超前的新形态在当时并不为广大观众所青睐,也不常受到评论界的好评。

威廉斯后期戏剧的探索为美国现代戏剧的发展作出了积极贡献,其后期戏剧深刻地影响了当代美国戏剧,其成就主要体现在以下三个方面:

第一,首创以悲凉而荒诞的黑色幽默来表现理想破灭和精神失落的黑色喜剧。美国的黑色幽默文学对现代世界文学有着重要而深远的影响,而威廉斯的黑色喜剧提升了这一审美形态的影响力。

第二,以"心理现实主义"和后现代主义相结合的创作方法改造传统的美国现实主义家庭剧。奥尼尔以来的美国戏剧被视为"中产阶级家庭生活的现实主义"戏剧,在这类剧作中,"复杂的经济、社会、道德、心理的冲突很容易被简单化为个人与环境的冲突","家庭生活的现实主义加上情节剧的结构,既不可能产生戏剧的诗意,也不可能创造出一种悲剧的崇高与神秘感"。为突破其局限,威廉斯将"心理现实主义"运用到后期剧作中,把心理刻画等创作技巧与跳跃、拼贴等后现代叙事手法结合起来,采用非写实方法,例如,通过歌队营造间离效果,融入日本能剧和歌舞伎的写意手法,实现了对传统现实主义戏剧的改造。

第三,用现代眼光审视信仰缺失、性、性别、权威等现代问题,为 20 世纪 80 年代以降盛行于美国的"多元文化"戏剧,90 年代率先登陆英国、随后席卷百老汇和世界各地的"直面戏剧"等后现代主义戏剧"道夫先路"。

第四章　威廉斯后期
剧作所受贬评及其缘由

　　如本书的第二章和第三章所说,威廉斯的后期剧作在思想意蕴和艺术特征方面都表现出较为明显的转型,威廉斯的艺术声誉也随之从巅峰滑落。笔者认为,威廉斯后期剧作之所以在美国舞台上连连失利并长期遭到剧评界贬评,主要是由于威廉斯后期戏剧主题与时代精神的矛盾和美国剧评界的评价尺度等原因,另外,威廉斯后期剧作存在一些缺陷。威廉斯后期戏剧的挫败和绝望主题与宣扬挑战和反叛的 20 世纪 60 年代精神有间。威廉斯公开了自己的非传统情感倾向,评论界认为其后期戏剧表现的是不道德的价值观和伦理观,评论家们的横加指责致使威廉斯的声誉急转直下。20 世纪的美国戏剧始终以现实主义为轴心,虽然 60—70 年代的“外百老汇”和“外外百老汇”见证了后现代主义戏剧的短暂繁盛,但是非现实主义戏剧在美国剧坛难以取得长足发展。作为美国戏剧名片的百老汇仍然紧握现实主义标尺。对于曾取得现实主义戏剧的卓越成就的威廉斯来说,其偏离了现实主义轨道的后期剧作与剧评家们的接受视野格格不入。此外,威廉斯的黑色喜剧不在易于被大众接受的审美范畴之内,后期戏剧的风格也不太统一。下文将分别加以论述。

第一节　威廉斯后期戏剧主题与 60 年代
“反叛”精神的矛盾

一、60 年代的“反叛”文化

　　威廉斯后期戏剧创作是从 20 世纪 60 年代开始的,而 60 年代是美国文化思想史上最为动荡的年代之一。60 年代是一个代号,它"象征着不是太久以前有的那么一段时间,美国社会上一贯相当沉默的种种集团和力量,先后公开而又公然对既成体制和秩序的挑战"①。太多的政治运动和事件发生在这个年代,其中包括 1961 年北部和西部人民南下支援南方黑人的民权运动,1963 年马丁·路德·金在华盛顿数十万黑人示威游行结束时发表的"我有一个梦想"的演说,同一年代表自由主义、理想主义的肯尼迪总统遭到暗杀,1964 年披头士的反叛音乐成为 60 年代最主要的艺术形式,更包括被公认为 60 年代反主流文化象征的 1969 年 8 月纽约州"听摇滚、抽大麻、做爱不作战"的青年聚会,等等。所有这些构成了 60 年代反主流的"反叛文化"和"对抗文化"。

二、后期戏剧与"反叛"文化的矛盾

比格斯庞曾从社会文化角度对威廉斯后期剧作不受欢迎的原因作过分析。他认为,在威廉斯创作成就斐然的 20 世纪 40—50 年代,剧作家"把性和社会上的保守主义作为基本美德来大加颂扬",其笔下的"边缘人"在社会上和政治上占有一种优势,他们往往离群索居,游离于世俗之外,"他们的存在就是对这个社会不言而喻的批判,就是表示不肯苟同这个社会把权力称为一种价值"②。威廉斯前期戏剧人物的特质在于他们"拒绝接受那些被认为私生活和公共生活所必须遵守的繁文缛节。他们有情有欲,并不想过清教徒的生活,也不向往着自己能圆所谓的美国梦"③。威廉斯后期戏剧一如既往地关注主体欲望,关注游离于主流文化之外的边缘人群。但是他笔下这些绝望灵魂已不再是文化焦点了。在"南方已除去了神秘面纱"的 60 年代,"持异议者、逃避现实的人、流浪的音乐家和性解放者成了崇拜对象、文化英雄。肉体成为万众瞩目的偶像,歌手用肢体语言来诠释音乐,公众用身体作为反对军国主义机械逻辑的姿态"。"放荡不羁者、吸毒者和下层阶级"成了中产阶级的拯救者和美国社会的典型,这在爱德华·阿尔比的《动物园的故事》(*The Zoo*

---

① 张北海. 摇滚与革命——美国六十年代的反主流文化. 当代青年研究,1989(Z1):76.

② 萨克文·伯科维奇. 剑桥美国文学史(第七卷). 孙宏,主译. 北京:中央编译出版社,2012:18.

③ 萨克文·伯科维奇. 剑桥美国文学史(第七卷). 孙宏,主译. 北京:中央编译出版社,2012:16.

Story，1958)、杰克・盖尔伯(Jack Gelber)的《接头》(*The Connection*，1959)和勒鲁伊・琼斯(Leroi Jones)的《荷兰人》(*Dutchman*，1964)等作品中有着生动的体现。①

《动物园的故事》的核心主题是对现代人消极被动的批判。流浪汉杰瑞是一名先知和拯救者，他将美国中产阶级的典型代表彼得作为其实施救赎行动的对象，为了改变中产阶级对周围的环境和人所采取的敬而远之的退避态度，杰瑞不惜以死来唤起彼得对"动物园"式的生活现状的清醒认识。② 由美国最早的先锋戏剧剧团之一生活剧团演出的《接头》是一部重要的先锋戏剧作品，该剧所描写的是一群玩爵士乐的瘾君子聚集在公寓里等待着与一个为他们送海洛因的牛仔接头。这部戏分两幕：第一幕，人们在等待；第二幕，牛仔来了，他们吸毒。吸毒无疑是被批判与质疑的对象，但是《接头》一剧却在某种意义上对吸毒者给予肯定。美国先锋戏剧将"吸毒"和"裸体"作为两个重要的戏剧主题，以期通过对吸毒所达到的那种非理性状态和裸体对身体本真状态的呈现，来表达对理性主义的反叛，从而获得精神上的解放。借助这两个主题，美国先锋戏剧掀起了一股激烈的文化反叛潮流。③

可以说，阿尔比戏剧的崛起和《接头》等先锋戏剧的盛行一时，与它们迎合了 60 年代的"反叛"精神密切相关。而威廉斯后期剧作的精神意蕴则在某种程度上与 60 年代的"反叛"精神相背离。60 年代美国青年以叛逆的精神和激进的心态投入激情亢奋、如火如荼的"反叛"运动当中，而威廉斯戏剧中"心智敏感而又不想循规蹈矩的"人物和他们无可奈何地"走向毁灭"的绝望主题，以及已失去"神秘面纱"遮掩的南方题材，都被 60 年代的"反叛"精神和"对抗"文化所抛弃。威廉斯对后现代主义美国的否定评判与弗里克・弗洛姆(Fric Fromm)对 60 年代西方社会的评价具有某种一致性——"当前西方社会……趋向于毁损个人内心安全、快乐、理性与爱的能力之基础……在狂

---

① 萨克文・伯科维奇. 剑桥美国文学史(第七卷). 孙宏，主译. 北京：中央编译出版社，2012：18.

② 参阅：胡静. 走出"荒诞"——论爱德华・阿尔比戏剧的非荒诞性. 戏剧艺术，2014(5)：79.

③ 参阅：高子文. 吸毒与裸体：美国先锋戏剧的两个主题. 戏剧艺术，2015(5)：56-61.

热地追求工作与所谓欢快的冲刺下隐藏了绝望"①。虽然威廉斯的晚期戏剧采用了越战、青年学生运动、冷战和核战争等紧跟时代步伐的题材,但从其反映新婚越战士兵妻子出轨事件的《欲火或无风景值得一看》、冷静反思青年学生运动的《市政屠宰场》,以及描写冷战时期中产阶级家庭主妇盲目谄媚于篡夺政权的武装分子的《摧毁闹市》等剧作来看,威廉斯以冷峻理性的眼光批判狂热激进的"60年代精神"之题旨是与时代精神相悖的。本书认为,这是威廉斯后期戏剧遇冷的重要原因之一。

60—70年代崛起的剧坛新秀谢泼德被认为是"唯一的一位把20世纪60年代关注非理性主义、关注意象感染力的传统成功地继承下来的美国剧作家"②,60年代美国青年的狂热和反抗权力偶像的情绪在谢泼德戏剧中有所体现,剧中的人物受具有毁灭性的激情所支配,生活在一种让人无法忍受的紧张状态中,使谢泼德剧作产生一种令人不安的力量,而这恰好迎合了60年代激情亢奋的"反叛文化"的特点。威廉斯的作品则有一种世界末日来临之感,其愈加强烈地体现出这种绝望感的70年代晚期剧作背离了这个时代的美国精神。

第二节 "颓废"生活和人伦书写招致贬评

与同时代的两位美国戏剧大师奥尼尔和米勒相比,威廉斯更关注那些饱受痛苦煎熬的边缘群体的精神世界。他在艺术创作中探索禁忌性的戏剧主题,展示人类复杂的人格和行为,挖掘人物的深层次心理,因此,他的戏剧总是惊世骇俗。从前期戏剧中以隐晦的方式表达对"放荡堕落"和"背叛家庭"的"背德"者的喜爱乃至赞赏,到后期戏剧中对非传统婚恋观的呈现,威廉斯戏剧在伦理和道德上屡屡引发争议。

国外学界有人指责威廉斯"缺乏道德感",喜欢塑造古怪、反常、扭曲的人物而不加贬抑;有人则称其为"道德家"(moralist)。威廉斯本人宣称自己是

---

① 艾恺. 世界范围内的反现代化思潮——论文化守成主义. 贵阳:贵州人民出版社,1991:222.

② 萨克文·伯科维奇. 剑桥美国文学史(第七卷). 孙宏,主译. 北京:中央编译出版社,2012:66.

个"道德家"——"我创作戏剧的道德目的是暴露我所认为不真实的"。他在1961年的一次访谈中说："我的工作强迫我去权衡善与恶，因此当我写作的时候我永远处在一种探寻的状态……我想要发掘所有的罪恶和美好。我希望自己有这样的机会，也希望公众能容忍我继续我的探索。我不是一个很好的作家，但我是个迷恋于探索善与恶的人。"威廉斯还坦言这种对罪恶与美好的探索是他的"人生哲学"（philosophy）和"信条"（credo）。① 威廉斯的支持者也表示了对他是"道德家"的认同，然而国外学界因其喜欢塑造反常人物而断言威廉斯"毫无道德感""毫无思想"，称他的创作尤其是后期作品如同"散发着恶臭的沼泽地"的讨伐之声不绝如缕。②

　　那么威廉斯是否缺乏道德意识，他的后期作品是道德低下的"散发着恶臭的沼泽地"吗？威廉斯是否一直在坚持"善与恶的探索"呢？威廉斯剧作的伦理观是否与传统道德观相悖呢？本书认为，威廉斯在后期戏剧创作中仍然坚持着对"善与恶的探索"，只是其前期戏剧重在表现剧作家呼吁建构新的伦理关系的人文主义理想，而后期戏剧则以不同于前期戏剧的表现方式传达着绝望的讯息。所谓威廉斯后期戏剧"毫无道德感"的评论源自对后期戏剧的内容和思想的误读。下文拟通过比较分析威廉斯的前后期剧作，从伦理视角审视威廉斯剧作所描写的生活现象，发掘其伦理道德意蕴，力图准确把握其前后期剧作的精神意蕴。

　　家庭是社会的细胞，其结构形态和生活方式与社会制度、社会变革密切相关。家庭叙事文学中人物的精神追求和生命体验的变化往往映照出社会历史文化的变迁。美国是"家庭剧的大本营"③，美国戏剧家力图通过解剖家庭这个最小的社会单位来认识社会，寻找造成人生悲剧的社会根源。

　　家庭生活现实主义是 20 世纪美国戏剧的主潮，是美国戏剧的一种特色、一种传统、一种主导性的创作原则。④ 纵观美国知名剧作家的重要代表作，绝

① Terkel，S. Studs Terkel Talks with Tennessee Williams. In Devlin，A. J.（ed.）. *Conversations with Tennessee Williams*. Jackson and London：University Press of Mississippi，1986：78.

② 张新颖. 田纳西·威廉斯剧作中同性恋维度的美国研究综述. 河北联合大学学报（社会科学版），2012（3）：152.

③ 孙惠柱. 现代戏剧的三大体系与面具/脸谱. 戏剧艺术，2000（4）：49.

④ 陈世雄，周宁. 20 世纪西方戏剧思潮. 北京：中国戏剧出版社，2000：368-369.

大多数都属于"家庭家族剧"。例如,"美国现代戏剧之父"尤金·奥尼尔创作了一批旨在进行精神分析和信仰探索的表现主义戏剧,但他成就最高的作品还是家庭现实主义悲剧《天边外》(*Beyond the Horizon*,1920)、《榆树下的欲望》(*Desire Under the Elms*,1924)和《进入黑夜的漫长旅程》等。举世公认的社会问题剧作家阿瑟·米勒的《推销员之死》堪称以小人物为主人公的家庭悲剧(domestic tragedy)的典范,《全是我的儿子》(*All My Sons*,1947)以父子关系为关注点,也是有较大影响的家庭伦理剧。"21世纪美国第一部伟大剧作"——特雷西·莱茨的《八月:奥色治县》是美国家庭悲剧经典的延续。

威廉斯戏剧注重从伦理视角观察社会生活,威廉斯所倡导的是一种浸润着人文主义理想的伦理道德观,他曾如是说:

> 我不常阅读更极少引述《圣经》,但是我却很喜爱其中的一段箴言:"让你的光芒照亮人们,他们可以看到你做的好事,并赞美天堂上的天父。"我们如今有新新闻学、新评论、电影与戏剧的新面貌与新风格,几乎我们生活中任何一种事都有新的形式出现,但是我认为我们最需要的是新的道德观。①

一、前期剧作对"新伦理观"的呼唤

威廉斯的戏剧创作中渗透着他对道德观的思考,他的《玻璃动物园》《欲望号街车》和《热铁皮屋顶上的猫》(下文简称《猫》)等涉及亲情、爱情和友情描写的家庭悲剧将战后美国家庭生活现实主义戏剧推向了高峰。然而,如何正确把握威廉斯家庭剧的伦理意蕴,却是至今仍未取得一致意见的课题。有的研究者认为,威廉斯剧作的家庭伦理观与传统渐行渐远,经历了对传统观念"肯定—怀疑—否定"的过程。② 有些研究者则认为,威廉斯家庭剧的道德观与传统的家庭伦理观并无二致,他和同时代的其他美国剧作家在这方面也是大体相同的。例如,张生珍在探析当代美国戏剧对家庭伦理关系的表现时就指出,威廉斯和奥尼尔、米勒、海尔曼、阿尔比、谢泼德等当代美国剧作家们"肯定了以责任、义务和相互关爱为基础的代际伦理关系,谴责以金钱为主

① 威廉斯. 田纳西·威廉斯忏悔录. 杨月荪,译. 台北:圆神出版社,1986:421.
② 郭敏. 威廉斯主要剧作中的家庭观和爱情观. 苏州:苏州大学,2008:ii.

导的家庭伦理关系,批判商业主义价值观对传统家庭伦理关系的破坏,否定以物质主义价值观为主导的商品社会的生活方式和道德观念"①。有的论者虽然对威廉斯剧作的伦理意蕴有不同认知,但也认同威廉斯秉持传统道德观的判断。例如,孙白梅就指出,威廉斯在其作品中"无情揭露并狠狠抨击"的是"伪善和说谎",而他所歌颂的美好品质是"忠诚老实、相互理解、怜悯同情,以及真实情欲的流露"。② 显然,这些意蕴属于传统道德范畴。有些学者还认为,威廉斯剧作表现了"灵活的"道德标准,例如,刘元侠指出,威廉斯的剧作说明"道德规范应当具有足够的同情心与灵活性,社会需要符合人性的、灵活的道德标准"③。国外学界则有人认为,威廉斯的作品缺乏道德意识,"从来就没有良心这一概念"④;他不作任何击中要害的判断,"甚至拒绝表述任何一种观点"⑤。

　　本书笔者认为,国内外学界对威廉斯家庭剧的解读之所以歧见纷呈,正是由于其意蕴的复杂性以及表达的曲折隐晦。威廉斯多部剧作和其中多个人物都广受争议——他以"高贵"赞之的剧中人布兰奇被学界斥为"妓女""酒鬼""慕男狂"和"说谎者";⑥《去夏骤至》中的塞巴斯蒂安利用贫穷少男满足自己的性需求,而他的母亲维那布尔夫人为了避免公开他的死因而导致其同性恋身份暴露,竟不惜将亲生侄女送入疯人院,并企图贿赂医生为其施行脑外科手术,切除她大脑中"不该存在的记忆"。学界对于威廉斯在剧中是否对非传统恋爱进行忏悔或谴责存在争议,也有学者质疑此剧鼓励贪婪和虚伪;⑦《猫》中的布里克与斯基普的暧昧关系引发了关于前者是否为非传统恋爱者的持久争论,剧终还留下"遗产最终如何分配"的悬念。对于剧中存在的悬念和疑团,威廉斯解释道:"有些疑团在揭示戏中人物特性时应当留有余地,正如生活中揭示人物特性时大量疑团总是没有解决一样,即使在自我揭示本人

---

① 张生珍,金莉. 当代美国戏剧中的家庭伦理关系探析. 外国文学,2011(5):59.

② 孙白梅. 西洋万花筒——美国戏剧概览. 上海:上海外语教育出版社,2002:95.

③ 刘元侠.《欲望号街车》中田纳西·威廉斯的道德观. 山东外语教学,2005(4):103.

④ 萨克文·伯科维奇. 剑桥美国文学史(第七卷). 孙宏,主译. 北京:中央编译出版社,2012:16.

⑤ 斯泰恩. 现代戏剧的理论与实践(一). 周诚,译. 北京:中国戏剧出版社,1986:189.

⑥ Williams,T. *New Selected Essays*:*Where I Live*. Bak,J. S. (ed.). New York:New Directions Publishing Corporation,2009:76.

⑦ 李尚宏. 田纳西·威廉斯新论. 上海:上海外语教育出版社,2010:77.

特性时也是如此"①。威廉斯前期家庭剧在题旨呈现上追求一种隐晦曲折的情致,在其自传体成名作《玻璃动物园》的开篇汤姆(威廉斯本名就叫汤姆)就阐明了这种戏剧美学思想:"我口袋里有魔术,心中有计谋。但我和舞台表演的魔术师恰恰相反,他给你的是貌似真实而实际是虚假的东西,而我给你的是表面虚假而实际真实的东西。"②恰如汤姆所言,威廉斯戏剧经常以"错觉"掩盖"真相",其伦理道德意蕴深藏不露。

在笔者看来,威廉斯前期戏剧的伦理取向既不是"不持立场",也并非暧昧不明,更不是"灵活"善变,但他所要表现的又并非传统意义上的以爱情、责任和义务为基础的两性、代际伦理关系,"谴责以金钱、以物质主义价值观为主导的商品社会的生活方式和道德观念"也不是剧作家的主要创作指向,而是通过对真实而复杂的与社会格格不入的边缘人物形象的塑造,呼唤对遭受美国主流社会意识形态歧视和压制的边缘社会群体的人文主义关怀,表达营造理解、平等、宽容的社会伦理道德环境的人文主义理想。而其后期剧作则以夸张和荒诞的黑色幽默手法来描写人类的隔绝与异化,表达剧作家理想的破灭和对现实的绝望。

在人们看来,强调父母与子女之间的责任和义务,以牺牲家庭成员个人的发展需求,甚至扼杀子女本真个性为代价去换取家庭的和谐完整,这种做法是值得肯定和赞许的。然而这样的代际伦理关系并不符合威廉斯的理想。

以传统家庭伦理考量,《玻璃动物园》中的汤姆是个不守本分、缺少责任感的儿子和兄弟。他是家里的顶梁柱,却撇下几乎没有收入的母亲和有轻微残疾的姐姐逃之夭夭。剧作家并未对汤姆进行道德谴责,但这并不等于剧作"缺乏道德感"。在威廉斯看来,汤姆无意背叛家庭。受到南方文化浸染和清教主义思想控制的家是汤姆想要冲破的牢笼,对南方文化价值的质疑和对自由与理想的追求令"天性并不残忍"的汤姆"为了逃避一个陷阱","不得不无情地采取行动"③。对于"仓库里的莎士比亚"汤姆来说,家就是困住他的陷阱,是"一个被钉子钉死的棺材"——为了每月挣六十五美元工资来支付家里的开销,他放弃了成为诗人的梦想,在他不喜欢的鞋厂仓库工作;为了践行对

① 田纳西·威廉斯. 外国当代剧作选 3. 东秀,等译. 北京:中国戏剧出版社,1992:316.
② 田纳西·威廉斯. 外国当代剧作选 3. 东秀,等译. 北京:中国戏剧出版社,1992:6.
③ 田纳西·威廉斯. 外国当代剧作选 3. 东秀,等译. 北京:中国戏剧出版社,1992:3.

母亲的孝顺,即使母亲没收了他所喜爱的劳伦斯的作品,还时常责备他"自私"并打断他的写作,他也尽力克制内心的愤懑。他感觉自己在家里"一无所有",宁肯半夜三更去电影院也不愿回家。最终他因为在鞋盒上写诗而被鞋厂解雇了,于是他步父亲后尘离开了家,然而家人是他永远的牵挂,"我想把你丢下,但我比原来更忠于你"①。这看起来似乎是汤姆粉饰自己的托词,其实不然,这是他内心世界的真实表露。汤姆渴望冒险与变化,但为了母亲和姐姐他不得不过着没有变化、没有冒险的生活。他之所以离开,是因为他被鞋厂解雇了,也就是说,没有变化、没有冒险的生活不但未能给母亲和姐姐带来幸福,而且已经无法维持下去了,他被迫追随父亲的老路离家出走,试图去"寻求在空间中失去的东西"。在离开家的日子里,姐姐罗拉时刻在他心头。显然,剧作家并非赞许主人公背弃亲人,而是肯定其追求变化、崇尚冒险的精神。

如果说《玻璃动物园》中的汤姆不是个好儿子,《夏与烟》中的阿尔玛则是好女儿的典范。阿尔玛出身于密西西比州格劳斯山地教区长家庭,除了操持家务、照顾精神失常的母亲,她还在教堂里布道、唱诗,主持慈善教育和文学社团活动,是父亲的得力助手。清教主义思想的熏陶和过多的家庭责任使她特别看重信仰,时时压抑个人感情。在青梅竹马的约翰面前阿尔玛不敢敞开心扉,最终约翰选择了另一个姑娘,阿尔玛则与陌生的推销员发生一夜情。

有人认为,《夏与烟》是"在宗教环境和世俗世界里成长起来的"阿尔玛和约翰之间"精神和肉体的冲突和不可避免的感情悲剧"②;这部道德剧是"关于美德和邪恶的寓言"③;对于戏剧结尾阿尔玛的行为,评论界有人解读为她的堕落,也有人肯定她"从注重精神的圣洁到追求肉体的满足"是其"向身体和灵魂的协调发展而做出的努力"④。

从传统道德的角度来看,约翰的转变是令人欣喜的,他组建了家庭,不再去赌场行乐而是继承其父的遗志,成功地消灭了一个地区的传染病而成为广受尊敬的医生,由为人所不齿的花花公子变成事业有成的正派青年。阿尔玛

---

①　田纳西·威廉斯. 外国当代剧作选 3. 东秀,等译. 北京:中国戏剧出版社,1992:98.

②　周维培. 现代美国戏剧史 1900—1950. 南京:江苏文艺出版社,1997:386.

③　李尚宏. 田纳西·威廉斯的"二重身"——重读《夏与烟》. 安徽师范大学学报(人文社会科学版),2010(4):452.

④　何成洲. "自我的教化":田纳西·威廉斯和福柯. 南京社会科学,2005(8):76.

却匪夷所思地与约翰"互换了角色",一夜之间由"贞女"沦为"荡妇"。在最后一幕中,阿尔玛主动与年轻的旅行推销员搭讪,去了她曾拒绝与约翰同去的月亮湖游乐场。然而威廉斯谈到自己所塑造的人物形象时却说"《夏与烟》中的阿尔玛是我的最爱"。^① 如果说"阿尔玛自暴自弃,沦为变态猥琐的偷窥癖者,甚至以一种自贱自虐的心态与陌生男子苟合"^②,或者说她"在听到约翰和内莉订婚的消息后走到了向肉欲妥协的极端"并从此"沦为妓女",^③那么阿尔玛是由循规蹈矩的淑女沦为自暴自弃的"荡妇"了吗? 如果一个艺术家最爱的人物是个荡妇,那么他的作品或许就是"散发着臭气的沼泽地";如果艺术作品只是娱乐大众的无意义的呈现,那么这样的作品必定经不起时间的淘洗。可见我们不应仅从一般的道德层面解释阿尔玛剧变的原因及其象征意义。威廉斯无意塑造"荡妇"角色——曾有评论指出《欲望号街车》中的布兰奇"猥琐"时,威廉斯就反驳说"我认为她相当高贵"^④;他的创作初衷也绝不是写一部纯粹的娱乐戏剧,而是循着宗教家庭出身的阿尔玛的人生轨迹,探究造成其人生悲剧的根源。清教伦理对人性的压抑和约束、父权中心制的家庭环境、"本该属于教区长妻子而不是女儿的社会及家庭责任"^⑤早已使阿尔玛不堪重负,而失恋的打击成为压垮她的最后一根稻草。她对严格的节制及永恒的贞洁所具有的道德与精神价值,以及父权的绝对权威产生了怀疑和反叛。寻求与陌生人的性爱并不是阿尔玛堕落的开端,而是她为摆脱清教伦理传统的羁绊、改变自己的生存状态而作出的选择。在"经历了痛苦的挣扎"之后,面对一夜情的阿尔玛释然而热情,她挥手作别了象征精神与灵魂的石雕天使。剧作家怀着对阿尔玛的喜爱与同情,探寻造成她的悲剧的社会根源,其意义超越了单纯对个人道德的指斥,借阿尔玛的"蜕变"质疑传统道德才是

---

① Jennings, C. R. Playboy Interview: Tennessee Williams. In Devlin, A. J. (ed.). *Conversations with Tennessee Williams*. Jackson and London: University Press of Mississippi,1986: 228.

② 周维培. 现代美国戏剧史 1900—1950. 南京:江苏文艺出版社, 1997:387.

③ 刘玉. 田纳西·威廉斯妇女观研究. 福建外语,1998(3):55.

④ Don, R. Williams in Art and Morals: An Anxious Foe of Untruth. In Devlin, A. J. (ed.). *Conversations with Tennessee Williams*. Jackson and London: University Press of Mississippi, 1986: 38.

⑤ Williams, T. *Tennessee Williams: Plays 1937—1955* . New York: The Library of America, 2000: 587.

剧作的意义之所在。

撒迪厄斯·韦克菲尔德(Thaddeus Wakefield)通过对包括《玻璃动物园》《热铁皮屋顶上的猫》在内的 14 部当代美国戏剧进行分析后指出,在威廉斯等剧作家笔下的 20 世纪的美国,"消费文化"(culture of consumption)导致家庭伦理关系的异化,人们以金钱为标准来对家庭成员作商品化的价值判断。[①] 张生珍认为,威廉斯等剧作家"谴责以金钱为主导的家庭伦理关系",并以《玻璃动物园》为例,说明造成温菲尔德一家悲剧的根本原因在于母亲阿曼达"把家庭成员之间的关系商品化了",从而造成了代际伦理关系失衡。[②] 笔者认为以上论断未能准确把握威廉斯的家庭伦理观。

美国家庭戏剧中不乏表现商品经济的冲击和消费主义的盛行导致家庭关系异化的作品,如奥尼尔的《进入黑夜的漫长旅程》和海尔曼的《小狐狸》(*The Little Foxes*,1941)等,其中《小狐狸》对金钱异化鞭辟入里。同威廉斯一样身为南方剧作家的海尔曼擅长通过家庭剧的创作来揭示资本主义社会的弊端,其代表作《小狐狸》通过讲述 1900 年美国南方一个贪得无厌的大家庭中的惨剧,揭露了资本主义社会中人与人之间乃至家庭成员之间的关系完全为金钱所左右的现实。女主角瑞吉娜与两个哥哥因股权利益之争而互相倾轧,当瑞吉娜得知丈夫吉登斯拒绝帮她投资,她竟不顾吉登斯病重,纠缠胁迫他直至眼看着吉登斯死去。

金钱从来不是威廉斯家庭剧中伦理关系变化的主导,剧中人物的职业及其所赚取的财富也并非衡量家庭成员价值的重要尺度,正如比格斯庞所言,"他(威廉斯——笔者注)的主人公很少拥有工作。他们是些匆匆过客,他们旅行的方向与一个追名逐利的社会毫不相干"[③]。这是威廉斯家庭剧区别于传统批判现实主义剧作的主要特征之一。将奥尼尔的自传体剧作《进入黑夜的漫长旅程》(下文简称《旅程》)与威廉斯的《玻璃动物园》相比较,就不难看出这一点。

《旅程》中的泰伦家庭并不贫困,男主人詹姆斯是知名演员,他将钱财悉

① Wakefield,T. *The Family in Twentieth-Century American Drama*. New York: Peter Lang Publishing, Inc. , 2003:2.
② 张生珍,金莉. 当代美国戏剧中的家庭伦理关系探析. 外国文学,2011(5):62.
③ 萨克文·伯科维奇. 剑桥美国文学史(第七卷). 孙宏,主译. 北京:中央编译出版社,2012:18.

数投资于田产倒卖,在家庭生活开销上却精打细算到了吝啬的地步。他曾因贪图便宜请庸医给妻子玛丽治病而致其染上毒瘾,儿子艾德蒙得了肺病,他也舍不得花钱送他去好的疗养院。虽然夫妻之间有坚实的爱情基础,父子、兄弟之间有血浓于水的骨肉亲情,一家人都努力想通过自我批评和忏悔来获得快乐融洽的家庭关系的回归,但父亲詹姆斯所秉持的金钱至上的价值观却导致家庭成员互相猜忌、责怪甚至怨恨,是家庭伦理关系异化的根源。《玻璃动物园》中的温菲尔德家庭靠长子汤姆的微薄收入勉强维持生计,在大萧条的艰难时期,经济拮据的确不可避免地引起一些家庭矛盾,但是母子、兄妹之间绝非商品化的关系。出身于南方种植园主家庭的母亲阿曼达一心想把一双儿女培养成"绅士"和"淑女",或许她潜意识中的"唯我主义"(solipsism)对其子女,尤其是对女儿罗拉产生了负面影响,①但从她的人生经历来看,金钱至上不是阿曼达的价值取向,否则她不会拒绝富有的南方种植园主而选择电话公司职员作为丈夫。有研究者指责阿曼达"把子女当作商品,忽视子女的切身利益"——她"千方百计"要把儿子留在身边让其"挣钱养家"②,又把女儿当作"吸引求婚者的物品",盘算着"女儿如何嫁个有钱人"。③ 本书笔者认为这是对阿曼达形象的歪曲和对剧作家本意的误读。跛足而自闭的女儿罗拉的幸福是阿曼达的牵挂,尽管生活上捉襟见肘,她仍送罗拉去商业学校学习打字,希望女儿学到可赖以谋生的一技之长。在第四场母子俩推心置腹的谈话中,阿曼达表示眼前她之所以反对汤姆离开家去"冒险",是因为他那不能"独立生活"的姐姐还"需要有人照料"。④ 当汤姆告诉母亲他找到了绅士访客吉姆时,阿曼达并不关心吉姆是否有钱,而是首先打听他是否酗酒。她认为"最重要的还是看他的品德",希望未来的女婿"至少是个要求上进的人"⑤。或许挣钱养家的重担和病态的家庭环境让汤姆不堪承受,或许母亲将寻找"绅士访客"的失败归咎于他让他感到委屈和无奈,汤姆的离家出走并非出于

① Wakefield,T. *The Family in Twentieth-Century American Drama*. New York: Peter Lang Publishing,Inc.,2003:58.
② 汪义群. 当代美国戏剧. 上海:上海外语教育出版社,1992:84.
③ 张生珍,金莉. 当代美国戏剧中的家庭伦理关系探析. 外国文学,2011(5):62.
④ 田纳西·威廉斯. 外国当代剧作选 3. 东秀,等译. 北京:中国戏剧出版社,1992:37.
⑤ 田纳西·威廉斯. 外国当代剧作选 3. 东秀,等译. 北京:中国戏剧出版社,1992:47.

"他意识到母亲把他当作挣钱的工具,并以挣钱的多少来认定他的价值"①。处于社会转型时期的南方人文化身份的迷失令他窒息,急于摆脱令他无法成长的母爱的羁绊,对变化和冒险的渴望才是促使汤姆抛弃家人选择逃亡的原因。温菲尔德一家的悲剧源于美国经济大萧条的影响,昭示了在北方资本主义工业化对南方社会的冲击下,个人理想与社会现实的冲突。这个家庭的悲剧也是南方文化的悲剧、南方女性的悲剧、美国梦的悲剧,但不是家庭伦理关系物化的悲剧。

那么,威廉斯家庭剧有着怎样的伦理意蕴和特点? 从剧作家"最满意的作品"②《热铁皮屋顶上的猫》(下文简称《猫》)中或许可以找到答案。

《猫》讲述的是密西西比三角洲富有的种植园主大阿爹因病将不久于人世,长子古柏和大儿媳梅、二儿媳玛吉将大阿爹 65 岁的生日聚会演变为争夺遗产继承权的战场,而次子布里克自其好友斯基普因酗酒而意外死亡之后便意志消沉,终日借酒浇愁,对遗产继承毫无兴趣。为了增加在继承权争夺中获胜的筹码,玛吉谎称已经怀孕,并逼迫布里克助其将谎言变成现实。

"遗产争夺"确实是贯穿全剧的主线,但是倘若用"遗产争夺戏"的既定目光来看待这部戏,就会如同很多误读本剧的学者和批评家们一样,认为《猫》剧"含糊""神秘"而难以理解剧中主要人物性格以及剧作家的创作主旨。③

奥尼尔也写有一部财产之争引发的家庭悲剧——《榆树下的欲望》,该剧突出反映了人们强烈的物质占有欲,刻画了金钱对人性的扭曲以及物欲所造成的家庭伦理关系的异化。父子之间毫无亲情而只是雇佣关系,三个儿子终日在父亲的农场上辛苦劳作却被剥夺了财产继承权;继母与继子产生爱情却又猜忌对方以侵吞财产为目的,导致最终继母杀婴的悲剧。《猫》剧中的大家庭里存在夫妻之间、兄弟之间、妯娌之间、父子之间、婆媳之间的诸多矛盾冲突,剧中对古柏夫妇以及玛吉急于争夺病入膏肓的大阿爹的遗产确有揭露和鞭挞,但剧中的人物关系并非全是金钱关系。大阿妈关心的就不是大阿爹的遗产,而是他的健康。大阿爹和大阿妈对小儿子布里克是充满温情的。大阿爹对金钱并不特别看重,他对布里克说:"我这辈子真正肯花心血的就只有

---

①　张生珍,金莉. 当代美国戏剧中的家庭伦理关系探析. 外国文学,2011(5):62.

②　Williams,T. *Memoirs*. New York:New Directions,2006:168.

③　Williams,T. *New Selected Essays*:*Where I Live*. Bak,J. S. (ed.). New York:New Directions Publishing Corporation,2009:76.

你，还有就是当个出人头地的种植园主这两件事。"①剧作用相当多的笔墨塑造了对遗产之争不感兴趣的布里克的形象，通过这一形象对美国社会无处不在的欺骗进行了揭露和鞭挞。正如布里克所说："欺骗是我们的生活方式。喝酒是一条出路，死亡是另一条出路。"他之所以酗酒，是因为他对充满欺骗的社会感到厌恶。布里克所说的欺骗并不是单指某个人欺骗了他，也不是指剧中人争夺遗产的战争，而是指"整个儿——事情"，也就是普遍存在的社会现实——人与人之间缺少真诚与信任，缺乏信念，其中也包括他自己为了"保全面子"死不承认他和斯基普的关系"有点不大对劲"，也就是说厌恶欺骗的布里克也一直在欺骗自己。大阿爹质问布里克："我就靠欺骗过日子——为什么你不能？"对这个问题的追问正是剧作的重要题旨。可见，此剧不只是批判金钱对伦理亲情的扭曲和对家庭伦理关系的破坏，而是着力批判美国主流社会对弱势群体的压迫和戕害，揭露欺骗无处不在的社会现实。

《猫》剧中的大阿爹是威廉斯心目中偶像型的统治者形象，威廉斯说，"我认为大阿爹有一定的道德高度和开阔的心胸，几乎算得上高尚了。"②此剧对大阿爹与次子布里克之间的父子温情的描写细腻而动人，但大阿爹对布里克的疼爱显得颇有些不近情理：曾经是橄榄球运动员的布里克早已退役，事业上毫无建树且沦为酒鬼，而长子古柏是个"滴酒不沾、为人可靠的男人"，在经营自己的律师事务所之余还帮父亲打理农场；布里克因为好友斯基普的死而对妻子玛吉耿耿于怀甚至与之分居，二人婚后迟迟没有子嗣，而古柏和梅已经有了五个"没脖子的小鬼"，并且第六个孩子即将出生。大阿爹疼爱布里克，不只是因为布里克没有把对父亲的爱建立在继承财产的基础之上，更是出于大阿爹对非传统恋爱的理解和包容。种植园的老庄园主是一对非传统恋爱伴侣杰克·斯特劳和彼得·奥彻罗，大阿爹对他们的理解和忠诚使之获得了种植园的继承权。当布里克告诉大阿爹，他和斯基普在密西西比大学就读期间将一个企图从事同性恋活动的同学赶出了联谊会时，大阿爹不以为然地说"有天大的事都吓不着我"，他自豪地宣称在密西西比种植园这个"宽敞"

①　田纳西·威廉斯. 外国当代剧作选 3. 东秀，等译. 北京：中国戏剧出版社，1992：311.

②　Don R，Williams in Art and Morals：An Anxious Foe of Untruth. In Devlin，A . J. (ed.). *Conversations with Tennessee Williams*. Jackson and London：University Press of Mississippi，1986：39.

的、"不会受旁人思想感染"的地方,他种出了"比棉花更要紧的东西——容忍。"①而与大阿爹形成鲜明对照的其他人——包括布里克自己对待非传统恋爱的态度可谓残忍,当年被他们赶出联谊会的同学遭学校开除之后无处立足,只好远走北非;斯基普向布里克坦白对他的同性之爱而导致后者与他绝交,不堪打击的他沉溺于酒精并死于过度注射镇静剂。

借《猫》剧呼吁营造理解、平等、宽容的社会伦理道德环境,用更加宽广的社会道德视野去审视家庭伦理生活是威廉斯的创作主旨,"遗产争夺剧"的简单解读乃至"又一部关于南方的淫荡性爱的作品"②的贬抑显然不准确。

威廉斯戏剧涉及南方文化、宗教以及伦理道德,展现了深广的社会内容。威廉斯通过家庭现实主义戏剧创作,批判美国社会和清教徒敌视、打压同性恋的传统,呼唤对遭受美国主流社会意识形态歧视和压制的边缘社会群体的人文主义关怀,致力于营造理解、平等、宽容的社会伦理道德环境。从表现手法看,非传统恋爱视角和社会批判指向使威廉斯走出了家庭伦理剧的单一视野,将对金钱灭绝亲情的道德谴责转换为社会批判,用更宽广的视野去审视家庭生活和家庭伦理关系。威廉斯在传达其题旨时没有采用善恶分明、扬善惩恶的传统手法,剧中大多是有缺陷的"好人","恶"在于环境,在于社会,这就使得其剧作的伦理道德意蕴深藏不露,同时也营造了一种隐晦曲折的风格和情致。威廉斯的前期家庭剧并非"毫无道德感",也并非善恶齐观,香臭莫辨,完全背弃传统的道德观。他通过书写戏剧人物的生存困境及其伦理选择,坚持"对善与恶的探索",但却没有像同时代的许多剧作家那样,着力批判金钱至上的价值观对家庭生活的破坏和对人伦关系的扭曲,其剧作充满对社会弱势群体的人文关怀,呼吁建立尊重个人选择和有利于个体发展的新的家庭伦理关系。③

① 田纳西·威廉斯. 外国当代剧作选 3. 东秀,等译. 北京:中国戏剧出版社,1992:320.
② 埃默里·埃利奥特. 哥伦比亚美国文学史. 朱通伯,译. 成都:四川辞书出版社,1994:1105.
③ 本节内容参阅:晏微微. 田纳西·威廉斯家庭剧新识. 南京师范大学文学院学报,2016(1):106-111.

二、后期剧作中异化的人伦书写

20 世纪 40—50 年代,在"麦卡锡主义"的高压之下,威廉斯不能也不敢公开谈论他的性取向问题,虽然在艺术创作中广泛融入了他本人的心路历程和生命体验,威廉斯却从未直接描写过同性人物之间超越友情的情感关系主题。时至70 年代,麦卡锡主义的白色恐怖气氛逐渐散去,美国社会对性取向问题采取了相对宽容的态度。1970 年 1 月,威廉斯在纽约接受电视访谈时首次公开承认自己是非传统恋爱者这一事实,继而他在自己的《回忆录》中大谈特谈自己的非传统恋爱经历。这部威廉斯本人承认其写作目的之一是"为了钱"的《回忆录》看似叙事毫无章法,写作思路混乱,作者在书中对自己放浪形骸的私生活和非传统爱欲心理的赤裸裸的描绘,极大地冲击着公众的道德审美底线。例如,威廉斯回忆起自己曾有一次从墨西哥城乘公路车去奎那瓦卡,可当他抵达当地并住进一家酒店之后却突然发觉自己并不喜欢这个小镇,但是他不愿意等待第二天返回墨西哥城的公路车,便高价雇用了一辆计程车连夜赶回墨西哥,因为他"迫不及待地想与那印第安混血学生亲热,还惦记着周六的狂欢舞会"①。威廉斯不仅在《回忆录》中披露晚年的他常花钱雇佣青年男子作为"旅伴",更创作了以此为题材的《白色粉尘》和《旅伴》等剧,甚至在其对契诃夫名剧《海鸥》的改编中将特里果林塑造成一名非传统恋爱作家。这种非传统恋爱书写对威廉斯的声誉和后期戏剧的接受有着不小的负面影响。

尽管 60 年代以来人权运动和性别运动的开展在一定程度上促进了人们对非传统婚恋行为的认识和理解,但同性恋等亚文化群体广受歧视的社会现状仍然广泛存在。虽然威廉斯是跻身美国上流社会的知名作家,但其艺术创作使他饱受非议,其作品被斥为出自"怪异的同性恋幻想";他以塑造女性人物形象见长,却有评论家说这些女性人物是被"当成仓库来存放某些他自己急于否认和推卸的、已经开始在他身上腐化溃烂的可厌特质"②。威廉斯戏剧探索了疯癫、非传统恋爱等所谓"病态的""古怪的"文化和心理现象,如果说

---

① 威廉斯. 田纳西·威廉斯忏悔录. 杨月荪,译. 台北:圆神出版社,1986:175.
② Haskell, M. *From Reverence to Rape*. Chicago:The University of Chicago Press,1987:250.

他的前期戏剧以隐晦曲折的表达方式给这些边缘性的题旨蒙上了一层面纱的话,那么剧作家本人的大胆作风和思想言行,使得撕下了唯美面纱的威廉斯后期剧作广受歧视,变成被排斥在主流文化之外的边缘性话语。

威廉斯晚年的处境几乎可以用声名狼藉一词来形容。在这一阶段,威廉斯依旧执着地坚持自己的艺术探索之路。除了创作那些有着自传性过强之嫌的后期作品,晚年的威廉斯还频频在报纸、电视等媒体上出现,他大谈特谈自己的新作,还公开了某些生活隐私,使其创作失去了神秘感。关于这一点威廉斯本人也有所认识,他在 1972 年 3 月 26 日所写的一篇文章中曾经谈到过这个问题并作出了如下解释:

> 成为众多报道文章的主题,以及在电视、演讲台上频繁出现给作家职业所带来的最大风险就是,你作品的有机组成部分、你赖以工作的素材在一定程度上透露给了那些看到你并阅读你作品的人们。于是,当你将这些素材写入作品的时候,(所有观众和评论家——除极少数最有耐心也是你认为是最好的)人们对此有一种似曾相识的感觉,而这些素材的运用正是你将"阴郁的技巧和艺术"投入情感宣泄的过程。

> 你会理所当然地发出疑问,为什么一个像我这把年纪的作家,已经意识到这种风险却还是在访谈和演讲台、电视上暴露自己呢(其频率之高简直像是有临床表现癖的症状)?

> 我可以给你至少两个理由。第一个理由很可能会马上引起你的共鸣。当一个几欲与世隔绝的人被迫度过很长一段极其隐秘的时期,他盼望着最终能虚无化地归隐,而此时这段时期结束了,他还活着,他贪得无厌地渴望了解到这个事实,那就是作为一个人和一个艺术家,他的确还活着。此为理由之一。另一个理由恐怕有些滑稽,有一篇关于你的糟糕透顶的报道将你说得一无是处。……于是你理所当然忘掉了手头的工作,对"采访者"的极端不公和表里不一愤怒不已。……我们干吗不写一篇文章来纠正呢?……你会感觉你的职业迎来一个生死关头,你必须有新作上演,才能纠正那些滑稽的误读和夸张。①

---

① 笔者译。本文原是威廉斯预备提交给《纽约时报》开篇文章的,后来该报选择对威廉斯进行了采访。原文参阅:Williams, T. *Suddenly Last Summer and Other Plays*. London:Penguin Books,2009:157-160.

从威廉斯的声明中我们可以看出,在经历 60 年代创作瓶颈期之后,在经历抑郁症、吸毒所致的幻想症和心脏病发作等一系列磨难的"劫后余生"之中,威廉斯誓以新的力作来纠正那些对他的"滑稽的误读"。

作为一名有非传统恋爱倾向的艺术家,威廉斯戏剧所体现的伦理道德观一直以来广受争议。如果说威廉斯侧重刻画古怪心理和病态人物的前期戏剧尚有颓废之嫌,那么《讲述皇后之死的悲伤故事》《白色粉尘》《有些模糊,有些清楚》《旅伴》和《世界小姐的非凡旅社》等直接表现非传统恋爱、背叛和背德等主题的后期剧作,则由于对异化人伦关系的夸张而荒诞的描写而被许多评论家诟病毫无道德感;其中一些剧作则因为描写了紊乱、不合逻辑的行为而导致观众和评论界攻击和声讨威廉斯戏剧毫无思想。

从本章上一节的论述中我们了解到,威廉斯剧作对伦理道德的独特表现招致学界对威廉斯伦理道德观的矛盾评判。威廉斯的家庭剧既改变了传统的"以爱情、责任和义务为基础的两性、代际伦理关系"的描写向度,也不像批判现实主义剧作那样明确地"谴责以金钱、以物质主义价值观为主导的商品社会的生活方式和道德观念",而是对家庭伦理中的善与恶进行新的探索。威廉斯扬弃了道德谴责的传统模式,以隐晦曲折的表现形式呼吁建立尊重个人选择、有利于个体发展的新的家庭伦理关系,表达剧作家关怀社会弱势群体的人文情怀和伦理精神。可见威廉斯并非如同他的批评者所说的那样毫无道德感和毫无思想。威廉斯的敏锐笔触深入"背德者"的心灵深处,道出了他们在与社会压迫作抗争的过程所感受到的无助与辛酸。威廉斯的作品迫使人们撕下道德主义的伪善面具,检讨主流人群所奉行的伦理和道德信条对弱势人群的摧残。但是这一论断主要是以《玻璃动物园》《夏与烟》和《热铁皮屋顶上的猫》等威廉斯前期剧作为依据的,那么在威廉斯广受诟病的后期作品中,威廉斯是否仍然坚持对人性进行"善与恶的探索"呢?他的后期剧作中所体现的道德观是否与前期戏剧一致呢?

笔者认为,威廉斯始终坚持着人文主义理想,但是他的后期戏剧以黑色幽默手法来表达理想破灭所致的绝望情绪,以粗俗直白的戏剧语言和残酷的戏剧书写进行对人类社会问题的深层次探索,而非传统恋爱视角使威廉斯跳出了道德评价的单一视野,以对无序、混乱的社会现状的描绘表现了人类道德的沦丧和人伦关系的异化,表达对人与人、人与自然和人与社会关系前景的绝望。致力于先锋戏剧实验的生活剧团的创始人朱迪斯·玛丽娜(Judith

Malina)曾解释说,他们在戏剧中表现吸毒的目的就是要展示"这些瘾君子之所以变成这样不是因为他们个人的品行恶劣,那是我们整个世界出现了错误的征兆"①。威廉斯的作品也启发着人们的深刻思考——在这残酷异化的世界上,有罪的并不是犯恶的人,而是制造黑暗的人。

在后期剧作中,威廉斯试图以新的戏剧形式来表现人文主义理想的破灭和人类精神的失落,表达对后现代社会权力和伦理的思考。但是这种与前期戏剧风格形成巨大反差的作品在形式上难以让评论界接受,在内容上又极易造成误读,故而招致了负面评价。威廉斯晚期戏剧《白色粉尘》和《世界小姐的非凡旅社》就是较具代表性的两部作品,剧中的所有人物都不属于传统道德观念中的正面形象,他们当中的一方受个人利益驱使甚至不明缘由地成为背叛者或施暴者,而作为受害者和施暴对象的另一方也并非毫无过错,似乎也不值得同情。威廉斯没有对他们进行道德审判,这极易引起误读,剧作家似乎通过将《白色粉尘》的男主人公塑造成无辜纯洁的形象,试图掩盖他凭借俊美外貌而寻求年长男性"庇护"的事实;《世界小姐》中闵特的无辜惨死仿佛能让读者/观众对闵特的人生际遇倍感同情。本书认为,这些剧作通过对极权统治的抗议和对战争的谴责,批判了"吃人的社会"。

《白色粉尘》中的故事发生于核战争侵袭之后的未来世界,在被核弹爆炸产生的白色碎片所笼罩的荒原上,比大气污染和自然资源匮乏更可怕的是人类的异化和道德的沦丧。如果说"爱与残忍相互交织"是 20 世纪末期后现代社会的关键词之一的话,威廉斯在本剧中所呈现的世界则更为残酷,那就是没有爱而只剩下残忍。在这个残忍的世界里,男人会在他们需要女人时利用她们,利用完之后就将她们杀掉;没有女人可供其发泄情欲的流浪汉会去性侵年轻男子;为了拿到政府奖金,情人之间会相互背叛。在这样的世界末日里,没有伦理道德的约束,也没有人可以信任和依赖。此剧中只有年轻男子卢克和年长男子马克两个人物,年轻俊俏的卢克是个孤儿,长期以来他依靠不同的年长男性"保护者"过活。作为马克的情人,他却又在晚上把自己"献给"另一个很有权势的人。马克常常来跟卢克约会,可他还收留了一个衣衫

---

① Tyetell, J. *The Living Theatre*: *Art*, *Exile and Outrage*. New York: Grove Press, 1955:155. 转引自:高子文. 吸毒与裸体:美国先锋戏剧的两个主题. 戏剧艺术,2015(5):59.

褴褛的女孩,如今因吸入过多粉尘而病入膏肓的女孩已不能使他"兴奋"了,于是马克决定赶走她——"我会把门打开,不管她是死是活,把她踢进她无力抗衡的风里。风将会把她刮走,白色粉尘会掩埋她"①。卢克无比信赖马克,将自己违反政府法令私挖水井的秘密毫无保留地告诉了他,却没想到他的情人会出卖他。

剧中人伦关系畸形异化,人们遵循只求自保的生存法则,这个描绘未来人类世界残酷景象的寓言所指向的是核战争对生态环境的毁灭性打击和政府残酷的极权统治。峡谷之中的小河完全干涸了,人们无水可用,洗澡成了有权势者的特权。政府以严酷的法令来阻止人们私挖水井,凡违令者和知情不报者都会沦为阶下囚,面临的刑期很长很长——"即使刑期满的时候你还活着,别人也认不出你了"②。

为了呈现病态的社会景观,威廉斯在《世界小姐的非凡旅社》中大量采用了粗俗淫秽的台词,一些怪异丑恶的戏剧场面描写惊世骇俗。例如,霍尔一边吃着闵特准备的茶点,一边绘声绘色地对闵特描述了他在深夜的街头偶遇一名妓女并与之发生性关系的情形。剧中人对他人尊严和生命的随意践踏令人感到震惊和费解。"世界小姐"十分反感儿子"男孩"与残疾的"双性怪物"闵特之间的关系,但是忍受着"男孩"的性暴力和性虐待的闵特只是个毫无反抗能力的受害者。"世界小姐"不仅打死了自己的儿子,还残忍地摔死了无辜的闵特。目睹老友闵特惨状的霍尔则站在一旁拍手称快,他声称"世界现在所需要的"正是闵特之死,还对"世界小姐"连声道贺,表示他"对这一切最衷心的崇敬"。③ 剧中作为权力对象和受虐者的同性恋者闵特或许算不上传统意义上品格高尚的"好人",但是由于其母亲住进精神病院、自己又突然因病致残这样的变故,并非恶人的他便受到如此令人发指的虐待,其背后的社会根源是发人深省的。

---

① Williams, T. *The Traveling Companion & Other Plays*. Saddik, A. J. (ed.). New York: New Directions Publishing Corporation, 2008: 7.

② Williams, T. *The Traveling Companion & Other Plays*. Saddik, A. J. (ed.). New York: New Directions Publishing Corporation, 2008: 9.

③ Williams, T. *The Traveling Companion & Other Plays*. Saddik, A. J. (ed.). New York: New Directions Publishing Corporation, 2008: 103.

第三节　"后戏剧剧场"实验与美国戏剧传统的矛盾

德国戏剧理论家雷曼提出的"后戏剧剧场"概念,对 20 世纪 60—70 年代以来西方新剧场的形式特征及美学价值进行了一种理论构建,指出了戏剧艺术在 60 年代之后的重大转向。在比较研究威廉斯前后期剧作的基础上,将后期剧作置于西方后现代文化兴起、西方进入"后戏剧剧场"时期的大背景下进行审视,或将有助于对威廉斯后期创作的"成败"问题展开更为深入的探讨。

一、"后戏剧剧场"概念与威廉斯的后戏剧剧场实验

威廉斯后期剧作的转型既是出于剧作家创新的自觉,也与西方戏剧思潮的变迁密切相关。亚里士多德在《诗学》当中规定了悲剧的六种因素,其中,情节、性格、思想、语言都属于戏剧的内在本质属性,而舞台形象和歌曲是外在属性,是次要因素,由此形成了戏剧(drama)和剧场艺术(theater)对立的观念,也确立了强调文本的文学性的戏剧在西方戏剧史上长期占据的至高地位。我国古代戏剧家也早已认识到戏剧文学与剧场艺术的区别,在明代,昆曲家之间曾有过"案头之曲"(汤显祖)与"场上之曲"(沈璟)的争论。法国戏剧家雷曼根据强调戏剧人的主动性创作行为的戏剧在戏剧艺术中的地位变化,对世界戏剧发展史进行了大胆的划分。他提出"后戏剧剧场"概念,以 drama 的形容词 dramatisches 来描述整个戏剧发展史,将之概括为三个阶段:"前戏剧剧场"(vordramatisches theater)时期(包括古希腊戏剧及各民族原始的戏剧形式),"戏剧剧场"时期(dramatisches theater)(古希腊戏剧之后,尤其是中世纪之后以剧本为中心的戏剧形式),和"后戏剧剧场"时期(萌芽于 20 世纪初,在 20 世纪 70 年代后蓬勃发展,直至今天)。① 雷曼先生的

---

① 李亦男. 雷曼与《后戏剧剧场》. 戏剧(中央戏剧学院学报),2006(4):78.

"后戏剧剧场"概括的是西方 20 世纪 70—90 年代出现的剧场艺术形态，[①]"剧场"在这里不指演出场所，而是各个历史阶段不同形式的戏剧的统称（其中包括 drama 这一特殊的戏剧形式）。"后戏剧剧场"是对西方当代戏剧艺术实践的一种理论构建，概括了 70 年代以来新型剧场艺术的核心特点，即对戏剧文本或剧本阐释在剧场实践层面的中心地位的颠覆。

在 20 世纪以降的世界戏剧舞台上，美国戏剧卓然特出，成就斐然。在美国建国之后一段不长的历史时期之内，美国戏剧就走上了民族戏剧的迅速发展之路并跃居世界一流戏剧之列。1920 年，"美国现代戏剧之父"奥尼尔的成名作《天边外》在百老汇成功上演并使奥尼尔荣膺当年的普利策戏剧奖，由此拉开了美国戏剧黄金时代的大幕。从 1920 年至 2022 年的今天，现代美国戏剧走过了百年历程。人类从工业时代跨入互联网时代和人工智能时代，随着电子媒介的兴盛，戏剧市场逐步萎缩，全球戏剧呈现出衰落之势，但美国戏剧的创作和美国各地剧院的票房运营仍旧繁荣，美国戏剧仍然是美国多元文化的一张闪亮的名片。那么美国民族戏剧成功的秘诀何在呢？在我看来，推重文学性的戏剧创作是 20 世纪美国戏剧成功的秘诀，也是美国戏剧在当今"戏剧衰落"时代制胜的法宝。随着 20 世纪下半叶"后戏剧剧场"新潮的兴起，当代美国戏剧体现出新的文学性特征。

20 世纪中叶以前，百老汇戏剧代表着美国戏剧。彼时的百老汇戏剧由奥尼尔开创，奥德茨、安德森、怀尔德、威廉斯、米勒和英奇等一批美国剧作家的创作成果积累确定了美国戏剧的传统，是具有美国特色的"中产阶级家庭生活的现实主义情节剧"。这一定义概括了美国戏剧在形式和内容上的主要特点："中产阶级"的"家庭生活"是美国戏剧的主要题材；"现实主义"是美国戏剧主导性的创作原则；而"情节剧"则表明美国戏剧的情感化、情节化的特色。

20 世纪 50 年代，米勒和威廉斯将百老汇戏剧推向艺术和商业的巅峰，然而随着 1956 年贝克特的《等待戈多》在纽约上演，美国的后现代主义戏剧开始萌芽；爱德华·阿尔比的《动物园的故事》和杰克·盖尔伯的《接头》的上演，标志着美国后现代主义戏剧的发端。60 年代以降，随着越来越多的优秀

---

① 麻文琦. 后戏剧剧场的"后现代性"——兼议"呼唤戏剧的文学性"问题. 戏剧（中央戏剧学院学报），2019(4)：40.

剧作在百老汇之外的旧金山、西雅图等地剧院上演,百老汇渐渐丧失了其核心地位,美国戏剧进入了后百老汇时代。后百老汇戏剧与百老汇戏剧的差别不仅体现在创作原则和戏剧形式方面,更体现在戏剧精神上,这种戏剧精神就是百老汇戏剧/美国传统现实主义戏剧的文学性。以奥尼尔为代表的美国现实主义戏剧家以文学性、表演性并举,甚至于偏重文学性的高水平剧作,将年轻的美国戏剧迅速提升为世界级水准,而威廉斯的创作则使美国戏剧文学水平进一步提升的态势得以延续。后百老汇戏剧体现出了偏离文学传统而重视舞台演出的倾向,这一倾向不仅体现在"外百老汇"和"外外百老汇"出现的"机遇剧"等后现代主义戏剧中,甚至于米勒和威廉斯等文学戏剧家也纷纷表达了"文学上的优点并非衡量剧本的尺度"这样的戏剧观,其中威廉斯对这一观点的阐述从一个侧面反映了其后期戏剧创作风格骤变的思想根源:

> 在我这个离经叛道者的眼里,印在纸上的剧本充其量不过是一出戏的影子,甚至连一个清晰的影子都算不上……一出戏的铅印本充其量不过是建筑师手中一间还没有盖好或者盖好了又毁掉的房屋的蓝图。
>
> 绚丽的色彩,优雅的动作和飞升,动态的构图,活生生的东西迅速地交互作用,像是凌空中云朵里忽隐忽现的闪电——这一切才是一出戏,纸上的空话怎能称为戏呢?[1]

虽然威廉斯戏剧始终没有背离"剧本为一剧之本"的百老汇戏剧文学传统,威廉斯后期戏剧也与某些主张"去文学剧本化"的后现代主义戏剧观念判然有别,但威廉斯的这番话反映出了他的戏剧美学思想发生了某些变化,这一时期威廉斯的戏剧也随之发生了一些形式上的变化——戏剧空间从实物环境走向空洞;时间从确定走向不确定;人物形象模糊、抽象化;戏剧情节也逐渐失去完整性,成为某种场景化的象征;一种抽象的理性或非理性取代了具体的情感;剧场关系也随之变化,戏剧不再令观众陶醉,而是让观众警醒,有些剧作还运用歌队或者是让剧中人物直接向观众提出一些意味着存在困境的问题。

---

① 中国社会科学院外国文学研究所,外国文学研究资料丛刊编辑委员会. 外国现代剧作家论剧作. 北京:中国社会科学出版社,1982:300.

二、威廉斯的艺术创新与美国戏剧传统的矛盾

受经验主义哲学思潮的深刻影响,美国主流文化向来排斥过于前卫的非主流文学艺术形式。在戏剧艺术方面,现实主义精神是 20 世纪美国戏剧思潮的起点,现实主义始终是 20 世纪美国戏剧的主潮。在 19 世纪下半期,美国现实主义戏剧崛起并得到迅速发展,20 世纪初期从欧洲传入的表现主义戏剧等现代派戏剧的冲击改造了美国现实主义戏剧的模式,却没有动摇现实主义的根基。20 世纪 60 年代以降的后现代思潮也曾一度在美国舞台上掀起后现代主义先锋戏剧的热潮,然而后现代主义戏剧还没在美国土地上站稳脚跟,70 年代下半叶以降,美国戏剧就出现了回头写实的趋势。更何况,美国特色的后现代主义戏剧也并没有完全脱离现实主义传统,没有欧洲荒诞派戏剧和后现代主义戏剧那样的观念上的前卫性。在经历 20 年代现代主义热潮和 60 年代后现代主义风潮的洗礼之后,美国现实主义戏剧的风头不但没有缩减,反而呈现出新的面貌,焕发出更强的生命力。

在作为美国戏剧名片的百老汇戏剧舞台上,演出的剧目绝大部分都是能迎合美国观众欣赏趣味的、具有商业价值的现实主义戏剧,而进行先锋戏剧实验的戏剧家的作品只好进入"外百老汇"和"外外百老汇"的潮流剧院。

20 世纪 50 年代,荒诞派戏剧出现于西方剧坛,由于它与现代主义戏剧既有区别又有联系,人们称之为"后现代主义戏剧"。60 年代以降美国剧场艺术极为繁荣,涌现出排斥文学文本的潮流,出现了以随机性、偶发性、片段性为特质的"随机戏剧"等后现代主义戏剧艺术形式,以及以罗伯特·威尔逊(Robert Wilson)、杰克逊·麦克劳(Jackson Maclow)等为代表人物的后现代主义戏剧家。后现代主义哲学的代表人物大多是法国思想家,如利奥塔、福柯、德里达、博德里亚等,但最能体现后现代主义戏剧特征的却是美国的纽约伍斯特剧团(The Wooster Group)等实验戏剧团体和理查德·福曼(Richard Foreman)等艺术家。虽然 20 世纪 60—70 年代先锋实验戏剧在美国经历了短暂的繁盛时期,现实主义戏剧却始终是 20 世纪美国戏剧的主潮。

美国在 60 年代曾一度掀起了反体制的先锋戏剧高潮。当时的美国剧坛新秀爱德华·阿尔比,以其具有欧洲荒诞派戏剧艺术特色的戏剧创作而被艾斯林列入荒诞派戏剧家的行列。然而鉴于阿尔比戏剧与欧洲荒诞派戏剧在

戏剧主题和戏剧手法上存在诸多差异,曾有多位学者对艾斯林界定阿尔比为荒诞派不大认可,他们纷纷指出阿尔比戏剧与现实主义戏剧传统有着更为密切的关系。例如,郭继德认为阿尔比"是一位成就卓著的现实主义剧作家,但在美国他受荒诞剧影响最大"[1];胡静等分析论证了阿尔比戏剧与欧洲荒诞派戏剧的区别,指出阿尔比戏剧的"非荒诞性"。[2] 而阿尔比本人也并不认同自己是"荒诞派剧作家",他曾说:"人们认为我是荒诞派的一员,这让我很生气。此前我从没听说过这个术语。"阿尔比声称荒诞派其实就是我们时代的"现实主义剧派"。[3]

美国的荒诞派和后现代主义戏剧高举反叛百老汇戏剧的旗帜,然而现实主义戏剧传统在美国有着近乎根深蒂固的坚实基础,反叛现实主义的所谓"外百老汇戏剧"和"外外百老汇戏剧",并没有极端化到与现实主义传统截然对立,而是体现出不同于欧洲荒诞派戏剧的某些特征。以较具代表性的两位剧作家阿尔比和谢泼德的戏剧创作为例便可说明,在美国这个具有丰厚现实主义戏剧土壤的国家,即使是在后现代思潮席卷西方世界的 20 世纪后期,完全背离现实主义的戏剧也是难以获得成功的。

曾两次获得普利策奖的阿尔比被认为是美国荒诞派戏剧家的代表,其成名作《动物园的故事》剧情简单、荒诞意味强烈。该剧描写了一个星期天下午,流浪汉杰瑞从纽约动物园来到中央公园,遇到坐在公园长凳上看书的彼得。杰瑞想方设法与彼得聊天,他告诉彼得有关动物园的故事,还把他自己的隐私告诉彼得,同时不停地打听彼得的私人情况,彼得不耐烦地敷衍应对。随后,杰瑞开始争夺彼得所坐的长凳,在两人厮打过程中,彼得捡起杰瑞扔给他的一把刀,杰瑞主动向刀扑去而被刺中身亡。本剧主题是要说明人类社会就是动物园的翻版,剧中所演绎的故事经常发生于动物园之中,人类社会的荒诞性使人与人之间高度异化、孤立,人类如同被兽笼隔开的动物一样,无法与世界及同类之间进行必要的接触与交流,从而导致人与人之间的荒谬与冷

171

① 郭继德. 美国现实主义戏剧舞台艺术风格的"轮回"//虞建华. 英美文学研究论丛. 第五辑. 上海:上海外语教育出版社,2000:130.
② 胡静. 走出"荒诞"——论爱德华·阿尔比戏剧的非荒诞性. 戏剧艺术,2014(5):76-83.
③ 曾艳兵. 荒诞的意义. 中国图书评论,2017(1):28-29.

漠关系。① 这是荒诞派戏剧的一个经典主题。但在戏剧形式上，《动物园的故事》更接近易卜生而不是贝克特，它有具体的戏剧场景，完整明晰的戏剧情节，直浮文字之上的有形的戏剧冲突。虽然阿尔比宣称"我们在百老汇看到的那些东西根本就不是戏"，但他的戏剧态度远比其戏剧实践更激进。他的下一部名剧《谁害怕弗吉尼亚·伍尔夫》(Who's Afraid of Virginia Woolf?, 1962)在戏剧题材和风格上明显受到《欲望号街车》的影响，体现出现实主义的回归倾向。阿尔比致力于融合中产阶级家庭生活现实主义传统与后现代主义技巧，但是阿尔比戏剧并不是美国后现代主义戏剧的代表，阿尔比身后的谢泼德的戏剧代表了美国后现代主义戏剧的最高成就。谢泼德成功地将欧洲后现代主义戏剧技巧与各门类艺术要素相融合，继承并超越了美国戏剧传统，创作出了具有美国风格的后现代主义戏剧。

出生于1943年的山姆·谢泼德是继奥尼尔、米勒和威廉斯之后最重要的美国剧作家之一。谢泼德以先锋派剧作家的身份登上60年代初的外外百老汇戏剧舞台，其60年代的剧作构成了一个"充满未完成的行动，不连续、不和谐、突变和无逻辑的"世界，被科恩②称为"拼贴画"，又被迈克尔·史密斯(Michael Smith)称为"唤起行为之后的存在的格式塔戏剧"③。谢泼德的《牛仔第二号》(Cowboys #2, 1967)以超验的感知方式描写了地点不明的戏剧背景中的两个年轻人，他们时而是现实中的城市青年，时而又在想象中表演西部牛仔。在作为牛仔伙伴时，他们和睦共处，而回到现实生活中时他们孤独迷茫。1967年之后的十年间，谢泼德戏剧中体现了自我与社会的激烈冲突等现实主义戏剧主题，在戏剧叙事上也有所变化，出现了连贯的情节。其中1972年的《罪恶的牙齿》(The Tooth of Crime)等剧具有激进的后现代主义风格，以对美国戏剧结构和对传统人物性格的双重解构来创造"现实主义之外的另一种真实"，充分体现出美国后现代主义文化精神。然而谢泼德的这些后现代主义戏剧并未得到美国评论界的太多青睐，谢泼德本人也在1976年美国讽刺幻想剧盛行之时，转向了家庭剧的创作。事实表明，相比谢泼德的后现代主义拼贴剧和奇幻剧，美国评论界更认同回归传统的家庭现实主义

① 张军. 两幅荒诞画卷下的沉思——《动物园的故事》与《最后一盘录音带》之比较研究. 国外文学，2011(1):149.
② Ruby Cohn. 戏剧学者，贝克特研究专家。——笔者注。
③ 王和月. 追求超越的灵魂——山姆·谢泼德及其剧作. 戏剧艺术，1989(4):69.

戏剧——《被埋葬的孩子》(*Buried Child*,1978)获得评论界高度赞誉并为谢泼德赢得了普利策奖,《心灵的谎言》(*A Lie of the Mind*,1985)获纽约戏剧评论家协会奖,这两部剧作与谢泼德早期的后现代主义戏剧相距甚远,明显回归了美国现实主义传统。

"后戏剧剧场"美学与后现代哲学精神之间存在着密切关联。从以上对阿尔比和谢泼德的戏剧创作经历的回顾可以看出,后现代主义戏剧在美国土壤上即使生根发芽了也是难以发展壮大的。要探究深层次的原因就有必要了解美国戏剧与欧洲戏剧生态和戏剧传统的区别,以下这段文字或许能帮助我们思考荒诞派戏剧和后现代主义戏剧创生并繁盛于欧洲而非美国的原因:

> 20 世纪西方戏剧大致可以梳理出三个传统:一是英美戏剧传统,受经验主义哲学的影响,从实用主义出发,英美戏剧一直徘徊在现实主义戏剧的道路上,特别前卫的形式探索在英美始终没有形成主流。二是德国戏剧传统,日耳曼民族十分强调理性,"在戏剧观上反对亚里士多德的模仿论和净化说,主张戏剧形式的革新和舞台幻觉的破除;在戏剧形式上摒弃亚里士多德式戏剧的严密结构,将内在冲突而非外部冲突的表现置于首位,与此同时传统现实主义戏剧典型化的人物形象塑造方法也被抽象化的方法取代。"三是法国戏剧传统,浪漫的高卢人特别崇尚非理性,喜欢在戏剧形式上标新立异,具有极大的艺术包容性,一切艺术观念都能在法国找到自己的土壤。从象征主义戏剧到超现实主义戏剧,从存在主义戏剧到荒诞派戏剧,非理性的元素一直贯穿始终,并形成了比荒诞的外延更宽泛的怪诞风格。[①]

从上文对美国戏剧思潮和西方戏剧传统的比较说明之中可以看到,缺乏强大的艺术包容性是偏离现实主义传统的戏剧在美国剧坛难以取得长足发展的一个重要原因。而对于曾取得过现实主义戏剧创作的卓越成就的威廉斯来说,这一因素恐怕显得更为突出了。威廉斯虽未被雷曼列入后戏剧剧场的代表人物名单,但其后期创作可归入后戏剧实验的范畴。在威廉斯最后一部获奖作品《蜥蜴之夜》问世直至他猝然离世的 22 年间,这位曾被誉为继奥尼尔之后美国剧坛上首屈一指的剧作家一直毫不懈怠,苦苦挣扎在冲破自己

① 严程莹,李启斌. 西方戏剧文学的话语策略:从现代派戏剧到后现代派戏剧. 昆明:云南大学出版社,2009:103.

所营造的重茧的努力之中,不断追求艺术创新,但再也没有重现昔日的辉煌。他逐渐淡出了百老汇的喧闹舞台,也不再是剧评家所竞相追捧的对象。

威廉斯在其《回忆录》里曾多次论及他在创作生涯后期为开创新的戏剧形式所作的努力,表达了其艺术创新不为观众所接受带给他的困扰。1973年《呐喊》在美国康涅狄格州纽黑文的舒伯特剧院进行了世界首演,在首演之前,威廉斯应邀与耶鲁大学戏剧系的学生举行了一次小规模的座谈会。大约不过 50 人参加了座谈,其中还有中途离场的学生,在威廉斯看来,这些年轻的学生们见到自己"是一式的全无任何情绪反应的表情"[①],威廉斯难掩他颓丧的情绪,他渴望自己的艺术创新得到观众的认可,却又似乎对此毫无把握。威廉斯的前期戏剧所取得的巨大成就是举世公认的,同时这种成就也成为威廉斯进行戏剧艺术创新和实现自我突破的巨大障碍。威廉斯本人显然也意识到了这一点,他在《回忆录》中曾谈及他的后期剧作所遭受的冷遇并分析了可能造成这一局面的原因:

> 坦白说,我真的不知道自己在这个国度从事的戏剧工作是否还能获得具有说服性的好评……我觉得近年来他们(观众——笔者注)对我这种戏剧领域有一种很执拗的排斥。他们似乎已经被一种与我所从事的十分不同的戏剧所支配了。[②]

诚如威廉斯所说,美国观众似乎只欣赏威廉斯早期的亚里士多德式戏剧,却无法接受他晚期的实验戏剧。威廉斯后期的实验戏剧在一定程度上偏离了传统的现实主义风格,呈现出后现代主义思潮浸润之下的先锋戏剧特征,但这些剧作都不太受观众和评论界肯定和欢迎,有些剧目甚至还受到过严厉的抨击。1963 年以降评论家眼中的威廉斯突然间变得"无能"了,因为威廉斯 1962 年写了一部有别于亚里士多德式冲突概念的戏剧《牛奶车不再在此停留》。这部戏讲的是在意大利的一幢别墅里,一个因患肺结核而垂死的专横的美国女演员弗洛拉·戈福丝,正在向她的秘书布莱基口述有关她的生平以及她的六次婚姻经历的回忆录。布莱基与戈福丝气质迥然不同,她是一个头脑清醒的年轻的新英格兰寡妇。一个名叫克里斯·弗兰德斯的年轻诗人意外地来到这所别墅。戈福丝打算让克里斯做自己的情人,然而一个朋

---

① 威廉斯. 田纳西·威廉斯忏悔录. 杨月荪,译. 台北:圆神出版社,1986:5.

② 威廉斯. 田纳西·威廉斯忏悔录. 杨月荪,译. 台北:圆神出版社,1986:7.

友却劝她把克里斯打发走并透露说,克里斯往往在有钱女人快要死去时前去与她们交好,因此被人称为"死亡之神"。克里斯一面承认他的确希望从有钱的戈福丝女士这里捞到好处,一面又对布莱基解释说,他确想在这位女演员的有生之年给她焦虑不安的生活带来慰藉。戈福丝意识到自己在情感上受制于克里斯,便故意让他饿肚子,以使他屈从自己,克里斯只好离开了。但是戈福丝又意识到自己非常需要克里斯,便又命令布莱基把克里斯叫回来,以便自己能在他那"宁静的陪伴"下度过人生最后的时刻。《牛奶车不再在此停留》中少有激烈的冲突,剧中通过戈福丝的长篇告白,表达了她对将尽生命的留恋。迈克尔·帕勒(Michael Paller)在《一个女人死亡的日子:〈牛奶车不再在此停留〉与能剧》(*The Day on Which a Woman Dies*:*The Milk Train Doesn't Stop Here Anymore and NŌ Theatre*)一文中指出了本剧在主题和戏剧形式上与能剧的亲缘关系——剧中故事发生在生与死的边界,剧中的朝圣者遇到了一个人物,其未实现的、不安的灵魂需要从唯物主义的幻觉中解脱出来。简言之,威廉斯在创作他的"能剧"①。

1962 年 7 月《牛奶车不再在此停留》首演于意大利,1963 年 1 月在百老汇演出期间恰逢报业罢工,少有评论家观看,演出勉强维持了 2 个月,共计 69场。威廉斯努力修改剧本,希望它成功复演。一年之后由新的演员和导演班底制作的版本重新登上了舞台。这次观演的评论家众多——然而仅演出五场便谢幕了。作为威廉斯的长期拥护者的沃尔特·克尔认为,在这部剧中他"听到的是自我模仿的声音,一种受众多评论家诟病的在大多数威廉斯作品中能听到的声音"。学界其他评论者也毫不客气,抱怨说该剧充斥着一长串松散的对话,人物塑造过于富有象征性而不真实。直到十几年之后的 1977年,杰拉德·威尔斯(Gerald Weales)的评论依然是否定性的:"没有冲突,没有真正的摩擦……《牛奶车》想象性的沉闷类似于《大路》……很显然,稍早的作品更加有趣。"②

由此可见,戏剧观众和评论界惯以"人物塑造必须真实""必须有冲突"等现实主义标尺衡量威廉斯的剧作,忽略甚至贬低威廉斯后期实验剧作,拒斥

---

① Kolin,P. C. (ed.). *The Undiscovered Country*:*The Later Plays of Tennessee Williams*. New York:Peter Lang Publishing, Inc. ,2002:25.

② 本页中克尔和威尔斯的评论参阅:Kolin,P. C. (ed.). *The Undiscovered Country*:*The Later Plays of Tennessee Williams*. New York:Peter Lang Publishing, Inc. ,2002:26.

威廉斯的艺术创新。比格斯庇注意到了威廉斯的晚期剧作《呐喊》(《两个人的戏剧》)等剧与贝克特、品特和阿尔比荒诞派作品的相似性,他在对比了威廉斯戏剧与贝克特戏剧在美国的接受之后指出:

> 尽管贝克特作品与威廉斯晚期戏剧有着如此多惊人的相似之处,观众和评论家们对两位剧作家的评价却大相径庭。总的来说,威廉斯的实验戏剧从未被观众和评论家所完全接受,而相比之下,贝克特戏剧在美国的接受情况则更为乐观。美国观众起初抗拒贝克特标新立异的戏剧风格,但最终赞赏其创新性和特殊意义;而评论界则从一开始就称赞贝克特作品为成熟的、先锋的、闪耀着哲理光辉的戏剧。①

第四节　威廉斯后期剧作对评论界和观众
期待视野的逾越

威廉斯的后期剧作不受欢迎,这与美国评论界和观众追求戏剧和文学作品的消遣娱乐功能是分不开的。②

一、评论界对威廉斯后期剧作否定性形象的建构

文学艺术作品本身水平的高低固然对其接受与评价起着决定性的作用,但外力的建构与文学经典的形成亦有着十分密切的关系。对于这一点,威廉斯的《玻璃动物园》一剧的演出和传播就可谓是典型的例证。1944 年,已从事文学创作 10 年有余的威廉斯虽已有几部剧作得以搬演,还曾有数部独幕剧被列入"美国戏剧"和"最佳独幕剧"的名单,但他还只是个需要靠做饭店收银员、工程师事务所电传打字机操作员等零工来维持生计的非职业剧作家。是年 12 月《玻璃动物园》在芝加哥首演,由于交通系统罢工运动和风雪天气,

---

① 笔者译。原文参阅:Bloom,H. (ed.). *Modern Critical Views:Tennessee Williams*. Updated ed. New York:Infobase Publishing,2007:126.

② Bloom,H. (ed.). *Modern Critical Views:Tennessee Williams*. Updated ed. New York:Infobase Publishing,2007:129.

当月的演出票房并不理想。所幸的是该剧受到了克劳迪埃·加斯迪和阿斯顿·斯蒂文斯这两位剧评家的交口称赞,他们一再在各大报纸上撰文褒扬该剧,为该剧后来在芝加哥的巨大成功作了有力的铺垫,并促使《玻璃动物园》于 1945 年 3 月 31 日登上了百老汇舞台。在百老汇演出两周后,该剧获得"纽约戏剧评论家协会奖",威廉斯由一名业界新人一举成为家喻户晓的剧坛大腕。

但是在威廉斯的声誉走下坡路的 60 年代,个人生活变故和事业危机使威廉斯精神崩溃。在医院接受了 3 个月的治疗之后,威廉斯重拾信心,他将自己在过去 10 年中所遭受的精神创伤和聚集已久的创作激情融入《牛奶车不再在此停留》《大地王国》和《在东京旅馆的酒吧里》等剧本的创作中。然而这些剧作反响平平,有评论家甚至批评说作为剧作家的威廉斯已经"死去"。威廉斯在 60—70 年代和 80 年代初期创作了一大批在今天看来十分符合现代人的视觉审美情趣、具有革新精神、大胆叛逆的作品,如《我无法想象明天》、《两个人的戏剧》(后改写为《呐喊》)、《老虎尾巴》和《脚步要轻柔》等。但是当时苛刻的批评家们并不买他的账,他们希望看到的是他一成不变的创作风格,而对他大胆的创新横加指责,致使他的声誉急转直下。然而,威廉斯并不为这些评论家所左右,他一如既往地走自己的创作道路。①

白先勇曾描述过 60 年代初期威廉斯从事业巅峰突然之间跌落谷底的情形,并指出 60 年代美国社会文化巨变引起的观众欣赏趣味的变化是导致威廉斯后期戏剧不受欢迎的重要原因,而威廉斯与评论界关系的恶化更导致了其剧坛地位的衰落:

> 一度为他喝彩欢呼的剧评家不再捧场了,他们一齐举起了鞭子,朝他挞笞过来,六十年代,威廉斯的每一部戏登台,评论界都是一片嘘声,他的观众也弃他而去,他们的喝彩声转而投向了后起之秀爱德华·阿尔比,阿尔比的《灵欲春宵》(*Who Is Afraid of Virgina Woolf?*)②一九六二年登上百老汇,轰动的情况不下当年《欲望号街车》。③

① 韩曦. 百老汇的行吟诗人——田纳西·威廉斯. 北京:群言出版社,2013:92.

② 大陆学者多将此剧名译作《谁害怕弗吉尼亚·伍尔夫?》。——笔者注.

③ 白先勇. 人生如戏——田纳西·威廉斯忏悔录//威廉斯. 田纳西·威廉斯忏悔录. 杨月荪,译. 台北:圆神出版社,1986:3.

白先勇的这段描写说明了剧评家的否定给威廉斯后期戏剧的接受所造成的阻碍。萨迪克在其专著《名誉政治：田纳西·威廉斯后期剧作的批判性接受》中从学术研究史的角度探究了威廉斯后期剧作失败的原因，作者反思学界成说——即认为威廉斯后期作品是其"酒精麻醉"的产物，指出威廉斯后期剧作遭受贬评的真正原因是学界不能容忍威廉斯有意识地追求新的反现实主义戏剧形式的努力，并指出"威廉斯在美国实验戏剧领域占有重要地位"。但即便萨迪克对威廉斯后期戏剧作出了肯定性评价，这部著作的结尾却又流露出作者对晚年威廉斯的轻蔑——"到了 20 世纪 70 年代，这位伟大的艺术家沦落为人们眼中满口胡言、吸毒成瘾的肮脏老头，只能在《回忆录》中用淫秽的漫谈进行着自我表达"[①]。

二、威廉斯的喜剧创作与黑色喜剧的审美接受

威廉斯的悲剧创作在世界剧坛广有影响，尽管威廉斯也创作了为数不少的喜剧作品，但这些作品大多没有引起关注。

威廉斯的早期独幕剧中有几部十分出色的浪漫喜剧。1935 年 7 月 12 日首演于田纳西州孟菲斯的"花园表演者"(Garden Players)社区剧院的独幕喜剧《开罗！上海！孟买！》(*Cairo！Shanghai！Bombay！*,1935)是威廉斯生平首部被搬上舞台的戏剧；独幕剧《魔塔》在当年密苏里州圣路易斯举行的独幕剧竞赛中荣获一等奖；威廉斯于 1939 年偶然接触到劳伦斯的作品，立即感觉到自己与这位伟大的作家心灵相通，于是他在 20 世纪 40 年代创作了一系列与劳伦斯相关的作品，其中寓言式喜剧《牵牛花破坏案》部分借鉴了劳伦斯的小说《狐狸》(*The Fox*,1922)；三幕浪漫主义喜剧《你抚摸了我》由劳伦斯同

---

① 参阅：Londré，F. H. The Politics of Reputation：The Critical Reception of Tennessee Williams' Later Plays (review). *Comparative Drama*，2000，34(2)：265.

名小说改编而成。^①

　　威廉斯后期创作中有数部多幕喜剧,其中包括浪漫喜剧《玫瑰文身》、严肃喜剧《调整时期》、爱情喜剧《梅里韦瑟先生会从孟菲斯回来吗?》和《科雷夫·科尔的美好星期天》、哥特式喜剧《大地王国》和《摇摇欲坠的房子》等。

　　60年代以降威廉斯的后期戏剧创作出现了转向,不再以家庭悲剧为主,以现实主义与荒诞手法相结合的黑色喜剧,成了后期威廉斯戏剧的主要样式。从美学上看,黑色喜剧有别于乐观的、闪耀着理想主义光辉的"阳光喜剧";也不同于感伤的、带有忧郁气质的"月光喜剧"^②,它是由绝望的悲剧主题和滑稽的喜剧形式互为表里的悲喜剧,是"绝望的"、带有悲剧性特质的喜剧。作为反映新的时代背景和剧作家生命体验的载体,黑色喜剧有利于体现对灾难、死亡、恐惧、虚无等黑暗景象的强烈感受。黑色喜剧与60年代美国文学中的黑色幽默有着某种必然的联系,代表黑色幽默派的主要是小说家及其小说作品,威廉斯在戏剧领域的黑色幽默探索具有开创性。

　　莎士比亚的《第十二夜》等反映喜剧基本形态的"阳光喜剧"历来广受大众欢迎;以契诃夫喜剧为典型代表的"月光喜剧"能将人文底蕴和商业元素很好地融合,最符合社会中产阶级的趣味;而自有远大的目光和抱负的黑色喜剧作为小众艺术,是深刻的喜剧,处于喜剧金字塔的顶端,往往被认为太过严肃,不够"喜剧",逾越了大众的审美接受能力和期待视野。因此,威廉斯就不免会陷入知音难觅的尴尬处境之中。

　　1966年威廉斯将两部并不相似的戏剧放在一起,以《粗俗滑稽悲剧》为名在外百老汇上演。这两部剧是色调阴冷而又欢闹滑稽的《伤残者》和《淑

---

① 1942年5月威廉斯完成本剧的手稿之后,他写下了本剧的序言,强调,"劳伦斯主题:他对生命的赞美和对消极/悲观的憎恨……他坚持以人与人之间热烈、迅速、直接而生气勃勃的接触来反抗彬彬有礼的社会关系中的沉沉死气。他对肉体接触的神奇力量的坚信。他讨厌故步自封的地方和人,倡导走出去,而不是自我封闭。他对不育的理性主义的反对,以及对真实的诚恳、纯净、轻松、无畏的态度。生命的力量能在无形中冲破限制和禁忌"。同时威廉斯写下这样一段话评论自己与温德姆合写的手稿:"本剧的喜剧效果对劳伦斯的原作有一种危险的偏离,因为劳伦斯不具备普遍意义上的幽默感。坦白来讲,我们的这部剧更易于让人接受。"参阅:Moschovakis, N. & Roessel, D. Introduction: Those Rare Electrical Things Between People. In Williams, T. *Mister Paradise and Other One-act Plays by Tennessee Williams*. New York: New Directions Publishing Corporation, 2005: xxix.

② 赵耀民. 从喜剧的思维和形态看喜剧精神. 戏剧艺术, 2014(1): 11.

女》。在评论界和观众看来,无论是剧集名称"粗俗滑稽悲剧"还是戏剧本身都不太成功。但是威廉斯的喜剧与正剧有诸多相似之处,二者的分界线是不确定的。就这一点来说,威廉斯与契诃夫和贝克特倒是不无相似之处——他的幽默来自剧中人物琐细、失落、暴力或绝望的生活。威廉斯喜剧剧本中的严肃戏剧成分占主导地位,而舞台演出则更能表现出威廉斯喜剧的节奏。如果只是阅读剧本而不看舞台演出的话,这些戏剧中的幽默元素和喜剧特质也是难以感受得到的。据说威廉斯在其戏剧上演过程中,曾有数次于某严肃的时刻突然大笑起来,而观众则摸不着头脑,不明白是什么这么有趣,也不知道坐在后座上的那个"疯子"是谁。①

第五节　威廉斯后期剧作的缺失

在肯定威廉斯后期剧作所取得的成就的同时,这些剧作中所存在的缺陷是不可否认的,长期以来评论界对威廉斯后期戏剧的贬评并非毫无依据。虽然威廉斯在创作后期仍锲而不舍地坚持自己认定的艺术道路和追求,积极进行戏剧创作的转型,但多数后期剧作的成就没有达到超越其前期剧作的高度。概括起来,威廉斯后期剧作的缺失主要体现在以下几个方面:

一、自传式书写与思想性及文学品位的下滑

作家的个人生活经历无疑会极大地影响其文学创作,为数不少的作家的作品都带有较为明显的自传性质。

美国戏剧史上以剧作家个人经历和自己的家庭生活为题材的剧本为数众多,除了威廉斯的《玻璃动物园》,还有多部知名作品,其中包括奥尼尔的《进入黑夜的漫长旅程》、米勒的《两个星期一的回忆》《堕落之后》和《美国时钟》、威廉·英奇的《楼梯顶上的黑暗》、理查德·安德森的《我从不为父亲歌

---

① Keith T. Introduction：A Mississippi Funhouse. In Williams，T. *A House Not Meant to Stand*：*A Gothic Comedy*. New York：New Directions Publishing Corporation，2008：XIV.

唱》、尼尔·西蒙的《从军布鲁斯》以及山姆·谢泼德的《心灵的谎言》等。很多作家并不否认其作品具有自传性,米勒曾宣称:"我所有的剧作都是自传性的。"①谢泼德在创作后期也越来越多地掺入自己的成长经历,他甚至曾在一次谈话中断言:"我认为除了个人的深刻经历以外,没有什么值得写的,其余的都是空的。"②美国戏剧家们频繁地以自己的家庭和个人经历为切入口,展现他们对过去生活的反思和对理想生活的憧憬,反映他们对自己、对亲人、对家庭的复杂认识和对人生意义的哲理体认。

在威廉斯各个时期的剧作中都可以发现他的自传体作品。威廉斯曾因其戏剧题材中过多的自传性因素而受到诟病,其后期剧作更是被质疑过于个人化,人们认为威廉斯在创作后期不断重复其前期作品的主题和题材,这种对个人经历的反复摹写是其"江郎才尽""写干了"的表现。威廉斯曾在《回忆录》中坦承其个人的人生经历和生命体验在其艺术创作中占有重要地位:"我的作品永远不外表现我的世界与我的经历。"③面对舆论质疑,威廉斯曾多次作出回应,他认为只有以自己的亲身经历和切身体验为戏剧要素,才有可能创作出"真实"的而非"虚构"的戏剧作品。他曾以如下声明来表达自己崇尚"真实"的戏剧观:

> 剧作家该不该将自己的形象写入作品呢?
>
> 我的答案是:"除此之外他还能做什么呢?"——我的意思是说,所有富于创造性作品的根基就在于表达与作家本人经历密切相关的事物。否则,这个精心创作(executed)而非生产(manufactured)出来的作品不就是虚构的(synthetic)吗? ……作家有责任将自己的经历加以提炼和升华之后写进作品,使之成为广大观众可以切身感受到的元素:"这就是真实。"在所有的人类经验当中,有一些讲述者与倾听者都能理解的相似之处。艺术家的职责就在于,尽管会引起受众的不安,也要使自己直接或间接获得的经验得以传达和理解。④

① 汪义群. 奥尼尔创作论. 转引自:罗晓帆. 余心可察——略谈美国自传体剧作. 艺术百家,1987(1):103.

② 转引自:罗晓帆. 余心可察——略谈美国自传体剧作. 艺术百家,1987(1):105.

③ 威廉斯. 田纳西·威廉斯忏悔录. 杨月荪,译. 台北:圆神出版社,1986:7.

④ 笔者译。原文参阅:Williams, T. Too Personal? In Williams, T. *Suddenly Last Summer and Other Plays*. London:Penguin Books,2009:157-160.

恰如威廉斯所言,他在各个创作时期都曾"将自己的经历加以提炼和升华之后写进作品",这在其前后期剧作的叙事视角方面得到了清晰的体现。前期创作出自"青年威廉斯"的叙事视角,而后期创作则出自"老年威廉斯"的视角。

早期独幕剧《湖边的夏日》(*Summer at the Lake*,1937)中 17 岁的唐纳德·芬伟就是以威廉斯本人为原型的,这个"梦想家"式的敏感少年的形象与《莉莉你为何吸烟?》中的莉莉、《圣徒火刑》中的埃洛伊和《玻璃动物园》中的汤姆等形象都有着很多相似点。威廉斯成名之前曾做过多种工作,包括在鞋业公司仓库配送皮鞋、在电影院当引座员、在农场拔鹅毛、做电梯服务生、在好莱坞写电影脚本等等,这些工作经历大多被威廉斯写进了剧本。《你要守护这些楼梯》(*These Are the Stairs You Got to Watch*,1948)是一部以青年威廉斯做电影院引座员的经历为蓝本的短篇喜剧。剧中主人公是一名在墨西哥海岸某大城市的"欢乐里约"电影院当引座员的 16 岁男孩,该剧讲述了他上班第一天里发生的故事。那是个炎热夏季里的一天,男孩的主要工作职责是守护电影院中那道通向屋顶的楼梯,阻止到影院观影的观众走上楼梯进而踏上屋顶。漆黑而老朽的电影院让刚踏入社会的男孩紧张和不安,他对卡尔所痛斥的电影院老板和楼梯上的世界感到恐惧,同时却又不由自主地被 17 岁少女格拉迪丝所描绘的屋顶上的世界所吸引。

威廉斯的成名作《玻璃动物园》无疑是其成就最高的一部自传体剧作,该剧的思想和舞台艺术成就对于美国戏剧的发展具有重要的历史意义。威廉斯在本剧中开创性地使用了透明幕帘、银幕投影等"造型戏剧"手法,营造了一部充满诗意氛围的回忆剧。剧中故事发生在美国经济大萧条时期的工业城市圣路易斯,鞋厂仓库工人汤姆·温菲尔德和母亲阿曼达及姐姐罗拉租住在破旧不堪的公寓里。跛足的罗拉敏感脆弱,无法融入社会而终日自闭在家,沉浸在她收集的玻璃小动物的世界里;母亲靠给顾客打电话征订杂志赚点钱贴补家用,生活的重担都压在汤姆的肩上。有着文学抱负的汤姆并不安心于在仓库里的工作,他梦想成为一个作家。母亲对罗拉的婚事寄托了很大的希望,她托汤姆找来了"绅士访客"吉姆,怎料对罗拉表现出好感的吉姆已同别的姑娘有了婚约,罗拉的婚事成为泡影。汤姆因为在鞋盒上写诗而被鞋业公司开除,他步父亲后尘弃家而去,然而姐姐罗拉成为他心头永远的牵挂。本剧思想意蕴丰富而深刻,其主题涉及资本主义的失败、家庭结构的解体、父权的衰落、承诺的背弃等等,具有跨越时空的永恒价值。剧中的温菲尔德家庭中的母亲、儿子和女儿三个人物以及未出场的父亲是威廉斯本人家庭中的母亲阿曼达、儿子汤姆(威廉斯本名)、女儿罗丝以及父亲科尼利厄斯的翻版,而温菲尔德家所遭遇的南方文化的困境、母亲阿曼达的悲剧命运、罗拉的残疾与忧郁症、汤姆实现文学梦想的渺茫希望等问题,都与威廉斯本人的家庭经历如出一辙。威廉斯在该剧中通过"南方淑女"形象的塑造以及对旧南方文化价值的追溯和思索,成功确立了自己作为"南方剧作家"的独特地位;而威廉斯在剧中对"造型戏剧"手法的开创和运用于剧作家本人和美国戏剧演剧史都具有重要意义,同时为剧作家一生艰辛的戏剧艺术探索埋下了伏笔。

　　比格斯庇曾对威廉斯剧作中的自传性书写作过如下评价:

　　　　威廉斯的写作完全凭借通过记忆和想象而重新整理过的生活经历。正如维达尔的评论所说,他花了"一生的时间在玩着生活发给他的这同一副十分生动,却又让人费解的纸牌"。他乐此不疲地将自己的作品进行再加工,……在重新安排作品细节的过程中寻求情感上新的真谛,并且使每次改写都有一种不同的艺术激情。①

　　或许威廉斯过于注重在重新整理生活经历时寻求情感上新的真谛,而忽略了反映时代的变迁和思想开掘的深度,与前期戏剧相比,威廉斯后期剧作显露出了文学品位下滑的趋势。威廉斯后期剧作虽然并未走上"反语言"的道路,但是其支离破碎、"悬而未决"、直白粗俗的语言特点成为文学品位下滑的表征;此外,过多的对于个人思想状态和生命体验的描摹导致作品的思想性难以达到一定的高度。威廉斯晚期剧作《有些模糊,有些清楚》《旅伴》和《一个例外》等将戏剧主题和内容限定于对剧作家个人生活经历的摹写,疏离于时代文化背景;而在社会文化的方方面面都渗透着清教主义思想的美国,主流文化对非传统恋爱始终是歧视和排斥的,这就使得过多而过于直白地描写自己的非传统恋爱体验和非传统恋爱群体的"边缘生活"的威廉斯后期戏剧失去了市场。

　　威廉斯的后期剧作比前期作品带有更加浓厚的自传色彩,《云隙阳光》和《一个例外》等剧中所描写的那些曾经万众瞩目,而今或遭遇歹徒抢劫或被朋

---

① 萨克文・伯科维奇. 剑桥美国文学史(第七卷). 孙宏,主译. 北京:中央编译出版社,2012:174.

友弃之不顾的艺术家,《旅伴》等剧中不能忍受年老孤独而雇佣青年男子陪同自己旅行的作家,以及《结冰的玻璃棺材》《救生艇演习》和《这就是和谐家园,或福星高照》等剧中对孤独极端恐惧的老年人,无不是威廉斯本人晚年经历和心态的折射。威廉斯前期自传体戏剧《湖边的夏日》和《玻璃动物园》等,是以剧作家本人和亲人、恋人及其家庭生活和情感经历为人物原型和剧作题材的"个人化"作品,但同时它们有着与时代和社会环境相联系的现实主义底色,因而它们看似局限于个人却又绝非疏离社会现实,个人如何存在、如何完成自我实现是这些剧作的显性主题。自传首先就是精神传记,在西方文学传统中的自传首先就要解决"我是谁""我如何存在"等形而上的问题,[①]而这些"心理现实主义"戏剧隐性的心理探索主题又使剧作本身达到了"精神传记"的层面。而威廉斯的后期自传性戏剧多未指明故事发生的年代和时间,它们疏离于现实,似乎仅止于反映个人生命历程和个体生命体验,如此就难免在一定程度上造成剧作题材选择的狭窄和思想深度开掘的障碍,难以达到"精神传记"的层面。

威廉斯戏剧人物与他本人生活的联系在《老城区》《有些模糊,有些清楚》等晚期自传性剧作中表现得极为明显。两幕剧《老城区》反映的是威廉斯年轻时代租住在新奥尔良时的亲身经历,该剧描写了一群像奥尼尔《送冰人来了》中的失败者一样的无家可归者,他们为生计发愁,艰难度日,其中的代表人物就是青年画家南丁格尔,他身患绝症,却仍然希冀能够实现艺术理想;还有被性欲所困的北方女孩简;一对以捡拾垃圾为生的穷姐妹;一位身无分文但幻想去西部发财的年轻人;以及作为威廉斯本人化身的穷作家。《有些模糊,有些清楚》所描写的是威廉斯本人于 1940 年夏天住在马萨诸塞州的普罗温斯敦时,与逃避兵役的加拿大舞者基普·柯南的一段感情经历。他们的恋情持续了将近整个夏天,最终基普因为一个女人而与威廉斯分手。这些以非传统恋爱经历为主要题材的剧作所探求的是主流文化之外的边缘人群的个体心理,威廉斯也被认为是一个狭隘的自传性作家,他的戏剧遭到歧视,变成被人厌弃的边缘性话语。

《一个例外》剧本上的落款为 1983 年 1 月,可见这很有可能是威廉斯在1983 年 3 月离世前一个月所完成的最后一部戏剧。剧中主人公艺术家凯拉

---

① 纳海. 绝望的力量:重读《大卫·科波菲尔》. 国外文学,2015(4):68.

精神崩溃且无好转的迹象,虽然她得到一个友善护士的悉心照顾,凯拉还是极为恐惧,担心自己会被送入疯人院。就在她被正式送入医院之前的几天,她在艺术圈里的老友维奥拉前来向凯拉借钱。维奥拉带来了弃凯拉于不顾的所有其他朋友"极为有趣"的最新消息,这些昔日好友都离开了凯拉,视其为艺术圈中唯一失败的人——一个"异类"。

　　这部威廉斯的遗作有着较为明显的自传性质。社会制度的限制、孤独感和掠夺成性的"朋友们"的不忠都是困扰威廉斯一生的恐惧之源。凯拉和维奥拉象征他内心对生存的挣扎和对艺术理想的坚持,他也像凯拉一样面临着"决策的麻痹"。这部戏剧令人联想到威廉斯 1969 年在圣路易斯巴恩斯医院精神病房 3 个月的监禁经历,也让人回忆起《欲望号街车》中布兰奇挽着医生的胳臂走向疯人院的最后一幕。然而无论是从戏剧主题意蕴的丰富性、戏剧思想的深刻性,还是从人物性格的刻画、戏剧语言的运用上来看,这部作品显然不及《欲望号街车》。威廉斯也未能如同奥尼尔以《进入黑夜的漫长旅程》超越前期成就那样再创戏剧事业的辉煌。

二、"威廉斯风格"的丧失

　　风格是作家在创作中所表现出来的艺术特色和创作个性,是作家富有独创性地带着独特意义处理题材,描绘形象,运用表现手法和语言特色的总和。[①] 虽然惠特曼在 1885 年版的《草叶集》序言中,表达了对"风格"的否定态度,但人们还是频频地对具有一种"复杂、深奥、紧凑"的"美"的风格的当代作家和艺术家表示慷慨的赞美。虽然多变的风格是艺术家们探索精神的结晶,但"爱伦·坡式""品特式""谢泼德式"等批评术语的出现则表明了独特风格的确立之于文学艺术创作的重要性。

　　威廉斯被誉为"百老汇的桂冠诗人",诗意的戏剧语言、哀婉怀旧的情怀、含蓄的表达、隐晦曲折的情致,令其戏剧具有独特的美学品格。威廉斯前期作品中不确定性因子的存在和曲折隐晦的题旨传达造就了其神秘幽婉的戏剧风格,而后期创作中这种艺术特色发生了巨大变化,威廉斯也因此被特伦

---

① 　任伟光. 冰心的创作风格及其变化——对冰心建国前艺术风格的几点看法. 中国现代文学研究丛刊,1986(1):165.

斯·麦克纳利①称为"变色龙"戏剧家。威廉斯以融合了现代主义和后现代主义元素的黑色喜剧取代了前期戏剧的朦胧诗意,颠覆了神秘幽婉的风格。但是这种粗粝直白的新风格似乎并不适合威廉斯,其与前期戏剧风格的巨大反差也难以让评论界接受。

"不确定性"向来是威廉斯剧作的主要特点之一。威廉斯在杂文《评论家认为"扑朔迷离",作家认为"神秘"》中指出自己的戏剧旨在为观众"提供观点,而不是确定性":

> 人类生存的每时每刻蕴含着变化无常。你可以称其为不确定性,甚至也可以称其为扑朔迷离。我要那些每晚离开摩洛斯科剧院的观众感受到,他们刚刚看到的是人类生活的一个片段,既难以捕捉、令人不安,又极为寓意深刻。它不仅彰显真理,更揭示其神秘。②

自从经历了 20 世纪 30 年代的经济危机和 1945 年的核武器使用之后,对人类未来产生怀疑的美国观众"不再满足于'佳构剧'的完整结构和明确的结局"③。而威廉斯戏剧呈献给观众的是模棱两可的结尾,是人物命运的不确定性及人生的神秘感。如果威廉斯听信路易斯·J. 辛格(Louis J. Singer)的建议将《玻璃动物园》的结局改为罗拉与吉姆结婚,那么很难想象该剧是否还会有我们所看到的《玻璃动物园》那么有震撼力。威廉斯的多部剧作都有着不确定性的结局——在《欲望号街车》的结尾,布兰奇被陌生的医生带离妹妹斯黛拉的家,她去往精神病院之后会有怎样的命运? 是像《夏日旅馆的衣裳》中的泽尔达那样不幸惨死在疯人院,还是侥幸偷生却沦落成了妓女呢?在 1961 年威廉斯所接受的一次访谈中,当记者问起《欲望号街车》"剧终布兰

① Terrence McNally(1939—2020),当代美国剧作家,曾获得包括纽约剧评人奖和托尼奖在内的多项戏剧大奖,2019 年获得托尼奖的终身成就奖。参阅:Columbia College mourns the loss of Terrence McNally CC'60 .(2020-03-25)[2022-09-20] http://www. college. columbia. edu/news/columbia-college-mourns-loss-terrence-mcnally-cc-60.

② 转引自:张敏. "物种剧场"与田纳西·威廉斯作品的开放性. 戏剧艺术,2011(5):24-25.

③ Londré, F. H. A Streetcar Running Fifty Years. In Roudané, M. C. (ed.). *The Cambridge Companion to Tennessee Williams*. Cambridge:Cambridge University Press, 1997:45-66. 转引自:张敏. "物种剧场"与田纳西·威廉斯作品的开放性. 戏剧艺术, 2011(5):25.

奇被带走之后的情形如何"时,威廉斯回答说:"我也不知道布兰奇剧终之后怎么样了。我只知道她被毁了。这部戏的意思是,这个原本很出色的女人被毁掉了。"①以"遗产争夺"为故事情节主线的《热铁皮屋顶上的猫》剧终却留下了"遗产最终如何分配"的悬念,有着非传统恋爱倾向的主人公布里克最终是否放下芥蒂与妻子玛吉和好如初? 剧终的暧昧情形让人猜不透布里克的心思。《去夏骤至》中的诗人塞巴斯蒂安被一群追逐他的少年生吞活剥,他的母亲维那布尔夫人将目击者凯瑟琳送入疯人院,并企图贿赂医生通过脑外科手术来将这一幕从凯瑟琳大脑中"切除"。年轻的医生在倾听了凯瑟琳对事情原委的讲述之后,他会为了得到维那布尔夫人那笔可观的赞助费而施行手术吗? 剧中也没有明示。不确定性因子的存在给威廉斯戏剧平添了神秘的色彩,这给读者和观众提供了巨大的想象空间,也给剧作提供了多种阐释的可能性。

　　相比之下,威廉斯后期戏剧将隐晦、神秘的戏剧人物和戏剧主题都直接推向了台前。在后期剧作中,不但第四维空间中的隐形人不复存在,甚至还频频出现了鬼魂角色,说出了隐藏在舞台话语背后没有讲出来的话。

　　前期戏剧《玻璃动物园》中抛妻弃子的父亲在舞台上是缺席的,而在与《玻璃动物园》有着某种互文关系的后期剧作《摇摇欲坠的房子》中父亲出场了,他坐在家中厚厚的沙发垫上,操控着权力话语,对妻儿冷漠无情。前期戏剧《热铁皮屋顶上的猫》中的男性友人之间的情感表达是极其隐晦的。布里克与斯基普曾是亲密无间的好友,布里克的美貌妻子玛吉发现丈夫冷落自己却对斯基普十分热忱,她怀疑两个男人之间有着不可告人的秘密。为了验证自己的猜想,玛吉竟然对斯基普施行"美人计",结果导致布里克疏离斯基普。斯基普远走北非,最终死于酒精中毒,布里克自此性情大变,他摔断了脚踝,终日躲在卧室中借酒浇愁。布里克对斯基普的感情是复杂而深挚的,不管玛吉的怀疑是否指向事实,斯基普得到的是布里克所给予的深切的友爱与同情。而晚期剧作《世界小姐的非凡旅社》中的闵特毕业离开校园之后身体残疾、饱受欺凌,他指望着昔日校友霍尔施以援手,得到的却是霍尔尖刻的嘲讽

① Terkel, S. Studs Terkel Talks with Tennessee Williams. In Devlin, A. J. (ed.). *Conversations with Tennessee Williams*. Jackson and London: University Press of Mississippi, 1986: 81.

和无情的厌弃。前期戏剧《没有讲出来的话》(*Something Unspoken*,1953)中富有的60岁老小姐科尼莉亚虽然健康状况不佳,却热衷于社会活动,想竞选妇女联合会会长。她的女秘书格雷斯心中不以为然,但不敢进言规劝,科尼莉亚能感受到格雷斯的真实想法,但双方始终都没有将自己的真实想法说破,以维持多年的关系。这种主仆之间"没有讲出来的话"在后期剧作《牛奶车不再在此停留》中完全变质了。剧中垂死的美国女演员弗洛拉·戈福丝对她的秘书布莱基任意驱使呵斥。戈福丝向布莱基口述关于她的六次婚姻经历的回忆录,她甚至在临死之前脱光衣服躺在床上,希望"死亡天使"克里斯能带给她最后的欢愉。前期戏剧《圣徒火刑》对非传统恋爱主题的表达是非常隐晦的。邮递员埃洛伊因为无意之中看到了一个年轻男孩寄给一名年长男性的照片而坐立不安,为了求证这一事件的来龙去脉,埃洛伊设法找到寄信的男孩,遭到男孩拒绝之后,埃洛伊回到家中,毅然决然地要离开这个世界。剧中始终没有明确交代那张神秘照片上所呈现的到底是怎样的画面。而在后期戏剧《小手艺的警告》中,在加州南部的一间海滨酒吧里,顾客和酒吧老板相继步入了忏悔室。他们直接向观众倾诉着,或直言自己对非传统恋爱的厌恶,或表达对爱人的不满和对生活的看法,或表达对去远方旅行的向往,或缅怀多年前逝去的亲人,或对自己非法行医给产妇接生而出现意外表示懊悔。《小手艺的警告》这种不以人物塑造和人物行动来推演情节,而全凭演员"直抒胸臆"来传达题旨的戏剧形式似乎是不太受欢迎的。俄国诗人叶夫屠申柯(Yevtushenko)在看完本剧的演出后与威廉斯会面,一见到威廉斯他就迫不及待地抨击这个剧本——"你在这个剧本里只发挥了百分之三十的才华,这并不是我一个人的看法,坐在我周围的观众也有这种意见"[①]。另有一部"朗诵式"戏剧《脚步要轻柔》至今未曾搬上过舞台,该剧内容是由两名演员所呈现的美国诗人哈特·克莱恩及其母亲格蕾丝两人的鬼魂之间的一场对话。克莱恩先于其母离世,他于1932年在一次海上航行途中从所乘坐的轮船上跳海身亡。两位演员各自站在一个小讲台后面,他们身后的舞台背景是一幅描画着海洋和天空的巨幅抽象画。戏剧内容完全由演员的对话来呈

---

① Smith-Howard & Heintzelman, G. *Critical Companion to Tennessee Williams*: *A Literary Reference to His Life and Work*. New York: Facts on File, Inc., 2005: 246.

现,两人讨论了克莱恩的性取向问题,格蕾丝质问哈特自杀的原因并告知自己在儿子离世之后的痛苦经历。

如果我们着眼于创作题材的话,也许威廉斯算不上是一位"大"作家,他的过人之处就是他的剧作中所流露出的诗人气质和风格,敏锐的眼光和诗性的情怀使他往往能在普通的场景中发现动人心魄的美。《玻璃动物园》中极富诗意的场景之一就是罗拉在一张爪形桌腿的小桌子旁边,静静地小心擦拭着桌子上的"独角兽"等玻璃小动物。这一静美的画面生动地反映了罗拉的心理和性格,而这一意象就是剧作家在日常生活中所捕捉到的——据说少年时代威廉斯家有位邻居就曾收集过玻璃小动物。威廉斯戏剧的诗意不仅在于表面的诗化语言,更在于剧作家以诗性的感受方式和卓越的抽象能力,将《玻璃动物园》《欲望号街车》和《热铁皮屋顶上的猫》等剧作中描绘个人化的生活场景提升到广义的诗的高度。

威廉斯的自传体成名作《玻璃动物园》之所以能得到甚至高于《欲望号街车》的评价和广泛的赞誉,除了其诗意的戏剧语言和清丽幽雅的戏剧风格给战后美国剧坛所带来的"清新之风"以及所谓"造型戏剧"手法对传统现实主义戏剧的革新,其南方文化背景确立了威廉斯作为"南方戏剧"代表人物的剧坛地位等因素,更为重要的意义在于该剧标志着威廉斯所取得的"把疾病作为认识手段"来进行人物的心理探索,把心理宣泄和治疗作为重要的艺术旨趣的"心理现实主义"戏剧创作的巨大成就。而在后期戏剧创作中,锐意创新的威廉斯忽略了令公众所痴迷的正是前期家庭悲剧所酝酿的失落感和忧郁气息,而后期戏剧对"威廉斯风格"的背离导致"余音绕梁三日而不绝"的独特艺术韵味的丧失,让威廉斯戏剧失去了成功的主要资本。

三、人性开掘的浅表化

威廉斯的前期戏剧注重对人性的深度开掘,通过对南方社会文化转型时期南方家庭命运的关注和罗拉、布兰奇和斯坦利等一系列不朽人物形象的成功塑造,深刻地体现了剧作家对人性和社会的思考和认识。从某种意义上来说,相对于戏剧情节的设计和人物行动的安排,威廉斯戏剧更加注重人物情绪和情感的呈现以及对人性的把握,这是威廉斯前期戏剧与早期美国现实主义戏剧的区别。为数不少的威廉斯后期戏剧则由于缺少对人性开掘的思想深度而受到诟病,例如描述住在一家廉价旅馆中的一群退休老人凄苦的晚年生活的《结冰的玻璃棺材》,讲述一位崇尚享乐主义的伯爵夫人寻求性爱冒险的闹剧《这是(一场游戏)》,描写精神崩溃的艺术家凯拉入住医院之前的故事的《一个例外》等。这些剧作中简单而缺乏个性的人物形象、戏剧叙事与社会文化背景的疏离以及对精神崩溃症状的反复描摹都导致了后期剧作人性开掘的浅表化。

威廉斯的成功之作多以对人性的深入开掘见长。《玻璃动物园》是一部关于所有家庭都会经历的爱、绝望、同情和人性弱点的戏剧。[①] 该剧情节并不复杂,充满变数的情节发展不是威廉斯的创作初衷,但这部"略显枯燥的短剧"[②]却被认为是一种"全新的戏剧"。1944 年 12 月 26 日,《玻璃动物园》在芝加哥首演之际,威廉斯说:"没有人知道该怎么演《动物园》,它可以说是一次剧场革命。"[③]这部戏与 20 世纪 30 年代和 40 年代早期的绝大多数美国现实主义戏剧都有所不同,也与《逃亡者》(Fugitive Kind,1937)和《天使之战》等威廉斯早期剧作有别,少了那种社会批判的锋芒毕露,也没有涉及性和暴力。剧中的叙述者通过怀旧的、痛苦的回忆来重现其家庭经历,人物的情绪和情感比精心建构的情节更为重要,人性弱点的揭示远比身体的行动更为重要。

如果说后期剧作中的《这是(一场游戏)》等荒诞意味十足的闹剧旨在体现存在主义式的绝望和意义缺位,而不重人性探索的话,那么在一些与前期戏剧题材相似的后期剧作中,人性开掘深度的欠缺也是比较突出的现象。以威廉斯晚期喜剧《科雷夫·科尔的美好星期天》(下文简称《科雷夫》)为例或可说明这一点。

《科雷夫》讲述的故事发生在 20 世纪 30 年代中晚期的圣路易斯,围绕着多萝西娅的爱情故事展开。处于"青春边缘"的迟暮美人多萝西娅是布卢伊

① Hermann, S. *A Student's Guide to Tennessee Williams*. Berkeley Heights: Enslow Publishers, Inc., 2008: 41.

② 1965 年威廉斯在接受《纽约时报》的采访时说在其所打印的本剧定稿上,他写下:"《玻璃动物园》,一部略显枯燥的短剧,作者田纳西·威廉斯。"参阅:Hermann S. *A Student's Guide to Tennessee Williams*. Berkeley Heights: Enslow Publishers, Inc., 2008: 40.

③ Hermann S. *A Student's Guide to Tennessee Williams*. Berkeley Heights: Enslow Publishers, Inc., 2008: 40.

特中学的公民学教师,与其上司——新任校长拉尔夫·埃利斯恋爱并发生了性关系。风度翩翩的埃利斯是多萝西娅心中的白马王子,尽管他极力对外隐瞒自己与多萝西娅恋爱的事实,但多萝西娅相信埃利斯会娶自己为妻。多萝西娅的室友波蒂认为埃利斯为人不可靠,她极力撮合多萝西娅与自己的同胞兄弟巴蒂的爱情,可是肥胖、粗俗的巴蒂得不到多萝西娅的好感。

多萝西娅计划着离开她与波蒂合租的那套拥挤的小公寓,搬去与海伦娜同住,以便有更大更好的房间来招待她的情人埃利斯。海伦娜从多萝西娅手里拿走了她第一个月房租的支票。波蒂像往常一样邀请多萝西娅参加她和弟弟巴蒂在科雷夫·科尔公园的周日野餐,可是多萝西娅迟迟不愿离开公寓,她从星期天一大早开始就在等埃利斯打来的电话。她有所不知的是,埃利斯与另一个女人订婚的消息早已登上了报纸。海伦娜无情地揭露了这个噩耗,让多萝西娅大为震惊,她无心搬家去与海伦娜同住租金昂贵的公寓了,因为她不再需要也负担不起。海伦娜被多萝西娅的出尔反尔激怒了,她奚落多萝西娅,说其与波蒂和巴蒂属于同一社会阶层,无权与自己做朋友,说完昂首阔步地走开了。多萝西娅意识到不太招人喜欢的巴蒂也许是她唯一的机会,于是她奔向电车车站去追赶波蒂和巴蒂姐弟。

《科雷夫》的舞台演出是轻松喧闹的,舞台上充斥着女人们的争辩吵闹和"神经躁狂症"患者苏菲的哀号,但是在本书看来,该剧标题中"美好星期天"的字样显然具有反讽意味,被情人抛弃的女主人公转而去科雷夫·科尔公园赴自己并不心仪的男子之约,这样的"星期天"是称不上"美好"的。若论"甜蜜"和"真诚",这部剧并不及早期的《魔塔》;而从人物形象的复杂性、人性开掘的深度以及戏剧故事的文化意蕴和思想意义等方面来看,虽然《科雷夫》一剧中的人物、情节和场景设置与《欲望号街车》颇有几分相似,但《科雷夫》或无法望《欲望号街车》之项背。两剧故事都发生在 20 世纪 30—40 年代,主人公都是典型的"威廉斯式"南方淑女。来自田纳西州孟菲斯的迟暮美人多萝西娅与布兰奇一般美丽、浪漫、聪颖、敏感、脆弱而神经质。多萝西娅每天早晨要在房间里做健身训练,布兰奇则是每天要在浴室里沐浴"水疗"。与多萝西娅一同租住在小公寓内的室友波蒂忙着给她倒咖啡,帮她接电话,如同布兰奇的妹妹斯黛拉"侍奉"姐姐一样。多萝西娅在苦苦等待着她永远也等不到的情人打来的电话,布兰奇也一直在等着多年以来的一位"仰慕者"的电话。若论及文化意义,《科雷夫》远不及《欲望号街车》那样具有"南方文化的挽歌""南北文化的对抗"和"艺术、语言、文化在当今的衰落"的幽深内涵。

《科雷夫》一剧所体现出来的思想价值缺失和人性开掘深度欠缺的情况存在于威廉斯的一些后期剧作中。虽然威廉斯后期作品中不乏佳作,但是在这一时期剧作家所进行的丰富、生动的形式语汇探索中,确有作品思想意义悬置、思想价值和情感形态让位于空洞形式的弊病。

小 结

本章列举了学界对威廉斯后期剧作的贬评,分析其遭贬的原因,主要有以下五个方面:

第一,威廉斯后期剧作的挫败、绝望主题与 60 年代挑战、反叛的时代精神有间。20 世纪 60 年代,美国兴起"反叛""对抗"文化,大批青年投入激烈亢奋、如火如荼的反叛运动,"放荡不羁者、吸毒者和下层阶级"成为那个时代的文化英雄,迎合"反叛精神"的阿尔比戏剧崛起,《接头》等先锋戏剧盛极一时。威廉斯戏剧中失去"神秘面纱"的南方题材、无可奈何"走向毁灭"的主题、冷峻理性的眼光与狂热激进的"60 年代精神"虽然并非相反,但不是很合拍。

第二,威廉斯公开了自己的非传统恋爱倾向,后期剧作以黑色幽默表达理想破灭的绝望情绪,语言粗俗直白,对非传统恋爱和婚姻出轨行为大胆直露的呈现惊世骇俗,与前期形成巨大反差的风格显得陌生突兀。评论界认为其后期戏剧中直露的非传统恋爱表达和异化的人伦书写,表现的是不道德的价值观和伦理观。

第三,20 世纪 60—70 年代,西方出现"后戏剧剧场"艺术形态,威廉斯的后期实验戏剧表现出更强调剧场性的不同于传统戏剧(drama)的文学性特征。美国荒诞派戏剧和后现代主义戏剧的代表阿尔比和谢泼德的戏剧创作并没有完全脱离现实主义传统,多数评论家仍紧握现实主义"标尺"。威廉斯偏离现实主义轨道的后期探索性剧作与剧评家们的接受视野龃龉难合。

第四,美国评论界和大多数观众认同戏剧的消遣娱乐功能,而威廉斯的黑色喜剧追求深刻,被认为太过严肃,不能满足喜乐的期待。

第五,威廉斯后期剧作存在如下三个方面的缺失:首先,过多的自传性书写导致思想性和文学品位的下滑。威廉斯后期剧作过于个人化,注重在重新整理生活经历时寻求情感上新的真谛,部分剧作的思想与社会生活意蕴不如前期丰厚,对非传统恋爱群体边缘生活的描写过多且过于直露,忽略思想开掘。他虽未走上"反语言"的道路,但支离破碎、"悬而未决"、直白粗俗的语言成为其文学品位下滑的表征,而美国评论界又坚持用文学性这把传统的尺子去丈量威廉斯的后期剧作。其次,获得高度认同的"威廉斯风格"丧失。威廉斯的后期戏剧致力于新形式的探索,抛弃了前期获得广泛认同的朦胧、神秘、幽婉的诗化风格,后期剧作的风格不统一,削弱了其吸附力。再次,人性开掘浅表化。威廉斯的前期戏剧注重对人性的深度开掘,后期有部分剧作在人性开掘上流于浅表,人物形象抽象化,大多谈不上个性,当时的评论界和观众对这种哲理性与象征性有所加强,但个性化特征丧失、人性开掘不深的剧作比较隔膜。

结　语

　　威廉斯作为"契诃夫的美国传人",创作了多部充盈着浓郁诗情和哀婉风格的"心理现实主义"剧作,多部剧作被搬上银幕,在战后美国剧坛和影坛产生了巨大影响。他通过对不完美甚至病态孱弱的人生充满理解、怜爱、痛惜的描写,表现了"边缘人"的人生际遇,揭示美国社会文化的矛盾与冲突,富有丰富而深刻的社会文化意蕴。

　　20世纪60年代以降,威廉斯认识到了现实主义戏剧的局限,把现代和后现代戏剧的手法与传统现实主义手法结合起来,锐意创新,勇于探索,力图突破自我,进入了一个新的创作阶段。但由于他抛弃了前期形成并得到广泛好评的深邃雅致的诗化风格,由以悲剧创作为主转向以喜剧创作为主,后期剧作的风格又并不统一,在美国评论界和广大观众仍迷恋批判色彩鲜明的现实主义戏剧的时期,威廉斯超前的艺术探索并未获得广泛认可。也正因为如此,威廉斯的后期剧作一直被学界忽视,无论是我国还是欧美的威廉斯研究,大多瞩目于其20世纪60年代以前的剧作,威廉斯的后期剧作还是一片"待开发之地"。

　　其实,威廉斯的后期剧作并非一无可取,他在后期创作中一如既往地关注社会边缘群体,以黑色幽默手法来表达其"最深层的原始欲望被他人和社会挫败"的悲剧性体验,创造了新的戏剧形态——黑色喜剧。虽然后期42部剧作的总体水平逊色于前期剧作,缺乏像《玻璃动物园》《欲望号街车》《热铁皮屋顶上的猫》那样声名远播的名作,但其中确有在思想艺术价值和戏剧形式探索方面均领先于时代的优秀剧作,他是美国戏剧由现实主义走向现代主义的桥梁,在美国乃至世界后现代戏剧的发展上发挥了"道夫先路"的作用。

　　锐意创新是杰出艺术家的可贵品质,也是艺术发展的原动力。阿瑟·米勒曾深有感触地说:"所有美国剧作家的经历都重复着同样的故事——先是受到热烈的欢迎,然后就会遭到拒绝,被人蔑视。任何剧作家,只要敢于创新而不满足于重复自己走过的老路,都落得个这样的下场,绝无例外。"[①]威廉斯也重复了这个故事,但他当时不被多数人所理解的探索却一直得以进行,尽管他的探索并不都是成功的,然而这种坚持对于艺术的发展是十分重要的。让我们记住这位忍受了屈辱与痛苦的探索者,我们要站在历史的高处重新审视威廉斯的后期剧作!

---

① 萨克文·伯科维奇. 剑桥美国文学史(第七卷). 孙宏,主译. 北京:中央编译出版社,2012:18.

参考文献

一、剧 本

Williams，T. *A Streetcar Named Desire*. New York：New Directions Publishing Corporation，1947.

Williams，T. *27 Wagons Full of Cotton：And Other One-Act Plays*. New York：New Directions Publishing Corporation，1966.

Williams，T. *Dragon Country，A Book of Plays*. New York：New Directions Publishing Corporation，1970.

Williams，T. *Tennessee Williams：Four Plays* ("*Summer and Smoke*"；"*Orpheus Descending*"；"*Suddenly Summer*" and "*Period of Adjustment*"). New York：Signet Modern Classics，1976.

Williams，T. Beauty Is the Word. *The Missouri Review*，1984，7(3)：185-195.

Williams，T. *The Theatre of Tennessee Williams：Volume 6*. New York：New Directions Publishing Corporation，1992.

Williams，T. *Something Cloudy，Something Clear*. London：Methuen Drama，1996.

Williams，T. *The Two-Character Play*. New York：New Directions Publishing Corporation，1997.

Williams，T. *The Notebook of Trigorin：A Free Adaptation of Chechhov's The Sea Gull*. Hale，A. (ed.). New York：New Directions Publishing Corporation，1997.

Williams，T. *Tennessee Williams：Plays 1937—1955*. New York：The Library of America，2000.

Williams，T. *Tennessee Williams：Plays 1957—1980*. New York：The Library of America，2000.

Williams，T. *Stairs to the Roof*. Hale，A.（ed.）. New York：New Directions Publishing Corporation，2000.

Williams，T. *Fugitive Kind*. Hale，A.（ed.）. New York：New Directions Publishing Corporation，2001.

Williams，T. *The Theatre of Tennessee Williams：Volume 8 Vieux Carre/ a Lovely Sunday for Creve Coeur/ Clothes for a Summer Hotel/The Red Devil Battery Sign*. New York：New Directions Publishing Corporation，2001.

Williams，T. *Candles to the Sun*. Isaac，Dan.（ed.）. New York：New Directions Publishing Corporation，2004.

Williams，T. *Mister Paradise and Other One-act Plays by Tennessee Williams*. Moschovakis，N. & Roessel，D.（eds.）. New York：New Directions Publishing Corporation，2005.

Williams，T. *The Traveling Companion & Other Plays*. Saddik，A. J.（ed.）. New York：New Directions Publishing Corporation，2008.

Williams，T. *A House Not Meant to Stand：A Gothic Comedy*. Keith，T.（ed.）. New York：New Directions Publishing Corporation，2008.

Williams，T. *Camino real*. New York：New Directions Publishing Corporation，2008.

Williams，T. *Suddenly Last Summer and Other Plays*. London：Penguin Books，2009.

Williams，T. *The Magic Tower and Other One-Act Plays*. New York：New Directions Publishing Corporation，2011.

Williams，T. *Now the Cats With Jeweled Claws & Other One-Act Plays*. Keith，T.（ed.）. New York：New Directions Publishing Corporation，2016.

怀尔德. 我们的小镇. 但汉松,译.南京:译林出版社,2013.

田纳西·威廉斯. 外国当代剧作选 3. 东秀,等译. 北京:中国戏剧出版社,1992.

二、专 著

(一)英文专著

Bak, J. S. *Tennessee Williams A Literary Life*. New York: Palgrave Macmillan, 2013.

Bak, J. S. (ed.). *Tennessee Williams and Europe: Intercultural Encounters, Transatlantic Exchanges*. Amsterdam: Editions Rodopi B. V., 2014.

Banach, J. *Bloom's How to Write about Tennessee Williams*. New York: Infobase Publishing, 2010.

Bigsby, C. W. E. Modern American Drama: 1945—2000. Beijing: Foreign Language Teaching and Researcn Press, 2006.

Bloom, H. (ed.). *Bloom's Modern Critical Interpretations: Tennessee Williams's Cat on a Hot Tin Roof-New Edition*. New York: Infobase Publishing, 2011.

Bloom, H. (ed.). *Modern Critical Views: Tennessee Williams*. Updated ed. New York: Infobase Publishing, 2007.

Bloom, H. (ed.). *Tennessee Williams's The Glass Menagerie*. New York: Chelsea House, 2007.

Bloom, H. (ed.). *Bloom's Modern Critical Interpretations: Tennessee Williams's The Glass Menagerie*. New York: Infobase Publishing, 2007.

Boxill, R. *Tennessee Williams*. London & Basingstoke: Higher and Further Education Division Macmillan Publisher Ltd, 1987.

Boyle, M. S. & Cornish, M. & Woolf, B. (ed.). *Postdramatic theatre and form*. New York: Methuen Drama, 2019.

Bray, R. (ed.). *Tennessee Williams and His Contemporaries*. Newcastle: Cambridge Scholars Publishing, 2007.

Bryfonski, D. (ed.). *Family Dysfunction in Tennessee Williams's the Glass Menagerie*. Farmington Hills: Greenhaven Press, 2013.

Devlin，A. J.（ed.）. *Conversations with Tennessee Williams*. Jackson and London：University Press of Mississippi，1986.

DiLeo，J. *Tennessee Williams and Company：His Essential Screen Actors*. East Brunswick：Hansen Publishing Group，LLC，2010.

Fox-Genovese，E. *Within the Plantation Household：Black and White Women of the Old South*. Chapel Hill：University of North Carolina Press. 1988.

Hartnoll，P. & Found，P. *Oxford Dictionary of Theatre*. Shanghai：Shanghai Foreign Language Education Press，2000.

Haskell，M. From Reverence to Rape. Chicago：The University of Chicago Press，1987.

Hayman，R. *Tennessee Williams：Everyone Else is an Audience*. New Haven：Yale University Press，1993.

Hermann，S. *A student's guide to Tennessee Williams*. Berkeley Hights：Enslow Publishers，Inc. ，2008.

Holditch，K. & Leavitt，R. F. *Tennessee Williams and the South*. Jackson：University Press of Mississippi，2002.

柯斯兹纳,芒代尔. 文学:阅读、反应、写作(戏剧和文学批评写作卷)(第5版). 北京:北京大学出版社,2006.

Kolin，P. C. *The Undiscovered Country：The Later Plays of Tennessee Williams*. New York：Peter Lang Publishing，Inc. ，2002.

Kolin，P. C.（ed.）. *The influence of Tennessee Williams：essays on Fifteen American Playwrights*. Jefferson：McFarland & Company，Inc. ，2008.

Kolin，P. C.（ed.）. *The Tennessee Williams Encyclopedia*. New York：Pearson Education，2004.

Lahr，J. *Tennessee Williams：Mad Pilgrimage of the Flesh*. New York & London：W. W. Norton，2014.

Leavitt，R. F. & Hollitch，K. *The World of Tennessee Williams*. New York：Penguin Group（USA）Inc. ，1978.

Matthew，C. R. *The Cambridge Companion to Tennessee Williams*.

Shanghai: Shanghai Foreign Language Education Press,2000.

Murphy, B. *The Theatre of Tennessee Williams*. London: Methuen Drama, 2014.

O'Connor, Jacqueline. *Law and Sexuality in Tennessee Williams's America*. Madison: Fairleigh Dickinson University Press, 2016.

Paller, M. *Gentlemen Callers: Tennessee Williams, Homosexuality, and Mid-Twentieth-Century Drama*. New York: Palgrave Macmillan, 2005.

Paris,B. (ed.). *Stella Adler on America's Master Playwrights: Eugene O'Neill, Clifford Odets, Tennessee Williams, Arthur Miller, Edward Albee*. New York: Vintage Books, a division of Random House, Inc. , 2012.

Prosser, W. *The Late Plays of Tennessee Williams*. Lanham, MD: The Scarecrow Press Inc. , 2009.

Saddik, A. J. *The Politics of Reputation: The Critical Reception of Tennessee Williams' Later Plays*. Madison: Fairleigh Dickinson University Press, 1999.

Saddik, A. J. *Tennessee Williams and the Theatre of Excess: The Strange, the Crazed, the Queer*. Cambridge: Cambridge University Press, 2015.

Scanlon, T. *Family, Drama, and American Dreams*. Westport, CN: Greenwood, 1978. .

Smith, B. *Costly Performances Tennessee Williams: The Last Stage*. Lincoln: Authors Choice Press, 2000.

Smith-Howard, A. & Heintzelman, G. *Critical Companion to Tennessee Williams: A Literary Reference to His Life and Work*. New York: Facts on File, Inc. , 2005.

Tischler, N. M. *Tennessee Williams: Rebellious Puritan*. New York: The Citadel Press, 1965.

Thaddeus, W. *The Family in Twentieth-Century American Drama*. New York: Peter Lang Publishing, Inc. , 2003.

Voss, R. F. (ed.). *Magical Muse: Millennial Essays on Tennessee*

Williams. Tuscaloosa：University of Alabama Press，2002.

Williams，T. *The Selected Letters of Tennessee Williams*：*Volume I*：*1920—1945*．New York：New Directions Publishing Corporation，2000.

Williams，T. *Selected Letters*：*Volume II*，*1945—1957*．New York：New Directions Publishing Corporation，2004.

Williams，T. *Memoirs*．New York：New Directions Publishing Corporation，2006.

Williams，T. *New Selected Essays*：*Where I Live*．Bak，J. S.（ed.）．New York：New Directions Publishing Corporation，2009.

（二）中文专著

茂莱. 电影化的想象——作家和电影. 邵牧君，译. 北京：中国电影出版社，1989.

艾恺. 世界范围内的反现代化思潮：论文化守成主义. 贵阳：贵州人民出版社，1991.

埃利奥特. 哥伦比亚美国文学史. 朱通伯，等译. 成都：四川辞书出版社，1994.

蔡子亮. 现代科学技术与社会发展. 郑州：郑州大学出版社，2006.

迪克斯坦. 伊甸园之门：六十年代美国文化. 方晓光，译. 上海：上海外语教育出版社，1985.

陈爱敏，陈一雷. 美国戏剧 30 年回眸. 南京：译林出版社，2012.

陈爱敏. 西方戏剧十五讲. 北京：对外经济贸易大学出版社，2013.

陈惇. 二十世纪外国戏剧经典. 北京：北京师范大学出版社，2004.

陈世雄，周宁. 20 世纪西方戏剧思潮. 北京：中国戏剧出版社，2000.

陈世雄.《现代欧美戏剧史》（上、中、下）. 北京：文化艺术出版社，2010.

陈晓明. 后现代主义. 开封：河南大学出版社，2004.

董小川. 儒家文化与美国基督新教文化. 北京：商务印书馆，1999.

范煜辉. 意识形态幻象的批判与超越：二战后美国另种戏剧研究. 北京：中国社会科学出版社，2012.

宫宝荣. 外国戏剧鉴赏辞典 3（现当代卷）. 上海：上海辞书出版社，2010.

龚翰熊. 20 世纪西方文学思潮. 石家庄：河北人民出版社，1999.

郭继德. 当代美国戏剧发展趋势. 济南：山东大学出版社，2009.

郭继德. 美国戏剧史. 天津：南开大学出版社，2011.

雷曼. 后戏剧剧场. 李亦男，译. 北京：北京大学出版社，2010.

韩曦. 百老汇的行吟诗人——田纳西·威廉斯. 北京：群言出版社，2013.

黑格尔. 美学　第三卷　下册. 朱光潜，译. 北京：商务印书馆，2011.

黄源深，周立人. 外国文学欣赏与批评. 上海：上海外语教育出版社，2003.

斯泰恩. 现代戏剧的理论与实践（一）. 周诚，等译. 北京：中国戏剧出版社，1986.

蒋贤萍. 重新想象过去——田纳西·威廉斯剧作中的南方淑女. 北京：光明日报出版社，2013.

休斯. 当代美国剧作家. 谢榕津，译. 北京：中国戏剧出版社，1982.

塞尔登，彼得·威德森，彼得·布鲁克. 当代文学理论导读. 刘象愚，译. 北京：北京大学出版社，2006.

李莉. 女人的成长历程——田纳西·威廉斯作品的女性主义解读. 天津：天津人民出版社，2004.

李尚宏. 田纳西·威廉斯新论. 上海：上海外语教育出版社，2010.

李维屏. 英美文学研究论丛. 第五辑. 上海：上海外语教育出版社，2006.

梁超群. 田纳西·威廉斯戏剧中父亲的在场与缺席. 上海：上海三联书店，2010.

刘海平，朱雪峰. 英美戏剧：作品与评论. 上海：上海外语教育出版社，2004.

陆机. 文赋. 上海：上海古籍出版社，1984.

韦伯. 新教伦理与资本主义精神. 上海：上海人民出版社，2010.

麦克格罗-希尔. 欧美戏剧百科全书 美国部分. 丁正则，德祖，译. 北京：中国戏剧出版社，1985.

舒德森. 好公民：美国公共生活史. 郑一卉，译. 北京：北京大学出版社，2014.

牛津大学出版社，编. 新牛津英汉双解大词典. 上海：上海外语教育出版社，2013.

潘薇. 西方后现代主义戏剧文本研究. 北京：中国戏剧出版社，2013.

邱佳岭. 英美当代戏剧研究. 北京：北京理工大学出版社，2012.

屈原. 离骚. 北京大学中国文学史教研室编. 先秦文学史参考资料. 北京：中

华书局,1962.

任生名.西方现代悲剧论稿.上海:上海外语教育出版社,1998.

萨克文·伯科维奇.剑桥美国文学史(第七卷).孙宏,主译.北京:中央编译
　　出版社,2012.

沈亮.美国非营利职业戏剧.上海:上海远东出版社,2014.

《世界文学》编辑部.热铁皮屋顶上的猫　西方现代剧作选.北京:中国社会
　　科学出版社,1982.

斯蒂芬·恩威,卡罗拉·沃蒂斯.二十世纪西方戏剧指南.周豹娣,译.上
　　海:百家出版社,2006.

苏珊·海沃德.电影研究关键词.邹赞,孙柏,李玥阳,译.北京:北京大学出
　　版社,2013.

孙白梅.西洋万花筒——美国戏剧概览.上海:上海外语教育出版社,2002.

孙致礼.中国的英美文学翻译:1949—2008.南京:凤凰出版传媒集团,译林
　　出版社,2009.

托马斯·曼.德语时刻.韦邵辰,宁宵宵,译.南京:江苏文艺出版社,2010.

汪义群.当代美国戏剧.上海:上海外语教育出版社,1992.

汪义群.西方现代戏剧流派作品选(五).北京:中国戏剧出版社,2005.

威廉姆斯.热铁皮屋顶上的猫.胥丽华,译.英汉对照.天津:天津科技翻译
　　出版公司,2009.

威廉斯.田纳西·威廉斯忏悔录.杨月荪,译.台北:圆神出版社,1986.

文化部教育局.西方现代哲学与文艺思潮.上海:上海文艺出版社,1987.

吾文泉.跨文化对话与融会:当代美国戏剧在中国.北京:中国社会科学出版
　　社,2005.

夏忠宪.巴赫金狂欢化诗学研究.北京:北京师范大学出版社,2000.

熊美,严程莹.欧美现当代名剧赏析.昆明:云南大学出版社,2004.

徐怀静.铁背心:田纳西·威廉姆斯剧作中困惑的男人们.北京:同心出版
　　社,2007.

徐以骅.宗教与美国社会(第8辑):宗教与变化中的美国和世界.北京:时事
　　出版社,2013.

雅各布·尼德曼.美国理想:一部文明的历史.王聪,译.北京:华夏出版
　　社,2004.

严程莹,李启斌. 西方戏剧文学的话语策略. 从现代派戏剧到后现代派戏剧. 昆明:云南大学出版社,2009.

杨仁敬. 20 世纪美国文学史. 青岛:青岛出版社,1999.

杨慎生. 欲望号街车 英汉对照. 冯永红,译. 北京:清华大学出版社,2001.

虞建华. 英美文学研究论丛. 第五辑. 上海:上海外语教育出版社,2000.

张少康. 文赋集释. 上海:上海古籍出版社,1984.

张新颖. 田纳西·威廉斯剧作的边缘主题研究. 北京:科学出版社,2011.

张耘. 现代西方戏剧名家名著选评. 北京:外语教学与研究出版社,1999.

中国社会科学院外国文学研究所,外国文学研究资料丛刊编辑委员会,编. 外国现代剧作家论剧作. 北京:中国社会科学出版社,1982.

福楼拜. 包法利夫人. 周克希,译. 上海:上海译文出版社,2002.

周宁. 西方戏剧理论史(上). 厦门:厦门大学出版社,2008.

周宁. 西方戏剧理论史(下). 厦门:厦门大学出版社,2008.

周维培. 现代美国戏剧史 1900—1950. 南京:江苏文艺出版社,1997.

周维培. 当代美国戏剧史 1950—1995. 南京:南京大学出版社,1999.

周维培,韩曦. 当代美国戏剧 60 年:1950—2010. 北京:人民文学出版社,2014.

周振甫. 文心雕龙选译. 北京:中华书局,1980.

朱立元. 现代西方美学史. 上海:上海文艺出版社,1996.

朱雪峰,胡静,刘海平. 英美戏剧:作品与评论. 上海:上海外语教育出版社,2012.

三、论　文

(一)学位论文

1. 博士学位论文

Mitsis, G. Self and Its Space: An Intratextual and Thematic Recovery of Tennessee Williams' Late Plays. Madison: Drew University, 2002.

高卫红. 20 世纪上半期美国南方文化研究. 长春:东北师范大学,2011.

李英. 田纳西·威廉斯戏剧中欲望的心理透视. 济南:山东大学,2006.

平坦."南方女性神话"的现代解构—以韦尔蒂、麦卡勒斯、奥康纳为例的现代南方女性作家创作研究.长春:吉林大学,2010.

2.硕士学位论文

郭敏.威廉斯主要剧作中的家庭观和爱情观.苏州:苏州大学,2008.

刘白云.田纳西·威廉斯后期剧作初探.上海:上海外国语大学,2008.

苗龙.会话含义理论视角下的田纳西·威廉斯戏剧研究.济南:济南大学,2012.

阎海英.田纳西·威廉斯的《玻璃动物园》和《欲望号街车》中"造型戏剧"手法的运用.兰州:兰州大学,2008.

(二)期刊论文

The Interview by Lewis Funke and John E. *Theatre Arts*, January, 1962: 17-18.

Londré, F. H. Review: Annette J. Saddik, The Politics of Reputation: The Critical Reception of Tennessee Williams' Later Plays. *Comparative Drama*, 2000, 34(2): 265.

Mandelbaum, G. Two Psychotic Playwrights at Work: The Late Plays of August Strindberg and Tennessee Williams. *The Psychoanalytic Quarterly*, 2017, 86(1): 149-182.

Schlatter, J. Red Devil Battery Sign: An Approach to a Mytho-Political Theatre. *The Tennessee Williams Annual Review*, 1998(1): 93.

Somerville, K. & Morgan, S. Sold to Hollywood: Tennessee Williams & "The Gentleman Caller". *The Missouri Review*, 2016, 39(1): 119-124.

曹国臣.威廉斯的戏剧艺术.外国文学研究,1986(4):88-93.

陈爱敏.20～21世纪之交美国戏剧主题嬗变与艺术创新.戏剧艺术,2014(2):49-55.

陈璇.走向后现代的美国家庭:理论分歧与经验研究.社会,2008(4):173-186.

董晓.悲剧性的毁灭与喜剧性的忧郁——试比较《欲望号街车》与《樱桃园》不同的审美特质.首都师范大学学报(社会科学版),2011(4):83-88.

范煜辉. 田纳西·威廉斯《去夏骤至》哥特风格探析. 河南师范大学学报(哲学社会科学版),2010(5):203-205.

范煜辉. 田纳西·威廉斯与美国南方地域文化的危机. 河南师范大学学报(哲学社会科学版),2012(3):210-212.

方维规."病是精神"或"精神是病"——托马斯·曼论艺术与疾病和死亡的关系. 北京大学学报(哲学社会科学版),2015(2):57-66.

冯伟.《等待戈多》与西方喜剧传统. 外国文学评论,2015(4):173-186.

盖·菲利普,高骏千. 卡赞的《欲望号街车》. 世界电影,1988(4):231-244.

高子文. 吸毒与裸体:美国先锋戏剧的两个主题. 戏剧艺术,2015(5):56-61.

高子文. 书写与差异:"先锋戏剧"概念在当代中国的接受. 文艺研究,2016(6):92-101.

郭继德. 论田纳西·威廉斯的戏剧创作. 山东外语教学,1989(2):11-16.

韩曦. 探究扭曲的人性隐秘与异化情感——田纳西·威廉斯剧作的主题意旨及其成因. 首都师范大学学报(社会科学版),2005(4):87-93.

韩曦. 精神契合与艺术共鸣——引导威廉斯戏剧创作的三位文学家. 艺术百家,2006(1):47-51.

韩曦. 一群自我放逐的另类与逃亡者——田纳西·威廉斯戏剧中的男性群像. 南京师大学报(社会科学版),2006(3):148-153.

韩曦. 宗教神话故事的现代诠释——田纳西·威廉斯戏剧的文化意义. 戏剧艺术,2013(2):62-71.

韩曦. 论田纳西·威廉斯戏剧的艺术风格. 安徽大学学报(哲学社会科学版),2013(2):68-73.

韩曦. 美国先锋戏剧的承袭变与艺术实践. 戏剧艺术,2015(5):48-55,38.

何成洲."自我的教化":田纳西·威廉斯和福柯. 南京社会科学,2005(8):72-77.

胡静. 走出"荒诞"——论爱德华·阿尔比戏剧的非荒诞性. 戏剧艺术,2014(5):76-83.

胡玄. 田纳西·威廉斯戏剧中的"疯癫". 江苏社会科学,2017(1):180-187.

姜涛.《欲望号街车》中的两性冲突及其隐喻性. 北方论丛,2005(1):75-78.

蒋贤萍. 记忆与想象的"造型戏剧". 求索,2013(7):158-160.

康保成. 契合与背离的双重变奏——关于中西戏剧交流的个案考察与理论

阐释. 文艺研究,2012(1):85-98.

黎林. 黑色的眼睛寻找光明——从田纳西·威廉斯的戏剧创作看其人道主义价值观. 戏剧(中央戏剧学院学报),2007(4):54-61.

李莉. 评《玻璃动物园》的主题和象征手法. 外国文学研究,1999(2):51-53.

李荣睿. 空间化的时间:托马斯·品钦《葡萄园》的大众媒体记忆政治. 当代外国文学,2015,36(03):13-19.

李尚宏. 田纳西·威廉斯的"二重身"——重读《夏与烟》. 安徽师范大学学报(人文社会科学版),2010(4):452-457.

李伟民. "惊骇小子"残酷而又野蛮的游戏——萨拉·凯恩的《摧毁》与后现代主义. 当代外国文学,2014(4):75-81.

李杨. 田纳西·威廉斯之后的美国南方戏剧. 戏剧,2000(3):31-32.

李杨. 后现代时期美国南方文学对"南方神话"的解构. 外国文学研究,2004(2):23-29.

李亦男. 雷曼与《后戏剧剧场》. 戏剧(中央戏剧学院学报),2006(4):76-80.

李英. 幽冥之中的孜孜求索——田纳西·威廉斯后期黑色喜剧的人性化探索. 外语学刊,2006(2):103-106.

李英. 翟慧丽. 死亡与欲望——田纳西·威廉斯死亡主题之《两人剧》《热铁皮屋顶上的猫》. 外国语言文学研究,2008(1):91-96,103.

李英. 莫比乌斯带、污点与凝视——拉康视角阐释《去年夏天突然来临》中的悬疑. 戏剧文学,2009(6):89-93.

梁超群. 田纳西·威廉斯戏剧中父亲的在场与缺席. 外语教学理论与实践,2010(3):97.

梁超群. 极致纯真——从《长日入夜行》到《八月:奥塞奇郡》. 当代外国文学,2014(3):47-55.

廖可兑. 美国戏剧论辑. 北京:中国戏剧出版社,1985.

刘琛. 绝望还是信心?——重析田纳西·威廉斯戏剧的主题. 学习与探索,2005(4):118-120.

刘霞. 匕首与诗歌:析田纳西·威廉斯戏剧主题的矛盾性. 外语教学,2017(7):103-106.

刘玉. 田纳西·威廉斯妇女观研究. 福建外语,1998(3):55-59.

刘元侠. 《欲望号街车》中田纳西·威廉斯的道德观. 山东外语教学,2005

(4):103-103,108.

麻文琦. 后戏剧剧场的"后现代性"——兼议"呼唤戏剧的文学性"问题. 戏剧（中央戏剧学院学报),2019(4):37-47.

穆南. 一个遗世而独立的新世界——《牵牛花破坏案》译后. 名作欣赏,1984(6):109-110,115.

纳海. 绝望的力量:重读《大卫·科波菲尔》. 国外文学,2015(4):66-75.

钱满素. 美国"南方淑女"的消亡. 外国文学评论,1987(3):60-66.

任伟光. 冰心的创作风格及其变化——对冰心建国前艺术风格的几点看法. 中国现代文学研究丛刊,1986(1):165-177.

孙惠柱. 现代戏剧的三大体系与面具/脸谱. 戏剧艺术,2000(4):49-61.

田颖."南方神话"的解构和"真实南方"的建构——解读《金色眼睛的映像》. 外国文学,2010(4):75-82.

罗晓帆. 余心可察——略谈美国自传体剧作. 艺术百家,1987(1):103-108.

王和月. 追求超越的灵魂——山姆·谢泼德及其剧作. 戏剧艺术,1989(4):69-82.

汪义群. 试论田纳西·威廉斯笔下的南方女性. 当代外国文学,1991(3):151-154.

王瑞清.《樱桃园》和《欲望号街车》中象征主义结构比较分析. 外语与外语教学,2005(8):36-39.

吾文泉. 跨文化诗学研究与舞台表述:田纳西·威廉斯在中国. 戏剧（中央戏剧学院学报),2004(4):67-74.

吾文泉. 跨文化误读与接受:《欲望号街车》在中国. 四川外语学院学报,2005(2):11-14.

武颖. 威廉斯戏剧文学的新奥尔良文化情愫. 南通大学学报（社会科学版),2014(3):49-55.

肖明翰. 再谈《献给爱米丽的玫瑰》—答刘新民先生. 四川师范大学学报（社会科学版),2000(1):43.

徐静.《欲望号街车》的不确定性与矛盾性. 外国文学评论,2002(3):74-80.

徐静. 新的起点与觉悟——试用荣格理论分析《欲望号街车》里白兰奇的神经官能症. 解放军外国语学院学报,2002(5):81-85.

徐锡祥,吾文泉. 论《欲望号街车》中的象征主义和表现主义. 外国文学研究,1999(3):95-98.

徐锡祥,吾文泉.《欲望号街车》中的"诗化现实主义". 西安电子科技大学学报(社会科学版),1999(4):72-76.

晏微微. 田纳西·威廉斯家庭剧新识. 南京师范大学文学院学报,2016(1):106-111.

杨金才.《幸福过了头》:叙述中的错位与记忆. 国外文学,2015(1):111-117.

亦涵.《汤姆:不为人知的田纳西·威廉姆斯》在美国出版. 译林,1996(2):218.

于雷. 爱伦·坡与"南方性". 外国文学评论,2014(3):5-20.

曾艳兵. 荒诞的意义. 中国图书评论,2017(1):25-29.

詹全旺. 心与物的对抗 灵与肉的冲突——评精神悲剧《欲望号街车》. 安徽大学学报,2002(1):109-111.

张北海. 摇滚与革命——美国六十年代的反主流文化. 当代青年研究,1989(Z1):76-77,83.

张锷,梁超群. 琴神、基督与酒神——《琴神降临》男主人公的三重神性. 广西社会科学,2009(1):105-109.

张军. 两幅荒诞画卷下的沉思——《动物园的故事》与《最后一盘录音带》之比较研究. 国外文学,2011(1):144-151.

张耘. 田纳西·威廉斯与《欲望号街车》. 外国文学,1993(6):83-88.

张敏. 陌生化与威廉斯戏剧中俗语及外语语句的诗意. 当代外国文学,2007(2):46-52.

张敏. 论田纳西·威廉斯的柔性戏剧观. 外国文学评论,2007(3):91-100.

张敏. "物种剧场"与田纳西·威廉斯作品的开放性. 戏剧艺术,2011(5):19-27.

张生珍. 论田纳西·威廉斯创作中的地域意识. 外国文学研究,2011(5):93-98.

张生珍,金莉. 当代美国戏剧中的家庭伦理关系探析. 外国文学,2011(5):59-64.

张新颖. 田纳西·威廉斯剧作中同性恋维度的美国研究综述. 河北联合大学学报(社会科学版),2012(3):150-154.

赵耀民. 从喜剧的思维和形态看喜剧精神. 戏剧艺术,2014(1):4-12.

织工. 那条发黄的薄纱连衣裙哪儿去了？——评上海话剧艺术中心《玻璃动物园》. 戏剧与影视评论,2016(2):31-36.

朱岩岩.《欲望号街车》中布兰奇的自我救赎. 戏剧(中央戏剧学院学报),2008(2):44-52.

朱焰.《欲望号街车》的主题意蕴. 当代外国文学,2004(3):97-103.

周始元. 一九八〇年美国演剧景况介绍. 中国戏剧,1985(12):41.

周维培. 美国南方传统文明的凄怆挽歌——田纳西·威廉斯的《欲望号街车》. 安徽新戏,1998(2):41-43.

周志强. 浪漫"韩剧"异托邦的精神之旅. 文艺研究,2014(6):5-13.

左宜. 田纳西·威廉斯. 当代外国文学,1981(4):143-147.

四、网络文献

Columbia College mourns the loss of Terrence McNally CC' 60 . (2020-03-25)[2022-09-20] http://www. college. columbia. edu/news/columbia-college-mourns-loss-terrence-mcnally-cc-60.

Raby，J. 'Matewan Massacre' a century ago embodied miners struggles. (2020-05-18)[2022-07-15]. https://apnews. com/article/ap-top-news-police-ky-state-wire-wv-state-wire-us-news-34af5e97aaa1241aa3dadf669d43686b/.

Dale City Moose Lodge Moose Family Center About Us. (2022-08-04)[2022-08-04]. http://www. dalecitymoose2165. com/about-us/.

Peterson，T. Playhouse Creatures Theatre Company to Present TENNESSEE WILLIAMS 1982 in 2016. (2015-12-08)[2022-09-20]. https://www. broadwayworld. com/article/Playhouse-Creatures-Theatre-Company-to-Present- TENNESSEE-WILLIAMS-1982-in-2016-20151208.

附　录

附录 1：威廉斯剧作汉译本一览表

序号	剧　目	译者	收录集	出版社	年份
1	*Something Unspoken*《没有讲出来的话》	英若诚	《世界文学》1963 年第 3 期		1963
2	*The Glass Menagerie*《琉璃集》	秦张凤爱		今日世界出版社	1977
3	*The Glass Menagerie*《玻璃动物园》	赵全章	《外国现代派作品选》第 4 卷（袁可嘉、董衡巽、郑克鲁编）	上海文艺出版社	1980
4	*Summer and Smoke*《夏日烟云》	吴明实		今日世界出版社	1981
5	*A Streetcar Named Desire*《欲望号街车》	周传基	《译丛》1981 年第 1 期		1981
6	《玻璃动物园》	东秀	《当代外国文学》1981 年第 1 期		1981
7	*Cat on a Hot Tin Roof*《热铁皮屋顶上的猫》	陈良廷	《热铁皮屋顶上的猫——西方现代剧作选》	《世界文学》编辑部编，中国社会科学出版社	1982
8	《玻璃动物园》	鹿金		上海译文出版社	1982
9	《欲望号街车》	一匡	《电影艺术译丛》1981 年第 1 期；《外国电影剧本丛刊》1982 年第 10 期	中国电影出版社	1981 1982
10	*Baby Doll*《洋娃娃》（电影剧本）	姚扣根	《南国戏剧》1982 年第 4 期		1982

续表

序号	剧目	译者	收录集	出版社	年份
11	*The Case of the Crushed Petunias*《牵牛花破坏案》	穆南	《名作欣赏》1984 年第 6 期		1984
12	*27 Wagons Full of Cotton*《满满的二十七车棉花》	文丰山	《外国独幕剧选 4》（施蛰存编）	上海文艺出版社	1986
13	《玻璃动物园》	鹿金	《外国著名悲剧选》第 3 册（高芮森编）	河南人民出版社	1991
14	《欲望号街车》	孙白梅	《欲望号街车：外国影剧选：英汉对照》	上海译文出版社	1991
15	《玻璃动物园》	东秀	《外国当代剧作选 3》	中国戏剧出版社	1992
16	《欲望号街车》	奇清	《外国当代剧作选 3》	中国戏剧出版社	1992
17	《热铁皮屋顶上的猫》	陈良廷	《外国当代剧作选 3》	中国戏剧出版社	1992
18	*The Night of the Iguana*《蜥蜴之夜》	安曼	《外国当代剧作选 3》	中国戏剧出版社	1992
19	*Something Unspoken*《没有说破的事》	赵国雄	《外国独幕剧选 6》（施蛰存编）	上海文艺出版社	1992
20	《欲望号街车》（电影剧本）	冯永红		清华大学出版社	2001
21	《热铁皮屋顶上的猫》	陈良廷		上海译文出版社	2010
22	《欲望号街车》	冯涛		上海译文出版社	2010

※1963—2015 年，共有 10 部威廉斯剧作出版汉语译本，其中《玻璃动物园》和《欲望号街车》有多个译本。

附录 2：威廉斯戏剧中国搬演一览表

序号	剧目	导演	主要演员	演出地	时间
1	*Summer and Smoke*《夏与烟》			中央戏剧学院	1986 年
2	《玻璃动物园》（英文演出）			夏威夷大学戏剧系访华	1986 年 10 月
3	《热铁皮屋顶上的猫》	张应湘		上海戏剧学院表演系 84 届	1986 年 12 月
4	《欲望号街车》	迈克·阿尔弗雷兹（英国）		天津人民艺术剧院，参加同年 11 月 28 日至 12 月 6 日首届中国戏剧节（北京）	1988 年 10 月 21 日
5	《玻璃动物园》	朱静兰		沈阳话剧院	1994 年
6	《二十七车棉花》			上海戏剧学院	1995 年
7	《玻璃动物园》第二幕	石俊		上海戏剧学院	1995 年
8	《欲望号街车》	何雁		上海戏剧学院	2002 年 10 月 9 日
9	*A Lovely Sunday for Creve Coeur*《疯花梦醉星期天》①			上海话剧中心	2004 年
10	《欲望号街车》	郭强生		台北新舞台	2005 年
11	*Summer and Smoke*《夏日烟云》	陈子度	张冰喻	中国传媒大学黑匣子剧场	2009 年 6 月 15 日
12	《玻璃动物园》			中央戏剧学院北剧场	2013 年 10 月 19 日
13	《二十七车棉花》	刘阳	胡祐铭，赵艺晓，刘阳	上海兰心大剧院	2014 年 10 月 1 日
14	《玻璃动物园》	David Esbjornson（美国）	宋茹惠、朱杰、兰海蒙、贺坪	上海话剧艺术中心	2016 年 1 月 9 日—1 月 24 日

① 《疯花梦醉星期天》为 2004 年上海话剧中心上演本剧时所采用的译名。本书将该剧译作《科雷夫·科尔的美好星期天》。

附录3:威廉斯戏剧电影改编一览表

序号	影 片	编剧	导演	年 份
1	*The Glass Menagerie*《玻璃动物园》	1973年版本由威廉斯任编剧		1950,1973,1987
2	*A Streetcar Named Desire*《欲望号街车》	威廉斯、奥斯卡·索尔(Oscar Soul)	伊利亚·卡赞(Elia Kazan)	1951
3	*The Rose Tatoo*《玫瑰文身》	威廉斯	丹尼尔·曼(Daniel Mann)	1955
4	*Baby Doll*《洋娃娃》	威廉斯	伊利亚·卡赞	1956
5	*Cat on a Hot Tin Roof*《热铁皮屋顶上的猫》	理查德·布鲁克斯(Richard Brooks)、詹姆斯·坡(James Poe)	理查德·布鲁克斯、詹姆斯·坡	1958
6	*Suddenly Last Summer*《去夏骤至》	威廉斯、戈尔·维达尔(Gore Vidal)	约瑟夫·曼卡维奇(Joseph L. Mankiewicz)	1959
7	*The Fugitive Kind*《逃亡者》	威廉斯	西尼·吕美特(Sidney Lumet)	1960
8	*Summer and Smoke*《夏与烟》			1961
9	*Sweet Bird of Youth*《甜蜜的青春之鸟》	理查德·布鲁克斯	理查德·布鲁克斯	1962
10	*Period of Adjustment*《调整时期》		乔治·希尔(George Roy Hill)	1962
11	*The Night of the Iguana*《鬣蜥之夜》		约翰·休斯敦(John Huston)	1964
12	*Ten Blocks on the Camino Real*《卡米诺·里尔第十街区》		杰克·兰道(Jack Landau)	1966
13	*This Property is Condemned*《被诅咒的财产》	弗朗西斯·科波拉(Francis Ford Coppola)	西尼·波拉克(Sydney Pollack)	1966
14	*The Last of the Mobile Hot-Shots*《最后一个行动自如的投篮手》,由 *Kingdom of Earth* (1967) 改编			1969

续表

序号	影　片	编剧	导　演	年　份
15	*The Eccentricites of a Nightingale* 《夜莺的怪癖》	威廉斯	格兰·乔丹 (Glenn Gordan)	1978
16	*Boom !*《平地一声雷!》,由 *The Milk Train Doesn't Stop Here Anymore*(1962)改编	尼奥·考沃德 (Noel Coward)	约瑟夫·洛西 (Joseph Losey)	1992

　　※至少 17 部威廉斯作品被改编成电影,除上表中的 16 部由戏剧改编成的影片以外,还有 1961 年根据威廉斯同名小说改编的影片《斯通夫人的罗马春天》(*The Roman Spring of Mrs. Stone*)。改编后的影片名称与戏剧名称或有不同。

附录4:中国学者撰写的威廉斯研究专著一览表

序号	作者	书名	出版社	出版时间
1	李 莉	《女人的成长历程——田纳西·威廉斯作品的女性主义解读》(英文)	天津人民出版社	2004
2	徐怀静	《铁背心:田纳西·威廉斯剧作中困惑的男人们》	同心出版社	2007
3	梁超群	《田纳西·威廉斯戏剧中父亲的在场与缺席》(英文)	上海三联书店	2010
4	李尚宏	《田纳西·威廉斯新论》	上海外语教育出版社	2010
5	张新颖	《田纳西·威廉斯边缘主题研究》(英文)	科学出版社	2011
6	韩 曦	《百老汇的行吟诗人——田纳西·威廉斯》	群言出版社	2013
7	蒋贤萍	《重新想象过去——田纳西·威廉斯剧作中的南方淑女》	光明日报出版社	2013
8	高鲜花	《励志与颓废的传奇:田纳西·威廉斯及其戏剧研究》	中国戏剧出版社	2019
9	梁 真	《另类人生:"异质"视域下的田纳西·威廉斯研究》	宁波出版社	2020
10	蒋贤萍	《田纳西·威廉斯剧作中的南方淑女研究》	中国书籍出版社	2020
11	赵春花	《田纳西·威廉斯剧作的伦理问题研究》	吉林大学出版社	2021

附录 5:威廉斯剧作剧情简介与演出情况

1. 这个词就是美(*Beauty Is the Word*,1930),独幕剧

威廉斯的处女作,时年他是密苏里大学的一年级学生。

[演出]

无演出记录。

[剧情]

南太平洋岛上的一处传教士住所,家具式样老旧,陈设整洁简朴,像极了 19 世纪晚期的新英格兰小城家庭的会客室。书架上摆满神学书籍,墙上挂着教岛民识字和算术的招贴,屋内气氛沉重压抑,完全看不出这是一处热带地区的住所。住所的主人是中年传教士阿伯拉德和妻子梅布尔,他们身材干瘦,沉静严肃。来岛上度蜜月的梅布尔的侄女爱丝特和丈夫史蒂夫暂住在传教所,爱丝特穿轻薄的红裙,史蒂夫穿白色衣裤,他们青春健美,充满活力。

梅布尔缝了 50 件黑袍,准备分发给岛上的女人们,要求她们上教堂和传教所都必须穿黑袍。阿伯拉德认为需要分给爱丝特一件,梅布尔却说爱丝特太爱展示身材,不会穿黑袍的。她认为爱丝特和她丈夫很无耻,自从她们来到岛上之后就每晚去海滩跳舞狂欢,把文明抛到了九霄云外。阿伯拉德赞叹爱丝特和她的舞蹈演员丈夫都很美,像是一对潜水鸟,但他们放浪的生活方式对传教所是个威胁,会让自己使当地人过严肃得体的生活的努力毁于一旦。岛民看到住在阿伯拉德屋檐下的白人这种与布道时所宣扬的教义背道而驰的生活方式,他们怎么可能听信他的劝诫!爱丝特认为宗教应当以使人快乐为目标,如果不能使人快乐就不是真正的宗教,她直言岛民们抗拒阿伯拉德所宣扬的教条,他们是世上最快乐的人,不能被这种宗教给毁了。在爱丝特看来,上帝(至少她的上帝)就是美,阿伯拉德就像伊甸园里的毒蛇,他迫使人们产生对自己的裸体感到羞愧的意识。使女露斯向爱丝特投来崇拜的目光,但她无法表达自己的感受,爱丝特猜测露斯是想说"美"这个词,但梅布尔只教过"魔鬼"却从未教过"美"。

黄昏时分海滩上突然燃起大火,原来附近岛上的居民聚集击鼓,扬言要烧毁传教所,赶走传教士。梅布尔指责爱丝特使岛民们走入歧途,并誓死守护传教所。爱丝特记起芭蕾舞演出使伦敦观众兴奋不已的情景,她认为既然舞蹈能使

见多识广的伦敦人臣服,更能征服纯朴的岛民们,于是她不顾史蒂夫的阻拦,冲向海滩起舞。像火一样热情的舞蹈使岛民们沉醉,他们用鼓声来配合爱丝特舞蹈的节奏,把爱丝特放在高高的岩石上,他们匍匐在地顶礼膜拜。危机解除了,爱丝特提议开放教堂迎接众人。转危为安的梅布尔松了口气,史蒂夫建议她接纳音乐和艺术,因为"美"就是新的福音书。

2. 莉莉你为何吸烟?(*Why Do You Smoke So Much*,*Lily*?,1935),独幕剧

[演出]

2007 年 1 月 19 日由梦想机车剧院剧团(The Dream Engine Theatre Company)首演于芝加哥。

[剧情]

在圣路易斯一套时髦的公寓里。肥胖俗气的约克夫人在起居室里的椭圆形镜子前梳妆打扮,她与坐在一旁呆望着鱼缸的女儿莉莉讨论自己的卷发,莉莉只顾着一根接一根地抽烟,对母亲的话题毫无兴趣。约克夫人声称自己多年来全心为女儿付出,从未出过任何差错。她送莉莉上了最好的学校,让她认识了所有"合格的"年轻人。而莉莉则反驳说那些都是油头粉面的花花公子,她只想踩着他们的脚趾头听他们尖叫。母亲愤怒地责备女儿胡说八道,她认为莉莉应该跟其他女孩们聚在一起学学织毛衣,因为男人需要的不是"行走的读书报告",而是血肉之躯。莉莉挖苦说母亲希望自己结婚其实就是从事"高级的"卖淫,母亲所要求的只是一张合法的婚书和大把的金钱。约克夫人扔掉莉莉手中的杂志,埋怨说阅读太多的下流小说害了莉莉,只有波希米亚人、布尔什维克、从东欧来的低层无技术工人和"长头发的俄罗斯人"才读这些东西。

正当母亲唠叨着责怪莉莉抽烟太多以致家里到处都是烟头之际,发型师打来电话让约克夫人赴约。再次精心打扮了一番的约克夫人不满女儿拒不称赞自己的"美丽",责令女儿跟自己说话时"聪明点",看着母亲出门远去的背影,莉莉神经质地微微颤抖着哑然失笑。母亲出门时还在唠叨着要莉莉戒烟,因为吸烟"毁了她的皮肤"。莉莉在公寓的五个房间里漫无目的地来回踱着步,她所到之处都留下了烟灰。她把自己锁进卧室,对着镜子傻笑,镜子中的她浓眉大眼,身体颀长瘦削,像个漂亮的小伙子。她不由自主地大声自言自语,说出来的都是带她一起参加社交聚会时母亲所说的话,她似乎被自己的举动吓到了,用双手捂住自己的嘴巴和耳朵。舞台上响起母亲在社交场合说话的声音,使我们得知莉莉已逝的父亲史蒂文是一个热爱读书、写诗的人,婚后他放弃了写作,当妻子焚烧了他所保存的自己作品的手稿时,他哭得像个孩子,但是在妻子的管束之下他转变了,不再那么"不切实际"。莉莉像父亲一样,她"是个极不寻常的孩子",但约克夫人认为女儿的叛逆只是其成长中的一个必经阶段,只要她不再抽烟,听从管束,那么她不再需要看精神病医生,将来的她必定会成为一个"好妻子"。神情恍惚的莉莉手中掉落的烟头烧坏了梳妆台,门外响起了回到家的母亲的尖叫声,她又在抱怨家里到处是烟雾和烟灰。

3. 开罗!上海!孟买!(*Cairo! Shanghai! Bombay!*,1935),独幕剧

[演出]

1935 年 7 月 12 日首演于孟菲斯的"花园表演者"社区剧院。这是威廉斯首部被搬上舞台的戏剧。

2013 年在马萨诸塞州普罗温斯敦举行的威廉斯戏剧节上演出。

[剧情]

故事发生在一个港口城市,讲述的是两个水手与一对风尘女子约会的故事。温柔而敏感的妓女艾琳初识水手查克,这两个热爱大海的年轻人相爱了,他们相约结婚后出海远航去造访开罗、上海和孟买等地图上标示的所有的港口城市。艾琳的女伴米莉和查克的同伴哈利设法将查克带回船上,制止了他娶艾琳的意图,因为他们都认为即将参加军事演习的水手与妓女私奔是愚蠢的行为。

4. 绅士的末日(*Curtains for the Gentleman*,1936),独幕剧

[演出]

2013 年在普罗温斯敦举行的威廉斯戏剧节上演出。

[剧情]

故事发生在一个大城市市中心贫民区的街角。时间是在 12 月中旬一个严寒的冬夜。舞台背景是一家店名为"美妙人生"的小咖啡馆。年轻儒雅、衣冠楚楚的"绅士"乔治在寒冷的冬夜站在街角,焦急地等待与黑帮头目帕奇在咖啡馆会面却迟迟未见对方现身。乔治的情妇弗洛西着装廉价,醉醺醺的她试图说服乔治去咖啡馆喝酒,咖啡馆老板迈克等人也劝说乔治进屋去等。警察马克向乔治透露帕奇了解到有人向警方告密,乔治预感到失约的帕奇已知晓自己是告密者,于是便向弗洛西提议用自己得到的 2000 美元酬金结婚,次日就一同前往佛罗里达海边度假。就在他们相拥着离开街角走向弗洛西家之际,身材魁梧的帕奇从咖啡馆里出来,尾随其后。帕奇向迈克问明了弗洛西的住址,并扬言当天是

"绅士的末日"。迈克目送着帕奇慢慢地离开街角,他惊恐地回到咖啡馆。

5. 魔塔(*The Magic Tower*, 1936),独幕剧

1936 年获密苏里州圣路易斯举行的独幕剧竞赛一等奖。

[演出]

1936 年 10 月 13 日由圣路易斯市郊的业余剧团韦伯斯特树丛戏剧协会(the Webster Groves Theatre Guild)首演,受到好评。

[剧情]

年轻画家吉姆与妻子琳达租住在贫民区的一个破旧阁楼里,他们情意甚笃,戏称阁楼为童话中的"魔塔"。为生计发愁的吉姆艰难维持艺术追求,听闻欧洲知名艺术商造访美国,无雨伞可用的吉姆冒雨拿上自己的画作前去拜访却不被看好,他深受打击。琳达昔日的同事见她生活无着,便力劝其离开画家,返回歌舞团工作,因为她的存在"阻碍了艺术家的事业发展"。虽然琳达犹豫再三,但看到浑身被雨淋湿的丈夫苦恼而沮丧,且对她不无怨意,她拿起行李悄悄离去了。

6. 日下残烛(*Candles to the Sun*, 1936),多幕剧

[演出]

威廉斯为密苏里州圣路易斯一个半职业小剧团"哑剧团"(The Mummers)演出而作。

[剧情]

以阿拉巴马的"红山"煤矿工人皮尔切家庭的悲惨遭遇为美国百姓生活的缩影,通过描写一次罢工事件来展现大萧条时期工人的生存困境。

矿工布兰姆·皮尔切每天清晨起床上工,妻子海斯特为他准备早餐。他们育有三个子女,大儿子约翰早年离家出走,二儿子乔还在上学,女儿斯达与男友杰克的交往遭到布兰姆反对。皮尔切夫妇突然接到宾夕法尼亚州的来信,得知失联的大儿子约翰死于矿难。约翰的遗孀芬带着幼子卢克来与皮尔切夫妇一起生活。海斯特抱怨儿媳逼儿子去矿上工作,但她看到酷似约翰的孙子卢克,感到十分欣慰。芬做了洗衣女工,她努力工作为儿子卢克攒钱。10 年后,杰克死于肺病。一个周六,卢克找到斯达,告知她海斯特病重的消息。卢克和斯达对伯明翰·瑞德组织的煤矿工人罢工看法不一,斯达对罢工持怀疑态度,而年轻的卢克却相信罢工会帮助工人们走出困境。当天晚上瑞德来找斯达,跟她谈到杰克的肺病、矿工的人权,以及矿井下的暴行。由于不知道海斯特与斯达是母女,瑞德

无意间还透露海斯特患有缺乏营养所致的糙皮病而不久于人世。卢克发疯般地来找斯达,要告诉她海斯特病危的消息,而斯达与瑞德去小溪边看星星了。

几个月后的一天,芬在厨房为布兰姆和乔准备早餐。卢克穿着矿工服出现在起居室,芬责令他脱掉衣服上床睡觉,卢克却说他需要挣钱准备明年秋天上大学,乔和布兰姆也激励说他们为卢克愿意下矿井而感到骄傲。当天斯达来找芬,向她诉说自己爱上瑞德,而罢工即将暴发。此时远处响起三声哨音,表明有事故发生,乔死于矿难。

众矿工来到布兰姆家里向乔的遗体告别,群情激愤中谈到罢工。布兰姆却与相信罢工会改变现状的青年矿工们针锋相对,他认为罢工会导致矿业公司倒闭,那么所有矿工只能饿死。参与罢工集会的工人们回来声援青年矿工,致使争论升级,芬努力劝解平息。

一两天之后。罢工开始了,矿上十分安静,瑞德住在斯达的小屋里,他认为自己应该搬走,以免威胁到斯达的安全。斯达表示她爱上了瑞德,想与他组建家庭,瑞德却说爱情会阻碍他完成使命。卢克偷来母亲攒下的 300 美元交给瑞德,当芬来讨要这笔留给卢克的学费时,瑞德说服她用这笔钱给 1500 名参加罢工的矿友们购买食物。斯达和瑞德等待着矿主派来的打手,斯达恳请瑞德带她离开矿区,瑞德答应明年春天带斯达去北方。一群打手来到小屋门外,瑞德将钱交给斯达,嘱咐她转交给矿工们。打手破门而入,把斯达捆绑起来,又用布条封住她的嘴。他们用枪打死瑞德后听到门外走过一群矿工民兵,就迅速逃走了。

两个月后。矿主答应了罢工者提出的条件。斯达将去伯明翰工作,她来到父亲的小屋里向芬告别,说她会寄钱回来替瑞德还债,芬拒绝了。布兰姆眼瞎了,还开始犯糊涂,他把芬当成海斯特,把卢克当成了约翰。卢克去矿上工作,芬坐进海斯特的旧摇椅目送着卢克步入矿井。

7. 慕尼的孩子别哭(*Moony's Kid Don't Cry*,1936),独幕剧

威廉斯发表的首部戏剧,由威廉斯 1932 年的剧作《凌晨三点的热牛奶》改编而成。

[演出]

1958 年在卡夫电视剧场(Kraft Television Theatre)上演。

[剧情]

一所三居室公寓的破旧厨房杂乱不堪,一张旧桌子占据了大部分空间。桌子上摆着一小棵圣诞树。火炉上挂着一块牌子上写着:保持微笑。舞台中央有

一个精致的旋转木马,在周遭的廉价家具当中显得格格不入。柔和的蓝灯照亮舞台,舞台后方的角落放着拉直的晾衣绳。简来到厨房为慕尼煮咖啡,慕尼跟在她身后,抱怨说早上4点他就得起床去工作。

他慵懒地走着,嘟噜着抱怨房间太小,回忆着以前当伐木工人时无忧无虑的生活。简无暇理会丈夫的抱怨,看到他把牛奶溅到地上便责怪他,抱怨说为了跟慕尼在一起,她也放弃了更好的生活。慕尼说他应该也像父亲那样抛弃妻子和孩子。气愤的简给了慕尼一拳,慕尼则掐住她的脖子,把她往墙上扔。简爬向慕尼,恳求他不要抛弃她。慕尼丢了几块钱给简,而简把孩子扔到了慕尼手上。孩子大哭起来,慕尼安抚着孩子说他不会抛弃母子俩的。

8. 重要比赛(*The Big Game*,1937),独幕剧

[演出]

无演出记录。

[剧情]

在圣路易斯的一间医院病房里,住着三个病人,分别是身患不治之症的青年大卫、年长于大卫的脑癌患者沃尔顿和大学球队中锋托尼·艾尔森。前两者与托尼的活力四射形成鲜明对比。托尼在球赛中受伤,于是住进了医院,对于他来说住院只是小事一桩。托尼出院之后,大卫和沃尔顿谈论起关于死亡的话题。

9. 我,瓦希亚!(*Me,Vashya!*,1937),独幕剧

[演出]

1938年夏天,圣路易斯的广播剧团"小小空中剧院"(The Little Theater of the Air)广播了本剧的改编本;2004年2月在圣路易斯的华盛顿大学举办的国际研讨会"田纳西·威廉斯:神秘的一年"("Tennessee Williams:The Secret Year"),会议安排了本剧的首次校园演出,以缅怀威廉斯在华盛顿大学的求学时光。

[剧情]

本剧主人公瓦希亚出身于乌克兰农民家庭,在第一次世界大战期间他向交战国双方出售军火而大发横财。戏剧场景设在瓦希亚的豪华公寓的书房里,他断言妻子丽莲得了精神病,遂请菲利浦医生来治疗。出身贵族的丽莲因战争丧失了故国家园,失去了父母兄妹。她爱上了一个年轻的诗人,瓦希亚知晓此事之后不久就施计将诗人派往战场,诗人战死,丽莲也被瓦希亚软禁起来。最终丽莲在医生和来访的总理的帮助下开枪打死了瓦希亚。

10. 逃亡者（*Fugitive Kind*，1937），独幕剧

［演出］

1937 年 11 月在密苏里州的圣路易斯首演。

［剧情］

故事发生于 1936 年与 1937 年之交的密西西比州双河县的一家廉价旅馆中。一名孤单的接待员照管着这家旅馆，店主是一个患有强迫症的犹太人。旅馆里住着一群醉酒的失意者和一个叛逆的大学生。旅馆接待员与一名逃亡的黑帮成员特里·梅甘成为朋友。特里向接待员吐露心声，称自己是腐败的社会制度的受害者。

11. 春天的风暴（*Spring Storm*，1937），三幕剧

［演出］

1995 年在伯克利首演。2009 年 10 月 15 日与奥尼尔的《天边外》一起在欧洲首演。

［剧情］

故事发生在 1937 年的密西西比小镇泰勒港口。海文莉·克里奇菲尔德与自己心仪的恋人迪克·迈尔斯的恋情不被家人看好，他们的亲密关系招致镇上人们的非议。海文莉的追求者亚瑟受到其父母的青睐。面对迪克的求婚海文莉犹豫不决，她想选择亚瑟，但是醉酒的亚瑟误杀了爱慕他的女孩赫拉。迪克和亚瑟都离开了小镇，海文莉同时失去了两个追求者。

12. 湖边的夏日（*Summer at the Lake*，1937），独幕剧

［演出］

2004 年 4 月 22 日在华盛顿特区的肯尼迪中心由莎士比亚剧团首演。

［剧情］

一座避暑别墅的起居室里，墙壁在午后阳光照射下闪着光泽，屋里摆放着藤编家具。芬伟太太斜躺在长靠椅上，她身体肥胖，穿着一身淡紫色亚麻布衣服，胳膊肘处有深色的汗渍，脖子上缠着好几条俗气的珠链，卷曲的头发耷拉在前额上，她正用一条皱巴巴的手绢不停地擦着额头。地上有几本杂志和一大罐冰水。唐纳德瘦弱而敏感，跟母亲并不相像。他在房子里来回走动着，似乎在寻找什么。

芬伟太太抱怨着远离城市住到湖边却还是热。她询问儿子收到父亲的来信的内容,儿子说父亲希望她神经紧张的症状有所缓解,并希望他们母子16号回家去。父亲准备卖掉这幢别墅,并希望让儿子做批发生意而不做秋季进入大学学习的准备。芬伟太太生气地说丈夫十有八九是找了情妇,接着她又责备儿子神情怪异,似乎总是心不在焉,难怪他没有朋友。看到儿子又要出门去湖边,芬伟太太责怪他不该每当自己开口说话时就躲开,她告诫儿子"赶快醒来,不能终生做梦"。唐纳德痛苦地表示他讨厌回到家里,讨厌砖墙、混凝土和黑色的救火梯,他只喜欢湖边,在那里任凭上午、下午或是夜晚,时间仿佛根本不存在。芬伟太太表示她不希望儿子这样"与众不同"和"古怪",她希望儿子能合群,能在世界上"找到自己的位置"。由于自己精神受挫,丈夫不切实际,她希望儿子是个"强壮的""有责任心"的男人。在芬伟太太拿起丈夫的信来读的时候,唐纳德溜出家门去了湖边。于是芬伟太太叫来女仆安娜,与她讨论如何让酷似其父的"梦想家"儿子变成正常人。在她们交谈过程中,芬伟太太一直关心着儿子是否已回到岸上,但安娜透过窗户看到他越游越远。

13. 向生者致敬(*Honor the Living*,1937),独幕剧

[演出]

无演出记录。

[剧情]

第一场,美国某市区内的一间小公寓里。时间:1918年冬天。约翰刚从战场上回到美国某市的家中,身上还穿着制服,他与妻子玛丽坐在客厅的沙发上,妻子在高兴之余也为丈夫在战争中毫发无损而感到惊讶。她诉说着在看到别人伤残时她如何担惊受怕,而约翰则痛苦地回应说内心和大脑中的伤痕难以言喻。

第二场,10年后,约翰夫妇有了孩子,一家人生活富裕。然而由于卷入黑帮争斗的约翰被认为是告密者,他的家遭到了武装分子的枪击。开枪回击的约翰被关进了死牢。

第三场,几年后,在一间州立监狱的死因牢房里。约翰拿着份报纸,穿着监狱服坐在床上。玛丽在哭。约翰讽刺着报纸上市长凯利的言论——"今天我们来这儿是向死者致敬,但与此同时我们也应该给予生者荣誉和赞扬!我们不能忘记向生者致敬,就像对死者一样!"约翰痛苦地回忆起自己在战后的遭遇,找不到工作的他曾挨家挨户去乞讨,当他拿出自己的勋章和军帽,人们都说在路边摊上就可以买到这些不值钱的玩意儿。这就是所谓的"向生者致敬",这是天大的

笑话！约翰咆哮着说："让我们跪下去舔你那血腥的靴子,这就是你给我们的荣耀!"

14. 蹩脚的运动员(*The Palooka*,1937 年之后,具体时间不确定),独幕剧

［演出］

2003 年 10 月 2 日由哈特福德舞台剧团(Hartford Stage Company)首演于康涅狄格州哈特福德。

［剧情］

在一间拳击竞技场简陋的后台更衣室里,空气中弥漫着蓝色的香烟烟雾,桌子上坐着一个穿着紫色的旧丝质长袍的疲惫不堪的拳击手"帕鲁卡",他面色阴郁,看起来愤世嫉俗。他身边的凳子上坐着一个紧张而急切地准备参加生平第一场职业比赛的"孩子",门边另一个老拳击手不安地来回踱着步子。在老拳击手上台打比赛的当儿,38 岁的帕鲁卡以"要么成功,要么灭亡"(Do or die.)来激励"孩子"自信地面对挑战。其实"帕鲁卡"就是"孩子"的偶像——曾风光一时的轻量级冠军加尔维斯敦·乔,如今潦倒的他自欺欺人地为自己惨淡的人生编造出一个美满的结局,他告诉"孩子"说加尔维斯敦早已退出拳坛转而在南方做石油垄断生意。当观众们呐喊着等加尔维斯敦上台比赛时,"孩子"明白了真相。

15. 我们的行当(*In Our Profession*,1938),独幕剧

［演出］

2021 年 11 月 12 日－18 日在美国宾夕法尼亚州费城的兰德尔剧院(Randall Theater)演出。

［剧情］

故事发生在某大城市的一所单身公寓里。女演员安娜贝拉刚结识理查德不久就提出要嫁给对方,而理查德并不想与安娜结婚,他介绍好友保尔与安娜认识。安娜初次与保尔见面就对他说着她对理查德说过的话,她告诉保尔说她厌倦了各地巡演的生活,想与保尔结婚。理查德赶紧叫来另一个兄弟来为他和保尔解围。

16. 每二十分钟(*Every Twenty Minutes*,1938),独幕剧

［演出］

作为田纳西·威廉斯新奥尔良文学节(Tennessee Williams/New Orleans Literary Festival)举行的威廉斯一百周年诞辰纪念活动的内容之一,本剧于 2011

年 3 月 23 日首演于新奥尔良的南方代表剧院。

[剧情]

这部剧描写了一对中产阶级中年夫妇所面临的婚姻危机。在一所时尚的市区公寓的角落里,有一台收音机,一张椅子,一个沙发,还有酒柜,旁边有落地灯。年约 40 岁的男女主人刚从一次晚宴上回家。男人一边喝着饮料一边看报,女人在抽烟。女人以"报纸上说每 20 分钟就有一个美国人自杀"为话题,引起了夫妻间的一段对话。男人冷淡地说这个自杀频率并不高,听到女人说自己头痛,他竟然回应说,"你可以在左边的抽屉里找到一把左轮手枪,保证药到病除"。男人承认了对妻子的不忠,对于女人歇斯底里的尖叫他也漠然应对。

17. 帕拉代斯先生(*Mister Paradise*,1938),独幕剧

[演出]

2005 年 3 月 17 日首演于新奥尔良文学节。

[剧情]

新奥尔良法国区一处肮脏的住所里,租住在此的帕拉代斯先生真名为乔那森·琼斯,安东尼·帕拉代斯是其笔名,他是一位潦倒落魄的诗人。他 20 年前曾出版了一本诗集,但早已被世人遗忘,如今一个家境富有的女大学生偶然发现了诗集,成了他的崇拜者。她在法国区找到了帕拉代斯先生的住处,试图把他"还给这个世界"。帕拉代斯先生谢绝了女大学生的好意,他说如今世人只对火药感兴趣,他复活的日子还远没有到来。他送别女大学生并提醒她留意讣告信息。

18. 胖男人的妻子(*The Fat Man's Wife*,1938),独幕剧

[演出]

2004 年 11 月 11 日首演于纽约曼哈顿剧院俱乐部(Manhattan Theatre Club)。

[剧情]

故事发生于 1938 年元旦清晨,纽约一间豪华公寓里。知名制片人乔·卡特赖特向他的妻子抱怨说,作家丹尼斯·梅里韦瑟拒绝为了商业利益而修改其剧作。丹尼斯不愿将自己的剧作改为喜剧,他准备离开纽约去墨西哥的阿卡普尔哥,并劝诱乔的妻子薇拉跟他一起走,而薇拉拒绝了他。

19. 圣徒火刑(*Auto-Da-Fe*, 1938), 独幕悲剧

[演出]

1986 年于纽约露西尔·洛特剧院(Lucille Lortel Theatre)演出。

[剧情]

　　20 世纪 30 年代末期路易斯安那州的新奥尔良市法国区。67 岁的杜瓦纳夫人与年近 40 岁的儿子埃洛伊相依为命,埃洛伊的父亲离家多年。杜瓦纳夫人经营着一家廉价旅社,埃洛伊是一名邮递员。杜瓦纳夫人是个虔诚的基督教徒,她严格管束儿子,还时常以打扫房间为由翻看儿子的私人物品,引起埃洛伊的不满。埃洛伊嘲讽母亲总是在言语间强调"纯洁""神圣",却宁愿住在这"连空气都不干净"的法国区而不搬家。埃洛伊认为只有从这"恶臭"的"沼泽地"搬到市区去,他的哮喘才不会那么频繁地发作。埃洛伊认为法国区的暴行和罪恶感染了所有居民,母亲警告他不要太过偏激,埃洛伊则更进一步指出《圣经》中多个肮脏的城市都是由正义的火焰摧毁的,他认为法国区也应当被夷为平地,并用火来净化。杜瓦纳夫人以晚上睡觉必须盖被子、吃饭必须细嚼慢咽等"简单的规矩"来要求儿子,埃洛伊则对于无人理解他所承受的压力和痛苦而感到绝望。杜瓦纳夫人建议儿子"去教堂忏悔",埃洛伊则嘲讽神父是个"穿着裙子的瘸子"。杜瓦纳夫人追问这一周以来儿子到底经历了什么意外,埃洛伊说出心底的秘密:一周前他在分发信件时,无意中发现一张"下流"的照片从一个未封口的信封里掉落在地上,那是一封寄给一位富有的古董商人的信,寄信人是一名 19 岁的大学生。寄信人若被检举揭发就将面临牢狱之灾。埃洛伊没有声张,他私下找到大学生想要调查照片事件的前因后果,却遭到对方唾骂,指责他想要讹诈,埃洛伊落荒而逃。杜瓦纳夫人认为如今儿子再向当局报告就为时已晚,她建议把信烧掉。埃洛伊用火柴点燃信封时烧伤了手指,趁母亲去拿苏打粉之际,埃洛伊把自己反锁在屋内,用火柴点燃了整间屋子。

20. 渡轮上的亚当与夏娃(*Adam and Eve on a Ferry*, 1939), 独幕剧

[演出]

2004 年 11 月 11 日首演于纽约曼哈顿剧院俱乐部。

[剧情]

　　阿尔卑斯山上一所别墅前的门廊处,劳伦斯坐在躺椅上,身边有很多盆栽植物,他身后的墙上挂着一面绣有浴火凤凰图案的旗子。劳伦斯身披金色绸缎长

袍,幕启时他正在仔细地编织着什么。妻子来到劳伦斯身边,说她打发走了前来拜访的女村民阿丽雅德妮,劳伦斯让妻子趁阿丽雅德妮还没下山赶紧带她前来,因为他想听听她的"胡说八道"。原来阿丽雅德妮在船上与一个男子起了争执,而她被男子吸引并希望与之发生性关系,她来找劳伦斯给她出主意。

21. 与夜莺无关(*Not About Nightingales*,1938),三幕剧

1991 年英国知名演员、活动家瓦内莎·立德格拉夫(Vanessa Redgrave)在得州大学奥斯汀分校(University of Texas at Austin)发现了本剧剧本手稿,1998 年剧本由新方向出版社出版。

[演出]

1998 年 3 月 5 日首演于英国伦敦的皇家国家剧院(Royal National Theatre),由"移动剧院"(Moving Theatre)和得州休斯敦艾利剧院(Alley Theatre of Houston,Texas)合作演出;2017 年 12 月由新奥尔良田纳西·威廉斯剧团(The Tennessee Williams Theatre Company of New Orleans)在时代精神多学科艺术中心(Zeitgeist Multidisciplinary Arts Center)演出。

[剧情]

道貌岸然的监狱长沃伦所管辖的监狱岛是世人眼中的"模范机构",号称用"心理学"和"社会学"方法来对犯人进行再教育。为了减少财政支出以中饱私囊,沃伦毫不理会秘书吉姆的善意提醒,指使下属长期给犯人供应变质的食物而致犯人纷纷中毒,后者稍有反抗便会招致酷刑。布奇、奎因和乔等人发动狱友进行绝食抗议,结果遭到残酷镇压,参加抗议的狱友死伤大半,最终全岛犯人在吉姆的领导之下团结起来杀死了监狱长沃伦。

22. 黑暗的房间(*The Dark Room*,1939),独幕剧

[演出]

1966 年首演于伦敦。

[剧情]

在一套狭小而脏乱的出租公寓里,住着姓波西提的一个贫穷的意大利移民家庭。摩根小姐向波西提太太询问关于她丈夫和孩子的情况,当详细盘问她的女儿蒂娜·波西提的近况时,摩根小姐得知怀有身孕的少女蒂娜长期将自己锁在黑暗的卧室里,等待着每晚与情人幽会。摩根小姐大为震惊,决心为波西提家的孩子申请政府的监护。

23. 天使之战（*Battle of Angels*, 1939），三幕剧

1957 年改写为《琴神降临》，1960 年被改编为影片《逃亡者》。

[演出]

1940 年前后，《天使之战》在波士顿演出后很快遭到停演；1974 年 10 月在纽约外百老汇的方中圆剧团演出。

[剧情]

25 岁的瓦尔·泽维尔来到一座南方小镇，年轻健美的他身穿一件蛇皮夹克，立刻引起小镇女人们的注意。该镇行政司法长官的妻子维·塔尔伯特建议瓦尔到迈拉的纺织品商店去找活儿干。迈拉经营着商店的同时要照顾病重的丈夫杰布·托兰斯，刁钻的杰布时常在迈拉与人交往时以拐杖敲击楼上房间的地板来召唤妻子，让迈拉身心俱疲。迈拉雇佣瓦尔之后，女顾客们蜂拥而至。贵族女子桑德拉·怀特赛德主动向瓦尔示好却遭到瓦尔拒绝。起初迈拉对时常在鞋盒上写作的瓦尔并不满意，但迈拉发现瓦尔跟她一样同情和帮助黑人，公然抵抗不公正的社会现象，迈拉爱上瓦尔并怀孕了。可是由于曾被诬告强奸而遭通缉，瓦尔计划独自逃亡，迈拉要求跟他一起走，遭到瓦尔拒绝。迈拉以向行政司法长官报告瓦尔行踪来威胁阻止瓦尔弃她而去，躲在商店楼上听闻一切的杰布恼羞成怒，他拿枪将迈拉击毙，反诬瓦尔是凶手。瓦尔被镇民以私刑处死后，桑德拉驱车投河身亡，杰布死于癌症。

24. 一生一次（*Once in a Lifetime*, 1939），独幕剧

[演出]

2011 年 9 月 22 日由来自新墨西哥州的阿尔伯克基融合剧团（Fusion Theatre Company of Albuquerque）首演于普罗温斯敦田纳西·威廉斯戏剧节。

[剧情]

在新墨西哥州陶斯市的一家酒店大厅里挂满了用于展览的墨西哥风格画作。克劳利夫妇来到酒店，他们分别是伊利诺伊州一座中等城市的公司销售经理和妇女协会的顾问，对这次西部之旅期待已久。克劳利太太戴着繁重的印第安首饰，克劳利先生系着突显腰围的宽大的牛仔腰带。在餐厅用餐之后他们就牛排的肉质好坏展开争论，克劳利先生认为夫人太过挑剔，但他还是向夫人表示妥协。克劳利先生拿出地图来计划行程和各项活动所需的时间，克劳利太太抱怨说这种紧张感让旅程了无乐趣并撕毁了地图。克劳利太太在等着女儿朱迪斯

回来,朱迪斯在大厅里遇见正在作画的年轻画家吉姆,两人就交上了朋友,这让克劳利太太对女儿处处留情感到担忧,她对丈夫说已为女儿准备好了秋天进行社交界的首次亮相。

来自得克萨斯州的布朗夫妇碰巧也在这家酒店里,两对夫妇相谈甚欢,布朗夫人说她在这场"一生一次"的旅行途中累得要命,克劳利夫人说她沮丧而紧张。克劳利夫人说她要记录下大峡谷见闻,布朗夫人说她也想写,可她什么都不记得了。两位太太上楼睡觉,两位先生留下等朱迪斯回来。朱迪斯终于与吉姆一同返回酒店,她在感叹原来夜里开车穿越沙漠是如此有趣,但明早她得随父母一起离开酒店去凤凰城,吉姆恳请她留下来,奉劝她不要唯命是从,要坚守自由。朱迪斯称她已有男友,拒绝了吉姆的拘留,随后独自上楼了。克劳利先生目睹女儿的背影,放下心来,他和布朗先生各自拖着疲惫的步子回房去了。

25. 奇怪的戏剧(*The Strange Play*,1939),独幕剧

[演出]

2016 年 4 月 1 日由新奥尔良田纳西·威廉斯剧团(The Tennessee Williams Theatre Company of New Orleans)在新奥尔良文学节(Tennessee Williams/ New Orleans Literary Festival)首演。

[剧情]

第一场

在新奥尔良法国区一处破败房屋的破院子里有一个水泵,走廊边种着葡萄和一棵香蕉树,院子中央有一个小铁凳和一眼干涸的喷泉,喷泉中心是爱神的雕像。伊莎贝尔坐在凳子上,父亲问她是否饿了,伊莎贝尔说她"不相信"她饿了,她说她渴了,但是坐着起不了身,于是父亲说他去取水来。父亲发现水泵干了,但是这一带应该有水,他让女儿问问这里的"收藏家"女人们,可伊莎贝尔说她"讲不了话",于是父亲来到点着蓝色灯的房间门口,伊莎贝尔说,"敲门跟她讨点水吧,我一般不这么干——除非我实在渴得不行了"。父亲敲门,门咣的一声打开,一个女人对着他的脸猛打一拳就摔上了门。伊莎贝尔问父亲是谁打了他,父亲说他分不清是奥尔加还是弗洛伦斯。这当儿点着粉色灯的房间开门了,"老女人"和弗洛伦斯走出来,看上去像两个女巫一般。"老女人"听弗洛伦斯说"父亲"因为讨水而挨了打,就说奥尔加打人的原因是她的"收藏"进展不顺利,只收集到了 57 个火柴盒。弗洛伦斯嘲讽闻声而出的奥尔加说,收集成百上千个火柴盒不是什么难事,奥尔加反唇相讥,说弗洛伦斯只收集到了 30 张锡纸,言语间"火柴

盒小姐"和"锡纸小姐"扭打成一团。"父亲"和伊莎贝尔弹琴唱诗安抚众人,女人们就各自回房关了灯。屋后的走廊上出现一根长长的船的桅杆,一个人手提灯笼爬上桅杆俯视着院子。父亲停止拉提琴,慢慢走出院门,伊莎贝尔喊话要父亲关上院门,可他头也不回地走了。桅杆上的人下来了。伊莎贝尔起身去关门,但是门外传来低沉的笑声,一个高大的人影推开了门,对伊莎贝尔说他是从那艘船上下来的水手约翰,他需要一个房间。伊莎贝尔说只有父亲的债主会来这儿,约翰却说他去船上拿了齿轮就会回来的,伊莎贝尔恳求约翰不要离开,约翰从手上取下戒指交给她,说自己马上就回来。

第二场

第二天早上,伊莎贝尔·霍利坐在凳子上醒来,夜里下雨打湿了她的裙子和头发。水手拿着装有齿轮的帆布包走进院子,他招呼伊莎贝尔为"霍利太太",伊莎贝尔却不认识他了。约翰说他将以丈夫的名义跟她共同生活,伊莎贝尔认为老妻少夫不合适,约翰扶她去照镜子,说他把伊莎贝尔的青春和美貌带回来了。伊莎贝尔问约翰是否专程为了毁掉她而来,约翰温柔地回答说是的,于是伊莎贝尔慢慢走出了院子。约翰漫不经心地捡起石头砸向三个房间的门,房间里的人打开门站在门口,约翰平静地说,"滚出去。"住户们拿起破烂行李走出了院子。

第三场

约翰和伊莎贝尔站在院子里。伊莎贝尔说她知道约翰巴望着她死去,约翰说世界需要翻新,需要在这个疲惫的古老星球上养育一个新的种族。伊莎贝尔问如何养育新种族?约翰说靠他们的婚姻和昨晚伊莎贝尔所生的孩子,然后他喊着"约翰"的名字,叫来了一个年约十岁的男孩。伊莎贝尔说这不可能是她的儿子,约翰说这孩子有太多大事要做,要颠覆世界、纠正错误,不能把时间浪费在婴童时代。伊莎贝尔想亲吻儿子,约翰却说不能表达这种"人类的情感",然后约翰带着男孩走了,声称他要教儿子开船。约翰说他将开启一段没有归程的航行,他将死于太空之中,儿子会带回最终的消息。伊莎贝尔嘴里喊着"不要离开我",却瘫坐在凳子上站不起来。房客们拖着破烂的行李回到院子里,各自走进他们的房间。伊莎贝尔呼唤着"约翰",于是长大的儿子走了过来,他的模样像极了父亲。儿子说父亲去世了,托付他带回了一副象征着伊莎贝尔死亡的黑色围巾。伊莎贝尔问,是否要她马上披上这围巾,约翰回答说是的,这围巾将使世界迈向完美。约翰将围巾披在伊莎贝尔肩上,房客们站在房间门口奏乐,小约翰微笑着说"革命就从音乐开始,母亲!"

26. 逃亡(*Escape*，20 世纪 30 年代末期—40 年代初期，具体时间不确定)，独幕剧

[演出]

2005 年 3 月 17 日首演于新奥尔良文学节。

[剧情]

夏日黄昏，在南方的一间囚犯所住的简易屋子里点着一盏煤油灯，门外不时传来狗吠声。几个看上去疲惫不堪的犯人脸上充满期待的表情，他们围坐在一张光秃秃的木头桌子旁边，紧张地拨弄着一副破旧扑克牌。他们的狱友——还剩 7 个月刑期的黑人比利当晚越狱了，此刻毕格、史蒂夫和得克萨斯在紧张地听着窗外的响动，他们操着浓重的南方口音争执着、推测着比利可能已到达的地点。然而枪声响起，卡车装载着比利的尸体回到了监狱，越狱失败了，比利付出了生命的代价。史蒂夫和比格失落地说，"现在他自由了"。

27. 自由(*At Liberty*，1940)，独幕剧

[演出]

1964 年 5 月首演于纽约的拉妈妈实验剧社(La Mama Experimental Theater Club)；2013 年在普罗温斯敦举行的威廉斯戏剧节演出。

[剧情]

故事发生在密西西比州的蓝岭，格丽亚·贝西·格林和母亲同住的简陋的起居室里，时间是早秋的一天凌晨两点半。外面下着雨，母亲整夜坐在黑暗的屋子里等外出约会的女儿回家。格丽亚终于回来，在走廊上与查理道别。虽然查理没出现在舞台上，但能听出他与格丽亚难舍难分。格丽亚浑身湿漉漉地进屋，身上的白色晚礼服被撕破。母亲询问她晚上的去向，表示对她结识于旅馆的那些男人失望透顶，并告诫女儿说城里的风言风语有损她的名誉。母亲劝格丽亚放弃成名的梦想，接受维农的求婚，格丽亚却向母亲展示她为《广告牌》(*Billboard*)杂志拍摄的广告，并声称自己马上将有机会出演梦寐以求的任何广告角色。母亲认为格丽亚不该在年龄和才艺记录资料上造假，并再三提及女儿的肺结核病情。格丽亚责怪母亲不该粉碎她的梦想，她哭着跑出了屋子，母亲静静地坐到沙发上。

28. 长长的离别(*The Long Goodbye*，1940)，独幕剧

[演出]

1940 年在社会调查学校(the New School for Social Research)首演；1946 年

在马萨诸塞州南塔基特的直码头剧院(The Straight Wharf Theatre)上演。

[剧情]

男主人公乔的公寓曾经住着一家四口,随着父亲离家,母亲去世,姐姐失足堕落,如今人去楼空,只留下乔回忆一生中所经历的悲欢离合。

乔带朋友希尔瓦来清理这所公寓。当搬运工抬走家具,乔陷入对母亲和姐姐迈拉的回忆之中。乔告诉希尔瓦说自己的母亲患有癌症,她为了让孩子拿到保险金而自杀了。乔鄙视姐姐迈拉的男友比尔,他富有而傲慢,根本就不尊重迈拉。听到屋外玩耍的孩子们的声音,乔回想起过去的情景。母亲告诫乔要关心迈拉,要提醒她提防比尔。母亲说她的病情有所好转,她决不会像乔的父亲那样抛弃孩子们,还把她的保险单存放位置告诉乔。当搬运工回到屋内,乔的思绪回到当下。一个工人问乔该如何处理那些香水瓶,香水味又使乔回想起过去,迈拉和比尔吵架后把比尔赶出公寓。母亲在卧室里死去。乔的思绪又回到现实。希尔瓦看到一张迈拉的照片后询问她的去向,闪回场景中,迈拉穿着睡衣跟乔争吵,她威胁说要把乔扔出家门。乔回答希尔瓦说他收到过一张迈拉寄来的卡片,但仍没有父亲的消息。乔离开之际回望这所房子,他明白了生命只是一次"长长的离别"。

29. 净化(*The Purification*,1940),独幕剧

[演出]

剧本发表于1944年。1959年12月8日首演于纽约外百老汇的德丽丝剧院(Theatre de Lys)。

[剧情]

这是一部三场独幕诗剧。故事发生在19世纪美国西南部一个牧场。时值一场严重的旱灾,镇上发生了一起凶杀案。来自卡萨布兰卡家族的伊琳娜被杀害了。伊琳娜的家人要求伸张正义,镇上的一个中年贵族牧场主担任法官组织审判。伊琳娜的哥哥罗萨里奥在法庭上讲述妹妹对自由精神的追求,说明她违背自己的意愿嫁给了卡萨罗哈家的牧场工人。随后,卡萨罗哈家的印度仆人路易莎透露,儿子和伊琳娜是一对乱伦的情人,儿子承认了与妹妹发生性爱关系的事实,进而指控牧场工人是杀害伊琳娜的凶手,路易莎是帮凶。牧场工人告诉法官,他目睹妻子与其兄弟在谷仓里发生性关系,于是动手砍死了伊琳娜。在戏的结尾,罗萨里奥拔出一把刀刺进自己的胸膛,完成了他的"净化"。罗萨里奥的母亲悲痛万分,她要求递给农场工人一把刀,他没有接受,而是拿出他自己佩带的

刀,走出法庭自刎了。此时,天下起了雨,干旱结束了。①

30.牵牛花破坏案(*The Case of the Crushed Petunias*,1941),独幕剧

[演出]

1957年2月26日在美国俄亥俄州克利夫兰市的卡拉默剧院(Karamu Theatre)演出;2021年6月24日—6月26日由英国"北方大地"剧团(Northern Broadsides)在英格兰的谢菲尔德演播室(Sheffield Crucible Studio)演出。

[剧情]

故事发生在新英格兰地区马萨诸塞州的一座小城"古板城"(Primanproper)。26岁的杂货店店主多萝茜·洁朴小姐美丽动人,她经营着一家名为"洁朴"的精品杂货店。一天夜里杂货店外的牵牛花被一双大脚踩坏,一名身材魁梧的青年男子次日上门来向洁朴小姐承认是他故意为之,因为他认为这两排牵牛花"虽然弱不禁风,却有一种可怕的阻碍力",禁锢了洁朴小姐的住所和她的心。这个年轻人故意踩烂牵牛花就是为了"解救"洁朴小姐。洁朴小姐当即表示她要"把四面的墙都推倒",把店名更改为"灵悟杂货店",并答应到"路基被冲毁""长满荆棘"的77号公路去赴年轻人的约会。

31.凤凰说,我浴火重生——一部关于劳伦斯的独幕剧(*I Rise in Flame*, *Cried the Phoenix—A Play in One Act about D. H. Lawrence*,1941),独幕剧

[演出]

1959年4月14日在德丽丝剧院首演,演出很成功。

[剧情]

本剧描写英国作家D. H. 劳伦斯于法国海滨去世时的情景。劳伦斯坐在走廊上远眺大海,他身后的墙上挂着画有浴火凤凰的横幅。弗利达·劳伦斯送来一位女性崇拜者送给丈夫的包裹,这位崇拜者要劳伦斯思考女人和上帝的天性,并表达了对弗利达的恨意。劳伦斯嘱咐妻子在他断气的时刻不要碰他,此时伯

---

① 参考 Jose I. Badenes. Triangular Transgressions: Tennessee Williams' *The Purification*'s Debt to Federico Garcia Lorica's *Blood Wedding*. from Old Stories, New Readings: The Transforming Power of American Drama, edited by Miriam López-Rodríguez, et al., Cambridge Scholars Publisher, 2015. ProQuest Ebook Central: 104. http://ebookcentral. proquest. com/lib/nyulibrary-ebooks/detail. action? docID=30517

莎从伦敦回来,带来劳伦斯画展的消息。当得知画作不受欢迎,劳伦斯不出所料地表现出悲观情绪,他说只有他本人才真正懂得他的画。夕阳西下,劳伦斯就女人的弱点展开长篇大论,还大谈光明、黑暗和女人与男人的相似之处。弗利达和伯莎目睹了劳伦斯临死时的痛苦挣扎,弗利达克制住自己的悲伤情绪并阻止伯莎去触碰劳伦斯。

32. 通向屋顶的楼梯(*Stairs to the Roof*,1941),表现主义多幕剧

根据小说《天鹅》(*The Swan*)和威廉斯创作于 1936 年的同名小说《通向屋顶的楼梯》改编而成。

[**演出**]

1947 年 2 月 26 日在帕萨蒂那剧院(the Pasadena Playhouse)首演;2000 年 11 月在伊利诺伊大学(University of Illinois)的克兰纳特表演艺术中心(Krannert Center for the Performing Arts)演出;2001 年 10 月在英国首演。

[**剧情**]

场景设置分别为一家衬衫厂的内部、街角、办公室隔间、一个建筑群、一座代表大学校园的哥特式塔楼。

第一场:衬衫与宇宙

一家美国衬衫厂,坐落于一幢 16 层办公楼的顶层。格姆先生在找本·墨菲,看到他从电梯走出来,就上前质问他去了哪里。本告诉老板说他需要从压抑的办公室气氛中抽离片刻,发现楼梯可以通向屋顶。本跟格姆先生探讨车间严密管理的弊端,以及自由对一份辛苦的工作的必要性。格姆先生说自己正在看考虑是否让本继续留在厂里工作。灯光暗转,舞台后方传来 E 先生的大笑。

第二场:"无路可逃"

衬衫厂所在的 16 楼以下的某层,沃伦·撒切尔先生的律师事务所。事务所失火了,沃伦打通一个女性朋友的电话,告诉她说这里没有灭火器,没有安全出口,也没有义务消防员。他安排今晚跟她见面,又开始抱怨他的秘书。说完沃伦挂了电话,又打给秘书下达命令。打完电话,沃伦带着一腔怒气投入了一天的工作。秘书给沃伦写了封情书。灯光渐暗,舞台后传来 E 先生的大笑。

第三场:"庆祝场面"

圣路易斯市区的一间酒吧里。本和老友兼同事吉姆碰面,他们谈论着大学毕业后的生活跟他们当年想象的多么不同。本丧气地抱怨自己的工作环境并预言今夜不会安宁。跟吉姆道别后,本回了家。吉姆则邀请贝尔莎跳舞。灯光暗转。

第四场:"忧郁天堂"

舞台中间放置一张双人床。本回到家,进门时不小心踩到猫,吵醒了妻子阿尔玛。阿尔玛有孕在身,她抱怨本酗酒,提醒他承诺过要把买啤酒的钱节省下来买辆婴儿车。闻言,本开始一本正经地谈抚养孩子的意义和道德责任,他说要养孩子就得先改变世界。听到丈夫的话,阿尔玛揣测丈夫可能是在工作中遇到了麻烦。本接着胡侃,妻子越来越坚信本被解雇了,她威胁说要离开他。本出门离去。灯光暗转,舞台后传来 E 先生的大笑。

第五场:"原子事故"

场上屏幕投射出一个方方正正的大学校园,校园里竖立着一尊运动员雕塑,上刻"青春"二字。本坐在校园里的一个长凳上,手里握着一瓶威士忌,回忆大学时光。(接下来是"回忆场景")舞台下漆黑的台阶处隐约传来笑声,本大学时期的女朋友海伦出现。海伦诉说那时他们的爱情,说完就消失了。此时,吉姆以鬼魂的形式出现,他警告本不要娶海伦。开学致辞响起。本告诉吉姆说联合衬衫厂给了他一份工作,由法拉韦琼斯总统亲自任命。吉姆催促本赶紧接受这份工作,还说自己被奥林匹克光燃气公司录用。记忆和他们如今的处境的反差让本难掩激动,他一把将威士忌酒瓶摔到地上,忍不住开始啜泣。一名身着军礼服的年轻士兵从本身旁经过,本问他是否准备好接受残酷的现实生活。年轻士兵无忧无虑地耸耸肩说,"这我怎么知道?"士兵退场,音乐和灯光渐弱,舞台后传来 E 先生的叹气声。

第六场:"白色蕾丝窗帘"

舞台中央摆着一把椅子,上边放着一台收音机,一台录音机和一个鱼缸。当夜稍晚,本去了吉姆家,本向吉姆抱怨牢笼般的生活。本想要重新开始另一种人生,吉姆却劝他继续中产阶级的生活。本怒不可遏地一把扯下吉姆厨房里的白色蕾丝窗帘,这副窗帘正是他们被驯服、被压迫的生活的象征。吉姆叹了口气,说他的妻子埃德娜明天一大早会把窗帘重新挂起来。本离开后,埃德娜告诉吉姆说本的妻子阿尔玛已经离他而去。灯光渐暗,舞台后传来 E 先生的大笑。

第七场:"情书"

一所公寓的一个房间里。女秘书在听室友贝尔莎大肆吹嘘着吉姆,女秘书脑子里却全是沃伦。女秘书向贝尔莎坦白她写了封情书放到了沃伦的办公桌上,第二天一早沃伦就能看到。贝尔莎却反复劝女秘书去办公室拿回那封信,警告她很可能会丢掉工作。灯光暗转,舞台后传来 E 先生的大笑。

第八场:"谁叫了守夜人?"

午夜,离衬衫厂不远的一个角落。女秘书出现在办公楼的大门口,她疯狂地敲门,想唤醒守夜的女人。来了一名警官,告诉她说守夜人既聋又哑。此时本出现,求女秘书帮忙上屋顶喂他的鸽子,因为他已被解雇,不能进楼了。突然,远方出现的一片金光引起他们的注意,他们决定去一探究竟;本以"爱丽丝"唤女秘书,女秘书叫本"兔宝宝"。两人退出舞台,守夜人在门廊出现。悲伤的音乐缓缓响起,舞台后传来 E 先生的轻笑。

第九场:"牢笼的钥匙"

城市公园的一片树林里,一个金色的圆环穿过树林和灌木丛。本和女秘书追随那道金光跑进公园。他们看到公园管理员正在照顾一只怀孕的母狐狸。本认为狐狸应该在野外产仔,他怒气冲冲地上前要管理员放了狐狸。管理员报警,本和女秘书赶紧跑进树林。灯光渐暗,舞台后传来 E 先生失控的笑声。

第十场:"每个女孩儿都是爱丽丝"

在黑色湖面的彼岸,嘉年华的灯光闪烁。本和女秘书跑到湖边,听不到追捕人的声音,终于得以歇口气。他俩开始闲聊,女秘书向本诉说自己对老板的爱慕以及被压抑的绝望,坦言希望能拥有轻松而纯真的爱情。本一把抱住她,深情地说如果她愿做他的天鹅,自己愿成为她的沃伦。两人缓缓躺到草地上。灯光渐暗,E 先生在舞台后悄无声息。

第十一场:"嘉年华美女与野兽"

一场嘉年华,一座摩天轮。台下贴着告示,"小剧场午夜上演《美女与野兽》"。

本和女秘书追随那道金光来到了嘉年华现场,《美女与野兽》正在上演,当演出临近结束该行谢幕礼时,野兽突然掐住美女的脖子。本见状赶紧用俄语安慰那个异国演员,试图让他冷静下来。突然,动物园管理员出现,本让野兽攻击管理员,自己才得以脱身。嘉年华渐渐散去,独留女秘书一人。正当她啜泣不止时,本回来救她来了,把她拥到怀里。幕落,舞台后传来 E 先生的窃笑。

第十二场:"邂逅的街角"

街角,晨光初露,本和女秘书向衬衫厂走去。他们意识到面对现实的时刻到了。本坦言自己已婚且失业。女秘书感谢他陪她度过了一个美好的夜晚,本吻了吻她,两人作别。灯光暗转,E 先生在舞台后窃笑着。

第十三场:"我担心着室友"

(第十三场到第十六场之间以闪电为标志迅速切换。)贝尔莎察觉到女秘书可能失踪了,她把情况告诉了郝齐凯思先生。他只说了句:"她可能堕落了。"

第十四场:"回娘家"

阿尔玛打电话告诉母亲说她离开了本。母亲欢迎她回家去。

第十五场:"起床喜洋洋"

埃德娜叫醒吉姆,不停对他尖声叫喊着:"起床喜洋洋!"吉姆嘟囔了几句,拿起枕头捂住头。

第十六场:"再次问候"

贝尔莎与吉姆在街头相遇,发现两人都孑然一身,朋友们都不知去向。贝尔莎提议说彼此不要再见面。

第十七场:"哪个先来?"

撒切尔先生的办公室。女秘书冲进办公室,告诉沃伦·撒切尔说自己不再爱他了。她把壁钟丢进废纸篓,讲述在湖边度过的夜晚改变了自己,她不再是唯唯诺诺的丑小鸭。女秘书自信地整理文件,然后宣称她要去屋顶吃午餐。女秘书大笑着退场。舞台上响起 E 先生的大笑声,听起来就在近前,却不见其踪影。

第十八场:"上屋顶"

联合衬衫厂美国分部办公室,墙上硕大的挂钟显示已近中午。衬衣厂的董事 P、D、T 和 Q 冲进格姆的办公室找本。他们说本知晓通过那段楼梯能上屋顶的秘密,这对公司是个威胁。格姆提议给本一个经常出差的职务,前提是他对楼梯的事保密。几位董事都表示赞同,然后到楼梯上寻找本。E 先生的笑声从舞台后方传来。

第十九场:"屋顶?什么屋顶?"

屋顶上,本正在喂鸽子,女秘书赶到了。她再次感谢那晚本的陪伴,本表示他急切地想要照顾她。突然,他俩听到一阵大笑,E 先生踩着雷电在空中出现,长袍飞舞,不时一阵魔法火花从长袍里迸出。白日立刻变成傍晚。E 先生邀请本到新星球去,那里是 E 先生准备创造的另一个世界,本答应了,前提条件是要女秘书跟他一起去。E 先生用一阵火花把他们送走,然后向观众致意,此时 E 先生的笑声逐渐转为静静的啜泣。他对观众说自己准备毁灭这个世界,但在看到本的那一刻,他改变了主意。他决定让本去法拉韦星繁衍一个新世界。P、D、Q、T 和格姆来到屋顶上,E 先生带着火花嗖的一声消失了。经员工们提醒,几个董事摆出欢送的架势,员工们则为本欢呼。遥远的天际,本喊着再见,员工们都在屋顶上低语着迎接 2000 年的到来。一支乐队开始演奏,员工继续欢呼,幕落。

33. 来自伯莎的问候(*Hello from Bertha*,1941),独幕剧

[演出]

1961 年被制作成电视节目"每周戏剧:田纳西的四部剧"在 PBS 电视台播放。

[剧情]

故事发生在圣路易斯一家廉价妓院的破房间里。大个子金发妓女伯莎躺在床上,她病入膏肓还喝醉了酒。房东太太戈尔迪想将伯莎扫地出门,奉劝她要么向旧情人查理求助,要么去修道院。戈尔迪让伯莎给查理写信,伯莎说她只会寄去一张贺卡写上"致我挚爱的查理,来自伯莎的问候"。两个女人争吵起来,戈尔迪说要打电话叫来救护车,伯莎则威胁说应该叫来警察,因为戈尔迪偷了她的钱。戈尔迪丢下伯莎一个人在房间里,伯莎自言自语哭诉着自己的命运,怀念她曾经拥有的美貌和健康以及弃她而去的查理。年轻妓女莉娜来到伯莎房间安慰她,帮她收拾了一包行李。屋外有辆救护车在等着伯莎,她勉强同意去医院。伯莎托莉娜代她写信给查理请求帮助,但很快她又改变主意,让莉娜寄给查理一张贺卡,写上"致我挚爱的查理,来自伯莎的问候"。

34. 被查封的房产(*This Property Is Condemned*,1941),独幕剧

[演出]

1942 年在社会调查学校首演。1966 年被改编成同名影片。

[剧情]

密西西比一处铁路路堤。铁轨旁有一所废弃的房子,挂有一幅大牌子写着"此房产已被查封"。浓妆艳抹的年轻姑娘薇利穿着褶边女式衣裙和一双童鞋,她手里拿着从一家咖啡馆的垃圾箱里捡来的一个洋娃娃和一根香蕉。汤姆手拿一只风筝走过来,薇利问他在没有风的日子拿着风筝做什么。两年前,薇利那身为妓女的姐姐死去之后薇利便辍学了。薇利告诉汤姆说她那美丽的姐姐曾在屋子里接待铁路工人,她死于肺病之后,父母便失踪了。汤姆说他听说薇利曾为弗兰克·沃特斯裸体跳舞,薇利想岔开话题,但汤姆要求她为自己而跳。薇利拒绝了,理由是她以前跳是因为寂寞,但现在已不再寂寞了。薇利承认她仍住在这所危房里,并有铁路工人来找她。她向汤姆道别,唱着歌离开了,汤姆目送着她。

35. 谢谢你,灵魂(*Thank You, Kind Spirit*,1941),独幕剧

[演出]

2005 年 3 月 17 日首演于新奥尔良文学节。

[剧情]

本剧发生在新奥尔良法国区沙特尔街头一间小屋子里,这间小屋被改装成巫师的小教堂。主人公道格拉斯妈妈是一个上了年纪的有八分之一黑人血统的

混血儿,她靠施展巫术为人们预测祸福来挣钱谋生。这个非裔美国女人受到一群人的攻击,而这群人受到了一个女子和她的天主教牧师的煽动。该女子揭穿了道格拉斯妈妈的骗人把戏,还鼓动前来预测祸福的信徒们捣毁祭坛和圣像。

36. 使用飞燕草药液的女人(*The Lady of Larkspur Lotion*,1942),独幕剧

[演出]

1948 年首演于法国巴黎的"蒙索剧院"(Monceau Theatre);1963 年在纽约的洛里戏剧俱乐部(Lolly's Theatre Club)演出。

[剧情]

故事发生在新奥尔良一间破旧的出租房里。中年女子哈德维克·摩尔夫人因生活所迫在破旧的客栈内接客,她时常被房主追讨租金,度日如年。年轻作家出面干涉,但他本人酗酒成性,也面临交不起房租的困扰。

哈德维克·摩尔夫人坐在床上,怀尔夫人来敲门,向摩尔夫人索要房租。摩尔夫人让怀尔夫人进了屋,向她抱怨着居住条件的恶劣。怀尔夫人建议她另找住处,摩尔夫人则千方百计为自己无法付房租找借口,说她正等着她在巴西的橡胶农场赚钱。怀尔夫人不相信她的话,还骂她是妓女、酒鬼。

作家进来了,试图阻止这场争吵。怀尔夫人却动手打他,叫他酒鬼,用法语骂他是"四分之一的老鼠,二分之一的畜生,酒鬼,堕落的人,靠承诺、谎言、欺骗过活的人",然后她又回头攻击摩尔夫人,称她为"使用飞燕草药液的女士",暗讽她是妓女。怀尔夫人盘问作家何时交房租,因为听说他的伟大杰作将要问世,作家趁机将怀尔夫人推出了房间。作家问及摩尔太太巴西的橡胶农场,唤起了她对农场生活的回忆。她感谢善良的作家并询问他的名字,他回答说他名叫安东·帕夫洛维奇·契诃夫。

37. 离奇的浪漫(*The Strangest Kind of Romance*,1942),四场抒情剧

[演出]

1960 年首演于巴黎的香榭丽舍剧院(Theatre de Champs Elysees)。

[剧情]

故事发生在一座工业小镇的出租屋里。

第一场

一个小个子年轻人提着一只破烂不堪的行李箱来到一座工业小镇上,他皮肤黝黑,五官精致,少言寡语,看上去神情紧张。女房东告诉年轻人说只要他不

迷信就可以租住她的房子,并且还可以介绍他去镇上一家工厂上班。原来,上一位房客收养了一只名叫尼奇娃的流浪猫,他与尼奇娃形影不离,但他因为患上肺结核而不得不弃猫而去了。小个子年轻人喜欢猫,于是他租下了房子。女房东说她丈夫长年患病,所以她与前任房客关系亲密。他们俩正聊着,一个老头走进来,女房东介绍说他是自己的公公,但又警告年轻人不要再让她公公进屋里来。

第二场

冬末,小个子年轻人过得很不称心。他讨厌工厂里让人精疲力竭的工作,他的手总是颤抖不已,在流水线上笨手笨脚,影响了整个工厂的生产进度,老板对他极为不满。尼奇娃是他唯一的朋友,他每天在房间里给它喂食,向它倾诉心事。一天深夜,女房东来敲门,她希望年轻人能像上一个房客一样做她的情人。年轻人说自己是个"像幽灵一样的人",女房东认为他想表达的就是他很孤独,她抚摸着他的脸说:"世界告诉我们,不要寂寞。"

第三场

一个冬日的深夜,年轻人冒雪回到出租屋里。女房东的公公走进来,告诉他由于年纪大了,工厂不再雇用自己了。老人大谈工厂老板对工人的剥削,控诉他们为了利润而把工人当成奴隶,说到激动处他歇斯底里地砸窗户,引起楼内其他房客的不满,他们不愿跟这个"疯子"住在一起。房东太太带着警察闯进来,带走了老头。人们散去之后,小个子年轻人埋怨女房东心狠,女房东温柔地抱着他为他唱歌。

第四场

几个月后,被解雇后离开小镇已久的小个子年轻人回到出租屋寻找尼奇娃,却发现住进了新房客——一个拳击手。小个子年轻人对拳击手说,由于胜任不了工厂车间里的工作,自己被解雇了,在回出租屋的路上他被带到了修道院。女房东出来告诉小个子说已帮他把行李收好了,还得意地说她已经摆脱了尼奇娃。因为每当尼奇娃回来,她就朝它泼冷水。小个子年轻人骂房东太太,她就给了他一巴掌,拳击手也过来帮忙,把小个子赶出门外。出人意料的是,小个子在屋外找到了尼奇娃。房东太太从窗户往楼下看到这一幕,讥笑说"幽灵一样的人"和一只猫在一起了——"看他们!多般配的一对啊!"

38. 你抚摸了我(*You Touched Me*!,1942),三幕浪漫主义喜剧

与唐纳德·温德姆(Donald Windham)合写。改编自劳伦斯同名短篇小说。

[演出]

1945 年 9 月 25 日－1946 年 5 月 1 日在纽约曼哈顿的布斯剧院(Booth

Theatre)演出。

[剧情]

故事发生在 1942 年春天,英格兰一座乡间别墅里。罗克利上尉极力抵御他的老处女姐姐埃米对他羞怯而温顺的女儿马蒂尔达的影响,于是收养了一个名叫哈德里安的孤儿。哈德里安长成了一个仪表堂堂的年轻人,极具魅力,他在罗克利的协助下突破埃米的阻碍,赢得了马蒂尔达的爱情。

39. 粉红色的房间(*The Pink Bedroom*,1943),独幕剧

[演出]

2007 年 1 月 19 日由梦想机车剧院公司首演于伊利诺伊州的芝加哥。

[剧情]

30 岁的美丽女子海伦的情人来到她的粉色房间里,海伦与他争论,斥责他撒谎及其妻子对自己的羞辱,进而赶走了中年情人。她的年轻恋人亚瑟则穿着睡衣躲在里屋。

40. 淑女肖像(*Portrait of a Madonna*,1944),独幕剧

[剧情]

主人公南方淑女科林斯小姐是个神经错乱的老处女,多年以来她只身住在新奥尔良一个破旧的公寓房间里,幻想着情人夜间来访,最终被送进了疯人院。

在公寓客厅里,中年未婚女子卢卢丽霞·柯林斯小姐身穿一件旧睡衣,披散着秀兰·邓波儿一样的卷发。她给艾布拉姆斯经理打求助电话,声称有个男人半夜闯进了自己的房间,需要艾布拉姆斯先生把他赶出去。电梯男孩和门卫根据艾布拉姆斯的指示进入了公寓。这间公寓已经有 20 余年没人打扫了,门卫说柯林斯小姐多年来极少离开房间,也从不接待访客。电梯男孩和门卫听到柯林斯小姐在房间里与入侵者谈话,她在为自己叫来警察而道歉。门卫说医生马上赶过来,要带她去州立精神病院。门卫同情柯林斯小姐,为她的处境感到忧伤。

柯林斯小姐走出房间,她似乎认为已故的母亲还在世,也完全不记得自己曾打过求助电话。门卫解释说他们是来调查入侵者情况的,柯林斯小姐说那个人已经从卧室的窗户逃走了,她不想公开此事,因为担心会成为教区丑闻,她害怕人们说三道四。她说她从小就生活在英国圣公会,父亲是密西西比的教区牧师。柯林斯小姐指着壁炉架上一张年轻女子的相片说就是这个女人偷走了情人理查德的心。电梯男孩嘲笑柯林斯小姐,却遭到了门卫的训斥,他认为她是一位值得

尊敬的女士。

柯林斯小姐回忆说理查德与其妻子育有六个孩子,于是自己不得不离开小镇。门卫建议她忘掉这些伤心的往事,可是柯林斯小姐说自己怀孕了,无辜的孩子有权使用其父亲的姓氏。艾布拉姆斯带着一名医生和一个护士赶来了,在他们把柯林斯小姐带到精神病院去之前,柯林斯小姐写了封信留给"入侵者":"亲爱的——理查德。我将要离开一段时间。但是不要担心,我还会回来。我有一个秘密要告诉你。爱你的——卢克丽霞。"

41. 玻璃动物园(*The Glass Menagerie*,1944),七场剧

由创作于 1943 年、发表于 1948 年的短篇小说《玻璃女孩画像》改写而成。艾尔文·拉普(Irving Rapper)和保罗·纽曼分别于 1950 年和 1987 年执导了据《玻璃动物园》改编而成的同名影片;1973 年美国播出了由此剧改编的同名电视剧;1956 年 8 月 21 日—8 月 25 日/1985 年 8 月 20 日—8 月 25 日/1998 年 6 月 25 日—7 月 5 日在美国马萨诸塞州的威廉斯镇(Williamstown)举办的威廉斯镇戏剧节(Williams Theatre Festival)演出。

[演出]

1944 年在芝加哥首演。1945 年获纽约剧评界奖。

[剧情]

故事发生在美国经济大萧条时期的工业城市圣路易斯。汤姆·温菲尔德和母亲阿曼达及姐姐罗拉住在破旧不堪的公寓里。跛足的罗拉敏感脆弱,无法融入社会而终日自闭在家,沉浸在她收集的玻璃小动物的世界里;母亲平时靠给顾客打电话征订杂志赚点钱,生活的重担都压在汤姆的肩上。尽管汤姆努力挣钱养家,他却不安心于在仓库里的工作,梦想成为一个作家。母亲对罗拉的婚事寄托厚望,她委托汤姆请来了"绅士访客"吉姆,怎料吉姆已同别的姑娘订婚。罗拉的婚事成为泡影,汤姆被鞋业公司开除,他步父亲后尘弃家而去,然而姐姐罗拉成为他心头永远的牵挂。

42. 美丽陷阱(*The Pretty Trap*,1944),独幕喜剧

[演出]

2005 年 10 月 25 日在纽约市的"精神食粮"剧院(The Food for Thought Theatre)首演;作为田纳西·威廉姆斯新奥尔良文学节举行的威廉姆斯一百周年诞辰纪念活动内容之一,2011 年 3 月 23 日于新奥尔良的南方保留剧目轮演剧

院(the Southern Rep Theatre)演出。

[剧情]

初夏,圣路易斯枫叶街 F 公寓三楼的一间小起居室内,窗户上挂着白色蕾丝窗帘,家居用品廉价却不失雅致。19 岁的罗拉看上去纤瘦脆弱,母亲阿曼达从厨房里拿出一盆黄水仙,放到桌上的两个大烛台之间。阿曼达年轻时是个南方美人,此刻她对女儿讲述着她在少女时代初遇罗拉父亲那天恰巧手捧黄水仙的往事,她至今仍在为当年嫁给这个电话公司职员而懊悔。

阿曼达赞叹女儿穿着白裙很美,鼓励罗拉活泼一些,罗拉却抱怨母亲为了迎接弟弟汤姆请同事来家里做客而大动干戈,她听说母亲甚至曾特意去鞋厂仓库暗中考察访客,不禁感叹母亲好像是给即将到访的年轻人设下了一个"陷阱",阿曼达回应说,"所有漂亮的姑娘都是美丽陷阱"。阿曼达认为摆在罗拉面前的只有两条路:工作或者嫁人,而罗拉从商业学校辍学了,找工作的路行不通。罗拉声称她只想一个人生活,劝母亲放弃找女婿的打算。阿曼达埋怨罗拉过于自闭,完全不理解母亲的良苦用心。阿曼达回顾多年来做中学餐厅厨师、地下商店售货员和八卦杂志推销员等底层工作的艰辛,罗拉则赌气回到房间,说她不出来吃饭了,但此刻汤姆带来访客,罗拉在母亲的命令下打开了家门。面对在汤姆的介绍下伸手问好的吉姆,罗拉转身跑回房间,汤姆解释说妹妹很害羞。

阿曼达换上少女时代的衣裙,披着满头卷发出来迎接吉姆。阿曼达滔滔不绝地向吉姆介绍着起居室照片上的汤姆父亲如何在多年前离家出走,留下她一个人艰难地养育孩子。阿曼达挽着吉姆的手臂步入餐厅,回忆着少女时代她初入南方上流社会交际圈的情景。在餐桌上,阿曼达同吉姆谈论关于"务实的"和"耽于幻想的"人的类型,突然电灯熄灭了,原来是汤姆没交电费,于是阿曼达让汤姆帮她收拾餐桌,让罗拉拿着烛台带吉姆去起居室。吉姆问罗拉每天做什么,罗拉说她有很多玻璃小动物,她从房间里拿出一只玻璃独角兽给吉姆,还教吉姆怎样才能轻柔地拿住脆弱的玻璃动物。吉姆放上老唱片教罗拉跳舞,还动情地吻了罗拉,端着柠檬水走进起居室的阿曼达恰巧看到这一情景。吉姆向阿曼达要求带罗拉出去散步,阿曼达高兴地答应了。

43. 缩短居留时间（又名：不称心的晚餐）（*The Long Stay Cut Short* or *The Unsatisfactory Supper*,1945),独幕剧

[演出]

1971 年在伦敦首演。

[剧情]

在密西西比蓝岭一间破旧的小农舍里,阿尔奇·李·伯曼向妻子抱怨罗丝姨妈所煮的夹生猪肉和菜。此时罗丝姨妈走向玫瑰花丛,说星期天屋子里要摆放新鲜的玫瑰,还说她只喜欢为亲人做饭而不为外人。阿尔奇提醒妻子贝比·朵儿说罗丝姨妈在自己家里不受欢迎,要妻子打发她走。当贝比问罗丝姨妈是否有其他去处时她变得歇斯底里,她说一个老年女仆没有太长远的打算,因为她不久会像玫瑰一样死去。阿尔奇说他会把罗丝姨妈赶到别人家去,罗丝姨妈说她以为孩子们喜欢她做的饭。蓝色烟雾笼罩小屋,接着刮起了龙卷风。阿尔奇和贝比恳求罗丝姨妈进屋,但是她蹲下来,回想自己的一生,仿佛"她永远怀抱着一捆玫瑰而从来没人拿花瓶来装"。终于,她被一阵狂风卷走了。

44. 满满的 27 车棉花(*27 Wagons Full of Cotton*,1945),独幕剧

威廉斯称本剧为"一出密西西比三角洲的喜剧",1956 年影片《贝比·朵儿》据此改编。

[演出]

1955 年 1 月在新奥尔良的杜兰大学(Tulane University)首演;1955 年 4 月在纽约戏剧之家剧院(The Playhouse Theatre)上演。

[剧情]

故事发生在密西西比州卢芒廷附近。由于棉花产业被辛迪加农场垄断而难找出路,轧棉机主杰克·梅甘在一个夏日傍晚放火焚烧了他的竞争对手——辛迪加农场的轧棉机仓库。第二天,失去轧棉机的农场主银宾·维卡罗带来满满的 27 车棉花,杰克·梅甘如愿接手了加工 27 车棉花的生意。当银宾得知纵火犯正是杰克后,立即展开了一场残酷的复仇行动——他伺机勾引并强暴了杰克柔嫩脆弱的年轻妻子弗洛拉。

45. 拜伦的情书(*Lord Byron's Love Letter*,1946),独幕剧

[演出]

没有专业剧团演出本剧的记录,但威廉斯与拉法埃洛·德·班菲尔德(Raffaello de Banfield)合作将本剧改编成了歌剧,于 1955 年 1 月在新奥尔良的杜兰大学演出;同年 11 月在伊利诺伊州芝加哥市的诗剧院(The Lyric Theatre)演出。

[剧情]

故事发生于 19 世纪末期路易斯安那州的新奥尔良狂欢节期间,地点是法国

区一所旧宅子的客厅里。一个老姑娘和一名老妇人宣称她们手中有一封珍贵的情书,是当年拜伦勋爵亲笔写给姑娘的祖母的。一个老护士长拉着她醉醺醺的丈夫一起前来听关于这封情书的故事,她丈夫却很快睡着了。从老姑娘宣读的她祖母的日记中可以看出,她身边的老妇人就是她的祖母。按照她们的说法,祖母在拜伦死前不久与之在希腊相遇并共同度过了一个浪漫的夏天。拜伦死后,祖母便遁世隐居,终生怀念拜伦。她们让护士长看了这封情书,又背诵起祖母写给拜伦的十四行诗。狂欢节游行队伍经过宅子门外,护士长的丈夫醒来冲出门去看游行,护士长便急着找她那消失在人群中的丈夫,根本不理会老姑娘和老妇人向她提出的捐款的请求。看到"顾客"没付钱就走了,老妇人非常生气。

46. 大路上的十个街区(*Ten Blocks on the Camino Real*, 1946),十场幻想剧

1948 年发表于威廉斯的戏剧集《美国蓝调》(*American Blues*),1952 年威廉斯将其扩编为长剧《大路》。

[剧情]

故事发生在墨西哥的一座小城。

第一场

吉他手弹奏着阴郁的和弦。天气炎热,一个衣衫褴褛的庄稼人在舞台上跌跌撞撞地朝广场喷泉走去,走近却发现喷泉早已干涸。他又挣扎着朝附近的一家酒馆走去,但酒馆老板古特曼先生看到庄稼人后,吹口哨示意保安枪毙了他。古特曼先生和保安转身回到酒馆,喷泉旁边只剩下庄稼人流着血的尸体。

第二场

吉尔罗伊吹着口哨上场。看到一块牌子上写着"吉尔罗伊即将驾到",他把"即将"两个字抹掉,写上"已经"。他问保安这儿是不是有一家富国银行,保安说附近没有银行,吉尔罗伊说他是轻量级拳击比赛冠军,赢得了脖子上挂着的拳击手套。但比赛后他被诊断出心脏病,他的心脏和婴儿的头一样大,过度劳累会使它爆炸。保安不肯说出这里的地名,吉尔罗伊抓着他的胳膊不依不饶地又问了一遍,保安朝他的肚子打了一拳。吉尔罗伊一边咒骂一边退回到酒馆里。他安静地坐了一会儿,直到妓女罗西塔过来问他是否有需要,他拒绝了。广播里,吉卜赛人问吉尔罗伊是不是丢东西了。从吉尔罗伊疑惑的表情来看,他还不知道自己已经惨遭贼手。

吉尔罗伊哭喊着要保安来帮忙,但保安不相信他遭贼了。吉尔罗伊精疲力竭地靠着酒馆的墙,看着保安和罗西塔走进酒馆里。吉尔罗伊走到对面的典当

行,脱下红宝石和祖母绿镶钻的皮带。

第三场

一个女人在广场上唱歌。古特曼走进酒馆。古特曼先生承认自己骗了别人很多的钱,他觉得不久会有清扫工来清扫他的尸体。

第四场

雅克和玛格丽特走进酒馆,坐在一张小桌子旁,他们被奇怪的音乐扰得心烦。古特曼先生介绍当天晚上的节目,说是每次满月之际都会在众人面前恢复吉卜赛女儿埃斯梅拉达的童贞。她会在屋顶跳舞,然后选择一位英雄"解除她的面纱"。

玛格丽特承认与雅克在一起感到很舒服,但是她仍旧渴望和另外一个爱她的人在一起。此时雅克收到一封信,他告诉玛格丽特说他的钱都花光了,于是玛格丽特就借口去取披肩离开了。这时,古特曼先生进来告诉雅克说他们今晚必须换一个地方过夜。雅克跟着古特曼走了,吉他手开始胡乱弹奏。

第五场

吉尔罗伊走进酒馆,他看到查鲁斯男爵,认为他是个"典型的穿着整洁白色西装的美国人",于是走过去说:"见到你真是太棒了!"男爵纠正他说自己的衣服是淡黄色的,而且自己来自法国。吉尔罗伊想找他借5美元,男爵拒绝了他并回到旅馆里。古特曼要吉尔罗伊抓住所有带有"幸运"字眼的东西不放手,因为在皇家大道这儿,不幸运的人是得不到同情的。吉尔罗伊疑惑地问"皇家大道"是什么,古特曼说这需要他自己去找答案。

吉尔罗伊被指引到一个摇摇欲坠的牌子跟前,上面写着"出口",他发觉清扫工正盯着自己看。古特曼先生告诉他应该在口袋里放5美元,那样他死的时候清扫工才会把他的尸体移到实验室去。雅克背着行李走到广场上,吉尔罗伊向他借5美元,雅克告诉他自己没钱,也没地方住,最后一个朋友刚刚也离开了他。吉尔罗伊穿过广场来到当铺旁,从脖子上取下幸运手套。随着吉他手的弹拨,清扫工退场。

第六场

当天深夜,表演开始,有光洒落在吉卜赛人的屋顶上,埃斯梅拉达出现了。刚从当铺走出来的吉尔罗伊如痴如醉地在屋檐下起舞,埃斯梅拉达把花抛向他,广场上爆发出一阵欢呼声,众人称吉尔罗伊为"英雄"。埃斯梅拉达命令吉尔罗伊到她家里去。广场上众人散去,只剩下雅克和吉卜赛母亲。雅克哭喊着叫着玛格丽特的名字,而这位母亲唱着"花儿,花儿献给亡者"。

第七场

吉尔罗伊坐在吉卜赛人屋子里的一块麻布背后,麻布的另一端吉卜赛人正在演示读心术。吉卜赛人说他不久即将死去,但是死前他将遇到真爱。吉卜赛人敲了一下锣,埃斯梅拉达走进来。吉卜赛人说费用是 10 美元,拿到钱之后出去了。埃斯梅拉达说她的梦想是去阿卡普尔科,吉尔罗伊承诺说如果她揭开面纱,明天一早就带她去。面纱揭开后,吉尔罗伊一边说着"我是真心的!"一边精疲力竭地倒下去。吉尔罗伊说自己太累了,而且十分后悔在这儿花钱。吉卜赛人却说,现在价格上涨了。吉尔罗伊愤怒地说"这是什么鬼交易!"回答他的是一把指着他的脸的枪,吉尔罗伊只好离开,留下埃斯梅拉达抹去眼角的泪水。

第八场

吉尔罗伊发现雅克、吉卜赛母亲和吉他手都在广场上。吉尔罗伊与他们谈论爱情,喝着一种叫"基督之泪"的酒。雅克感慨说他曾经是很多女人的情人,但自从他来到皇家大道以后他的运气就变得糟糕起来。他没有女人,甚至连张床都没有。吉尔罗伊给大家看了前妻的照片。清扫工慢慢靠近吉尔罗伊的桌子,这让吉尔罗伊感到很紧张,他重重往后倒下去,呼吸困难,他让雅克握住他的手,雅克打趣说"两个老卡莎罗瓦斯"手牵手,大家也跟着一起笑,随后他们发现吉尔罗伊死了。雅克背靠墙壁看着清扫工把吉尔罗伊的尸体弄走。他们检查了吉尔罗伊的口袋,没找到钱,就把他的尸体送到了实验室。雅克坐回到桌边,发现酒瓶空了。吉他手弹奏着悲伤的旋律。

第九场

吉卜赛母亲盘着双腿坐在吉尔罗伊的尸体旁边,医生和他的助手站在舞台前方,母亲开始讲述吉尔罗伊的生平。当医生准备打开尸体的胸腔时,舞台后传来哀歌。突然,吉尔罗伊醒了过来,大叫着"噢啦! 噢啦! 救世英雄!"吉尔罗伊站起身问自己在哪儿,但只见母亲沿小道走了。吉尔罗伊走近医生,看到一个闪闪发光的球形物体从尸体的胸腔拿出来,助手清洗心脏以便作进一步研究,他们发现这颗心脏是纯金的。吉尔罗伊一把抢过他的心脏冲下台,医生喊道:"住手! 你这个贼! 快住手! 尸体!"

第十场

埃斯梅拉达出现在吉卜赛人的屋顶上。吉尔罗伊把纯金心脏抛起来引起了她的注意,但埃斯梅拉达只是说了句"走开。"吉尔罗伊冲进当铺典当了这颗黄金心脏,然后给埃斯梅拉达买了很多礼物:一件裘皮大衣、亮片、珍珠、水钻头饰、气球以及两张去阿卡普尔科的车票。他想乞求她的原谅,但埃斯梅拉达已经不在屋顶了,吉尔罗伊冲到门口找她,但吉卜赛人泼了他一脸水,叫他滚开。吉尔罗伊把礼物丢在路上大叫着宣泄自己的愤懑。

堂吉诃德来到酒馆门口,他邀请吉尔罗伊一起去旅行,于是吉尔罗伊把牌子上的字改成了"吉尔罗伊曾经驾到"。雅克坐在广场上的桌子旁,玛格丽特走过来邀请雅克去她的房间,雅克哭了出来。桑丘背着堂吉诃德的铠甲从小酒馆出来,在吉他手的伴奏中消失在小巷里。桑丘最后看了皇家大道一眼,伸开双臂做了一个惊讶的结束动作。

47. 我最后的一块纯金手表(*The Last of My Solid Gold Watches*,1946),独幕剧

[演出]

1948 年在加利福尼亚州洛杉矶的实验剧院(Laboratory Theatre)首演;1958年被拍成电影。

[剧情]

密西西比三角洲一间曾经舒适但已破旧的旅馆房间里堆满了行李和优质皮鞋。旅行推销员查理·科尔顿想让哈伯买鞋,哈伯却不耐烦地从口袋里拿出漫画书来看。查理对哈伯所表现出的毫无兴趣和不尊重人感到沮丧,他训斥哈伯并开始了一番关于哈伯所居住的"虚幻世界"的演讲。查理说起他作为顶级推销员,多年来斩获了多块金手表。虽说现在靠他最后的一块金表度日,但他仍值得年轻一代人尊敬。哈伯离开了,留下年老的推销员独自追忆往昔。

48. 惶恐(*Interior*:*Panic*,1946),独幕剧

本剧是《欲望号街车》的底本。主要情节是布兰奇来到新奥尔良妹妹家之后,她回忆起了痛苦的往事,并与妹妹、妹夫在相处过程中发生了矛盾,她期待着乔治(即《欲望号街车》中的密奇)的拜访,终于如愿。

49. 欲望号街车(*A Streetcar Named Desire*,1947),十一场剧

[演出]

1947 年 12 月 3 日在百老汇的埃塞尔巴里莫尔剧院(Ethel Barrymore Theatre)首演,1949 年 10 月 12 日开始在伦敦演出;1959 年 7 月 28 日—8 月 1日/1970 年 7 月 14 日—7 月 18 日在美国马萨诸塞州的威廉斯镇举行的威廉斯镇戏剧节演出。

[剧情]

故事发生于新奥尔良市的法国区。迟暮美人布兰奇出身南方贵族家庭,受过良好教育,在她16岁时嫁给年轻英俊的诗人艾伦。然而婚后她发现艾伦竟然是同性恋者,在一次舞会上她当众揭发丈夫而导致其自杀。家道中落、丈夫及其他亲人相继死去,不堪重负的布兰奇开始酗酒纵欲,在南方家乡声名狼藉而无法立足,只好投奔住在工业城市新奥尔良的妹妹斯黛拉。然而野蛮粗俗的妹夫斯坦利与布兰奇水火不容,他暗中调查了布兰奇的过去,并在其追求者密奇面前揭穿了她,导致布兰奇遭受沉重打击。趁斯黛拉进医院产子之机,斯坦利强奸了布兰奇,并将精神彻底崩溃的布兰奇送进了疯人院。

50. 夏与烟(*Summer and Smoke*,1948),两幕剧

[演出]

1948年10月6日在纽约音乐盒剧院首演。

1961年派拉蒙影片公司发行同名影片;1975年7月22日—7月26日/1986年7月22日—8月2日在美国马萨诸塞州的威廉斯镇举办的威廉斯镇戏剧节演出。

[剧情]

阿尔玛出身于密西西比州格劳斯山地教区长家庭,除了操持家务、照顾精神失常的母亲之外,她还在教堂里布道、唱诗,主持慈善教育和文学社团活动,是父亲的得力助手。清教主义思想的熏陶和过多的家庭责任使她特别看重信仰,时时压抑个人感情。在青梅竹马的约翰面前阿尔玛不敢敞开心扉,最终约翰选择了另一个姑娘,阿尔玛则与陌生的推销员发生了一夜情。

51. 你要守护这些楼梯(*These Are the Stairs You Got to Watch*,1948),独幕剧

[演出]

2004年4月22日在华盛顿特区的肯尼迪中心由莎士比亚剧团首演。

[剧情]

一个16岁男孩在墨西哥海岸一座大城市的"欢乐里约"电影院当引座员,这部喜剧讲述他工作第一天里发生的故事。这是个炎热的夏天,漆黑而老朽的电影院让刚踏入社会的男孩紧张和不安。他对卡尔所痛斥的电影院老板和楼梯上的世界感到害怕,同时,却又不由自主地被17岁少女格拉迪丝所描绘的楼梯上的世界所吸引。

52. 让我倾听那雨一般的说话声 (*Talk to Me Like the Rain and Let Me Listen*, 1950)，独幕剧

［演出］

1958 年在康涅狄格州韦斯特门卫的白色谷仓剧院(White Barn Theatre)首演；1973 年在纽约市罗利剧场俱乐部(Lolly's Theatre Club)演出。

［剧情］

女人坐在椅子上喝水，她望着雨水冲刷着窗户，等着床上睡觉的男人醒来。醒来后的男人问女人时间，她回答说"星期天"。男人找不到他的失业支票，女人说她没有拿支票去兑换现金，她只是出门满城寻找男人无果，回到家才看到他留下的那张字迹潦草的纸条。男人解释说他在城里喝醉后被扒光了衣服丢在一个废弃的旅馆房间里。讲了他的危险经历之后，男人请求女人"像雨一般地对他讲话，让他聆听"。男人说他们俩很久没有彼此坦诚相对了，女人说她想独自离开，她要穿白色的衣裙，在海边旅馆里读诗，还要沿着海边走上 50 年，任凭风儿将自己吹得"越来越瘦"。男人亲吻着女人的脸和脖子要她回到床上去，女人尖叫着反抗，男人等着她平静下来，最后女人要求男人也回到床上。

53. 玫瑰文身 (*The Rose Tattoo*, 1950)，三幕剧

［演出］

1950 年 12 月 29 日在芝加哥的厄兰格剧院(Erlanger Theater)首演。1951 年 2 月 3 日在纽约百老汇的马丁·贝克剧院(Martin Beck Theatre)上演。1956 年都柏林戏剧节上演；2007 年在英国伦敦国家剧院上演；2009 年在伦敦的布拉福德戏剧学院(Rose Bruford College)的玫瑰剧场(Rose Theatre)上演；2016 年 6 月 28 日至 7 月 17 日在美国马萨诸塞州的威廉斯镇举办的威廉斯镇戏剧节演出；2019 年 9 月 19 日—12 月 8 日在位于纽约曼哈顿的美国航空大剧院(American Airlines Theatre)演出。

1951 年托尼奖最佳剧作奖，1955 年被改编成同名电影。

［剧情］

故事发生在地处新奥尔良和莫比尔之间的海湾村。意大利裔美国女子萨拉芬娜在其深爱的丈夫死后，变成了女儿眼中的"怪物"(freak)，她将自己禁闭在家中，拒绝一切社交活动，并要求女儿也这样做。在无意间得知丈夫生前背叛她找了情妇之后，萨拉芬娜摔碎丈夫的骨灰盒，接受卡车司机阿尔瓦罗的追求，并成

全了女儿罗萨与年轻的海员杰克的爱情。

54. 大路(*Camino Real*, 1953),十六场剧

根据独幕剧《大路上的十个街区》改写而成的大型表现主义戏剧。

[演出]

1953 年 3 月 19 日首演于纽约的马丁·贝克剧院,至当年 5 月 9 日共演出 60 场;1970 年在林肯中心的薇薇安·博蒙特剧院(Vivian Beaumont Theater)上演;1996 年由皇家莎士比亚剧团在莎翁故里埃文河畔斯特拉特福演出;1968 年 7 月 23 日—7 月 27 日/1974 年 7 月 21 日—8 月 24 日/1999 年 6 月 23 日—7 月 4 日在美国马萨诸塞州威廉斯镇举办的威廉斯镇戏剧节演出。

[剧情]

在与一片沙漠接壤的有围墙的小镇上。镇中心有一眼干涸的泉眼,镇民多是历史上和文学上的传奇人物。在这里,从不露面的"大元帅"及其亲信古特曼先生统领一切。"兄弟"一词被禁用,放肆代替了仁爱,死人被扫街人当作垃圾运走。逃出这个镇的途径只有两条:一是搭乘一架偶尔在该镇着陆的"逃避"号飞机;一是穿过围墙上一扇通向沙漠的拱门。一些比较颓丧的镇民,如卡米尔和卡萨诺瓦,消极地等待着不知何时才能着陆的飞机。只有那些不害怕陌生世界的人才愿意冒险进入围墙外那片不为人们所了解的地方。

诗人拜伦选择了沙漠一途。跟随他的还有一个戴黄金手套的美国拳击师吉尔罗伊,但是后者缺乏勇气,复又返回镇上。后来,吉尔罗伊变卖了自己的黄金手套。当他正愤怒地袭击着一些等待着他的死亡的扫街人时,他倒了下来。吉尔罗伊看着自己的尸体在广场的中央被解剖。当他看到一颗"婴儿脑袋一般大"的纯金心脏从他的尸体中掏出来时,他抢了这颗心脏便跑。吉尔罗伊在重新开始喷水的泉眼旁碰到旅行者堂吉诃德,于是便与空想家堂吉诃德一道穿过拱门,进入了沙漠。

55. 没有讲出来的话(*Something Unspoken*, 1953),独幕剧

[演出]

1958 年 1 月 7 日,本剧与《去夏骤至》一起,以《花园区》(*Garden District*)之名首演于约克剧院(York Playhouse)。

[剧情]

60 岁的富有的老小姐科尼莉亚虽然健康状况不佳,却热衷于社会活动,想当

妇女联合会长。她的女秘书格雷斯心中不以为然，但不敢进言规劝。科尼莉亚能感受到格雷斯的想法，但双方都始终没有说破，以维持两人多年的友情。

56. 热铁皮屋顶上的猫(*Cat on a Hot Tin Roof*, 1955)，三幕剧

荣获 1951 年托尼奖最佳剧作奖。1958 年米高梅公司发行同名电影，1958年 8 月 5 日—8 月 9 日/1965 年 8 月 17 日—8 月 21 日在美国马萨诸塞州的威廉斯镇举办的威廉斯镇戏剧节演出；1976 年播出了由本剧改编的同名电视剧。

[演出]

1955 年 3 月 24 日在纽约的摩洛斯科剧院首演。

[剧情]

密西西比三角洲富有的种植园主大阿爹因病将不久于人世，长子古柏和大儿媳梅、二儿媳玛吉将大阿爹 65 岁的生日聚会演变为争夺遗产继承权的战场，而次子布里克自从刻意疏远好友斯基普，继而得知斯基普客死他乡之后便意志消沉，终日借酒浇愁，对遗产继承毫无兴趣。为了增加在继承权争夺中获胜的筹码，玛吉谎称已经怀孕，并逼迫布里克助其将谎言变成现实。

57. 去夏骤至(*Suddenly Last Summer*, 1956)，独幕剧

1958 年剧本首次出版；1959 年哥伦比亚影片公司发行同名影片；1993 年BBC 电视公司将其改编成电视剧。

[演出]

1958 年 1 月 7 日，本剧与威廉斯的另一部独幕剧《没有说出来的话》一起，以《花园区》为题在外百老汇首演；1995 年与《没有说出来的话》一起，由方中圆剧团呈现了百老汇首秀；2011 年 9 月 16 日—10 月 2 日在位于纽约曼哈顿的哈德森行会剧场(Hudson Guild Theatre)演出。

[剧情]

塞巴斯蒂安·维那布尔每年在母亲资助下出版一首诗歌，而去年夏天他在西班牙度假时被一群少年生吞活剥了。塞巴斯蒂安的表妹凯瑟琳目睹了他被活吃的一幕。死者的母亲——富孀维那布尔夫人非常担心凯瑟琳将塞巴斯蒂安的死因公之于众，她威逼利诱凯瑟琳的母亲和哥哥去劝阻凯瑟琳向外界透露塞巴斯蒂安的生平过往，极力遮掩儿子的死因。维那布尔夫人甚至计划将凯瑟琳送入疯人院，她企图贿赂年轻的脑外科医生，希望他为凯瑟琳施行脑前叶切除手术而去掉她大脑中"不该存在的记忆"。

58. 琴神降临(*Orpheus Descending*，1957)，三幕剧

[演出]

由 1939 年戏剧《天使之战》改编。1957 年 3 月 21 日在百老汇首演;1960 年发行由本剧改编的影片《逃亡者》;1957 年 8 月 20 日—8 月 24 日/1976 年 7 月 13 日—7 月 17 日在美国马萨诸塞州威廉斯镇举办的威廉斯镇戏剧节演出;1990 年发行更忠实于原作的同名影片《琴神降临》;1994 年本剧被改编成两幕歌剧。

[剧情]

20 世纪 30—40 年代美国南方的一个小镇上,蕾蒂的父亲"意大利佬"白手起家,经营着一大片果园。他在果园中做了很多亭子,给恋人们提供了尽情饮酒欢愉的场所。少女蕾蒂与恋人大卫·卡特尔常在果园中幽会。由于蕾蒂的父亲卖酒给黑人,当地"神秘组织"的成员点燃汽油,将果园全部烧毁,蕾蒂的父亲葬身火海。犯下纵火案的杰布娶了蕾蒂,15 年后杰布病入膏肓。流浪吉他手瓦尔的到来吸引了女人们的目光,蕾蒂与瓦尔相爱并怀孕。恼羞成怒的杰布枪杀了蕾蒂,嫁祸于瓦尔,瓦尔被小镇的治安官等人用私刑处死。

59. 鹦鹉的完美分析(*A Perfect Analysis Given by a Parrot*，1958)，独幕剧

[演出]

1970 年 5 月首演于佛罗里达州基韦斯特的海滨剧场(Waterfront Playhouse),由威廉斯本人亲自执导;1976 年 6 月首次在纽约上演于酒杯午餐剧院(Quaigh Lunchtime Theatre);2017 年 2 月 9 日—2 月 10 日在位于纽约曼哈顿的白马剧团(White Horse Theater Company)演出。

1958 年 10 月剧本首次发表在《绅士》(*Esquire*)杂志上。

[剧情]

故事发生在圣路易斯一个破烂不堪的小旅馆中,时间大约在 1939—1940 年。舞台上有两个门框——分别通往旅馆门外和女士洗手间,还有一张小圆桌和一台投币式自动电唱机。两名年近 40 岁的女子弗洛拉和贝茜上场,弗洛拉瘦弱憔悴而贝茜相对较胖。她们衣着打扮相仿,头戴大大的彩色宽檐帽,穿着黑色连衣裙,手上戴着长长的黑色手套。每当两人要看对方时,就不得不拼命地把头往后仰。她们都佩戴着沉重的黄铜手镯和项箍,以至一举一动都叮当作响,显得怪诞而艳俗。

贝茜建议在叫来侍者之前看看两人还有多少钱,结果发现她们身上的钱所剩无几了。两人告诉穿着绿色围裙的矮胖侍者说,她们是孟菲斯"火星之子"杰克逊·海格蒂邮政公司的附属女性机构成员,此行是来参加一年一度的全国代表大会的,只是与同行的查理和拉尔夫走散了。贝茜点了两杯啤酒,侍者给了她们满满两大杯啤酒,告诉她们其余的与会代表在她们之前也来这里喝过酒了。弗洛拉和贝茜回忆着往年的会议以及她们在其中得到的乐趣。贝茜回忆起她与一位来自芝加哥的餐厅经理的邂逅,她认为虽然在处理与男人的关系这个问题上她做得并不出色,但她并不感到遗憾,因为她努力创造幸福,哪怕那幸福短暂得只持续一个晚上。她觉得给人带来幸福时光和美好回忆不是一种罪恶,即使那个人只是陌生人。^① 两人就女人的骄傲和自尊问题争论起来。

弗洛拉说有一只鹦鹉给她算了命,当时鹦鹉跳出鸟笼,从养鸟人的盒子里叼出一张纸,纸上写着:"你生性敏感,常常被你的亲密同伴所误解!"弗洛拉认为鹦鹉的见解很正确。贝茜和弗洛拉伤感地谈论着遇人不淑和年华老去的问题时,两个男子进入了旅馆,他们穿着蓝白相间的夏日游行制服,其中一人蜷缩着身子蹲在门口,另一个人从他背上跃过,如此往复直至来到圆桌前。立定之后他们吹响了号角,并向弗洛拉和贝茜伸出了胳膊。两个女子转忧为喜,分别挽着两位"火星之子"围绕圆桌昂首阔步地走着,嘴里哼唱着《来自阿尔芒蒂耶尔的小姐》。

60. 调整时期(*Period of Adjustment*,1958),三幕喜剧

[演出]

1958 年 12 月 29 日首演于佛罗里达州迈阿密的椰树林剧场(the Coconut Grove Playhouse),由威廉斯和欧文·菲利浦斯导演;1960 年 11 月 10 日在纽约百老汇的海伦·海丝剧院(the Helen Hayes Theatre)演出,于 1961 年 3 月 4 日结束了 132 场演出;1962 年 7 月 24 日—7 月 28 日在美国马萨诸塞州的威廉斯镇举办的威廉斯镇戏剧节演出;1962 年改编成同名电影。

[剧情]

本剧讲述发生在圣诞前夜的两对夫妇之间的故事。一对新婚夫妇和另一对已结婚五年的夫妇都陷入夫妻之间关系的困境,两位男主人公都是朝鲜战争的退伍老兵,其中较年轻的丈夫患上战争精神病后遗症,而年长的丈夫面对身为自

---

① Williams,T. *The Theatre of Tennessee Williams*,Vol. 7:*In the Bar of a Tokyo Hotel*,*and Other Plays*. New York:New Directions Publishing Corporation,1994:271.

已老板女儿的妻子,总感觉信心不足。然而,通过对对方夫妇的了解,这两对夫妇都意识到自己所拥有的幸福,从而夫妻关系得以和解。

61. 甜蜜的青春之鸟(*Sweet Bird of Youth*,1959),三幕剧

1962 年被改编成同名电影;1989 年被改编成同名电视剧。

[演出]

1959 年 3 月 10 日在纽约的马丁贝克剧院首演,演出 375 场。1985 年 7 月 8 日在英国伦敦西区的干草市场剧院(Haymarket Theatre)进行英国首演,由品特执导;1995 年 7 月 5 日—7 月 16 日/2006 年 7 月 19 日—7 月 30 日在美国马萨诸塞州的威廉斯镇举办的威廉斯镇戏剧节演出。

[剧情]

流浪舞男钱斯·韦恩回到他的故乡——美国南部佛罗里达州的圣克劳德,与之做伴的是曾红极一时的过气电影明星普林塞丝。钱斯希望能仰仗普林塞丝实现自己进入演艺圈的梦想,而他回到家乡的主要目的是带走他少年时的女友海雯丽。海雯丽是当地富豪“老板”托马斯·芬利的女儿,她与钱斯彼此相爱。当年托马斯反对女儿与“穷小子”钱斯交往并驱逐了钱斯,他扬言如果钱斯胆敢踏入圣克劳德,就将其阉割。天真的钱斯最终被普林塞丝抛弃,并被“老板”的手下无情地阉割了。

62. 一个男人死去的日子(一部西方能剧)[*The Day on Which a Man Dies*(*an Occidental Noh Play*),1960],两场剧

[演出]

2008 年 2 月 1 日首演于芝加哥林克斯礼堂(Links Hall)。

[剧情]

本剧上场人物除了画家和他的情人之外,还有作为本剧叙述者并兼演“东方人”的“第一舞台助理”以及递送道具的“第二舞台助理”。一个美国画家尝试用喷枪和油漆来取代画笔作画,他这种创新遭到与他相处 11 年的情人的嘲讽。情人不满于自己没有得到合法的画家妻子身份,而画家本人也为职业发展所遇到的瓶颈而苦恼异常。在一家日本旅馆中两人爆发了激烈的争吵,画家准备结束他们之间的关系,却又主动与情人和解。第二天上午,情人独自外出后,画家喝下消毒水自杀了。

63. 蜥蜴之夜(*The Night of the Iguana*,1961),三幕剧

[演出]

根据威廉斯 1948 年的短篇小说改编。1961 年 12 月 28 日首演于百老汇的皇家剧院,演出 316 场;1963 年 7 月 16 日—7 月 20 日/1987 年 8 月 4 日—8 月 15 日在美国马萨诸塞州的威廉斯镇举办的威廉斯镇戏剧节演出;1992 年在伦敦的皇家国家剧院演出。

本剧两度被改编成电影,其中 1964 年的同名影片获得奥斯卡奖。

[剧情]

劳伦斯·香农在被免除神职后当上导游,他处于精神崩溃的边缘。这天香农带领一群女游客乘车来到边远森林地带的一家墨西哥旅店。女店主马克辛·福克的丈夫刚刚去世,她想让香农做她的第二任丈夫。年过九旬的流浪诗人农诺和他的孙女汉娜来到这家旅馆,他们靠向游客卖诗、卖画来赚取食宿费用,马克辛不情愿地让他们住下了,她感觉到汉娜与香农之间有一种精神上的亲密关系。马克辛的两个墨西哥雇员抓到一只蜥蜴,并将其绑在走廊里,准备养肥后杀了吃掉。农诺为完成诗作而搜索枯肠,汉娜则和香农在一旁交谈,他们发现彼此都是孤独的人,都必须"挣扎斗争、大声疾呼",才能从充满敌意的世界中夺得一丝自我的尊严。香农建议汉娜与他结合,汉娜拒绝了,她劝香农将蜥蜴放掉,并说只要他这样做,他就会比上帝更仁慈。农诺终于完成了一首寻找自然界的勇气和善良的诗,之后便死去。香农留在旅馆与马克辛在一起,而汉娜则继续她的漂泊之旅。

64. 游行,或临近夏末(*The Parade*,*or Approaching the End of a Summer*,1962),独幕剧

1981 年威廉斯将本剧改写为长剧《有些模糊,有些清楚》

[演出]

2006 年 10 月 1 日,在普罗温斯敦的第一届"普罗温斯敦年度田纳西·威廉斯节"上演。

[剧情]

故事发生在一处海滩的码头,讲述一个名叫东的年轻剧作家与另一个男子的情感纠葛,还揭示了几个年轻人的友谊中存在的同情。

65. 牛奶车不再在此停留（*The Milk Train Doesn't Stop Here Anymore*, 1962），两幕剧

[演出]

1962 年 7 月首演于意大利，1963 年上演于纽约的摩洛斯科剧院，反响欠佳，仅演出 69 场。1964 年复排后上演于布鲁克斯·斯特金森剧院，仅演出 5 场；

1968 年威廉斯将本剧改编为电影《博姆》（*Boom!*）；1996 年 6 月 19 日—6 月 30 日在美国马萨诸塞州的威廉斯镇举办的威廉斯镇戏剧节演出。

[剧情]

在意大利的一幢别墅里，一个即将死于肺结核的专横的美国女演员弗洛拉·戈福丝，正在向她的秘书布莱基口述她的生平以及她的六次婚姻的回忆录。布莱基是个头脑清醒的年轻的新英格兰寡妇。一个名叫克里斯·弗兰德斯的年轻诗人来到这所别墅。戈福丝打算让克里斯做自己的情人，然而一个朋友却劝她把克里斯打发走，因为克里斯总是在有钱女人临死之际与她们交好，因而人称"死亡之神"。克里斯一面承认他的确希望从戈福丝女士这里捞到好处，一面又对布莱基解释说，他此次来访是出于好意，是为了在这位女演员的有生之年给她焦虑不安的生活带来平静。戈福丝为了避免受制于克里斯，便故意让他饿肚子，以使他屈从于自己，克里斯只好离开了。但是戈福丝又意识到自己非常需要克里斯，便又命令布莱基把克里斯叫回来，以便让自己在"宁静的陪伴"下度过人生最后的时刻。

66. 夜莺的怪癖（*The Eccentricities of a Nightingale*, 1964），三幕剧（《夏与烟》的改写本）

[演出]

1964 年 7 月在纽约奈阿克的踏潘子剧院（Tappan Zee Playhouse）首演；1976 年 11 月 23 日在摩洛斯科剧院进行了百老汇首秀。百老汇演出于 1976 年 12 月 12 日结束。

[剧情]

第一幕第一场，1916 年 7 月 4 日晚密西西比格劳斯山的一个广场上。台后传来阿尔玛·温米勒的歌声。舞台中央的石雕喷泉旁，阿尔玛的父母在欣赏烟花，不远处坐着约翰·布坎南。阿尔玛结束演唱来找父母，看到约翰时她羞红了脸颊。约翰的母亲布坎南夫人则催促儿子离开，阿尔玛父母离去，剩下她独自一人。约翰扔了一个点燃的鞭炮到阿尔玛坐的长凳下面，接着他又坐下与阿尔玛

聊起他的医学院假期和阿尔玛心悸的毛病。布坎南夫人返回带走了儿子。

第一幕第二场,平安夜温米勒家的客厅里。一家人欢聚一堂,阿尔玛偷看布坎南家窗户,看到布坎南夫人穿着圣诞老人的服装与儿子一起出门派发礼物。温米勒先生告知女儿镇上有关她怪癖的传言,说她的文学社是"怪人的集合"。阿尔玛感到心慌跑出了屋子。

第一幕第三场,几分钟后在教区长家的客厅里,布坎南夫人与约翰来访。布坎南夫人与阿尔玛畅聊约翰的成就,阿尔玛母亲加入谈话,她大谈自己妹妹与其情人斯沃兹科夫先生的风流韵事,让阿尔玛十分尴尬。约翰请阿尔玛演唱,他们单独坐在一起时,阿尔玛邀请约翰来参加下一次的文学社聚会。温米勒夫人看到女儿与约翰的手握在一起。

第二幕第一场,布坎南家约翰的卧室。约翰与母亲谈论着阿尔玛,约翰认为她很美,而母亲则认为她古怪。母亲设想儿子将来应该有个美丽、有教养、稳重的妻子和很多可爱健康的孩子。阿尔玛从自己卧室窗口望向约翰的房子,直到约翰灭灯她才能入睡。

第二幕第二场,次周一晚上在温米勒家里。文学社成员进行每周一次的集会,大家讨论社团的宣言,宣称本社的使命是使格劳斯山成为"南方的雅典"。阿尔玛宣读上次会议的记录,又将迟到的约翰介绍给大家。阿尔玛朗诵了布莱克的诗"爱的秘密"。约翰的母亲赶来粗暴地带走儿子。

第二幕第三场,深夜在布坎南医生办公室。阿尔玛来找约翰的父亲看病,由于父亲已躺下休息,约翰接待了阿尔玛。约翰说他用听诊器听到阿尔玛心底有微弱的声音在说"阿尔玛小姐很孤单",两人计划第二天晚上约会。布坎南夫人闯进办公室,阿尔玛愉快地走了。

第二幕第四场,第二天晚上,教区长家客厅。新年前夜,罗杰和阿尔玛坐在一起看罗杰的母亲在亚洲旅行拍的照片。阿尔玛心神不宁地等着约翰的到来。罗杰认为阿尔玛爱错了人,并说自己愿意永远陪伴她。迟到了25分钟的约翰终于出现了。

第三幕第一场,当晚在有石雕天使喷泉的公园里。阿尔玛向约翰表白爱意,并想在午夜零点钟声敲响时与其做爱。约翰赞同并去找来出租车。

第三幕第二场,上一场过后不久,一家小旅馆内有床和壁炉的房间里。约翰想点燃壁炉,无奈纸和木料都是潮湿的。他把两人的浪漫期待比作这无法点燃的火苗,没有火花和热力。新年的钟声敲响,壁炉奇迹般地点燃,两人慢慢燃起了激情。

尾声。有石雕天使喷泉的广场,又一年的7月4日。阿尔玛坐在长凳上听一位女高音歌手在小镇乐队伴奏下演唱,她与一名年轻的旅行推销员交谈,向他介绍小镇的法庭、教堂和老虎城。阿尔玛提出要带年轻人去镇上的"钟点出租房",当推销员去叫出租车时,阿尔玛向石雕天使挥手告别。

67. 伤残者(*The Mutilated*, 1965),七场剧

[演出]

本剧与《淑女》合并成《粗俗滑稽悲剧》,1966 年 2 月 22 日首演于纽约的朗埃克剧院。

[剧情]

故事发生在圣诞节期间路易斯安那州新奥尔良法兰西区银色美元酒店附近。

第一场

歌队唱着与戏剧相关的诗歌。他们歌唱法国区的居民,歌唱圣诞节的孤独,歌唱"被抚摸的伤残者就要痊愈"。

塞莱斯特和她的哥哥亨利来到银色美元酒店。混迹于下层社会的塞莱斯特刚从监狱里出来,哥哥亨利帮她在"彩虹面包房"找了份工作。亨利拿出自己 10岁那年得到的圣诞节礼物——一个笔记本和一支笔,写下面包房地址和联系人,交给塞莱斯特。亨利告诫妹妹不要继续使用她的真实姓名塞莱斯特·德拉克鲁斯·格里芬了,因为亨利不希望自己和孩子们与妹妹共用家族姓氏,于是塞莱斯特马上给自己取了个假名字艾格尼丝·琼斯。亨利拒绝了妹妹与他第二天聚餐庆祝圣诞节的提议并离开了。塞莱斯特在酒店门外遇到了她的老熟人马克西和戴着头巾遮盖住面容的"鸟女孩",马克西吆喝着怂恿路人支付 4 美分观看"天然怪人""鸟女孩"卸下面纱之后的真面目,见围观者中无人付钱,马克西马上将要价降为 2 美分。塞莱斯特本人也曾扮演过"鸟女孩",因此她很清楚所谓的"鸟女孩"只不过是由一个女孩身上粘上鸟羽毛装扮而成的,况且她一眼认出那个"哦克——哦克——"怪叫着的"鸟女孩"其实就是住在兰帕特街上的罗丝。塞莱斯特向马克西勒索 5 美元,否则她就当众揭穿马克西的骗术,恼怒的马克西与塞莱斯特争吵了起来,一个警察制止了争吵。塞莱斯特找到了她的老朋友和房客曲科特,曲科特却说塞莱斯特控制自己是为了钱,并要打发她走。塞莱斯特告诉曲科特她会报复的。塞莱斯特在酒店大厅碰到了接待员伯尼,试图让他允许自己住回老房子去。但是伯尼拒绝了她,说她所有的行李都被锁起来了。塞莱斯特尝试以与之发生性关系为条件向伯尼要一间房子。这时,曲科特喊伯尼过去瞧

瞧"一些没道德的人在墙上乱写的字",曲科特明白是塞莱斯特在墙上写了些关于她的"下流谣言"。当她俩离开时,塞莱斯特威胁说还会这样做,曲科特说"再见,艾格尼丝·琼斯"。

第二场

银色美元酒店附近的杰克逊公园的长凳上。曲科特一个人自言自语,回想着与塞莱斯特重逢时惊险的一幕,回忆着她们之间的友谊。曲科特承认她已是个残废,她的一侧乳房被手术切除了,只有塞莱斯特知道这事。手术后,她用了化名艾格尼丝·琼斯。曲科特希望这个圣诞夜会有奇迹发生,她将在博埃梅咖啡馆遇到一个男人。曲科特离开,歌队出现了,唱着另一首诗,歌唱爱以及发现爱的奇迹。

第三场

博埃梅咖啡馆。曲科特走进来时,咖啡馆老板泰格正和两个顾客聊天,讨论最近的一起死亡事件,泰格说,咖啡馆准备的饮品是为了纪念逝者的。曲科特点了冰镇苦艾酒,然后得知死亡事件就发生在这个咖啡馆里。两个休假的水手斯利姆和布鲁诺来到咖啡馆,曲科特立刻表现出对斯利姆的倾慕。布鲁诺帮曲科特将斯利姆带回了家。

第四场

博埃梅咖啡馆外。警察来了,曲科特帮忙掩护布鲁诺,她说布鲁诺是她哥哥,他们要去小礼堂参加圣诞烛光晚会。曲科特跟布鲁诺一起离开时,布鲁诺突然想要触摸曲科特,曲科特惊恐地朝斯利姆大喊,这时,塞莱斯特又出现了,她醉醺醺地唱着圣诞歌。曲科特决定把斯利姆带回自己的酒店房间里去,与他发生关系之后再离开。曲科特骂了塞莱斯特几句,然后坐上出租车,扬言要把塞莱斯特当作精神病人送到医院去。塞莱斯特偷了曲科特的钱包,但曲科特事先把钱藏了起来,塞莱斯特得到的只是个空钱包。歌队返场,他们歌颂原谅。

第五场

银色美元酒店曲科特的房间里。斯利姆发现曲科特的残疾时,要求曲科特付给他钱,曲科特答应了。塞莱斯特从曲科特窗外听到有人大声辱骂她,于是,塞莱斯特大声叫唤"艾格尼丝·琼斯",两个女人隔着窗户对骂。曲科特叫来了伯尼,塞莱斯特就走开了。塞莱斯特自言自语念叨着曲科特的残疾,而曲科特也咕哝着牵挂孤单的塞莱斯特。唱赞歌的人又出现了,他们唱着关于孤独,居无定所,得不到爱、温暖和同情的人。

第六场

银色美元酒店里以及周边。塞莱斯特在酒店大厅睡醒了,此时,曲科特也在她房间里醒来,旁边睡着斯利姆。斯利姆找不到自己的钱包就断定是被曲科特偷走了,曲科特激动地尖叫起来。布鲁诺来酒店接斯利姆,曲科特哭着轻声说她胸部又疼了。唱赞歌的人进来了,歌唱缓慢流逝的时间以及拒绝的意义。

第七场

银色美元酒店里以及周边。曲科特向伯尼打听塞莱斯特是否还待在酒店大厅里,她让伯尼给塞莱斯特捎个信,说自己打算与她"和解"。塞莱斯特假装对曲科特的话无动于衷,但她上楼去了曲科特房间并对曲科特说,她的友谊不是随时待售的商品。曲科特请塞莱斯特进屋,说要用葡萄酒来招待她。她们一起坐下吃完点心后,塞莱斯特决定原谅曲科特,并开始安排这周她们俩的行程。塞莱斯特谈到一个老修女曾跟她说过的预言,她相信这个预言,感觉到这个预言中的人就在这个房间里,她闻着玫瑰花香,点上蜡烛,圣母玛利亚降临了。

塞莱斯特跪倒在地,伸出手抚摸着圣母玛利亚的长袍,还要曲科特也这样做。她们一起见证了奇迹,曲科特的疼痛也消失了。她们哭着说"奇迹啊,奇迹啊",歌队唱着最后的颂歌,他们歌唱奇迹,歌唱死亡的终结。

68. 淑女(*The Gnadiges Fraulein*,1965),独幕剧

本剧的改编剧为《一个名女人的晚年生活》(*The Latter Days of a Celebrated Soubrette*,1974)

[演出]

1966年2月22日首演于百老汇的朗埃克剧院;2016年11月由新奥尔良田纳西·威廉斯剧团演出。

[剧情]

故事发生在佛罗里达可卡鲁尼海边风景区,女房东波利和莫莉所经营的寄宿旅馆里。房客"淑女"曾是一名"才华横溢"的年轻歌手,但是她从为欧洲皇室表演沦落到"作为一名在广场屋顶和海螺花园演出的B角",如今在佛罗里达海边靠为租客献唱和与一群凶猛的大型食肉鸟可卡鲁尼("一种巨大的鹈鹕")争抢鱼贩所丢弃的鱼为生。她曾暗恋过与之一起在欧洲演出的威尼斯花花公子,有着痛苦的感情经历。如今她处于半疯癫的状态,珍藏着一本记载了她昔日演出情景的破旧剪贴簿。在本剧结尾,在与食肉鸟的斗争中失去了双眼的淑女伤痕累累却不屈不挠,再次投入了新的战斗。

在淑女演艺生涯的辉煌时刻,她曾因为用自己的嘴巴接住了扔给训练有素的表演者海豹的鱼而"惊呆了观众",她极受观众欢迎,直到海豹为了报复而朝她

的下巴上打了一拳,她的演出经历才告一段落。现在她用抓鱼技能与可卡鲁尼竞争。为了保住她在寄宿旅馆里的床位,她必须每天交给女房东三条鱼,另外还得拿一条鱼作诱饵防止狼进门来。房东莫莉称这场与可卡鲁尼的生存之战为"淑女生存之战":"现在可卡鲁尼都与她为敌,她是否有足够的勇气去打这场正义的斗争,还是会像她在演艺界那样,在压力之下退休呢?!"

69. 我无法想象明天(*I Can't Imagine Tomorrow*,1966),独幕剧

［演出］

1970 年被拍成电视剧。① 1971 年在缅因州的港口酒吧(Bar Harbor)首演;2014 年 1 月 30 日—1 月 31 日/2014 年 2 月 4 日在位于纽约曼哈顿格拉梅西公园(Gramercy Park)的剧院大厅(The Great Hall at The Players)演出。

［剧情］

故事发生在"一"的家里,时间是一天傍晚。"一"是个中年女人,与中年男子"二"是彼此唯一的朋友。舞台布景简洁,没有墙,只有一张沙发,两张椅子,一张台灯桌和一张牌桌。舞台左侧远处有一个门框。演员用动作模拟表现出门和窗子。"一"和"二"重复表演一个场景,表现他们重复每天的生活。当"一"向窗外看去时,"二"来到她门前,站在门外抬起手臂敲门。"一"打开门说:"噢,是你啊。""二"回答:"对,是我。""一"对这种单调生活感到厌倦,她想让两人的关系发生改变,两人试图发明新的交流方式,比如给对方写信息而不交谈。"二"向"一"表白爱意,"一"却以沮丧和轻蔑来回答他:"我已没有勇气把你从消沉中拯救出来!为什么你看上去永远是个中年的迷茫的小男孩呢?""一"希望"二"走,"二"却请求留在她家的沙发上,他们继续打着扑克。

70. 市政屠宰场(*The Municipal Abattoir*,1966),独幕剧

［演出］

2004 年 4 月 22 日在华盛顿特区的肯尼迪中心由莎士比亚剧团首演。

---

① *Talk to Me Like the Rain and Let Me Listen* 和 *I Can't Imagine Tomorrow* 两剧的视频可访问 https://video-alexanderstreet-com. proxy. library. nyu. edu/watch/dragon-country/cite? context = channel:tennessee-williams "Dragon Country". directed by Glenn Jordan. produced by Glenn Jordan. WNDT (Television station :Newark, N. J.). Broadway Theatre Archive,1970. Alexander Street video. alexanderstreet. com/watch/dragon-country.

[剧情]

在一座弥漫着白色恐怖气氛的城市里,一个国家政府部门的职员习惯了听从指挥,他严格执行上级的命令。不明原因使职员被解雇并被派往市政屠宰场,他猜测可能是由于他对烟草商店中一个关着小动物的铁笼子感到好奇,去商店老板那里问了些"与他不相干"的问题;或者是由于他的女儿被抓去妓院,他写了请愿书。他在街上向准备破坏政府游行的男大学生问路,男孩建议他坐上有轨电车离开,离市政屠宰场越远越好。当职员说他无条件地服从上级命令时,男孩警告他说:"你的身体会被搅拌机搅烂,做成罐头给那些叫汤姆、迪克或哈里的家伙和他们的妻子、孩子跟狗享用。"①可是职员还是执意要问屠宰场的去路,他的座右铭就是"我做要求我做的事,我去要求我去的地方,我从不质疑指示"。职员对自己将要面临的任人宰割的命运感到恐惧却又无可奈何,他声称自己年轻时是个和平主义者,也会反抗或请愿,但是现在他有家庭,又面临着失业,他已别无选择。男孩将自己将要执行的抗议独裁专政的任务交给职员,要职员枪杀即将经过他们身边的游行车上的将军,男孩说这样就会令职员"毫无意义的生命变得光荣",他与其去屠宰场无谓地送死,不如轰轰烈烈地做个"名字登上世界上所有报纸头条新闻"的英雄。戏剧的结尾,职员手摇小旗,嘴里喊着"万岁,万岁!",目送将军一行从他眼前经过,然后,他向观众打听市政屠宰场的去路,并拿出小本子记录下来。

71. 忏悔室(*Confessional*, 1967),独幕剧

多幕剧《小手艺的警告》的底本

[演出]

1971 年 7 月,在缅因州的酒吧港举行的缅因戏剧艺术节(Maine Theatre Arts Festival)首演,由威廉·亨特导演。

[剧情]

故事发生于加利福尼亚南部的一间昏暗肮脏的海滨酒吧。本剧主要描写酒吧老板和来客们的忏悔,舞台一隅有一束灯光照亮,每位进入光束的人物仿佛是进入了一间忏悔室。

---

① Williams, T. *Mister Paradise and Other One-Act Plays by Tennessee Williams*. Moschovakis, N. & Roessel, D. (eds.). New York: New Directions Publishing Corporation, 2005: 162.

第一场,深夜。蕾娜、维奥莱特和比尔在激烈争论,原因是蕾娜发现维奥莱特抚摸了比尔,蒙克和史蒂夫安慰着蕾娜。"年轻人"和波比来到酒吧,蒙克拒绝给他们提供服务,因为他们像是一对同性恋。比尔观察着两位来客,走到忏悔区说他厌恶同性恋者。史蒂夫接替比尔走到忏悔区,他将维奥莱特比作命运抛给他的垃圾。蕾娜追忆她那年纪轻轻就死于贫血症的兄弟哈利。道克去旅行拖车停车场接生婴儿之前进入忏悔区,维奥莱特也去分享了她的人生感悟。蕾娜与"年轻人"和波比交谈,"年轻人"到忏悔区谈论他作为同性恋者的感想之后离开酒吧,波比说他要从艾奥瓦骑自行车到墨西哥寻找自由,然后离开了酒吧。蕾娜追着他跑了出去。蒙克进入忏悔区诉说自己作为酒吧老板面临进退两难的境地。蕾娜发现维奥莱特高兴地坐在比尔和史蒂夫中间寻欢作乐。

第二场,地点同第一场,一小时之后。蕾娜责骂比尔并宣称要离开小城,道克回到酒吧,在蕾娜的质问下他承认他没有行医执照。维奥莱特、史蒂夫和比尔一起离开,蕾娜追着维奥莱特跑出酒吧,又流着鼻血回来了。蕾娜、蒙克和维奥莱特共饮一杯酒。维奥莱特偷偷抚摸了蒙克,蒙克送维奥莱特上楼冲澡,他手里拿着维奥莱特的一只旧拖鞋坐着思忖着:拖鞋将被穿烂直到什么都没剩下。

72. 大地王国(又名:默特尔的七个后代)(*Kingdom of Earth* or *The Seven Descents of Myrtle*,1967),两幕剧

[演出]

1968 年 3 月 27 日在纽约剧院上演,演出 29 场。

2015 年 7—8 月由新奥尔良田纳西·威廉斯剧团在大都会社区教堂(the Metropolitan Community Church)演出。[①]

[剧情]

故事发生地点是密西西比一个处在洪水威胁中的农场。脆弱俊美的 20 岁少年洛特身染肺结核,深知自己来日无多,他要不惜一切代价捍卫母亲娜蒂留给他的遗产。洛特请回被剥夺了继承权的有一半黑人血统的同父异母兄弟契肯来管理农场。为了避免自己死后农场落入契肯之手,洛特娶了刚刚结识的默特尔为妻,希望她能像自己的母亲一样经营农场,做农场的女主人。然而很快洛特便死于肺结核,而切肯得到了洛特的农场和他的女人。

---

① https://www.twtheatrenola.com/kingdom-of-earth-2015

73. 两个人的戏剧(*The Two-Character Play*,1967),两幕剧(后改写成《呐喊》)

[**演出**]

1967 年 12 月 12 日在伦敦的汉普斯特剧院(Hampstead Theatre Club)首演。1971 年 7 月 8 日在芝加哥爱凡荷剧院(Ivanhoe Theatre)以《呐喊》之名上演。1973 年 3 月 1 日和 1975 年 8 月 14 日分别于纽约的兰心大剧院(Lyceum Theatre)和魁克剧院(the Quaigh Theatre)上演。2005 年澳大利亚墨尔本大学演出了该剧。

[**剧情**]

菲利斯和克莱尔兄妹是随剧团旅行演出的演员。某日他们突然发现自己被剧团抛弃,而观众在等着看他们演出的"两人剧"。"两人剧"中的角色菲利斯和克莱尔曾目睹母亲谋杀父亲后自杀,此后兄妹二人一起过着与世隔绝的生活。演出还未结束,观众就离场了,剧院门被锁死,菲利斯和克莱尔被困在剧院中。

74. 梅里韦瑟先生会从孟菲斯回来吗?(*Will Mr. Merriwether Return from Memphis*?,1969),两幕剧

[**演出**]

1980 年 1 月,坐落于佛罗里达州基韦斯特市的基斯社区大学(Florida Keys Community College)校园中的田纳西威廉斯艺术中心(Tennessee Williams Fine Arts Center)成立,将本剧演出作为开场秀。

[**剧情**]

故事发生在美国港口城市圣路易斯(虎镇)。

第一幕,第一场

路易斯和女儿格洛丽亚静静地坐了几分钟。路易斯来到舞台中央向观众问好,她说在她整理梅里韦瑟先生的房间时,来了一个吉卜赛人,让她问一个最紧迫的问题。路易斯问道梅里韦瑟先生是否会马上从孟菲斯回来,得到的答案却叫人困惑——"他永远不会忘记你"。路易斯不相信她家的寄宿者不再回来,她告诉格洛丽亚说梅里韦瑟先生昨天半夜里给她打电话说他归心似箭。格洛丽亚认为这可能是路易斯做的梦,因为梅里韦瑟先生收到升职信的时候很高兴。

格洛丽亚穿着暴露,路易斯训斥了她并不允许她这么晚去图书馆,警告她提防在图书馆门口等她的年轻人。洛拉(一位身材微胖、矮小的 50 岁妇女)端着为路易斯准备的一碗草莓冰激凌走上舞台,路易斯告诉洛拉说格洛丽亚要去图书

馆,还有个年轻人在等她。洛拉说"公狗在夏季也会追求母狗",她建议召唤一个幽灵来帮助解决路易斯的问题。洛拉说巴里女士前天晚上拜访了她,路易斯则说玛丽·安托瓦内特(法王路易十六的王后)拜访了她。两个女人都认为此时是一个邀请幽灵的绝佳机会。

洛拉和路易斯念咒祈求幽灵,随即文森特·凡·高(荷兰画家)的幽灵出现了,他在寻找灯光、画笔和油画。他告诉她们无论是作画或消失时,光亮都是一件无与伦比的礼物。路易斯起身去拿外套的当儿,洛拉告诉观众路易斯是个寡妇,她爱上了一个鼓手(梅里韦瑟先生)。路易斯穿上外套回到舞台,她说由于幽灵的到来,她感到阴冷。洛拉告诉路易斯一个关于麻风病患者的故事,他们住在位于黑白区域之间的贝拉街一个大蓄水池中,每天晚上他们会从蓄水池中爬出来,取家人为他们留下的食物。他们在大树的阴影下做爱,有些麻风病患者竟然在蓄水池中生了孩子。为了避开检测仪,他们不发出任何声响。路易斯向洛拉道晚安。梅里韦瑟先生没有回来,路易斯非常失望。她听到远方传来的五弦琴声。

第一幕,第二场

格洛丽亚对观众说她穿着薄裙,沉醉在她的爱慕者的男子气息之中。

第一幕,第三场

在公共图书馆里,图书管理员(一位穿着粉红色裙子的小妇人)批评格洛丽亚穿半透明的裙子。格洛丽亚说她在写一篇英文论文,她声称男孩们跟随她进入阅览室,这并不是她的错。图书管理员说她亲眼看到了一切并禁止格洛丽亚继续待在图书馆。格洛丽亚被激怒了,威胁说要找主管。图书管理员说她也正有此意。

第一幕,第四场

路易斯偷偷给梅里韦瑟先生打电话,当电话接通后,她重重地摔下了电话并批评自己缺乏耐心。

第一幕,第五场

在教室里,约克女士夸奖格洛丽亚论文写得好并要她在班上朗读。论文的主题是一次全班同学去寻找化石的旅程。格洛丽亚朗读了论文,她说她在岩石边发现了五颗化石,一个年轻人帮她切了下来。全班人都走了,只剩下她和那个年轻人。她无助地哭了起来。年轻人只好护送她回到镇上。她回家之后发现她母亲对化石毫不关心。年轻人打来电话,她告诉年轻人当天晚上她会在图书馆里写论文,她希望弄清楚为什么化石对她的影响如此之大。约克女士说格洛丽亚可能是意识到了生命的转瞬即逝。

第一幕,第六场

格洛丽亚与年轻人安静地坐在沙滩上,年轻人坦承说话对他来说是一种折磨。格洛丽亚问他与她交谈时是否有这种感觉。格洛丽亚记起了在一次西班牙语课上,老师叫年轻人朗读,年轻人说他口吃不会朗读。老师宽慰他说全班人都知道这一情况,格洛丽亚认为老师是有同情心的,年轻人却认为老师态度傲慢,让他丢脸。格洛丽亚提醒他说他是班上最帅的男孩。格洛丽亚想躺在三叶草上但又不想弄脏裙子,于是她让年轻人闭上眼睛,她脱掉裙子之后躲藏起来,让年轻人找她。五弦琴的声音在远方响起,年轻人开始寻找女孩。

第一幕,第七场

三位老妪上台,她们拿着木板凳、纺织工具以及一个大沙漏,说话带着爱尔兰腔。一位老妪说她们应该自称为"(希腊神话)命运三女神"。第三个老妪提醒她们这是一个任务,第二个老妪说哲学的态度代表着年老。第三个老妪表明她们是命运三女神,她们被召唤来为开幕式编织衣物。第一个老妪说她们只是剧中的杂要,第二个老妪说一个诗人把她们形容为欧墨尼得斯(即复仇三女神),第三个老妪说她们现在都没有穿衣服。第一个老妪说那个口吃的年轻人可能是性无能。老妪们看着格洛丽亚和年轻人都脱下了衣服,第一个老妪开始评论格洛丽亚的妈妈,还说她一直在思考梅里韦瑟先生是否会爱上格洛丽亚的妈妈。第三个老妪说格洛丽亚教给年轻人"温柔的知识",从此治好了年轻人的口吃。

第一幕,第八场

洛拉问前天晚上是否有幽灵拜访路易斯,路易斯失望地说没有。洛拉说有一个裸体幽灵拜访了她。法语俱乐部的教师上场,开始上晚上的课程。比德尔女士上场主持俱乐部会议,他们就正门的路太黑这一问题进行了讨论,老师引导学生进行训练。路易斯哭了起来,老师建议她不要太感情用事。洛拉用法语告诉她的同事说尽管她丈夫已经死了20年了,前天晚上她还是准备了一顿二人晚餐。老师说他频繁出入公交车站,在军队服役的青年人当中寻找同伴。警察逮捕老师并责令他在深夜之前离开小镇。法语老师即将动身去孟菲斯。

第二幕,第一场

路易斯和洛拉召唤了一个幽灵——诗人亚瑟·兰波,他坐在轮椅上,他的妹妹伊莎贝拉推着轮椅。亚瑟很受女人欢迎。伊莎贝拉说她哥哥在16岁时成为诗人,20岁时又不再写诗了。亚瑟拒绝做诗人,然后讲述了他的腿被锯掉的经过。亚瑟开始背诵诗歌,然后他要求差人送封信给亚丁(也门民主人民共和国首都)的一个人,去咨询一份工作。伊莎贝拉和亚瑟退场。

第二幕,第二场

路易斯告诉洛拉她今晚邀请了幽灵,但是没有起风所以不适合幽灵的拜访。路易斯告诉洛拉说阿基坦的埃莉诺(法王路易七世之妻,后嫁英王亨利二世)昨天晚上来拜访了她,并对她桌上的海星等摆设作了评价。洛拉听到有人进门的声音,想起她进门时忘了关上前门。路易斯跳起来,她希望是梅里韦瑟先生回来了。然而进来的是爱尔德里奇夫人,她穿着一件艳丽的东方礼服。爱尔德里奇夫人怀疑她的司机刚刚去世了,于是她来请路易斯帮忙把她送到阿帕切酒吧去。爱尔德里奇夫人离开后,洛拉问爱尔德里奇夫人是不是一个幽灵,路易斯解释说爱尔德里奇夫人是虎镇在世的最富有的女人。五弦琴声在远方响起。

第二幕,第三场

路易斯坐在桌边听着远方的五弦琴声,洛拉端着一碗牛奶冻进来。路易斯把牛奶冻放入冰箱,其余的食物也都没吃,她说她没有胃口,洛拉建议路易斯重新找一个寄宿者,路易斯生气地反驳道她并不是个淫乱的女人。此时一辆车停在门口,梅里韦瑟先生嘴里叼着一朵花,从窗户爬了进来。路易斯激动不已,两人紧紧相拥。梅里韦瑟先生说他要留下并住在原来的房间里,路易斯说她一辈子都在等待着他。此时格洛丽亚和年轻人也进门了,两对爱人一起跳起舞来。洛拉发觉只有她还孤身一人,她在考虑邀请一个幽灵,此时她丈夫的幽灵出现,向洛拉忏悔他的不忠,洛拉质问他为什么这样做,幽灵开始哼唱五弦琴音的曲调。

75. 在东京旅馆的酒吧里(*In the Bar of a Tokyo Hotel*,1969),两幕剧

[演出]

1969 年 5 月 11 日首演于外百老汇曼哈顿的东边剧院,演出 25 场。2007 年 2 月 2 日—2 月 18 日纽约曼哈顿的白马剧团复排并演出本剧。

[剧情]

马克是一个嗜酒如命的画家,正处于精神崩溃的边缘。他在东京一家旅馆的房间里力图开创一个新的画派,以期重振他日益颓败的绘画事业。然而种种迹象表明,他已患上精神病。他所谓的绘画创作就是把画布铺在地板上,用喷雾枪往画布上喷洒颜料,然后将画布包裹在自己的裸体上。此时马克的妻子——丑陋而淫荡的美国女人米瑞安——正在旅馆的酒吧里勾引男侍者。米瑞安急于摆脱丈夫的视线却又想继续拿丈夫的钱,就联系马克的好友——曼哈顿画商里昂那多,让他来日本。里昂那多到来之后,米瑞安劝说他带马克回纽约去,但他们发现此时马克已死。幕落时,米瑞安感到茫然而失落,她悲叹着,"我没有计

划,我无处可去"。

76. 爪子戴上珠宝的猫(*Now the Cats with Jewelled Claws*, 1969),两场独幕剧

[演出]

2003 年 10 月 2 日由哈特福德舞台剧团(Hartford Stage Company)首演。

[剧情]

第一场

幕启时舞台前部只有一张餐桌,舞台后部用紫色帷幕代表一扇窗子,窗外是一条安静的街道。一个三四十岁的女人玛吉独自坐在桌旁,面前放着一只大大的手提包,几分钟之后,比依带着一只巨大的邦尼兔来到玛吉身边,她说这是给苏茜孩子的生日礼物,兔子的包装被圣诞节购物的拥挤人群给弄坏了。

两人在点餐之前互相贬损对方的容貌,侍者从舞台一侧的拱门上场,她是个挺着大肚子的孕妇,一只眼睛眼眶淤青。接下来她频频出入拱门。拱门旁边站着餐厅经理——一位上了年纪的"皇后",他染了头发,燕尾服的翻领上别着一朵白色康乃馨。侍者冲向餐桌,告诉客人们主菜是头一天的剩菜。餐厅外出现了一个身穿黑衣的缩头躬背的身影。当经理唱着时兴的爱情歌曲时玛吉和比依跳了一支舞。比依撩起裙子露出大腿,经理斥责她这种行为不得体,比依却嘲笑经理是浓妆艳抹的肮脏老头。狂怒的经理在桌旁跳了一段大胆狂野的舞蹈,比依和玛吉则跳一段摇滚乐舞蹈作为回应,然后他们回到了餐桌上,谈论街上交通拥堵,玛吉说她的纽约大学夜校课程老师认为市民们得垂直移动身体了。

一对英俊的 20 岁出头的年轻情侣——"第一个年轻人"和"第二个年轻人"走进餐厅坐下。在等待就餐的当儿,经理频频向他们抛着媚眼。"第一个年轻人"向他的爱人说着"我爱你,但是我害怕"时,那个黑色身影又出现在了窗外,手里拿着写着"布莱克先生"的布告牌。"第一个年轻人"惊恐地站起来,让玛吉、比依和经理向窗外的布莱克先生打招呼,可是他们都说看不见窗外有人。"第二个年轻人"递纸条约经理去卫生间幽会,随后起身去了卫生间,"第一个年轻人"跳起孤独的舞蹈。"第二个年轻人"走出卫生间之后迫切想跟"第一个年轻人"回家。女侍者拿来他们的账单,但"第二个年轻人"示意她把账单给经理,随后就离开了。

第二场

女侍者送来了比依和玛吉的午餐。就餐时她们以格里高利咏叹调相互交谈。比依抱怨丈夫菲利浦阳痿,玛吉认为菲利浦有出轨的可能,她建议比依雇佣

侦探跟踪丈夫。玛吉问女侍者是否经常被丈夫打,侍者则避而不答,问她们谁来付账,比依说她们向来是各自买单的。此刻街上传来撞击和破裂声。玛吉和比依跑到窗边,发现一辆摩托车摔倒在地,有一个人头骨摔裂了。在人们挪走尸体之际,幸存的另一个摩托车手跌跌撞撞地走进餐厅,原来他就是刚出门去的同性情侣中的"第一个年轻人"。经理提醒说黄昏时旋转门将关闭,因为它是靠太阳能启动的。玛吉和比依拿起大兔子和大手提包走出餐厅,尖叫着跑远了。女侍者对经理说她第二天不再来上班了,经理听了无动于衷,侍者解释说她在地铁上遭到陌生人的攻击,所以不愿再坐地铁来上班,而出租车费用太高了。经理面无表情地对侍者眨着眼,她跑出了旋转门。"第一个年轻人"干呕着冲进卫生间。经理走到舞台前部唱道,(比依、玛吉和女侍者站在街头伴唱),"这些爪子戴上珠宝的猫,在夜里飞檐走壁,轻柔地蹲伏着,焦虑地呼吸……"经理转身去后台敲了敲卫生间的门,年轻人开门后惊骇地问:"你到底是谁?"经理回答说:"我是你的未来。我会把你带向未来,跟我一起走吧。"年轻人闭上眼睛,经理牵着他的胳膊走向旋转门。

77. 讲述皇后之死的悲伤故事(*And Tell Sad Stories of the Deaths of Queens . . .*, 1970),独幕剧

[演出]

2004 年 4 月 22 日在华盛顿特区的肯尼迪中心由莎士比亚剧团首演。

[剧情]

地点是路易斯安那州新奥尔良市的法国区,时间是狂欢节 Mardi Gras(基督教忏悔节星期二当天、大斋期前一日的狂欢活动)前的一个周末。时间大约是1939—1941 年或 1945—1947 年。

第一场,事业有成的室内装饰师和酒吧老板坎蒂·迪兰尼带商船水手卡尔来到他的公寓,向卡尔展示精美的日式花园,还提及他楼上的房客——两个来自亚拉巴马州的帅气男孩。坎蒂声称他只想与卡尔保持"纯洁的友谊",卡尔却急于离去。为了拥有卡尔的陪伴,坎蒂愿意付钱给他,并承诺让其自由出入法国区的所有酒吧。此时楼上的房客之一,20 岁出头的阿尔文·克朗宁来到坎蒂门前,警告坎蒂卡尔并非好人,坎蒂不予理会并将阿尔文赶了出去。卡尔在花园里不慎跌入鱼池,他全身湿透回到房间,引来楼上两位看客的讥笑。坎蒂急忙找来中式睡袍让卡尔换上。卡尔给旧相识爱丽丝打电话留言,又叫来脱衣舞娘海伦,不许坎蒂靠近他。

第二场,景同第一场,时间为一周后下着雨的周日清晨。坎蒂坐在餐桌旁喝咖啡,卡尔在卧室里睡着了。住在楼上的杰瑞·约翰逊没敲门就进到屋内,他向坎蒂送上生日祝福并进卧室里去看了一眼卡尔。杰瑞为坎蒂目前的处境担忧,坎蒂却说他是在为生命的"尊严"和"永恒"而努力,双方争执不下,杰瑞摔门而去。阿尔文下楼来听到了卡尔与坎蒂的争吵,卡尔承认他回到坎蒂身边是因为他需要钱。阿尔文责备坎蒂说他伤害了杰瑞的感情,还告诉坎蒂说卡尔是因为被爱丽丝抛弃才回到坎蒂身边的。坎蒂被阿尔文的话激怒,将阿尔文和杰瑞都赶出了公寓。坎蒂质问卡尔最近的去向,又与卡尔计划两个人的将来,卡尔只向坎蒂伸手要钱而不言其他,遭到拒绝就对坎蒂拳脚相向。坎蒂又惊又怕,告诉卡尔他的钱藏在一只银茶壶中。卡尔拿着钱扬长而去,坎蒂歇斯底里地尖叫着晕厥过去。阿尔文和杰瑞冲进屋子,发现坎蒂已失去意识,连忙将其抱到床上。坎蒂逐渐苏醒,他们坐在床边安慰着他,屋外传来淅淅沥沥的雨声。

78. 结冰的玻璃棺材(*The Frosted Glass Coffin*, 1970),独幕剧

[演出]

1980 年 2 月 11 日首演于佐治亚州亚特兰大市的联合剧院(the Alliance Theatre)。

[剧情]

主人公是住在佛罗里达州迈阿密市区达拉斯花园区的一家廉价旅馆中的几个退休老人。清晨,三个老人聚在旅馆门外,看着对面自助餐厅门前的人们排队。一对自助餐厅近来涨价愤懑不平,他打算申请抗议。二和三则认为如果不借助媒体,即使抗议也起不了作用。一和二就各自的健康状态进行了激烈的讨论。此时一阵尖叫声引起三个人的注意,原来是一个妇人在排队时晕倒了。有人朝三个人叫喊,让他们叫出租车。一笑而不答,他陷入了沉思,"到了这把年纪,你就像住在一个玻璃棺材里,一个结冰的棺材,你几乎看不到光亮"。

一宣告凯尔西的妻子去世了,其他两人很震惊。一讲述了凯尔西夫人去世当天的情形。那天凯尔西夫人说她肚子痛,一和妻子开车送其去了医院,他们把凯尔西夫人一个人留在医院,又赶回宾馆接凯尔西,但当他们返回医院时已经太迟了。凯尔西始终无法接受妻子的突然离世。一继续看着街上来往的车辆,他和二谈论着各自的妻子,一说他妻子知道自己会比丈夫活得更久时很高兴。凯尔西来到门廊,只见他目光呆滞,疲惫不堪。一的夫人试着安慰凯尔西,让他也去自助餐厅吃饭,但是他拒绝了。一、二和三起身去自助餐厅排队,留下凯尔西

独自一人坐在门廊旁痛苦地呻吟着。

79. 救生艇演习(*Life Boat Drill*, 1970), 独幕剧

[演出]

1979年12月12日首演于纽约市的合奏小剧场(Ensemble Studio Theatre)。

[剧情]

一对九旬老夫妇E. 朗·塔斯克和埃拉·塔斯克乘坐豪华游轮"伊丽莎白女王2号"出游,住在有两个床位的头等舱里。夫妻二人大吵了一架,争吵中他们决定参加游轮上每天进行的"救生艇演习",埃拉提议他们正式分居。一男一女两位乘务员来头等舱送早餐,告诉老夫妇救生艇演习取消了。两人离开时传来演习口哨声,男乘务员无意间透露当天有演习。不明状况的塔斯克夫妇恐慌不已,塔斯克先生在船舱里发疯般地找救生衣,寻找过程中打碎了他的眼镜。他终于在床下找到了两件救生衣,穿在自己和埃拉两人身上。这对老夫妇紧握着彼此的手,绝望地抓住床沿。

80. 欲火,或无风景值得一看(*Green Eyes, or No Sight Would Be Worth Seeing*, 1970), 独幕剧

[演出]

2011年在波士顿和纽约的酒店房间里分别为14名观众进行了"实景"演出(site-specific production)。①

[剧情]

一对年轻夫妇在新奥尔良法国区的一家旅馆里度蜜月。这天早晨,丈夫"男孩"醒来时发现妻子"女孩"身上有瘀伤,在丈夫的逼问下,妻子承认前一天晚上在独自从酒吧步行回旅馆的路上,她遇到一个刚上岸的水手并与之发生了性关系。"男孩"因妻子的背叛而暴怒不已,但妻子并没有表现出畏惧或忏悔,反而嘲讽丈夫的懦弱。他们的争吵反映出"男孩"参加越南战争的无奈及其对战争的痛恨,也反映了两人婚姻生活中的矛盾。在本剧结尾,两人没有按原计划出门去看风景,而是待在酒店房间里。

---

① Tennessee Williams Discussed by Directors. (2022-09-20) [2022-09-20] http://onemanz. com/arts-and-culture/tennessee-williams-discussed-directors/

81.小手艺的警告(*Small Craft Warnings*,1970),两幕剧

[演出]

1972 年 4 月 2 日首演于纽约的"货车与仓库剧场"(Truck and Warehouse Theatre);

1972 年 6 月本剧移师"新剧场"(New Theatre)演出,威廉斯在前 5 场演出中扮演剧中的"医生"一角,这是他首度也是生平唯一一次参与演出;

2008 年 9 月 19 日—10 月 5 日由"白马剧团"在纽约表演艺术团(Workshop Theater Company)演出;

2015 年 12 月由新奥尔良田纳西·威廉斯剧团演出。①

[剧情]

深夜,在加利福尼亚州南部一个海滨酒吧里。舞台上有一束灯光照亮一片区域,演员轮流进入这束光形成的"忏悔室",直接向观众诉说。

第一幕

利奥娜、维尔莉特和比尔在激烈地争吵,起因是利奥娜看到维尔莉特抚摸比尔的私处。蒙克和史蒂夫劝利奥娜平静下来。昆廷和波比走进酒吧,蒙克拒绝为他们服务,因为他们是非传统恋爱者。比尔走进忏悔室说他厌恶非传统恋爱。史蒂夫在忏悔室里讲述他与维尔莉特之间的关系,指出维尔莉特如同生活丢给他的垃圾。利奥娜追忆她死于贫血的弟弟。医生在离开酒吧去停车场接生之前,也来到了忏悔室。维尔莉特走进忏悔室,诉说她对生活的看法。昆廷表示他不再喜欢波比了,因为他更喜欢与异性恋男子谈恋爱。当昆廷离开酒吧后,波比也开始了他的忏悔。他要骑自行车从艾奥瓦州到墨西哥去寻找自由与宽容。完成忏悔后,波比连再见都没说就离开了。利奥娜去追赶他,因为他让利奥娜倍感亲切。接着,蒙克走进忏悔室详述他作为酒吧主人的生活。当利奥娜返回时,她发现维尔莉特又在挑逗比尔和史蒂夫。第一幕尾声,昏暗的灯光聚集在维尔莉特呆滞而布满泪水的脸上。

第二幕

一个小时后的酒吧里,利奥娜责备比尔,并扬言要离开。医生返回酒吧时,利奥娜要求他为自己非法行医而忏悔。维尔莉特、史蒂夫和比尔一同离

---

① https://www.twtheatrenola.com/copy-of-kingdom-of-earth-2015.

开。利奥娜去追赶他们，维尔莉特回来时鼻子流血了。医生承认他接生的孩子还没出来，而母亲由于大出血而身亡，医生说他必须离开这里。远处传来了汽笛声，利奥娜跑过去躲了起来。警察托尼走进来，喝了一杯。利奥娜、蒙克和维尔莉特也在睡前喝了一杯，维尔莉特偷偷挑逗蒙克。利奥娜向观众致谢，她留下20美元给蒙克。蒙克上楼送维尔莉特去沐浴，他拿起一双破拖鞋，凝视着，他说这双拖鞋会被穿到完全破了为止。①

82. 摧毁闹市（*The Demolition Downtown*，1971），独幕剧

[演出]

1976年1月12日在位于伦敦的院（Carnaby Street Theatre）首演。

[剧情]

一座首府城市被武装分子夺取了政权。在炮弹的轰炸之下，住在郊区的两个中产阶级家庭商量好结伴驾驶同一辆汽车逃离这座战火纷飞的城市。加油站关闭了，雷恩先生和凯恩先生出门去把两家汽车其中一辆里的汽油吸到另一辆的油箱里，两位太太留在家里商议逃跑路线，她们为踩着积雪步行爬山的艰难而担忧。凯恩太太声称她有个新的计划，她将设法进入闹市区的指挥部去找到将军并献身于他，还说将军有个英俊的兄弟"黑豹"，于是雷恩太太决定也参与这项"美人计"计划的实施。当两个丈夫在爆炸声中冲进家里时，却发现他们的妻子唱着进行曲走远了。

83. 呐喊（*Out Cry*，1973），两幕剧（《两个人的戏剧》的改写本）

[演出]

1973年康涅狄格州纽黑文的舒伯特剧院首演。

[剧情]

故事发生在晚上，某家不特定地点的剧院。"戏中戏"发生的时间是一个温暖的夏日午后，地点是南方的新贝塞斯达。

第一幕

幕启，剧团的作家、演员菲利斯上场。除了他的妹妹兼搭档克莱尔之外，剧团

① 参阅：Smith-Howard, A. & Heintzelman, G. *Critical Companion to Tennessee Williams: A Literary Reference to His Life and Work*. New York: Facts on File, Inc., 2005: 246.

其他人都离开了。一座巨大的黑色雕塑占据着舞台。菲利斯正在思考如何弄走这个雕像,此时克莱尔上场。菲利斯向克莱尔解释了他们现在的处境——其他演员离开,经理卷款逃跑了,这座巨大的雕像挡住了他们的舞台。克莱尔认为演出应该取消,而菲利斯央求她继续演出。演出就此开始:克莱尔和菲利斯被锁在屋内,曾经就在这个房间里,精神失常的父亲枪杀了他们的母亲之后随即自杀。目睹了这一幕的克莱尔几近发疯。父母去世之后,兄妹俩从未离开过这个房间。

菲利斯感叹前院里的向日葵蓬勃生长,此时克莱尔突然听到一阵急促的敲门声,随后出现了一张从"公民救济处"发来的传单(因为父亲的人寿保险被取消了,克莱尔和菲利斯一直通过格罗斯曼杂货店留出的信用额度维持生存)。克莱尔与菲利斯争论是否应该走出房间,克莱尔坚持要去调查公民救济组织,菲利斯则不愿离开。克莱尔给威利打电话说明他们兄妹面临的窘境。菲利斯请求威利忽略克莱尔所说的话并急忙挂了电话,因为他害怕威利找人把他们送进收容所。菲利斯警告克莱尔闭嘴,尤其不能使用"幽禁"这个词。克莱尔边跑边叫"幽禁!幽禁!"来嘲笑菲利斯,菲利斯则想用枕头堵住她的嘴。克莱尔说观众当中有一人持枪。菲利斯迅速叫停,宣布有 10 分钟的幕间休息时间,他为克莱尔的病态之举向观众致歉之后把克莱尔拖下了舞台。灯光暗转。

第二幕

幕间休息之后,克莱尔和菲利斯再次登台,讨论着他们的财务困境。菲利斯认为他们需要去格罗斯曼杂货店说服店主让他们 9 月全额拿到父亲的人寿保险。菲利斯已做好了撒谎的准备,但克莱尔很害怕,因为她深知事情的原委。菲利斯和父亲都曾在收容所"本州天堂"里待过一段时间,克莱尔担心菲利斯的这段经历使他受到了严重的心理创伤。菲利斯把克莱尔推出房间,他们鼓起勇气准备去找住在一个街区之外的店主。克莱尔说她不敢去并迅速返回房内,菲利斯气冲冲地准备独自去店主家,可是他同样感到害怕,于是也回到屋内。

终于,他们明白了这个房子就像是一座困住两人的监狱。克莱尔打电话申请福利救济,但是电话打不通。菲利斯提出他将在剧本上添加一些台词,并取出了一把藏在钢琴中的左轮手枪,给手枪上了膛。菲利斯在克莱尔身边坐下,追忆着他们过去的生活。此时,克莱尔突然"跳出"角色并告诉菲利斯说观众们已经离开了剧院。克莱尔懊恼地发现演出已经与他们的生活分不开了。

克莱尔问菲利斯这部戏的结局是怎样的,菲利斯说这个表演是打破常规的,演出在他们认为可以结束的时候就结束。菲利斯准备走出剧院去预订酒店房间,但他马上又折返回来,因为剧院门被锁起来了。克莱尔歇斯底里地寻找出口,但事实表明他们被困住了。菲利斯决定回到他们扮演的角色之中并把演出场景重新设定为夏季。兄妹俩又忘记了台词,于是用这种方式结束了演出:菲利斯目不转睛地盯着前院里高大的向日葵,克莱尔寻找藏在沙发靠枕后的手枪,然后她站到菲利斯旁边。伴随着菲利斯的自白"他们存在,魔法即存在",两人一起看着灯光暗转。

84. 星期天我从不在天黑前穿衣(*I Never Get Dressed Till After Dark on Sundays*,1973),独幕剧

[演出]

2010 年由英国的"国王之首"剧团(King's Head Theatre)在伦敦河畔剧院(Riverside Studios)首演。

[剧情]

本剧所写的是《老城区》中简和泰的故事。简决心离开同居男友泰,她不满意泰作为脱衣舞男的工作,认为两个人前途迷茫。而泰则纠缠着简,不愿搬离简的出租屋。

85. 代词"我"(一部短篇诗剧)[*The Pronoun 'I' (A Short Work for the Lyric Theatre)*,1975],独幕剧

[演出]

2016 年 11 月由新奥尔良田纳西·威廉斯剧团演出。

[剧情]

英格兰年老憔悴的"五月疯女王"其实是用面具将自己伪装成老妖婆的年轻貌美的"五月仙女王",她的情人是极度自恋的年轻诗人多米尼克。这位诗人所写的每首诗都以代词"我"开头。五月女王的政权岌岌可危,由于她拒绝与外邦结盟而屡受打压,国内又暴发了反抗女王统治的暴乱。一名英俊的"年轻革命者"来到王宫企图刺杀女王,却发现女王并非传闻中那样的丑老太婆。暴民攻入王宫,侍卫都弃女王而去,女王打算走暗道逃亡但是楼梯已损毁。就在五月女王束手无策之际,多米尼克准备乔装成修士独自逃出寝宫,女王大声向暴民宣告她的情人的行踪,于是多米尼克遭到暴民的围攻。在暴民攻入寝宫之际,"年轻革命者"脱掉了女王的王袍,谎称女王已从暗道逃走,他成功地支走暴民,掩护了女王。

86. 红色魔鬼炮台信号(*The Red Devil Battery Sign*,1975),三幕剧

[演出]

1975 年 6 月在波士顿试演;次年其改编本在维也纳上演,但是冗长而非专业的演出没有引起关注;1977 年 6 月 8 日由 Gene Persson for Ruby Productions Limited 在伦敦圆形剧场(the Round House)、7 月 7 日在伦敦凤凰剧场(the Phoenix Theatre)演出;1980 年 10 月 18 日—11 月 15 日在温哥华剧院(Vancouver Playhouse)演出。

[剧情]

第一幕,第一场

达拉斯市区内黄玫瑰旅馆的酒吧里乱哄哄地挤满了酒鬼、商人、妓女等各种人。一个衣着华丽的女人独自走了进来,旅馆经理格里芬先生立刻走上前去提醒她,说克里斯特尔法官已明确指示,在黄玫瑰旅馆她必须对身份保密。此时一个金色短发青年跟了进来。女人对格里芬说那个青年一直在跟踪她,格里芬解释说青年是旅馆的侦探。格里芬还告诉她,把她托付到旅馆那天晚上法官就进了医院。闻言,女人立马叫了一辆出租车。在等车时,女人无意听到两个酒鬼的对话,他们胡言乱语地谈论越战,女人刻薄地嘲讽他们早过了服兵役的年龄,只会坐在高脚凳上谈论国事,故作高尚。此时金德雷来到酒吧,那群墨西哥流浪乐队成员簇拥着金德雷,唱着歌欢迎他。金德雷被市区女人的美貌吸引,就用西班牙语跟她搭讪。乐队怂恿金德雷跟他们一起唱首歌,金德雷正准备起身去唱,女人却抓住他的胳膊,求他留在她身边。原来女人看到金色短发青年向她走来。金色短发青年走到女人跟前说车到了。女人跌跌撞撞地走出门后很快又折返回来,金德雷扶着快要瘫倒的女人送她回房间。酒吧侍者查理警告金德雷不要插手,他说女人有精神病,正受着监视。格里芬先生回到酒吧命令乐队继续演奏。

第一幕,第二场

市区女人告诉金德雷她一直在被监禁,金出房间去查看一番之后回来说金色短发青年已经走了。女人表示感激金带给她片刻自由时光,她起身上前亲吻金,感谢他的陪伴。女人倾诉她的过往,讲她如何进了医院,如何被诊断需接受永久电疗,以及法官如何救了她。她还称自己是红色魔鬼的俘虏。女人越说越激动,金抱住她安慰说:"我们俩可不是魔鬼,我们是人,我跟你在一起呢。"

第一幕,第三场

市区女人和金发生了性关系,她在金背上留下抓痕。金回忆他的音乐生涯,说自从做了脑部手术之后他就一直在酒店驻唱,他为女儿拉尼娜成为乐队出色

的独唱歌手而自豪。金要赶最后一班车回家去,他担心妻子会发现自己背上的抓痕,调侃说总不能解释说他跟一只野猫睡了一觉,市区女人让他说是女狼人挠的。

第一幕,第四场

在郊区的一所小房子门外,金坐在院子里抽烟,妻子帕拉在厨房里等金回家。帕拉拨通芝加哥的电话,拉尼娜赤身裸体跟一个男人躺在床上,她起身接电话,帕拉生气地说她做酒店清洁工时常给妓女打扫房间。拉尼娜想跟金通话,但帕拉却立刻挂断电话。金说他在帕拉钱包里发现女儿写给她的信,帕拉没有否认,她突然质问金身上为什么会有香水的味道,她说金肯定是在市区有了别的女人,所以不愿跟她上床。她抱怨说每晚等金回家,但他回来后看到屋里亮着灯就坐在院子里不进门,金说他今晚唱歌了,不久他就又能跟女儿合唱了。然后金推说他要喝冰啤酒,打发帕拉独自上楼回卧室去了。

第二幕,第一场

一个月后的旅馆酒吧。一群戴着红魔徽章锡制帽子的人坐在酒吧里开会,他们小声、迅速地交谈着。市区女人慢慢走进酒吧,她走向侍者,问有没有金德雷的消息,金已迟到半个小时了。开会人的注意力都集中到市区女人身上,他们望向她,市区女人突然看到他们帽子上的徽章,吃了一惊。参会者们说:“这不是梅布尔·迪肯小姐吗?”市区女人说她不是梅布尔,但她吩咐侍者给所有红魔炮台公司的参会者们每人一杯进口的香槟,还吩咐给金德雷先生打电话,让金乘出租车前来。金来到酒吧,市区女人把金拉到自己的身边,小声告诉她说她丈夫指使爪牙包围了她。市区女人要金上楼去,她有急事相告。此时一名陌生的鼓手走到台上坐好准备演奏,金走上舞台把他赶了下来,金宣布他和女儿拉尼娜都将重回乐队。金的怒气导致脑癌症状发作,他开始出血,不停地揉着眼睛,身体也左右摇摆,但他宣告他的身体恢复好了,女儿拉尼娜明天回家。但格里芬先生带回被金赶走的鼓手,命令乐队接纳他,因为红魔集团的老板斥巨资支持旅馆,必须服从红魔的安排。

第二幕,第二场

金跟在市区女人身后走进房间,他阻止女人脱衣,让她说出自己的名字和背景。女人说她出生在一个大牧场上,出生后母亲就去世了,父亲是得克萨斯州参议员。然后女人仰头学狼和狗的叫声。金跪倒在地,双手抱住女人的膝盖,请求她敞开心扉。女人说她父亲与印第安情妇生了一个私生女,这对政客来说不是什么光彩事。父亲的情妇憎恶她,只教她说阿帕契语,她自己在父亲的图书馆里学了英语。12岁那年父亲要送她去收容所,于是她跑到她的教父——法官家里。自此她再未见过父亲,但是作为南方大政治家的女儿,她被送去州府和首都,出席了各种宴会,她不得不强颜欢笑,为腐败的政府进行的秘密投资作掩护。她的婚姻也是出于政治需要的安排。金说他明天不来市区,市区女人说她要动身与法官一起去华盛顿参加国会特别会议。她将带去的影印文件已成功解密,如果她不能从华盛顿返回这里,那就说明她无缘再见到金了。金恳请市区女人留下来,但女人说这是她的义务。楼下传来一阵噪声,市区女人打开窗帘向外望去,红色魔鬼的标志在远方闪着红光。金拉上窗帘,两人温存一夜。早上金拉开窗帘就看到红色恶魔的红眼睛闪着光。

第三幕,第一场

在郊区。唯一可见的变化是那悬于最高的一栋摩天大楼的红魔标志,在高空中闪闪发光。金坐在厨房的一张小椅子上,头上缠着绷带。市区女人打来电话说科林斯特尔法官在市区办公室被击毙,文件被抢走,她接到了匿名恐吓电话,要求她用他们提供的假护照逃亡欧洲或亚洲。金说金钱决定一切,看来红魔大庄园主有足够多的钱让地球上的所有人受制于他。帕拉推门而入,金赶紧挂断了电话。帕拉说拉尼娜与一个已婚男人麦凯布同居了一年,上飞机前拉尼娜告诉帕拉说麦凯布带了一把枪。拉尼娜带着麦凯布来见父母。看到久别的女儿沦落得像个乞丐,身边站着那个懒汉,金怒火中烧,抄起菜刀对着麦凯布。此时,拉尼娜唱起了歌,金放下刀。帕拉带拉尼娜到厨房准备晚餐。麦凯布与金到院子里单独交谈。麦凯布说拉尼娜流产后就患上了抑郁症。金要麦凯布到屋里去拿来德美罗(镇痛药)。麦凯布回忆他初次在舞台上见到拉尼娜的那一刻。在邂逅拉尼娜之前,他的生活一片空虚,那时的他像一台受电脑编程控制的机器,根本算不得人。金与麦凯布和解,他拿走麦凯布的枪,摇摇晃晃地穿过篱笆向市区走去。

第三幕,第二场

酒吧里,鼓手在跟市区女人调情。突然吧台的电话铃声响起,是金打电话来向女人告别,他想来旅馆但走到一家药店就再也走不动了。市区女人告诉金说她换了房间,红魔再也不能窥探到他俩的庇护所,她请求侍者查到金打来电话的地址,准备坐出租车去找金。市区女人跌跌撞撞地跑出酒吧,受查理和金发侦探指派的鼓手一把抓住她,粗暴地抚摸她。女人边拼命用指甲挠破他的脸边叫出租车,最终得以脱身。查理和侦探命令鼓手跟踪市区女人。

第三幕,第三场

金所在的药店里。市区女人走了进来，金让她坐到他对面的一张椅子上。金凝视着她，拿起枪对准自己的头。这时鼓手突然闯了进来，金把枪口转向鼓手，一枪了结了他的性命。金跌倒在地。此时场景开始脱离现实。空虚荒原的居民们以野兽的形态冲进了药店。为首的年轻人衬衫上绣着"狼"的字样，他发出刺耳的声音唤起伏在金的尸体上的市区女人。女人仰起头露出女狼人的獠牙，加入他们的队伍，变成这群狼人的"狼姐"。

87. 你喜欢尤奈斯库吗？（*Aimez-vous Ionesco*？,1975）,独幕剧

[演出]

2016 年 4 月 1 日由新奥尔良田纳西·威廉斯剧团在新奥尔良文学节首演。

[剧情]

弗朗辛和戴尔芬坐在客厅里，巨大的窗户上挂着厚重的窗帘。弗朗辛向戴尔芬打听"科比特先生怎么样了"，戴尔芬却表示她不知道科比特先生是谁，还反问弗朗辛"那头牛闯进来时你在说什么"？弗朗辛要求戴尔芬给她弹肖邦的钢琴曲，戴尔芬说她不会弹，于是弗朗辛又反复追问"科比特先生怎么样了"，戴尔芬先回答说艾克斯敏斯特夫人不留下来喝茶了，因为她突发偏头痛，要去看医生，医生根据 X 光化验结果决定摘除脑子，因为艾克斯敏斯特夫人根本就没有脑子；戴尔芬又赞叹说她喜欢弗朗辛的漂亮马车，还要求弗朗辛不断地"像孔雀一样"地用裙摆轻轻地清扫沙发四周。弗朗辛又问科比特先生怎么样了，戴尔芬说她现在觉得科比特先生像是个老朋友，因为弗朗辛老是念叨着他。

此时科比特先生进了客厅，他身着燕尾服和灰色芭蕾紧身裤，是个极具魅力的年轻人。戴尔芬问科比特先生是否会说话，是否会跳舞，科比特先生用法语说，"房间在哪里？"弗朗辛说这不是房间，科比特先生说"没有必要，失陪一下。"随后躲在窗帘后面。弗朗辛又问"科比特先生怎么样了"，戴尔芬不耐烦地说没人在乎他。戴尔芬问，他会出来跳舞吗？弗朗辛说她觉得戴尔芬提的那些恶毒问题让科比特生气了。科比特从窗帘背后走出来，做了几个简单的芭蕾动作，弗朗辛质疑科比特没有准备伴奏乐，而戴尔芬认为他胸中自有音乐，即将随乐起舞，弗朗辛表示此时她抛开了自己所秉持的怀疑论。戴尔芬问弗朗辛是否注意到她们两个人立场的转换，戴尔芬问"科比特先生怎么样了"，弗朗辛让她安静地看科比特跳舞。弗朗辛联想到伊莎朵拉·邓肯和尼金斯基这两位舞蹈家均死于刹车失灵导致的车祸，戴尔芬则回想起她曾在剧院里坐在年老体衰的丈夫身边哭泣。弗朗辛说天色已晚，戴尔芬要求她临走前再用裙摆扫一遍沙发，于是弗朗

辛不停地摇摆身体,把正在跳舞的科比特扫出了舞台。弗朗辛说,她离开俄罗斯皇家芭蕾舞团的原因就是"没有哪一个存在的瞬间能超然于时间之外","问题即答案"。弗朗辛拖着裙摆走出了客厅,戴尔芬等着年轻人回来继续舞蹈,但科比特再也没有出现。

88. 老城区(*Vieux Carre*, 1976),两幕剧

[演出]

1977 年 5 月 11 日首演于百老汇的圣詹姆斯剧院(Saint James Theatre);1978 年 5 月 16 日在伦敦诺丁汉的戏剧之家剧院(the Playhouse Theatre)演出;1984 年 8 月 7 日—8 月 17 日在美国马萨诸塞州的威廉斯镇举办的威廉斯镇戏剧节演出。

[剧情]

故事发生于新奥尔良法国区托卢斯街 722 号一座由美术馆改建而成的公寓,时间是 1938 年末至 1939 年春天。主要人物有同性恋画家南丁格尔,他身患疾病,希冀能够尽快完成自己尚未完成的杰作;还有被情欲所困的北方女孩简;一对以拾荒为生的穷姐妹;一位身无分文但幻想去西部发财的年轻人;以及一个年轻的穷作家。

第一幕,第一场

作家是故事叙述者,他告知观众们,这座房子曾生机勃勃,但是现在,里面居住的全是为生计奋斗的穷苦人们,他称他们为魔鬼一般的落魄者。作家解释说这些人是他记忆里的人物,以此使故事更加完美,回忆就此拉开了序幕。

威尔小姐朝着诺斯大喊说厨房里有蝙蝠。在她抱怨之际,威尔小姐注意到走廊里放着一个包。诺斯解释说有一个男人来这里投宿,她告之已没有空房,他便留下了这包东西,说第二天再来拿走。威尔小姐注意到包上用鲜艳的字母写着"斯凯"这个名字,她让诺斯把包带到楼下去,诺斯照办了。威尔小姐在靠近前门搭建的吊床上休息,以此监控来来往往的租客们。

作家出现在大门口,他和威尔小姐有过冲突,威尔小姐命令他回到自己的房间去。另一个租客简·斯巴克斯也回了房间,威尔小姐责怪她在外面待得太晚,并提醒她说早已声明对单身女子实行半夜宵禁。简生气地说她外出是想买驱虫剂,因为房间里有蟑螂。当她准备离去跟诺斯一起喝咖啡的时候,威尔小姐询问起与她同住的男人,简说那个男人叫泰·马库尔。租客南丁格尔是一位素描画家,他和一名当晚邂逅的年轻男子一道回来。威尔小姐盘问该男子的身份,

南丁格尔声称是他的堂兄,是来新奥尔良参观游玩的。威尔小姐不相信他的话,不允许他上楼去。

玛丽·摩德和凯丽小姐进入厨房,在那里他们看到了作家、诺斯和简。两个满脸皱纹的女人要求诺斯把她们的剩菜放进冰箱里贮藏起来。简自愿让他们用她的冰箱,但是诺斯告诉她,这袋油腻的食物是从外面的垃圾箱里捡来的,她要扔掉。简决定第二天给她们买一些杂货。简自认为有权威地谈论起了骄傲,她透露说她和一位吸毒者住在一起,他在长条俱乐部上班。泰带回一袋偷来的商品,存放在简的房间里。

第一幕,第二场

作家赤身躺在床上,听到了隔壁房间患肺结核的南丁格尔的咳嗽声,以及简的抽泣声。南丁格尔点燃一根烟,以埋怨吝啬的房东为话题开始与作家聊开了。南丁格尔谈论着他为游客们画的素描,他们给他付钱,调侃着他的艺术才能。作家说,他哭是因为他的祖母在一个月前去世了。两个男人一致认为,孤独就是痛苦,南丁格尔给作家递了一支烟,抱怨着臭虫总是像水蛭一样吸他的血,他想要同作家发生性关系但是遭到拒绝。作家承认,他还没有完全走出来,他说他仅和一个伞兵有过一次性体验。他们停顿了一会,倾听雨的声音。南丁格尔同作家睡下,灯光暗转。

作家又回到了叙述者的角色,他对观众说,在这次经历之后,他已故祖母的灵魂曾来找过他。他想知道她是否看到了他们的行为,但她没有给任何提示,只是冷冰冰地站在那里。灵魂后来原谅了他,在入睡前帮他驱寒。

第一幕,第三场

在供膳寄宿处,作家遇到简,帮她把杂货拿到了她的房间。简执意请他留下来一起喝咖啡,作家犹豫不决,因为看到泰躺在床上,呈睡眠状态。简一再保证说他睡着了,即使他的眼睛没有完全闭上。泰醒来后很生气,责怪她把别的男人带到屋里来。作家盯着看精美的象棋板,以此来掩饰尴尬。他问他们是不是会一起下棋,泰戳弄着自己的生殖器官,淫荡地回答说他们经常一起下棋。当他们坐下来喝咖啡的时候,泰称作家为非异性恋者。由于无法再忍受侮辱,作家离开了。简谴责泰无礼的行为,但她承认自己被泰吸引。

第一幕,第四场

威尔小姐在厨房准备了一壶秋葵汤,此时已是深夜。

当作家走进厨房的时候,威尔小姐说要把他驱逐出去,因为他没付房租。作家说他在工作进步行政部申请过一份写作的工作,但由于他无法证明自己的贫困,因此他被认为不合格。秋葵汤的香味把凯丽小姐和玛丽·摩德引出房间。醉酒的泰回来了,作家帮他把盒子抬上楼,泰倒在了作家的床上。

作家回到厨房,威尔小姐问他晚上去哪儿了。她坦言自己对作家有母爱的感觉,担忧他的健康。她注意到,自从作家来到这个公寓,他就变了。她给作家一碗秋葵汤,要求他将飞虫从餐馆里赶出去,她决定在公寓里开一家餐馆。楼上传来泰生气的声音,随之而来的是南丁格尔的道歉,称自己不该和他共床。

第一幕,第五场

南丁格尔走进作家的房间,抱怨着臭虫。作家因为泰的事而对他的到来十分生气,南丁格尔与作家争论起来,他很躁动,不想独自一人。而作家很是失望,他喜欢只身一人。作家怀疑南丁格尔是不是发烧了。南丁格尔想脱掉衣服,要他抱着。当作家拒绝他的时候,南丁格尔指责他的无情。作家坚持说南丁格尔患了肺结核。

第一幕,第六场

第二天早上,在简和泰的房间里,作家给简递了一封信。泰只穿着短裤蜷缩在床上。简整个早上忙于时装设计,她邀请作家进来喝咖啡,作家拒绝了。她祈求作家留下,作家意识到她是受那封信所扰。当作家盯着看泰的身体时,正在喝波旁威士忌的简意识到了,就用毯子将泰盖起来。泰在半清醒状态下呼唤着那只猫,作家离开了。

第一幕,第七场

作家出场,介绍了一名杰出的摄影师的相关信息,这位摄影师租住着威尔小姐的房子的一间地下室。作家晚上准备回房间却被威尔小姐阻止了,她要作家帮她把水烧开后倒进地板上的缝隙,以此破坏地下室里疯狂的聚会。为了避免街区邻居的闲言碎语,她决定永久地结束这种聚会。作家拒绝参与到这样的灼伤事件中。威尔小姐就自己动手把开水倒在地板上,人们纷纷尖叫着从地下室逃离出来。威尔小姐决定,当警察到来的时候,将意外事故归咎于南丁格尔。当警察到来的时候,凯丽和玛莉也回来了。

当作家坐上法庭的目击证人席的时候,事情变得更加难以明了。年老的法官询问作家是否亲眼看见威尔小姐烫伤聚会参与者,作家并没有直接回答,但法官认为威尔小姐罪责难逃。案子变得复杂起来,故事回到了厨房场景。威尔小姐责怪作家作证反对她,作家说他回到房间只是想拿回自己的东西。威尔小姐说此次事故表明,她在这个世界上只能一人独处,哪怕是在自己家里,她也会被讨厌她的陌生人包围。南丁格尔来到厨房,模仿着作家的法庭证词。

第二幕,第八场

作家正在打字机上工作着,一个男人走进来,自我介绍说他名叫斯凯。作家想起了大约一年前出现在走廊上的那个包。斯凯是路过小镇的一位音乐家,他要求作家和他一起到西部去。斯凯在朝向庭院的窗户边小便,被威尔小姐看到,在楼下朝他大喊。听到南丁格尔在他房间里咳嗽,威尔小姐开始就他的传染病争吵起来。南丁格尔称她为骗子,极力否认自己患有肺结核。威尔小姐告知他,她听"两只鹦鹉"的收银员说每当他咳血吐到地上的时候,收银员都要把他工作的地方擦洗一遍。南丁格尔把自己锁在房间,拼命为自己辩护。

第二幕,第九场

简一直在收拾自己的行李,她特别希望泰从熟睡中醒来,可他还在打着呼噜。这时她发现泰的手臂上有打过针的痕迹,于是用湿毛巾拍打他的脸,使他醒过来。泰恼怒地要动手打她,她提醒泰承诺过要辞去长条俱乐部的工作,另找一份薪水更高的工作,但是他对他的生活方式感到很不满意。简暗示说她不舒服,泰的第一反应是她怀孕了,但被简否认了。泰的脸上和身上有口红印,手上还有针眼。简要泰穿上衣服离开她的房间,因为她一直在等一个巴西商人的电话,此人与她发生过关系,还给她 100 美元,但被她拒绝了。她在思索一个受过教育的女人为何会落得如此悲惨的结局。听到诺斯在庭院里找到游客们,简非常愤怒。泰试图劝说她上床,可简宣告说两人之间的关系已经结束了,要泰立刻搬走。泰强奸了简,作家听到简反抗的哭声,他非常困惑却无所行动。威尔小姐出现在作家面前,讽刺说这样的声音并不代表简处于痛苦之中。威尔小姐朝简大喊,让他们停止淫乱的行为。泰跳到威尔小姐面前尖叫着,简则解释说泰马上就要搬走了。

第二幕,第十场

作家陈述道本场故事发生于上周六的街上。作家为威尔小姐准备午餐之后回到自己的小房间。他以为南丁格尔已经死了,因为屋里异常安静,这时传来微弱的哭声,于是他前去探望。南丁格尔穿好衣服准备离开,以免被送到慈善病房去。作家给了南丁格尔一颗安眠药,劝他把注意力集中在壁龛的幽魂上,这些曾经安慰过他。作家回到自己的房间,开始为西行之旅收拾行李。

第二幕,第十一场

简在她的房间里的床上哭泣,泰按摩着她身体的关节。泰含沙射影地说简比妓女好,因为她免费和他发生了性关系,他们的谈话因此也变得更加下流了。泰注意到简在减肥,以致体质虚弱。简说自己有血液疾病,曾有所好转,但是现在又恶化了。泰看着化验结果,开始穿衣服。南丁格尔被送到了慈善病房。

第二幕,第十二场

作家注意到简的眼神里充满了憎恨。威尔小姐出现在走廊,她不修边幅,叫作家"蒂米",这是她儿子的名字。威尔小姐把作家带到他的房间,把他藏在床上,理智地跟他讲话,好像他是个孩子。诺斯进来带威尔小姐回到床上,当他们要出去的时候,祖母的灵魂出现在作家面前。

简看着泰在镜子前打扮自己,她怀疑既然他已经知道她就要死去,那么他不会回到她身边了。泰出门去工作,答应早点回家。她跟着他来到走廊,精神崩溃了,作家扶她回到房间。当斯凯来约他去旅行的时候,他正在挂起象棋板。经过犹豫之后,他认为自己应该趁此机会离开此地。于是作家离开了威尔小姐的家。

89. 这是(一场游戏)[*This Is (An Entertainment)*,1976],独幕剧

[演出]

1976 年 1 月首演于旧金山的吉尔里剧院(Geary Theater)(一说美国温室剧院[American Conservatory Theatre])。

[剧情]

本剧主要人物是一位富有的军火商的妻子。这个崇尚享乐主义的伯爵夫人来到一个不知名的饱受战火侵扰的中欧国家,入住一家高档度假酒店,寻求性爱冒险。在她英俊的私人司机和酷似该司机的一位革命领导人的帮助下,她达到了目的。

90. 陪伴贵妇的绅士(*A Cavalier for Milady*,1976),两场剧

[演出]

2018 年 2 月 7 日—2 月 9 日在位于纽约曼哈顿的白马剧团演出。

[剧情]

本剧是 20 世纪 70 年代中期威廉斯所写的《三部诗剧》(Three Plays for the Lyric Theatre)三部曲的第二部[另两部是《趁年轻时死去》(*The Youthfully Departed*)和《爪子戴上珠宝的猫》]。

《陪伴贵妇的绅士》是一部心理幻想剧。母亲同友人结伴去纽约参加一场晚宴,她们的男伴来自一家名为"陪伴贵妇的绅士"的代理机构。临行前母亲雇来一位"保姆"照看已成年的女儿南斯。穿着维多利亚时期儿童服装的南斯马上赶走了保姆,与"苏醒过来"的希腊雕塑——俄罗斯著名芭蕾舞者瓦斯拉夫·尼金科斯的幽灵共度良宵。尼金科斯的幽灵陪伴着南斯,却难以满足她的无法遏制的欲望。

91. 老虎尾巴(*Tiger Tail*, 1977),两幕剧

[演出]

1978 年首演于佐治亚州亚特兰大的同盟者剧院(the Alliance Theatre)。

[剧情]

密西西比的一个小镇上,阿尔奇·李·梅汉和他的妻子贝比·朵儿·梅汉家及附近地区。

第一幕,第一场

梅汉夫妇的家具就要被收走。贝比·朵儿打电话给科顿国王酒店预订了一间房,还向电话另一端的人解释了她和阿尔奇·李目前的状况。贝比讲述了她和阿尔奇婚姻协定的细节,这个协定是由阿尔奇和贝比的父亲订立的。阿尔奇向贝比的父亲保证等到贝比年满 20 岁时才跟她结婚。

远处传来爆炸声,原来是路边辛迪加种植园发生了火灾。贝比的姑妈罗斯冲出屋子去找她。吕比·莱特福特和他的儿子图·比次递给阿尔奇一加仑酒。贝比要去吕比的店里买些可口可乐。罗斯姑妈想要阻止她出门或者陪她同去,但是贝比拿起一把防身手枪就独自出门了。贝比责怪阿尔奇丢下她,致使她错过了看他在种植园放的那场火。阿尔奇生气地纠正贝比的说法,他强调起火时他不在种植园。

第一幕,第二场

地点和上第一场相同,时间是第二天早晨。席尔瓦·巴卡罗和他的助手罗克带着 27 车棉花来到梅汉家。阿尔奇让贝比招待席尔瓦和罗克,以便伺机窃取棉花。贝比举止慌乱,大声叫喊又为她的失态道歉,说她和阿尔奇前天晚上很晚才睡觉。席尔瓦、罗克和阿尔奇都发现贝比的说法与和阿尔奇的不同。阿尔奇跑出去叫罗斯姑妈为席尔瓦倒咖啡,他回到屋里,和席尔瓦握手证实这是"以牙还牙"和"睦邻政策"。席尔瓦怀疑是阿尔奇毁坏了他的轧棉机,于是等阿尔奇和罗克离开屋子去轧棉花,他便戏弄贝比并促使贝比不小心说出了真相:火灾发生当天阿尔奇离开了家,直到辛迪加种植园起火以后才回来。

面对席尔瓦的戏弄,贝比跑向阿尔奇寻求保护;阿尔奇却责怪她打扰他工作,还当着轧棉工人的面掴了她一耳光。阿尔奇因为一台机器出故障而懊恼,而他把愤怒发泄到了贝比身上。席尔瓦故意让阿尔奇为寻找机器零件而各地奔走。席尔瓦和罗克还计划着让人偷走更多轧棉机的零件,好让席尔瓦抓住时机追求贝比。

第二幕,第一场

席尔瓦希望贝比向他坦白火灾真相,还威胁她签署一份证实阿尔奇烧毁了辛迪加轧棉厂的声明。当贝比发现席尔瓦只是对她的签名感到满意的时候,她很失望。席尔瓦觉得他们已经玩够了"小孩子游戏"。他激动地吻了贝比并用他的短马鞭抽打着她的后背。

第二幕,第二场

席尔瓦和贝比亲昵地交谈着,贝比问是否还会有更多这样两人独处的下午,席尔瓦说会有的,贝比很高兴。

阿尔奇回家了,贝比穿着绸缎睡衣下楼。阿尔奇大声斥责她是个"没用的女人"。贝比予以反击,称他为"炸毁烧掉东西"的"破坏男"。贝比出门站在走廊上,阿尔奇跟在她身后,他打开了走廊里的灯。几个工人从辛迪加轧棉厂里走出来,瞥见贝比衣着不整,他们叫嚣着吹起了口哨。阿尔奇护着贝比,而贝比警告他不要理所当然地把她当成私有财产。吕比·莱特福特和他的儿子又递给阿尔奇一杯酒。当贝比问他是否在为他的"罪行"庆祝时,他当着吕比和图·比次的面重重地甩了她一耳光。贝比愤而取消了与阿尔奇的婚约。

阿尔奇发现席尔瓦从他的井里抽水用后很吃惊。贝比告诉阿尔奇说席尔瓦想对他实行"睦邻政策",这样阿尔奇就可以永远为他轧棉花了。唯一的条件是,贝比每天都要取悦席尔瓦。贝比的姑妈罗斯康佛特叫他们去吃晚饭。饭没煮熟,阿尔奇大为不满,他训斥了罗斯姑妈并威胁要把她赶出家门,席尔瓦则当即聘请罗斯姑妈去为他做饭。阿尔奇愤而抓起猎枪追打席尔瓦。席尔瓦爬上了附近的一棵核桃树。贝比报了警,然后跟席尔瓦一起待在树上。阿尔奇在院子里东奔西跑,大声叫唤着"贝比·朵儿!"州长克莱恩和副州长图福斯抓走了阿尔奇。罗斯姑妈唱着赞歌,而此时一对有情人还待在树上。

92. 科雷夫·科尔的美好星期天(*A Lovely Sunday for Creve Cœur*,1978),两场剧

[演出]

1976 年,威廉斯写了一部名为《科雷夫·科尔》(*Creve Coeur*)的独幕剧,1978年 6 月该剧在南卡罗来纳州的斯波洛特艺术节(Spoleto Arts Festival)上首演。随后威廉斯对此剧进行了修改并将剧名定为《科雷夫·科尔的美好星期天》,该剧于1979 年 1 月 10 日在纽约的哈德森行会剧场(Hudson Guild Theatre)上演,2018 年 9月 23 日—10 月 21 日在纽约外百老汇的玛尼亚剧院(Theater Mania)演出。

[剧情]

20世纪30年代中晚期的圣路易斯,迟暮美人多萝西娅是一所中学的公民学教师,与其上司——新任校长拉尔夫·埃利斯恋爱并发生了性关系。尽管拉尔夫极力对外隐瞒与多萝西娅恋爱的事实,但多萝西娅相信他会娶自己为妻。多萝西娅的室友波蒂极力撮合多萝西娅与自己的同胞兄弟巴蒂的爱情,可是肥胖、粗俗的巴蒂得不到多萝西娅的好感。多萝西娅计划着离开她与波蒂合租的那套拥挤的小公寓,去与海伦娜合租更大更好的房子,可是她有所不知,拉尔夫与另一个女人订婚的消息早已登上了报纸。海伦娜无情地揭露了这个噩耗,多萝西娅大为震惊,她无心搬家了,并且意识到巴蒂也许是她唯一的机会,于是她奔向电车车站去追赶波蒂和巴蒂姐弟。

93. 教堂、厨房和孩子(*Kirche*,*Kuche*,*Kinder*,1979),两幕剧

[演出]

1979年9月至1980年1月在纽约外外百老汇的鲍威里巷剧院(Bouwerie Lane Theatre)上演。

[剧情]

本剧的叙述人"男人"是一个爱尔兰人,多年来他假装瘫痪被困在一张轮椅上,待在曼哈顿一间门口安装了警报器的"教堂"里,只要有人接近门口警报器就会闪红光并发出响声,"男人"会停止健身运动,迅速坐回到轮椅上。男人的岳父"爸爸"是纽约斯塔藤岛上的"第一座、最后一座也是唯一一座路德教堂"的牧师,他在教堂的风琴后面强奸了90岁的豪斯小姐,致使其怀孕。"男人"的一对时常傻笑的双胞胎儿女在连续接受了15年的幼儿园教育后被开除了,他们回家向"男人"求助。夫妇俩把他们送到大街上挣钱养家糊口。孩子们按照父亲的指示完成了卖淫活动,却没有像父亲嘱咐的那样拿回报酬来,于是"男人"不得不时或自己维持多年的轮椅骗局,为了家庭的利益而继续从事他的买卖。

94. 夏日旅馆的衣裳(*Clothes for a Summer Hotel*,1980),两幕剧

[演出]

在华盛顿肯尼迪中心进行一次试演之后,本剧于1980年3月26日在百老汇科特剧院开演,演出14场。本剧是威廉斯生前最后一部在百老汇首演的戏剧。1989年7月18日—7月29日在美国马萨诸塞州的威廉斯镇举办的威廉斯镇戏剧节演出。

[剧情]

本剧通过1941年初秋的一天时间之内所发生的故事,追溯了美国作家菲茨杰拉德与其妻子泽尔达的婚姻悲剧。泽尔达早年展露出写作的才情却得不到菲茨杰拉德的支持,她曾试图通过与法国飞行员的婚外情来反抗婚姻的束缚和内心的苦闷,但她由于精神崩溃而住进了位于北卡罗来纳州阿什维尔的一所精神病院。菲茨杰拉德从医生的电话中得知妻子病情好转而匆忙赶到医院来探望,却发现泽尔达的病情依旧没有好转,而且对他怨恨颇深。他们都认为他们看似童话般的婚姻是个"最大的错误",两人决定分手以结束彼此之间的恩怨。

95. 驼鹿小屋的一些问题(*Some Problems for the Moose Lodge*,1980),独幕剧

[演出]

1980年11月8日首演于芝加哥的古德曼剧场,当晚上演了包括本剧在内的三部威廉斯短剧,合称为《田纳西笑了》。

[剧情]

一个风雨交加的夜晚,科尼利厄斯·麦克科尔和贝拉·麦克科尔这一对中产阶级夫妇,在田纳西州的孟菲斯市参加完大儿子齐普斯的葬礼之后回到位于密西西比州帕斯卡古拉市的家中。科尼利厄斯因患关节炎而行动不便,贝拉则因心脏病和哮喘而被医生警告其节食减肥,否则有性命之忧。大儿子酗酒早逝,女儿乔安妮精神失常而住进了疯人院,再次失业的小儿子查理带回已怀有身孕的女友斯黛西。在贝拉为查理准备晚餐之际,科尼利厄斯对查理说他打算让查理到兄弟会结识的朋友赛克斯先生的汽车旅馆去工作。在与父亲的交谈中,科尼利厄斯不断讽刺大儿子齐普斯女性化的外貌和同性恋的取向,抱怨妻子贝拉暴饮暴食,查理指责道,正是父亲多年以来对家人极度冷漠才导致了这些问题的出现。科尼利厄斯随即表现出对查理和斯黛西的强烈不满,他认为表现出宗教狂热的斯黛西是个"发疯的妓女",扬言要把两人赶出去,甚至打电话叫来了警察,父子二人都被警察带走了。前来探望贝拉的塞克斯太太安慰贝拉说驼鹿小屋是个比警察局更有利于解决问题的地方,她找来克莱恩医生,准备把疑似中风的贝拉送往医院,精神恍惚的贝拉仍念念不忘要为她"马上会从学校跑回家"的三个孩子准备食物。

96. 白色粉尘(*The Chalky White Substance*, 1980), 独幕剧

[演出]

1996 年 5 月 3 日首演于纽约的中心剧场(Center Stage), 演出者为奔跑的太阳剧团(Running Sun Theatre Company), 当晚上演的还有《旅伴》。

[剧情]

故事发生在一两个世纪之后。核战争不断, 空气严重污染, 人口锐减, 自然资源匮乏。一场大型核战争刚刚结束, 年轻男子卢克与他的"保护者"——年长男子马克相约来到大峡谷边, 他们远眺着干涸的河床, 无数场热核战争所带来的核放射尘在空气中飘荡。由于女人的数量远少于男人, 在天黑之际, 常有年轻男子被流浪汉抓去蹂躏。尽管人口减少, 地球上的资源仍不足以满足人类基本需求。在一片白色粉尘笼罩之下, 人们的眼睛和呼吸系统受损。国家政策严苛, 因用水困难而私挖水井就算犯法。马克和卢克在这世界末日里成为一对同性恋人, 但是生存的本能导致背叛, 马克为了拿到政府奖金而向政府揭发了卢克。

97. 脚步要轻柔(*Steps Must Be Gentle*, 1980), 独幕剧

[演出]

1983 年 3 月 15 日在位于密歇根州安娜堡市的密歇根大学(University of Michigan)校园中的特鲁伯德竞技场剧院(Trueblood Arena Theatre)首演; 2016 年 4 月由新奥尔良田纳西·威廉斯剧团演出。①

剧情梗概:

两位演员"再现"了美国诗人哈特·克莱恩及其母亲格蕾丝之间非真实的、死后的对话。两位演员各自面对观众站在一张小讲台后面。在他们身后是一幅巨大的圆形幻画, 画上抽象地呈现出海洋和天空。格蕾丝质问哈特自杀的原因并告知自己在他死后痛苦的生活经历。她希望自己作为儿子的诗作和死后声誉的忠诚"卫士", 得到儿子的承认。两人讨论了克莱恩的性取向问题, 以及克莱恩的父亲对他们母子二人的抛弃等事实所造成的母子之间的紧张关系。克莱恩承认了其深埋在心底的对母亲的热切关注, 母亲痛苦地向儿子倾诉她在做清洁女工的贫困潦倒中度过了人生最后的时光。

---

① https://www.twtheatrenola.com/copy-of-small-craft-warnings

98. 这就是和谐家园，或福星高照（*This is the Peaceable Kingdom or Good Luck God*，1980），独幕剧

[演出]

2010 年 3 月 11 日由位于纽约布鲁克林的目标边界剧团（Target Margin Theater Company）首演。

[剧情]

故事发生在 1978 年春天纽约皇后区的一座养老院里，正值养老院员工罢工期间，两位养老院居民——罗尔斯顿和卢克丽霞谈论着养老院中病人的悲惨境遇和他们即将面临的死亡。养老院居民夏皮罗太太的两名子女——柏妮丝（大约 60 岁）和她从事希伯来语教学的弟弟索尔就照顾母亲相关问题的争论占据了大部分剧情篇幅。两人为母亲恶化的身体状况而担忧，更对私人护理将母亲的假牙丢进马桶冲走大为光火。当柏妮丝强行喂昏昏欲睡的母亲吃饭时，母亲不时发出意第绪语的一些音节。索尔说柏妮丝跟养老院住户们一样老迈，索尔本人的身体状况也不乐观，他经历了癫痫和心脏病发作。居民们围攻一名工作人员，夏皮罗太太在骚乱期间去世了，柏妮丝在母亲头上绑上一张弓来闭上母亲没有牙齿的嘴巴。索尔和柏妮丝在等着殡仪馆的人来抬走母亲的遗体，罗尔斯顿将卢克丽霞推回病房。奇怪的声音一直在养老院上空回荡："这里是和谐家园。"

99. 云隙阳光（*Sunburst*，1980），两场独幕剧

[演出]

2007 年 9 月 29 日首演于马萨诸塞州普罗温斯敦的"普罗温斯敦田纳西·威廉斯戏剧节"；2016 年 11 月由新奥尔良田纳西·威廉斯剧团演出。

[剧情]

西尔维娅·塞尔斯小姐曾是活跃于美国舞台上的著名演员，多年前事业如日中天之时因"不愿声名衰败"而选择了退隐。是日凌晨 3 点，塞尔斯小姐被她所入住酒店的一名英俊而残暴的夜班侍者杰赛普叫醒。原来杰赛普是为塞尔斯小姐手上那枚价值连城的"云隙阳光"钻石戒指而来，可是由于塞尔斯小姐手指关节肿胀，戒指无法从她手上脱离，除非将她的手指割下。被劫为人质的塞尔斯小姐与杰赛普及其男友路易吉周旋对峙直到天亮，她陪两个男子喝酒，还要他们朗诵莎士比亚戏剧的台词，太阳升起时救援者终于赶到，塞尔斯小姐战胜了劫匪。

100. 有些模糊,有些清楚(*Something Cloudy , Something Clear*,1981),两幕剧

由威廉斯 1941 年所写的短剧《游行,或临近夏末》改编。

[演出]

1981 年 8 月 24 日,纽约"让·科克托保留剧目轮演剧团"(The Bouwerie Lane Theatre)上演了本剧。这是威廉斯生前最后一部在纽约首演的剧作。

[剧情]

第一幕

年轻作家奥古斯特住在海滩上一个破旧的小棚子里,克莱尔带着凯普前来拜访。克莱尔即将死于糖尿病,凯普也将死于脑瘤,克莱尔希望奥古斯特能帮凯普走完生命最后一程。奥古斯特用留声机播放着拉威尔的孔雀舞曲,他和克莱尔回忆起 1940 年他俩在一起度过的时光。良久他们的思绪才回到现在。克莱尔把凯普介绍给奥古斯特,凯普冷漠地回应了一声后就走出去游泳。沙滩上出现了护士和坐在轮椅上的弗兰克的幻影,他们来自 1980 年。奥古斯特生命最后的日子就是与弗兰克一起在医院度过的。

弗兰克和护士消失后,奥古斯特回到 1940 年。早年的朋友海泽来到沙滩,奥古斯特向他承认自己很招男人喜欢,也承认自己喜欢女人。海泽离开后,奥古斯特又回到 1940 年。克莱尔央求奥古斯特照顾凯普一个冬天,奥古斯特既高兴又担忧。克莱尔突然死去之后,奥古斯特和凯普开始笨拙地商量着今后的打算。一个喝得醉醺醺的商人希曼出来找奥古斯特收取性服务费用,奥古斯特付给了他 5 美元。这时来电报说奥古斯特的制片人莫里斯和希勒思·费德勒将要来拜访他。

费德勒和女演员卡罗拉维尔斯来到海滩,费德勒要求奥古斯特改稿子,但拒绝多付酬金。此时克莱尔和巴格一起回来了,巴格是克莱尔的前任老板和情人。奥古斯特赶紧躲进小棚子里。在沙滩上的争吵打斗中,巴格把克莱尔推倒在地之后扬长而去,奥古斯特连忙冲出来扶起克莱尔。喝醉酒的商人再次出现,向奥古斯特讨要性交易费用。

第二幕,第一场

背景与第一幕相同。翌日。卡罗拉维尔斯来到沙滩上。她愤怒地叫奥古斯特出来,两人随即争吵起来。凯普走出来说他将与奥古斯特在一起,但他对于自己和奥古斯特这种亲密的关系感到害羞,奥古斯特亲切地安慰他不要害怕。

第二幕,第二场

第二天晚上,克莱尔带着食物和野炊用品回来了。虽然是她本人撮合了凯

普和奥古斯特这对同性情人,但当她看到他俩如此亲密的时候还是有些生气。克莱尔给奥古斯特带来一封费德勒的电报,电报上说接受奥古斯特的剧本并保证能够投入拍摄。吃晚餐时克莱尔说自己感觉受到了冷落,她担心自己失去了吸引力,没有人再爱她了。凯普和奥古斯特分别吻了她。奥古斯特给自己写了一张字条,让自己记住这个夏天。

101. 旅伴(*The Traveling Companion*,1981),独幕剧

[演出]

1996 年 5 月 3 日与《白色粉尘》一起首演于纽约的中心剧场,演出者为奔跑的太阳剧团。

[剧情]

第一场

在纽约中央公园对面的一家酒店房间里,旅伴博站在双人床的床尾处,肩上还挎着一个破破烂烂、脏兮兮的帆布包。他是个 25 岁左右的金发年轻人,从衣着来看他过着流浪的生活。他的雇主维克斯是一个上了年纪的作家,他的举止透露出紧张的歉意和坚定。卧室的墙是透明的,墙后是一幅圆形画幕,稍后会呈现深蓝色的天空中的一轮满月。

维克斯让博从服务生那里订两瓶酒,他本人发疯似的寻找他的医药箱。维克斯要求博在将来的旅途中把他需要的物品放在手提行李包里,因为药对缓解他的心脏病症状至关重要,必须放在随时能拿到的地方。博则对维克斯所指的未来和"此后"的事漠不关心。维克斯仍在紧张地写作,而博无动于衷地只盯着那张大双人床。博向维克斯要求有单独的房间,否则就要下楼大闹一场。维克斯提醒博说他们俩相识于旧金山的一家同性恋酒吧。博声称不知道那是一间同性恋酒吧,他吃了一片安眠药,然后打电话给前台,要给自己订一个房间。侍应生送来食物和酒,博说如果他事先知道做旅伴会有身体上的亲密接触,他是绝对不会接受这份工作的。维克斯提醒博说他们订立的合约条款是"年轻人陪伴,有轻轻抚摸的特权"。

博坐到另一张桌子旁,给刚从阿拉斯加回到旧金山的男友保罗打了一通长途电话。通话中,他发现他的朋友汉克正试图勾引保罗。他给维克斯看了一张保罗的照片,然后睡在双人床上,准备等到他的单间准备好了再起床,而维克斯则一直看着他睡觉。

第二场

地点同第一场,过了一会儿,博睡熟了,维克斯注视着他,心想"男孩内心还是很狡猾的"。他很想拥有称职的旅伴应该对他付出的关心和照顾,比如给他洗衣服。可是眼前这个旅伴忽视这些细节,只注重他本人的需要。维克斯预料博会和其他人一样答应他的请求。博醒了,说他把他的吉他忘在旧金山了。维克斯责怪他没有在出发之前提起吉他的事。维克斯上了双人床躺在博的身边,然后关了灯。博要维克斯打电话给前台询问单人间的事情。维克斯提醒博说自己是他的雇主,不能这样冷酷无情地对雇主讲话。酒店服务员把一张小床送到维克斯的房间。博作出了让步,他说如果给他买一把新吉他,他就会和维克斯待在一起。

102. 特里果林的笔记本(*The Notebook of Trigorin*,1981),四幕剧

改编自契诃夫的《海鸥》(*The Seagull*,1895)。

[演出]

1981 年首演于加拿大不列颠哥伦比亚大学的温哥华剧院。1996 年在美国首演于辛辛那提剧院(Cincinnati Playhouse),2010 年在英国首演于芬伯如剧院。2013 年在纽约"跳蚤剧场"上演。

[剧情]

第一幕,湖边演出失败。特里波列夫创作的戏剧由妮娜主演,舅舅索林提醒他邀请母亲阿尔卡基娜上台即兴演出,特里波列夫断然拒绝,阿尔卡基娜的情人特里果林劝说她不要霸占年轻人的舞台。妮娜忘词、打喷嚏,遭到阿尔卡基娜的讥笑,这激怒了儿子,演出中止。阿尔卡基娜匆忙打发妮娜回家去了。多恩医生嘲笑特里波列夫的创作,特里果林则赞赏年轻作家采用的新形式(fascinating new form),演出之后他与特里波列夫会面,赞美他有天分。

第二幕,午后花园,妮娜与特里果林倾心交谈。阿尔卡基娜要多恩发表意见说她与玛莎看上去谁显得更年轻,多恩打趣说药剂师的妻子不相信阿尔卡基娜已年过 50 了,阿尔卡基娜十分懊恼。多恩乘机挑逗玛莎,让她在诊所开门之前或下班关门之后去找他。阿尔卡基娜夸耀一番自己的容貌之后读多恩手上的书,读到了"被豢养的小说家"一段。索林带妮娜走过来,高兴地宣称妮娜可以在庄园里待上 3 天。管家与阿尔卡基娜争吵后众人不欢而散。波琳娜要求多恩带她走,多恩推说他已年届 50 了。妮娜送给多恩一束野花,波琳娜扯碎了花束。多恩认为妮娜需要吃补药,建议她六点半去他的诊所。特里波列夫到来,多恩躲开了。特里波列夫把一只打死的海鸥放到妮娜脚下,妮娜称自己太单纯,无法理解海鸥的象征意义。特里波列夫认为自从湖边演出失败以来,妮娜开始有意疏

远他。特里果林拿着笔记本走过来,特里波列夫躲开。特里果林向妮娜抱怨说他有新的想法要写下来,但阿尔卡基娜要求他马上伴随她离开,而他在火车上根本无法写作,因为不断受到阿尔卡基娜的打扰和使唤,他曾尝试过独自旅行,但阿尔卡基娜会不断发来电报。妮娜向特里果林表明她不能回报特里波列夫的爱情,此时阿尔卡基娜走过来通知特里果林说她决定不走了。

第三幕,索林庄园餐厅,妮娜决定追随特里果林去莫斯科。餐厅地上堆放着箱子,仆人们在搬行李,为阿尔卡基娜一行做出行的准备。特里果林在吃午饭,玛莎告诉他说为了断绝她对特里波列夫的爱情,她决定嫁给小学教员梅德维登科。特里波列夫自杀未遂,旋即发起与特里果林决斗的邀请,阿尔卡基娜决定与特里果林即刻启程离开庄园回莫斯科。妮娜送了一个刻字的纪念章给特里果林,她再次向后者表明自己与特里波列夫一起长大,只把他当作朋友。阿尔卡基娜与索林谈儿子自杀的原因,她认为儿子嫉妒特里果林,所以决定尽快带情人离开。索林提出与妹妹一同进城,但阿尔卡基娜执意不肯。阿尔卡基娜对儿子抱怨说她买不起头上那顶巴黎进口的帽子,特里波列夫反唇相讥。阿尔卡基娜指出儿子当作家是妄想,劝其登台演个小角色,儿子断然拒绝。母亲给儿子换绷带。特里果林走进来,特里波列夫匆匆躲开。特里果林要求留在庄园,阿尔卡基娜好言相劝不成,于是提及当年靠她相助特里果林方才事业起步,继而揭露她知晓特里果林与来自西西里的同性情人这一秘密。特里果林只得妥协,二人即将一如既往地结伴赶赴阿尔卡基娜演出的剧院。妮娜在特里果林出发前见到他,告知她将追随特里果林去莫斯科,特里果林塞给她一笔钱作为路费。

第四幕,两年后,妮娜与特里波列夫在庄园重逢,特里波列夫自杀。特里波列夫成了职业作家,客厅被改造成他的书房。桌上点着灯,窗外风雨交加。梅德维登科抱怨玛莎三天不回家,质疑她一直待在索林庄园里是想献身特里波列夫。多恩以讥讽的口吻把妮娜与特里果林同居生子后被抛弃的遭遇讲给索林和管家等众人听,多恩的言行激怒了特里波列夫。阿尔卡基娜收到索林病重的消息回到庄园,她一进门就大声炫耀她的演出大受欢迎,多恩私下对众人说出评论界和观众并不买账的实情。特里果林带来发表了特里波列夫作品的杂志,还转达了特里波列夫忠实读者们的问候。妮娜来到庄园与特里波列夫会面,向他诉说她的演艺事业和生活上的挫折,她把自己所生的孩子送给了一个美国人,她声称特里果林根本就不相信戏剧,他只是为了取悦阿尔卡基娜而哄骗后者;特里果林根本就不承认戏剧演员的合法身份,他认为演员的地位与私生子一样。妮娜离开了,她将继续她的演艺生涯,特里波列夫则无法接受自己只有"转瞬即逝的才华",他开枪自杀了。

103. 摇摇欲坠的房子(*A House Not Meant to Stand*,1981),两幕剧

[演出]

由《驼鹿小屋的一些问题》改编而成。1981 年 4 月于摄影棚剧场(Goodman Studio Theater)上演,1982 年 4 月经威廉斯改写修订剧本后复演。两部剧的人物相同,部分情节相同。

[剧情]

本剧讲述的是一个美国南方家庭的故事。在一个风雨交加的夜晚,科尼利厄斯·麦克科尔和贝拉·麦克科尔这一对中产阶级夫妇,在参加完大儿子的葬礼之后回到他们的家中。老朽的屋子摇摇欲坠,这个家也处于风雨飘摇之中。夫妇俩年老体衰、疾病缠身,有着同性恋取向的大儿子早逝,女儿乔安妮精神失常住进了疯人院,再次失业的小儿子查理带回已怀有身孕的女友,此刻两人正待在楼上房间里。科尼一心想要拿到贝拉从她的娘家——丹西家族继承下来的一笔财产来支付自己参加政治竞选活动所需的费用,而贝拉则千方百计把钱藏起来准备留给孩子们。此时查理的女友斯黛西临盆,而科尼认为表现出宗教狂热的斯黛西是个"发疯的妓女",科尼与查理起了激烈争执。科尼打电话叫来了警察,父子二人被带去了警察局。此时贝拉的身体已非常虚弱,她恳请前来探望她的朋友塞克斯太太帮她把藏匿在壁炉上的座钟里的那笔"丹西家族的钱"拿出来,谁知贪婪的塞克斯太太想将这笔装在旧信封里的巨款据为己有。所幸的是,在克莱恩医生的帮助之下,贝拉拿回了这笔钱。她眼前再一次出现了年幼的三个孩子的幻影,安详地离开了人世。

104. 隐士和他的客人(*A Recluse and His Guest*,1982),独幕剧

[演出]

2016 年 2 月 14 日—3 月 13 日由剧场生物剧团(Playhouse Creatures Theatre Company)在纽约的沃克空间(Walkerspace)首演。

[剧情]①

一座气候严寒的北方小镇。一家古朴的面包房里,面包师在同顾客闲聊,一个高大瘦削的女人走进面包房,她身披马皮,神情高贵而略显羞涩。女人谦卑地问面包师是否能给她一片过期的面包,面包师便询问起这个从森林中走出来的旅行者是否在冬天乘雪橇、夏天乘马车,女人回答说她在午夜森林中全程徒步并且她从不走回头路。女人在炉火旁取暖,面包师和顾客嗅到女人身上散发的臭味,女人辩解说她涂抹了气味浓烈的药膏来驱逐森林中的狼,但面包师还是赶她走,于是女人从炉火中抢了一个面包跑了出去,面包师气急败坏地大叫着拉响了铃声。

女人在雪地里铲雪来拼命摩擦披在身上的皮,想要去除臭味,此时有个过路人,女人拦住他打听隐士的住处。过路人告诉她说是否能找到隐士得靠运气,因为隐士每月只出门一次,他在集市上买了需要的物品之后就迅速跑回他那连窗都用木板钉死了的屋子里去。女人谢别过路人,找到隐士奥特的居所,她一边歌唱一边用扫把清扫房前的雪。屋内的奥特让她离开,她却央求他开门让她生火取暖,奥特打开门让她进屋了。

奥特声称当天有一封关于女人的信送到他门前,他拿出信念给女人听。一个名为弗罗尔斯的人在信上说这个名叫内丽卡的女人是从一艘愚人船上逃出来,后由他花5块钱买做奴仆,如今如果内卡丽不返回就要把她抓进地牢,说隐士收留女人就是惹上了麻烦,因为这女人是个荡妇。内卡丽跪倒在奥特面前请求让她留下来,她说这封信是由集市上的速记员代写的,信上所说都是妄言。内卡丽住了下来,她穿上奥特给她买的衣裙,她给奥特沐浴,鼓励他去参加春天在"黑色皇冠酒店"举行的节日庆典。在庆典上,镇长建议让身着天鹅绒和蕾丝衣裳的"最英俊男人"奥特坐上被众人高高举起的桌子。庆典过后,内卡丽换扶着喝了3杯樱桃酒的奥特回家,在路上,奥特的脑袋被屋顶掉落的瓦片砸中了,他认为是有人在攻击他。奥特回到家就要内卡丽离开他,他坦言想过回从前的生活。内丽卡说她不走回头路,再往前走就只有大海了,奥特就让内卡丽等到夜里路灯熄灭了再坐在海边的冰块上滑入大

---

① 参阅:Peterson, T. Playhouse Creatures Theatre Company to Present TENNESSEE WILLIAMS 1982 in 2016. (2015-12-08) [2022-09-20]. https://www. broadwayworld. com/ article/Playhouse-Creatures-Theatre-Company-to-Present-TENNESSEE-WILLIAMS-1982-in-2016-20151208.

海。天黑之际,内丽卡重新披上那张马皮准备出发,奥特却让她留下来,内卡丽喜极而泣,她即刻出门去市场上买鱼准备为奥特做晚饭。

105. 世界小姐的非凡旅社 (*The Remarkable Rooming-House of Mme. Le Monde*, 1982), 独幕剧

[演出]

2016 年 2 月 14 日—3 月 13 日由剧场生物剧团在纽约曼哈顿的沃克空间首演。

[剧情]

本剧故事发生在英国伦敦。房东太太"世界小姐"经营着一家供膳寄宿旅社(廉价分租公寓),她与儿子"男孩"之间有着乱伦的倾向。房客闵特腰部以下瘫痪,他独自住在矩形阁楼里,天花板上装满吊钩,以便他用手攀附吊钩来挪动身体。"男孩"时常性侵闵特,而"世界小姐"则经常克扣供应给闵特的食物。

是日,闵特少年时代在私立寄宿学校的老同学霍尔应闵特之邀来访。在等待霍尔到来之际,闵特抱着吊钩悬在半空中,"男孩"出现在阁楼门口,他告诉闵特说他的客人霍尔此时正在楼下与自己的母亲上床,说着把闵特从吊钩上拉下来,带到旁边的壁龛里去侵犯了他,事后将闵特扔在地板上扬长而去。霍尔来了,闵特唱了老校歌欢迎他,并请求他帮自己回到吊钩上。霍尔不愿动手帮扶,还责怪闵特对"苦难和意外"太过敏感。随后,霍尔把闵特从地上扶起来,把他放到离茶桌最远的一个吊钩下面。霍尔一个人品茶,还吃完了闵特所准备的点心。闵特挣扎着来到茶桌旁,向老同学倾诉自己面临的困境:他已经收到要被逐出公寓的警告,急需经济上的援助。霍尔向楼下的"世界小姐"要茶和点心,"世界小姐"应了一声但并不起身去拿食物。

霍尔又把闵特移到远离茶桌的挂钩上去,然后很露骨地讲述了近期他与妓女罗西·奥图尔的艳遇。闵特再次恳求霍尔帮忙,而霍尔不理睬他,只是在地板上踩脚,向"世界小姐"要茶。没人送茶来,霍尔便下楼去找"世界小姐"。在此期间,"男孩"又一次返回壁龛侵犯闵特。霍尔与"世界小姐"一同回到阁楼上。闵特爬出壁龛,向"世界小姐"解释他与"男孩"的行为。霍尔和"世界小姐"宣布他们两人之间达成了"有益于双方的经济合作协议"。"世界小姐"的儿子整理好衣服,走出壁龛。"世界小姐"抓住闵特,残暴地将他摔死。看到闵特死去,霍尔一边拍手恭贺"世界小姐"成功摆脱了这个累赘,一边企图快速逃离阁楼,"世界小姐"趁机顺着楼梯扔下一根棍子砸死了霍尔,随后,"世界小姐"用空手道打死了

"男孩"。

106. 伊万的遗孀(*Ivan's Widow*, 1982),独幕剧

[演出]

2016 年 4 月 1 日由新奥尔良田纳西·威廉斯剧团在新奥尔良文学节(Tennessee Williams/ New Orleans Literary Festival)首演。

[剧情]

英俊的斯拉夫小伙子伊万的美丽遗孀难以承受丈夫英年早逝带给她的打击,30 岁的"她"濒临精神崩溃,找到 40 岁出头的心理学家"他"给予治疗。心理学家指出"她"再这样拒绝接受事实就会发疯,于是要求"她"对"他"说"伊万死了,我是伊万的遗孀",可"她"坚持说"伊万没死"。心理学家要求"她"提供伊万逝世的日期,以便去《纽约时报》登一则讣告,好让她确信这一事实。"他"又强行掀开"她"的面纱,要求"她"回到曾与死去的丈夫伊万共事的实验室去工作。"她"捡起面纱戴上,从手提包里拿出一个烧杯,回忆起他们这对科学家夫妇常在实验室常备着酒招待朋友。"他"要给她卷起衣袖测量血压,"她"却大叫起来,于是"他"给"她"打了一针,她短暂昏厥之后清醒过来。"她"诉说着伊万去世当天晚上她打电话买酒,送酒的小伙计鲁莽地要求陪她喝一杯,她摇头拒绝后小伙计居然向她扑过来,于是她手拿酒瓶威胁说要敲破他的脑袋。"他"让她谈谈为什么现在不去工作了,"她"说当初是伊万招聘她当助手,她是个缺了另一半就不完整的人。"她"看着随身带着的伊万的照片,抱怨说他为何 32 岁就离开人世了。心理学家谈起"她"想要收养越南裔弃婴的事,"她"怀疑地问是她自己提起过还是"他"建议过这事,总之来不及考虑了。心理学家说他没法再继续提供治疗,"她"听了之后转身背对着"他"打开手提包,"他"大叫着"有病人自残"召唤门外的护理人员赶过来,但是"她"已一动不动地倒在地上。

107. 一个例外(*The One Exception*, 1983),独幕剧

[演出]

2003 年 10 月 2 日在康涅狄格州哈特福德的哈特福德剧团首演。

[剧情]

在一间布置简陋的私人住宅的起居室里,维奥拉在向梅解释说她之所以推迟到今天才来,是因为作为画家的她在为一次画展做准备。梅是休斯敦一家精神病医院的护士,此刻她看上去心烦意乱,她说自己在南方浸礼会的假期即将结

束,凯拉将会被送入远离市区的一家疗养机构。两人小声地交谈,以免被极为惧怕疯人院的凯拉听到。

从两人的交谈中我们得知,凯拉的亲戚阿加莎·克雷斯威尔将作为家属在凯拉的入院文件上签字。阿加莎经常来敲诈凯拉,每次凯拉都会给钱将她打发走,维奥拉和凯拉身边的人都极为反感阿加莎。维奥拉急于见到凯拉,但梅告诉她说凯拉起初同意见她,但又说还没做好见面的准备。维奥拉气恼地抱怨着凯拉的怪癖,数落着她从不遵循规则和秩序,诉说着改变行程安排给自己造成的麻烦。维奥拉准备离开,但梅央求她去见凯拉,还说凯拉所继承的财产足以支付她的治疗费。在她们小声交谈时,凯拉从房间走了出来,但她还在犹豫是否要进入起居室,当梅告知是维奥拉来拜访,凯拉鼓起与之见面的勇气。梅告诉维奥拉说凯拉时常半夜在房间里踱着步子,自言自语地问"我该怎么办?为什么?"之类的问题。维奥拉说她最多只有 10 分钟至 15 分钟的时间来等凯拉出现,她无法理解一个艺术家为何要从现实世界中隐退。

梅打开起居室的门,凯拉走了进来,这个幽灵般的 35 岁左右的女人的表情像个受了惊吓的孩子。梅离开起居室,维奥拉对凯拉说起她同罗拉和琼一起住在拉德劳大街那间公寓里的时光。维奥拉说罗拉正在搞壁画创作,她有间画廊展出自己的作品,琼的画作也极受推崇,维奥拉认为凯拉应该"意识到必然性并积极调整自己。"一切都在变,城市里没有永恒。"①凯拉一直以来对来自华尔街的年轻仰慕者卡卢瑟斯态度倨傲,如今卡卢瑟斯是维奥拉所属公司的副总裁,并且尚未订婚。帕翠莎放弃了南方的财产,与一个荷兰人在一所大房子里同居了,生活十分幸福……所有人都渡过了难关,只有凯拉是"一个例外"。

接下来,维奥拉声称她需要为即将举办的画展添置衣物,于是开口向凯拉借钱,但凯拉狂躁症发作,维奥拉离开了,梅打电话叫医生过来,凯拉抗拒地关上了所有房门。

---

① Williams, T. *The Traveling Companion & Other Plays*. Saddik, A. J. (ed.). New York: New Directions Publishing Corporation, 2008: 203.